W0267527

btb

Aus Freude am Lesen

btb

Buch

Kommissar Joakim Hill und seine Kollegen von der Polizei Helsingborg sind mit einer Serie von grausamen Morden konfrontiert: Alle Opfer wurden mit einer Garotte erdrosselt. Und jedes Mal hinterließ der Täter sein Markenzeichen: ein kleines Stück Papier mit einem geheimnisvollen Zeichen, das mit einem Band an der großen Zehe des Opfers befestigt ist. Doch ansonsten gibt es keinerlei Spuren. Die Ermittlungen gehen nur schleppend voran, und Hill sieht sich gezwungen, auch den letzten Mord auf Grund von fehlenden Indizien ad acta zu legen. Außerdem hat er andere Dinge im Kopf, denn seine Freundin Catharina ist schwanger, und die Hochzeit steht vor der Tür. Hill ahnt nicht, dass jemand einen Killer auf ihn angesetzt hat. Einen Profi, der in dem Ruf steht, nie sein Ziel zu verfehlen ...

Zu Recht wird Bodil Mårtensson als neue schwedische Queen of Crime gefeiert: Mit ihren ebenso spannenden wie witzigen Kriminalromanen um Kommissar Hill und seine Kollegen von der Polizei Helsingborg eroberte sie die Herzen der schwedischen LeserInnen im Sturm. Auch in Deutschland wächst ihre Fangemeinde stetig.

Autorin

Bodil Mårtensson, geboren 1952, wuchs in Karlskrona auf und lebt seit einigen Jahren in Helsingborg. Dort spielt auch ihre Krimiserie um Kommissar Joakim Hill, die in Schweden sofort begeistert aufgenommen wurde. »Die Tote im Sund« ist der dritte Roman dieser Reihe, der in Deutschland erscheint.

Bodil Mårtensson bei btb

Die zärtliche Zeugin. Roman (72894)
Die Frau im Schatten. Roman (73174)
Die Kunst des Sterbens. Roman (73344)

Bodil Mårtensson

Die Tote im Sund

Roman

Aus dem Schwedischen
von Nike Karen Müller

btb

Die Originalausgabe erschien 2001 unter dem Titel
»Torpeden« bei Bokförlaget Prisma, Stockholm.

Verlagsgruppe Random House FSC-DEU-0100
Das FSC-zertifizierte Papier *Munken Print* für Taschenbücher aus
dem btb Verlag liefert Arctic Paper Munkedals AB, Schweden.

Der btb Verlag ist ein Unternehmen
der Verlagsgruppe Random House.

Einmalige Sonderausgabe Oktober 2005

Umschlaggestaltung: Design Team München
Umschlagfoto: Wolf Huber
Satz: IBV Satz- und Datentechnik GmbH, Berlin
Druck und Einband: Clausen & Bosse, Leck
MM · Herstellung: LW
Made in Germany
ISBN 3 442 73443 6

www.btb-verlag.de

1

Der kleine Zettel, aus geklebter Wellpappe und wie ein Katzenjunges geformt, war mit Bindfaden um den großen Zeh der Leiche geknotet und enthielt zweifelsohne eine Mitteilung.

Ein *tag*, wie man das in den Zeiten des ausklingenden Graffiti-Booms nannte. Es war üblich, seine Werke zu kennzeichnen. Außerdem sollte dieser Anhänger als höhnisch spottender Hinweis auf den Urheber des Werkes fungieren.

Das Bild zeigte eine Sturzwelle.

Eine üppig schäumende Brandung, die sich unbezähmbar über die glatte Wasserfläche wölbte und alles, was ihr in den Weg geriet, mitzureißen drohte, hinab in die unendliche Meerestiefe.

So weit war die Symbolik sonnenklar.

Schwieriger zu erklären waren die fünf schwarzen Punkte direkt unterhalb der Welle.

Kommissar Joakim Hill und seine Kollegen von der Kripo in Helsingborg hatten nicht die geringste Ahnung, was das zu bedeuten hatte, geschweige denn, wer sich hinter dem Absender verbarg.

Der Mörder war offenbar jemand, der sich gezwungen sah, eine Säuberungsaktion oder eine reinigende Mission auszuführen. Jemand, der sich mit den unbezwingbaren Gewalten der Natur identifizierte und nicht im Traum daran dachte, sich in seinem Anliegen durch irgendwelche armseligen menschlichen Machenschaften stoppen zu lassen.

Insofern, dachte Hill, konnte jeder x-beliebige aus einer kompletten Mannschaft von Spinnern, die in dieser Sumpflandschaft der heimischen Unterwelt mit ihren schmutzigen Geschäften herumkrochen, in Frage kommen. Jemand, der sich für genauso unverwundbar hielt wie Satan höchstpersönlich und genauso unsichtbar wie der Heilige Geist.

Hier endete die Spur abrupt.

Der Anhänger war mittels einer sorgfältig gebundenen Schleife aus gewöhnlichem, grobem Haushaltsbindfaden am rechten Fuß des blutarmen Körpers befestigt. Eine Sorte, die es in den meisten Drogeriemärkten zu kaufen gab und demnach nie zurückverfolgt werden konnte. Als die Beamten am Fundort bei einer der unzähligen Biegungen des Trimm-dich-Pfades draußen im Pålsjö-Wald eintrafen, flatterte der Bindfaden vorlaut hin und her. Als wäre der Tote ein Paket, sorgsam für den Postversand verschnürt, oder nur ein Frachtstück mit eindeutiger Adresse an die Leichenhalle.

Der Pålsjö-Wald schließt in nördlicher Richtung an das Zentrum Helsingborgs bei Sofiero an und zählt zu den beliebtesten Freizeitgebieten der Anwohner. Im Sommer gleicht er einem herrlichen Naturtempel mit grün schimmerndem, durch gigantische Baumkronen gefiltertem Licht, mit regem Treiben und gut besuchten Parkcafés. Es duftet nach Buchenlaub und frisch gebackenen Waffeln, der Klang von Drehorgelmusik und Kindergelächter schwebt bis unter die hohen Blätterdächer der Bäume hinauf.

Aber auch in den deutlich kühleren Jahreszeiten hat der Wald einiges zu bieten. Zwar ragen dann die Zweige kahl in den wintergrauen Himmel, und das Krächzen der Krähen klingt hohl wie das Gebell der Hunde, die sie aufscheuchen. Doch die Winterflaute ist nur eine Illusion, denn die Vegetation beginnt schon Anfang Dezember wieder trotzig zu sprießen, säumt üppig die Spazierwege, und es scheint, als würde das Grün hier nie ganz verschwinden. Im Sommer klettert es in die Höhe, im Winter gibt es sich damit zufrieden, den Bodenbereich zu bedecken.

Das dunkle Blut, das die Erde nun verfärbte, hatte in dieser Idylle definitiv nichts zu suchen.

Hill wurde davon ausgesprochen schlecht. Wie jedes Mal, wenn er mit einem gewaltsamen, jähen Tod konfrontiert wurde; doch inzwischen hatte er sich mit dem Gedanken abgefunden, dass das vermutlich auch so bleiben würde. Besonders in seinem Beruf war dies eine ebenso lächerliche wie unerwünschte Tatsache, die jedoch widerspiegelte, wie Joakim Hill in seinem tiefsten Innern beschaffen war.

Er hatte einen hartnäckigen Charakter und weigerte sich kategorisch, Gewalt als etwas Naturgegebenes zu akzeptieren, von dem man nicht einmal mehr Notiz nahm. Er war jemand, der es ablehnte, auf die Verteidigung der Normen des menschlichen Zusammenlebens zu verzichten, die seiner Meinung nach für eine gut funktionierende Gesellschaft sowohl notwendig als auch angemessen waren.

Zu diesen Normen zählte in keinem Fall ein Mord.

Was ihn zur Weißglut brachte, war das Fehlen jeglicher Spur des höhnischen Absenders, zumal diese Mitteilung bei weitem nicht die erste war, die der Täter verschickt hatte.

Drei weitere Opfer konnten bereits anhand der Anhänger mit diesem Verbrecher in Verbindung gebracht werden, und dennoch ließ sich nicht das Geringste über das Täterprofil sagen. Es gab zwar Theorien und Verdachtsmomente, aber keine stichhaltigen Beweise. Nicht einmal nennenswerte Indizien.

Keine einzige kriminaltechnische Spur führte zu dem jüngsten Opfer oder den drei früheren. Lediglich den sozialen Status hatten die Toten gemein. Schon von Kindheit an waren sie kriminell gewesen und hatten ihren Beitrag zur Gesellschaft konsequent auf der dunkleren Seite des Lebens geleistet.

Es ging also nicht in erster Linie darum herauszufinden, wer das jüngste Opfer war, denn das hatte man ohne größere Mühe umgehend feststellen können. Er hieß Roger Kander und war 42 Jahre alt. Seit seinem sechzehnten Lebensjahr gingen diverse Fälle von Drogenkonsum, Misshandlung, Einbruch und Erpressung auf sein Konto.

Tommy »Kakan« Nilsson und Mia Fransén hatten einen zum Verwechseln ähnlichen Lebenslauf, abgesehen davon, dass Nilsson bei seinem Ableben etwas älter war als Kander, während Fransén – die unter anderem durch Prostitution ihren Drogenkonsum finanzierte – schon nach 36 Lebensjahren durch die schäumende Sturzwelle in einer Sommernacht aus dem Leben schied. Man hatte sie vor eineinhalb Jahren auf einer entlegenen Hundewiese im Norden der Stadt gefunden, doch sobald die Schlagzeilen verschwunden waren und die Fahndung nach dem Täter hoffnungslos in eine Sackgasse geraten war, wurde ihr Fall mit der Bemerkung »Bearbeitung nur bei freier Kapazität« ins Archiv verbannt. Mit »Kakans« Fall wurde später genauso verfahren.

Opfer Nummer drei war es nicht viel besser ergangen. Ken Gima aus Gambia, mit zweifelhaftem Lebenswandel. Sein Schicksal hat ihn nicht wie die anderen in Helsingborg ereilt, sondern in einer benachbarten Gemeinde. Trotzdem war der Mord in den Zuständigkeitsbereich der Helsingborger Polizei gefallen, die sich schon bald in der altbekannten Sackgasse wiedergefunden hatte.

»Freie Kapazität« war schnell kaum vorhanden, denn Joakim Hill und seine Kollegen waren in der letzten Zeit mit einigen aufreibenden Angelegenheiten beschäftigt gewesen, die besondere Maßnahmen erfordert hatten.

Eine brutale Bande aus den Oststaaten hatte in den südlichen Landesteilen ihr Unwesen getrieben und einen Lotteriebetrug sowie mehrere Opfer blutiger Morde hinterlassen. Anschließend folgte auf einen Zyanidmord auf Råå im Laufe eines Tages ein zweiter, so dass höchste Eile geboten war, um einen dritten zu verhindern. Glücklicherweise hatte die Spurensuche ausgezeichnet funktioniert und die richtige Richtung für die Fahndung konnte unmittelbar eingeschlagen werden.

Nur dieser aktuelle Fall gab nichts her. Nada, niente – nicht die geringste Spur von einem Indiz. Aber der modus operandi war im Großen und Ganzen identisch.

Ganz offensichtlich war hier ein Profi am Werk.

Keine der Leichen war nackt, wurde mehr Gewalt ausgesetzt als erforderlich oder auf andere Weise misshandelt.

Aber sie wurden alle erdrosselt.

Wahrscheinlich mit einem dünnen Metalldraht, der – nach Aussage der bisherigen Analyse – durch geschicktes Applizieren die Kehle effektiv durchtrennt hatte.

Kriminaltechniker Johan Anderberg hatte bei diesem Anblick lautstark geflucht.

»Diese Methode macht mich noch wahnsinnig! Sie hinterlässt weder Pulverspuren, Patronenhülsen noch den geringsten Blutspritzer des Täters! Die einzig nahe liegende Vermutung ist die, dass es keine Frau ist, aber selbst das ist eigentlich völlig vage!«

»Trotzdem – dass es sich um einen Mann handelt, ist noch die vernünftigste Hypothese«, entgegnete Hill.

»Okay, nehmen wir an, es ist ein Mann, der sich die ganze Zeit hinter seinem Opfer befindet. Durch den anhaltenden Blutstrom kann er dem Kampf zuvorkommen, denn innerhalb weniger Sekunden wird das Opfer durch den Blutmangel im Hirn bewusstlos – wenn es nicht schon durch den Schock ohnmächtig wird –, und es gibt kein langwieriges Gerangel. Viel zu kurz, um uns mit dem Material zu versehen, das wir brauchen. Nein, beim besten Willen, gib mir verdammt noch mal eine normale Schusswunde, an der ich arbeiten kann!«

Und dann war da noch die Sache mit dem rechten Schuh und der Socke. Beide waren sorgfältig entfernt und neben die Leichen gestellt worden, an deren großem Zeh der Anhänger prangte. Festgeknotet von Händen, die vermutlich Latexhandschuhe getragen und auch keine Spur hinterlassen hatten.

Außerdem wurden alle drei Morde in häufig frequentierten Naherholungsgebieten verübt, an Orten, die täglich von verschwitzten Joggern, Schulklassen, die etwas über die Bäume und Sträucher lernen sollten, und von vielen anderen Leuten aufgesucht wurden. Eine riskante Dreistigkeit, die dem professionellen Mörder einen großen Vorteil verschaffte. Wer sollte in diesem Nebel von falschen und richtigen Fährten noch eine wirkliche Spur finden?

Und der Anhänger, das einzig Fassbare in dem ganzen Elend, hatte zu gar nichts geführt. Keine DNA, RNA oder andere brauchbare Indizien wurden im Laufe der Untersuchungen hervorgezaubert. Obwohl sich schon öfter ein Erfolg hatte verbuchen lassen, konnte man das geklebte Pappstück nicht genauer identifizieren – nur, dass es wohl aus dem Ausland stammte, Gott weiß, woher!

Jetzt hatten sie auch noch den Kander-Fall am Hals. Für die Presse, die in ihren Archiven grub und sich SERIENMÖRDER IN SKÅNE UNTER VERDACHT! auf die Fahnen schrieb, ein gefundenes Fressen. Einige Kolumnisten warfen spitz die Frage auf, die bei solchen Gelegenheiten immer im Raum stand: Was tut eigentlich die Polizei?

Um die Wahrheit zu sagen, gab es genügend Momente, in denen sich sogar Joakim Hill selbst fragte, wie dieses Rätsel um die regelrechten Hinrichtungen jemals gelöst werden könnte. Und mindestens genauso viele Augenblicke, in denen er hoffte, dass seine und Catharinas Hochzeitspläne in der nächsten Woche nicht beeinträchtigt werden würden.

So auch jetzt, als er leicht nervös mit einem goldversiegelten Einladungsschreiben in der Tasche vor dem Institut für Rechtsmedizin der Universitätsklinik von Lund auf Dozent Bengt Månsson wartete.

Etwas ängstlich, weil er einerseits hoffte, dass der andere so stilvoll wäre und die Einladung dankend ablehnen würde, andererseits, weil er entgegen jeder Vernunft wünschte, dass der Dozent ihm einen kleinen Hinweis in Sachen Roger Kander geben könnte.

Hill hoffte, dass die Obduktion wenigstens irgendeine

brauchbare Information hergab. Aber die Chance war nur gering, denn bei den anderen Fällen hatte sich dabei auch nichts ergeben.

Die Tür zum Obduktionssaal öffnete sich, und Månsson trat heraus. Er wusste, dass Hill nicht gerne bei der Obduktion zugegen war, während sich andere geradezu darum rissen. Månsson vermutete, dass sich ein fehlgeleitetes Machogehabe dahinter verbarg. Hill wollte lieber das Resultat im Anschluss mündlich geliefert bekommen, und Månsson war das mehr als recht. Es gab genügend sture Typen, die wie überhebliche Besserwisser hereinstolzierten und hinterher ganz klein mit Hut und Mappe wieder herauskamen.

Månsson war es lieber, wenn die Leute ablehnten; sie konnten ja doch nichts zur Analyse beisteuern. In diesem Fall war es reine Zeitverschwendung gewesen, denn er konnte Hill kaum etwas mitteilen, was dieser nicht schon selbst wusste.

»Tja«, sagte er und trocknete sich die frisch gewaschenen Hände an einem Papierhandtuch ab. »Der Mann starb eindeutig einen Tod durch Erdrosseln. Wie bei den anderen auch deutet die Schnittfläche darauf hin, dass ein Metalldraht verwendet wurde. Die Einschnitte wurden mit an Sicherheit grenzender Wahrscheinlichkeit in großer Eile ausgeführt, und die Spektralanalyse der Wundfläche ergibt eine derart glatte Schicht, dass ich eher auf einen feinen Metalldraht als auf Plastik schließe, denn Plastik hinterlässt viel ausgefranstere Kanten.«

Hill seufzte, denn er hatte nichts anderes erwartet.

»Ich habe allerdings noch Proben in die Analyse geschickt«, fuhr Månsson fort, »um zu klären, ob an dem fraglichen Draht Reste eines bestimmten Deckmetalls haften. Wenn ja, könnt ihr eventuell herausfinden, wo er hergestellt wurde.«

»Und sonst?«, fragte Hill abwesend.

»Na ja, das Übliche eben. Er war sofort tot, das sieht man an der Hypostase, also wie das Blut koaguliert ist ...«

»Verstehe. Und wie lange ...?«

»Als er gefunden wurde, war er bereits zwischen sechs und acht Stunden tot.«

Hill hatte während der kurzen Rekapitulation sein Gegenüber gemustert. Månsson hatte in den Augen vieler einen grauenhaften Job, doch man konnte ihm das nicht ansehen. Er sah eigentlich sogar gut aus, musste Joakim sich eingestehen. Spitzbübischen Charme hatte er auch, das war das größte Problem.

Er kannte nämlich Hills zukünftige Ehefrau Catharina Elgh um einiges länger als Hill selbst.

Seine gut gebaute, durchtrainierte, geschmeidige Catharina, die, obwohl im vierten Monat schwanger und 35 Jahre alt, wie ein junges Mädel aussah. Nicht besonders groß, sie maß knapp ein Meter sechzig in Socken. Die in ihrer Kurzhaarfrisur mit den blonden Strähnchen und ihren graublau glänzenden Augen so herrlich selbstbewusst aussah.

Sie und dieser Bengt hatten mehrere Jahre hier in Lund zusammen Medizin studiert!

Während Bengt Månsson schneller vorangekommen war und sich früh für eine Karriere in der Gerichtsmedizin entschieden hatte, hatte Catharina einen anderen Schwerpunkt gewählt, so dass sich ihre Wege unweigerlich getrennt hatten. Catharina hatte auf Ethikkurse und wissenschaftstheoretische Orientierung gesetzt, was ihrer späteren Laufbahn als Allgemeinmedizinerin sehr zu Gute kam. Dass sie nun Joakim heiraten und zu ihm nach Helsingborg ziehen würde, um ihr gemeinsames Kind zur Welt zu bringen, versetzte sie sowohl gefühlsmäßig wie auch geografisch eindeutig außer Reichweite von Månssons enervierender Ausstrahlung.

Was hatte Hill also zu befürchten?

Er selbst war ebenfalls ein Mann in den allerbesten Jahren. Noch 39 Jahre alt, doch Mitte März schon bereit, die magische Vierzigergrenze zu überschreiten. Er erwartete keine größere Krise, denn für die hätte er sowieso keine Zeit. Er war normal gebaut, vielleicht etwas größer als der Durchschnitt, und hatte kastanienbraunes Haar. Eventuell sah er dem Schauspieler Thommy Berggren in jüngeren Jahren ähnlich, denn manche Frauen behaupteten, er habe dieselben sinnlichen dunklen Augen wie jener. Tatsächlich hatten ein paar Spaßvögel im Präsidium ihn in Anlehnung an Berggrens Rolle »Joe Hill« getauft, doch während der Schauspieler charismatisch strahlte, war der Kommissar eher zurückhaltend freundlich. Catharina gab sich damit gottlob zufrieden!

Dennoch ließ sich nicht völlig ausschließen, auch wenn Joakim Hill es gerne so gewollt hätte, dass sich die beiden ehemaligen Kommilitonen auf die eine oder andere Weise auch heute noch sehr mochten. Wahrscheinlich war das einfach unbegründete Eifersucht, Hill war sich dessen manchmal selbst bewusst. Doch er hatte so viele lange Jahre darauf gewartet, dass Catharina in sein Leben treten würde, dass er es jetzt, wo es tatsächlich passiert war, kaum fassen konnte. Eine innere Unsicherheit blieb.

Er ging lieber etwas auf Distanz zu dem Dozenten. Trotzdem blieb ihm keine Wahl; er musste das tun, worum sie ihn gebeten hatte, als sie gestern Abend erfuhr, dass er im Institut für Rechtsmedizin etwas zu erledigen hatte. Umständlich nestelte er an seiner Jackentasche, blieb mit dem Daumen in dem offenen Taschenschlitz hängen und benahm sich so, als würde er schon vor dem Altar stehen und verzweifelt nach dem goldenen Ring suchen. Schließlich förderte er das leicht geknickte Kuvert mit Golddruck zu Tage und überreichte es Månsson mit innerlich gekreuzten Fingern.

»Nun ja«, murmelte er angestrengt, »wir würden dir gerne diese Einladung zu unserer Hochzeit überreichen. Sie kommt vielleicht etwas spät, aber es wird ohnehin keine großen Feierlichkeiten geben, und wir haben vollstes Verständnis dafür, wenn du keine Möglichkeit siehst … besonders bei so kurzfristiger …«

Neugierig riss Bengt Månsson den Umschlag auf. Die meisten, die er öffnete, trugen Universitäts- oder Institutswappen in tristschwarzer Typografie, da stellte dieser hier eine willkommene Abwechslung dar. Schnell überflog er den Inhalt, während sich Hills Finger so fest ineinander krampften, dass man es bis zu den Kieferknochen sah.

Doch es half kein bisschen.

Das Gesicht des Dozenten hellte sich freudig auf, und er lachte eines seiner vielen ekelhaften, unwiderstehlichen Lachen.

»Diesen Samstag, der dreißigste?«, versicherte er sich. »Das passt mir außerordentlich gut! Sag Catharina, dass ich sehr gerne komme!«

»Ah«, räusperte sich Hill, »äh ... ja, sehr schön.«

Der Dozent, ein viel beschäftigter Mann, war schon wieder auf dem Weg zu seinem Arbeitsplatz. Aufmunternd winkte er Hill mit der Einladung zu, bevor die Schwingtüren hinter ihm zuschlugen.

»Absolut, klar! Tausend Dank für die Einladung – dann bis Samstag!« Und bis auf die Hinweise, die sich Hill selbst schon ausgerechnet hatte, hatte der Rechtsmediziner nichts zu bieten gehabt.

2

Rund um den Knotenpunkt, der großen gelbweißen Zentrale für die öffentlichen Verkehrsverbindungen mitten in Helsingborgs Innenstadt, spielte es nicht die geringste Rolle, ob es Samstag oder irgendein anderer Wochentag war. Nicht einmal der Umstand, dass es der letzte Samstag im Monat war und das gerade begonnene Jahr schon fast Februar schrieb, schien von größerer Bedeutung.

Hier war alles hektisch wie immer. Vom Knotenpunkt aus konnte man sich mit unzähligen Verkehrsmitteln auf alle erdenklichen Arten fortbewegen – und aus noch zahlreicheren Gründen. Hier hielten Züge, Busse und Boote in einem nie endenden Strom nach unpersönlichen Fahrplänen, während die Fahrgäste ihre Ziele aus ganz persönlichen Gründen wählten.

Stefan Ryd vom Helsingborger Zoll interessierte sich für diese ganz persönlichen Gründe rein beruflich.

Als Leiter der Grenzkontrolleinheit 1:2 wartete er geduldig auf Position 3, dem Scandline-Terminal, auf die unmotorisierten Passagiere der Sundfähren. Die Fähren fuhren zwar nicht mehr so häufig wie früher, trotzdem verstrich nie mehr als eine halbe Stunde zwischen jedem Schiff. Manchmal war es auch wie jetzt – der Mechanismus der Dockschleuse hatte nicht funktioniert, als die M/S Hamlet am Vormittag festgemacht hatte. Es dauerte nur sieben bis acht Minuten, die Panne zu beheben, aber der sonst so regelmäßige Verkehrsrhythmus kam hoffnungslos aus dem Takt. Das störte bei einem so knapp berechneten Fahrplan wie hier gewaltig. Doch schon traf die Nachricht ein, die Schleuse sei nun offen, und der nächste Strom Reisender konnte sich jede Sekunde über die Fußgängerbrücke ergießen. Stefan wartete mit ein paar Kollegen darauf, sie mit durchdringendem Röntgenblick zu mustern.

Der Gürtel spannte um seine Taille. Wurde es etwa Zeit, die Belohnung des erfolgreichen Teams mit Sahnetorte durch etwas anderes zu ersetzen? Bananen vielleicht?

Nicht einen Augenblick lang glaubte er, dass dieser asketische Gedanke Gehör finden würde. Die Mitarbeiter hatten sich erschreckend schnell an die großzügige Geste des Chefs gewöhnt, das Andenken an jede größere Beschlagnahmung auf diese Weise zu bewahren. Damit war nicht mehr gemeint, wenn in einem Rucksack eine zusätzliche Stange Marlboro oder in einer Plastiktüte ein kleines bisschen mehr als die erlaubten Menge hochprozentiger Flüssigkeit aus der Fußgängerzone in Helsingør gefunden wurde. Nachdem Schweden EU-Mitglied geworden war, richtete sich die Aufmerksamkeit des Zolls nicht mehr auf solche Lappalien.

Stattdessen zählten die großen Beschlagnahmungen, wie der Fund von 200 kg Amphetaminen in wärmeversiegelter Plastikverpackung, ein Kofferraum voll Gras oder ein Lastwagen mit abertausend Litern Schwarzgebranntem, die ihren Weg über den Osten gefunden hatten. Also eine ansehnliche Menge, die eine Gefängnisstrafe von vier Jahren weit überstieg. Dennoch hatte Stefan, als er vor einigen Jahren sein Belohnungssystem einführte, in seinen wildesten Fantasien nicht ahnen können, welches Ausmaß seine kleinen kulinarischen Aufmunterungen annehmen würden.

Fakt war, dass Waren, die unter totalem Einführungsverbot standen, sowie unverzollte Güter in ungeahnten Mengen über die Landesgrenzen schwappten. Man konnte der neuen Grenzfreiheit, der allgemeinen gesellschaftlichen Lage oder den unzureichenden Ressourcen des Zollamtes die Schuld geben, ja man konnte auf eine ganze Reihe von Dingen schimpfen, aber für Stefan Ryd und seine Truppe änderte das nichts an den Tatsachen: Obwohl sie wie die Irren schufteten, begann der Bonus für die Beschlagnahmungen der letzten Zeit langsam, aber sicher in der Magengegend anzusetzen und stellte eine höchst unerwünschte Belastung dar.

Der »Strampelanzug« – die graue, aber sehr zweckdienliche Baumwolluniform der Zollbeamten – spannte bereits an gewissen Stellen. Wenn die neuen und hoffentlich etwas legeren blauen Uniformen nicht bald eintrafen, musste er streng auf seinen täglichen Kalorienkonsum achten.

Diese betrübliche Aussicht war vergessen, als sich die automatischen Glastüren der Gangways öffneten und eine Horde reiselustiger Dänen herausströmte.

Stefan zog den Bauch ein, hielt den Atem an und versuchte, so Respekt einflößend wie möglich auszusehen.

Die Zollkontrolle und ihr Rang beinhalteten nämlich eine psychologische Gratwanderung. Ein permanenter Balanceakt zwischen null Interesse, höflicher Beobachtung und resoluter Stellungnahme, der einer unendlichen Partie Bluffpoker ähnelte, deren einzige konstante Teilnehmer die Mitarbeiter des Zolls waren.

Fast die einzigen.

Zum größten Teil war sie völlig harmlos, die anonyme Masse der Pendler und Tagesausflügler, die nun durch die Türen in Richtung Zoll strömte. Ältere Damen, die Kuchen und Gemüse hamsterten, Familien mit kleinen Kindern und junge Männer auf Abenteuerfahrt. Die Letztgenannten sahen sich selbst oft als Piraten, die sich mit tödlicher Verachtung an der gesellschaftlichen Toleranzgrenze bewegten. Cowboys mit schweren Bierkarren anstelle von Buffalos, Outlaws mit zusätzlichen Weinkontingenten und Tax-free-Tabak, und Desperados mit einem ungesetzlichen Extraliter Aalborgs Aquavit in der Innentasche.

Längst hatten Stefan und seine Einheit alle dummdreist

nichts sagenden Mienen und gekünstelten Versuche, jeglichen Augenkontakt zu umgehen, durchschaut. Um solche Fälle kümmerten sie sich ohnehin nicht, vielmehr hielten sie nach zwei ganz bestimmten Kategorien Ausschau.

Zum einen nach Personen ... mit einem gewissen Etwas. Mit einem Verdacht, der sich schwer in Worte fassen ließ oder eigentlich kaum zu rechtfertigen war, bis er sich eventuell bestätigte.

Zum anderen nach Reisenden, die sie schon von früheren Überfahrten kannten. Nicht die gewöhnlichen Sundpendler, die zweimal täglich fünfmal in der Woche übersetzten. Nicht jene, die einer regelmäßigen Arbeit im Nachbarland nachgingen oder einfach nur die Überfahrt genossen und sich ein Bier genehmigten. Und auch nicht jene, die Jahr für Jahr einmal wöchentlich aus dem nachvollziehbaren Grund hinüberfuhren, der in Einkaufstüten mit Lebensmitteln resultierte. Mit der Zeit bekam man einen Blick für diese Kategorien, und man sortierte sie einfach aus. Aber alle, die plötzlich auftauchten und immer öfter etwas zwischen den Ländern zu erledigen hatten, um dann dieses Verhalten zu unterbrechen und erst Monate oder sogar Jahre später wieder aufzutauchen. Diese Gruppe Reisende war es oftmals wert, etwas genauer unter die Lupe genommen zu werden.

Zumindest war es die Mühe wert, eine unverfängliche, aber dennoch hinterlistige Frage bezüglich Reiseziel und Anliegen zu stellen.

Für einen erfahrenen Zollbeamten brauchte es nicht viel, eine im Gesetz vorgeschriebene Situation herbeizuführen, um sich auch noch einen Blick ins Gepäck zu verschaffen.

»Woher kommen Sie?« war zum Beispiel eine solche unschuldige Frage, und das geringste Zögern bei der Antwort konnte zu der weitaus heikleren Frage führen: »Und was für ein Anliegen führt Sie hierher?«

Wer kann da schon ohne das kleinste Zögern antworten? Egal, ob man völlig unschuldig ist oder Dreck am Stecken hat, man muss kurz nachdenken. Ja, was will ich eigentlich hier? So wenig war nötig, um eine legitime, private Frage zu stellen.

Stefan überlegte, ob ihm – wenn die äußerst hübsche junge Frau wieder auftauchen und sie ihre Schritte den steinernen Gang, der die Ausgänge mit dem Zollschalter verbindet, hinablenken würde – nicht eine harmlose Frage einfallen würde, die er ihr stellen könnte? Die wohlproportionierte Frau mit den langen Beinen und roten Haaren, die ihm schon beim ersten Mal vor ein paar Monaten aufgefallen war.

Seitdem ging sie ihm nicht mehr aus dem Kopf. Von allen Tausenden, nein Zehntausenden, die den Grenzübergang zwischen Helsingør und Helsingborg Woche für Woche passierten, war sie es, die ihm im Gedächtnis haften geblieben war und ihm nachts keine Ruhe ließ.

Seit kurzem begann das Bild undeutlicher zu werden, und die Fantasie spielte ihm auch keine zynischen Streiche im mittäglichen Gewimmel des Stadtzentrums mehr.

Aber jetzt tauchte sie hier wieder auf!

Und ausgerechnet jetzt hatten seine sonst so fixen Hirnzellen ihren Betrieb komplett eingestellt. Ihm fiel nicht die geringste Ausrede ein, sie zu stoppen, als sie, die Kopfhörer ihres Walkmans im Ohr, die Fähre verließ und mit kräftigen Schritten den Gang durchmaß. Nahezu verzweifelt versuchte er, nicht in ihre Richtung zu blicken, als sie mit raffinierter Nonchalance den einzig richtigen Weg einschlug. Unbehaglich und doch erregend nahe ging sie an Stefan vorüber, der wie festgenagelt an der grünen Schleuse stand und seinen Pflichten nachkam. Er fixierte das Ende des Korridors, wo eine Gruppe Jugendlicher unter lautem Gejohle ihre zwar legalen, aber umfassenden Mengen dänischen Biers einführten und die letzte mühevolle Strecke zum Zoll schleppten.

Als sie die Schleuse passierte, hielt er kaum merklich den Atem an, so dass der Druck des Uniformgürtels auf den Magen um ein paar Millimeter nachließ. Doch sie setzte ihren Weg scheinbar unbeteiligt fort und näherte sich dem Ausgang.

Dann konnte er sich nicht länger beherrschen. Die lauten Jugendlichen verloren schnell sein Interesse, stattdessen sah er, wie sie Richtung Rolltreppe, die zur Haupthalle des Knotenpunkts führte, verschwand.

So lange wie möglich sah er den Beinen in roten Strumpfhosen, die in hohen Stiefeln steckten, dem wohlgeformten Po, über dem der Rock spannte, und der gewagt engen Lederjacke nach. Das rote Haar war kurz geschnitten, aber dicht, und im Nacken geradezu verführerisch …

Plötzlich spürte er den Blick, drehte seinen Kopf und begegnete jenseits der Schleuse dem ironischen Lächeln seiner Kollegin Eva Bredberg. Ertappt räusperte er sich, grinste dann leicht geniert und hob entschuldigend die Achseln, während die letzten Reisenden auf den Ausgang zusteuerten.

»Kein Fisch an der Angel?«, fragte Eva spöttisch und rieb sich die Hände, die eben noch formell hinter ihrem Rücken geruht hatten.

»Nix«, antwortete er jovial. »Und du?«

»Nee, hier gab es nicht viel zu holen. Die Jugendlichen von eben waren zwar ganz schön laut, aber weder minderjährig noch in anderer Weise verdächtig, soweit ich das beurteilen konnte.«

Er mochte ihre Einstellung.

Die so genannten Jugendlichen mit einem 12-er Pack Bärenbräu in jeder Hand waren bloß drei oder vier Jahre jünger als sie selbst, aber sie drückte sich schon so wie die Elterngeneration aus! Die ganze Situation hatte etwas Komisches, wobei er sich eingestehen musste, dass diese ironischen Gedanken wohl vor allem sein eigenes Unbehagen vertreiben sollten, weil sie ihn durchschaut hatte.

Er wünschte sich inbrünstig, dass niemand über sein sinnloses Interesse für das Mädchen herziehen würde … das er wahrscheinlich sowieso nie wieder sehen würde. Aber dass es gerade Eva auffallen musste, war besonders peinlich. Sie, die

die gesamte Einheit während der vergangenen sechs Monate so aufgemuntert hatte, sie, die …

Ach, was soll's!

Jetzt hatten sie erst mal eine Pause, wertvolle ruhige Minuten zwischen den häufigen Fährankünften, die man am besten auch nutzen sollte. Er sollte lieber einen Kaffee trinken, sich entspannen und den ganzen Vorfall vergessen.

Aber er ahnte schon, dass alles anders kommen würde. Heute Abend würde er wach liegen und nachdenken. Überlegen, welche Bürgersteige sie mit ihren netten Beinen wohl betreten hat, seitdem sie den Knotenpunkt verlassen hatte. Ob sie bei dem spätnachmittäglichen, eisigen Nordwind gefroren hatte, hungrig gewesen war oder ob sie jemand in der Stadt getroffen hatte – und wo sie in dem Fall die Nacht verbrachte.

Er seufzte, blickte ein letztes Mal zu dem nun definitiv geschlossenen Ausgang hinüber und schlurfte den anderen in die Kaffeeküche hinterdrein.

Plötzlich kam ihm alles so trist vor.

Ja, es war richtig traurig und elend, dass es gerade heute keine Torte gab!

Kurz nach halb sechs beendete er die sonst uninteressante Schicht, ging durch den Personalausgang auf die jetzt verlassene, einsame Warteplattform für die Passagiere des nächsten Schiffes. Heute Abend hatte er kein Jiu-Jitsu-Training, aber montags und donnerstags trainierte er diesen Kampfsport auf der Dojomatte, und der Braungurt lag schon in Reichweite. Hätte er aber heute Training gehabt, dann hätte er es wohl einfach geschwänzt. Heute fühlte er sich so. Irgendwie traurig und überflüssig. Er wollte nur noch nach Hause.

Vom Sund stieg der feuchte Nebel die Straßen herauf, als sei er ein alter Bekannter, und glitzerte auf dem Asphalt, als plötzlich die Scheinwerfer der ersten Lastwagen aufleuchteten, die in Kürze an Bord einer der drei großen Scandline-Fähren rollen würden. Der erste Fahrer hatte das Pech, genau in dem Moment einzutreffen, als die letzte Fähre durch die südliche Mole steuerte. Wenn er sich beeilte, konnte er noch kurz austreten, bevor die grüne Lampe aufleuchtete und es Zeit war, an Bord der nächsten Fähre zu fahren.

Gerade dieser Lastverkehr war Stefans Spezialität, damit befasste er sich normalerweise, und damit ging auch so furchtbar viel Geld für Backwerk drauf. Natürlich wurden hier die großen Schmuggelversuche getätigt, und die Kontrollen lieferten spektakuläre Schlagzeilen und Reportagen, die eventuell das Budget positiv beeinflussen konnten.

Die Bewachung der Fußgängerschleuse erfüllte nur den Zweck, allen, die das Vorhandensein des Zolls nach dem EU-Beitritt bezweifelten, eben jenes unter Beweis zu stellen. Auch das war eines der vielen seltsamen Missverständnisse bezüglich der Europäischen Union: Dass jeder Zollbeamte seit Beginn der ersten Januarnacht 1995 zu einer gänzlich unbeweglichen Salzsäule erstarrt sei.

Doch das war nicht wirklich der Fall.

In der Fußgängerschleuse wurde alles auf einmal so verdammt persönlich. Direktkontakt mit jedem Menschen, der vorbeiging. Und mehr als ein oberschlauer Reisender nutzte die Gelegenheit, um seine vermeintliche Überlegenheit über die – wie sie glaubten – plötzlich so geknebelten Repräsentanten der Behörden zu demonstrieren. Die ersten Wochen waren richtig mühsam gewesen. Vielen Kollegen hatten die frechen Sticheleien und boshaften Frotzeleien übel zugesetzt, von Leuten, die glaubten, sie hätten dieses eine Mal nichts von den lahmen Gestalten im Strampelanzug zu fürchten.

Doch allmählich wurde die Gesetzgebung angepasst, und die Beamten konnten sich in der Gewissheit wähnen, dass sowohl die gesetzlichen Voraussetzungen als auch die taktischen Möglichkeiten gegeben waren, um ihrer Arbeit sinnvoll nachgehen zu können.

Stefan zog es jedoch vor, den steten Strom des Autoverkehrs zu überwachen, statt sich in die Fußgängerschleuse zu klemmen, auch wenn er manchmal keine andere Wahl hatte.

Bei der Verkehrskontrolle wurde die Grenze unmittelbarer und offenbarer gezogen: Bei einem Kilo Amphetaminen oder zehn Kartons mit Hochprozentigem gab es keine Diskussion. Es musste mit offenen Karten gespielt werden, die nächste Instanz war der Staatsanwalt.

Das ließ ihn jetzt allerdings kalt. Für heute hatte er seinen Arbeitstag beendet. Schnell nach Hause und etwas Gutes zum Abendessen brutzeln, während im Fernsehen die Sportnachrichten liefen. Und hoffentlich noch etwas Zeit für den neuen Computer finden, der immer noch Probleme machte.

Stefan knöpfte seine Jacke zu, denn auch wenn es nicht besonders kalt war, fror man bei der rauen Kälte, die vom Sund emporstieg, bis auf die Knochen, und prompt begann er zu zittern.

Das Auto stand noch dort auf dem Personalparkplatz, wo er es abgestellt hatte. Normalerweise ließ er sich nicht so leicht aus der Ruhe bringen, denn er fuhr mit einem alten, verbeulten Honda Civic zur Arbeit. Kein Modell, bei dem man ein zweites Mal hinsehen würde.

Der Honda war eiskalt.

Aber er sprang ohne weiteres an, und bis sich die Wärme im Wagen ausgebreitet hatte, musste Stefan wohl oder übel der Kälte, die ihm unbehaglich von den Beinen zum Rücken hinaufkroch, trotzen.

Um die Temperatur schnellstmöglich zu erhöhen, fuhr er mit Höchstgeschwindigkeit auf die breite, brausende Autobahn, deren Kreisverkehr vor der Auffahrt mit der abstoßenden Blechskulptur in jede beliebige Richtung führte. Malmö, Göteborg, Stockholm oder Bårslöv – jedes Ziel war erreichbar, vorausgesetzt, man wählte die richtige Fahrspur.

Sobald Stefan die ersten Ausfahrten zur Stadt hinter sich gelassen hatte, beschleunigte er das Tempo. Er spürte, wie sich die ersehnte Wärme langsam vom Boden im Wageninneren ausbreitete, und hörte endlich auf zu schlottern.

Noch weitere fünf bis sieben Minuten, dann würde er bereits zu Hause in Rydebäck sein und in das Fernsehsofa sinken. Das gemütliche Sofa, mit einem gestreiften Stoff aus den Siebzigern bezogen, in dem man zu jedem noch so belanglosen Fernsehprogramm wunderbar schlafen konnte. Besonders, wenn man sowohl ausgeflogene Kinder als auch eine Ehefrau mit anderem Wohnsitz hatte.

Und wenn er heute einfach auf das Abendessen verzichtete? Sich nur ein Brot oder etwas in der Art machen würde, denn er hatte eigentlich keine Lust zu kochen.

Er ignorierte die Abzweigungen nach Stockholm und Göteborg, drückte den Fuß fester auf das Gaspedal und ließ sich in die Kurve Richtung Malmö gleiten. Die Auffahrt war lang und dunkel, bis sie an die A6 gen Süden anschloss, und auf der geraden Strecke musste man höllisch auf den toten Winkel achten.

Der Verkehr floss in einem dichten Strom zügig Richtung Südküste, so dass Stefan sich beim Einfädeln sorgfältig umsehen musste. Dennoch überraschte ihn ein Mercedes-Kombi, der mit wahnsinniger Geschwindigkeit hinter ihm auftauchte und vor dem er sich im letzten Augenblick auf die rechte Spur retten konnte.

Die Hupe des unbekannten Fahrers antwortete mit einer wütenden Zurechtweisung, ohne seine halsbrecherische Fahrt auch nur für einen Augenblick zu verlangsamen. Stattdessen brauste er auf der linken Spur davon, als würde die gesamte Autobahn ihm gehören.

Im Schein der Brückenbeleuchtung konnte Stefan deutlich erkennen, dass das Auto grafitgrau war, und es gelang ihm gerade noch, einen Blick auf das Nummernschild zu erhaschen, bevor das Kennzeichen BYP 107 außer Lesweite war.

»Verdammter Idiot«, zischte er dem Wagen ins Nichts hinterher.

Der Mercedes raste weiter Richtung Gumlövsbacken, während Stefan die Abfahrt nach Rydebäck nahm und sein Tempo auf Ortsgeschwindigkeit drosselte, als er die Baum- und Pflanzenschule Petab passierte. Hinter ihren erleuchteten Panoramafenstern prangte eine grüne Mittelmeeratmosphäre. Hier herrschte immer Sommersaison für Sonnenschirme, prachtvolle Blumen und Gartenmöbel – was richtig aufmunternd wirkte. Wie immer leuchtete am Ortseingang die Reklame der Rydebäckshalle ihr »Willkommen zu Hause«. Von so einem wilden Spinner würde er sich doch nicht den Samstagabend verderben lassen!

Etwas besser gelaunt schlängelte er sich durch das Villenviertel und parkte schließlich vor seinem kleinen Reihenhaus.

Jetzt würde erst einmal wie geplant das Abendessen zubereitet.

Er vergaß den Computer und ließ sich stattdessen sein Essen bei einem Video mit dem Komikerduo Stefan & Krister schmecken. Seine Stimmung hellte sich merklich auf, er genoss diesen vollkommen normalen Samstagabend und verschwendete keinen einzigen Gedanken mehr an den verfluchten Benz.

3

Der junge Mann, der – obwohl in Skåne beheimatet – wieder seinen ursprünglichen, exotisch klingenden Namen Toni Tong angenommen hatte, strich sich nachdenklich über das Kinn.

Doch es war nicht die Qualität der neuen Rasur, über die er sich Gedanken machte. Sie war absolut einwandfrei und verlieh seiner olivgoldenen Haut eine attraktive Samtigkeit. Die Schwingköpfe des elektrischen Rasierers von Philips hatten wie üblich gute Arbeit geleistet.

Dennoch fuhr er sich leicht frustriert mehrmals über seine hohen Wangenknochen, während seine orientalischen, schräg stehenden Augen suchend über den Öresund blickten. Vom Wohnzimmerfenster seiner luxuriösen Junggesellenwohnung im neu erbauten nördlichen Hafenviertel sah er das milde Licht der Insel Ven im Süden glitzern und die Verlockungen Helsingørs in verführerisch grellen Farben von der dänischen Seite gegenüber leuchten.

Toni konnte es sich leisten, so kostspielig zu wohnen, denn er hatte seit seinem vierzehnten Lebensjahr gearbeitet und für sich selbst gesorgt.

Damals, vor zwölf Jahren, hatte er seinen allerersten Auftrag ausgeführt. Seine unwirklich kühle Geschicklichkeit hatte den Auftraggebern sofort imponiert. Eine bombensichere Fähigkeit, jede menschliche Zielscheibe, für die er angeheuert wurde, zu identifizieren, zu isolieren und in einigen Fällen spurlos zu eliminieren.

Nicht ohne Stolz trug er die Verantwortung für seine äußerst spezielle Arbeitsmethode. Eine Methode, die weder etwas dem Zufall überließ noch den Fahndern.

Unter Verdacht? Ja, jetzt wie damals gab es Verdachtsmomente. Doch die Polizei hat ihm nie auch nur das Geringste nachweisen können, kein einziger Beweis, keine ausreichend kompromittierenden Indizien.

Von Kindheit an war er also einer der meistbeauftragten und gefragtesten Auftragskiller der südschwedischen Unterwelt, sowie Kokainhändler und Bote ganz allgemein. Nicht nur, doch in letzter Zeit immer öfter, in der brausenden schonischen Hafenstadt Helsingborg. Die Stadt, die ebenso wie New York niemals schläft, sich aber dennoch etwas von der unschuldigen Sicherheit der ruhigen Bauernprovinz bewahrt hat – wenn man diese Betrachtungsweise vorzieht.

Toni zog es jedenfalls vor, alles genauso zu sehen, wie es ihm selbst passte.

Er kümmerte sich weder um die ehrenhafte Geschichte der Stadt noch um ihre Einwohner oder Zukunftspläne. Scherte sich keinen Deut um die kolossalen Buchenwälder, die die Industrie- und Wohngebiete umgaben, geschweige denn um die bedeutenden Kulturstätten.

Ignorierte geflissentlich, wie das Leben eigentlich gelebt wurde, hier oben in Tågaborg mit den vielen Steinhäusern, draußen auf Drottninghög oder in den Villen, die sich an die Abgründe atemberaubender Schluchten schmiegten und mit den Hügeln der wilden Natur verschmolzen.

Fragte nicht danach, ob die A4 und die A6 die Stadt von Osten her umrundeten, und behandelte seine alternden Pflegeeltern, die noch immer in dem kleinen Nest Nygårda wohnten, wie Luft. Inzwischen war der Kontakt zu ihnen gänzlich abgebrochen. Sie hatten ihren Teil getan, als sie ihn aus der Gosse in Saigon retteten – schließlich waren sie Missionare –, ihn adoptierten, ernährten, kleideten, erzogen und liebten, als wäre er ihr eigen Fleisch und Blut. Und sie waren für Toni Tong nun nicht mehr als Fliegendreck auf einem Stück Papier.

Nicht eine Sekunde lang beachtete er die Schönheit der weißen Boote, die zu fast jeder Tages- und Nachtzeit über das Wasser glitten. Der stete Touristenstrom war ihm gleichgültig. Für ihn nur unwichtige Personen, die ahnungslos und eifrig den besten Preis der gluckernden Waren in exotischen Flaschen ausfindig machten.

Das blankschwarze Wasser des Öresund vor seinem Schlafzimmerfenster verkörperte für ihn nichts weiter als eine Grenzlinie zwischen dem großen, lukrativen europäischen Markt und dem sicheren, heimischen schwedischen.

Ihm war es lediglich wichtig, von dem Kuchen der Unterwelt das größtmögliche Stück an sich zu reißen und anschließend schnell wie der Blitz auf die Bahamas oder nach Jamaica zu verschwinden. Deshalb hatte er auch gerade einem dringend Bedürftigen, der an einer Kreuzung bei Glumslöv wartete, ein kleines, schneeweißes Päckchen übergeben.

Den kompletten Idioten, mit dem es auf der Autobahn fast zu einem Zusammenprall gekommen wäre, hatte er völlig verdrängt, sobald er das unverwechselbare Knistern der Scheine hörte. Geld war das, was wirklich zählte; für unbedeutende Lappalien hatte er keine Zeit.

Nein, Toni wickelte seine Geschäfte in ganz anderen Dimensionen ab. Augenblicklich überlegte er ausschließlich, wie Jeanette Leclerque erneut das Kunststück gelungen war, seine Waren ohne Verdacht zu erregen durch die Zollkontrolle zu schmuggeln.

Die Nachbarn des geschilderten Luxushauses hegten keinerlei Misstrauen oder sonstigen Verdacht gegen Toni, trotz seines etwas fremdartigen Aussehens. Im Gegenteil, soweit man sich überhaupt einmal im Hausflur oder Fahrstuhl begegnete, hielt man ihn für einen vollendeten Gentleman, jemand, der nie störte, grölte oder die Treppe in einem unsauberen Zustand hinterließ.

Stets grüßte er in reinem, wohlklingendem Schonisch. Zupfte vielleicht ein wenig an den Hemdmanschetten, die unter dem Ärmel des teuer verarbeiteten Armani-Jacketts eine Spur nach hinten rutschten, so dass scheinbar unabsichtlich das Gehäuse einer funkelnden Rolex sichtbar wurde.

Denn auf solche Dinge kam es doch schließlich an, oder etwa nicht? Besonders hier, wo die Wohnungen in der Ministerkategorie eine knappe Million Anzahlung und ungefähr zehntausend monatlich kosteten.

Konnte man sich das leisten, hatte man auch für eine Rolex und einen guten Rasierapparat etwas übrig. Toni Tong zerbrach sich also nicht über Rechnungen den Kopf, als er sich gedankenverloren über seine Wange strich, sondern darüber, wie es seinem kleinen Kurier heute wohl ergangen war.

Seit zehn Minuten erwartete er einen Anruf auf seinem Mobiltelefon.

Natürlich wusste er, dass sie genauso plietsch und verschlagen war wie notwendig, andererseits war sie relativ neu im Geschäft und noch ziemlich unerfahren.

Bei einem Kurierauftrag konnte im Prinzip alles Mögliche passieren, und schon der kleinste Fehler war folgenschwer. Sogar eiserne Routiniers konnten auffliegen, wenn beharrliche Zollbeamte sie aufs Glatteis führten.

Dass der Anruf auf sich warten ließ, gefiel ihm überhaupt nicht.

Aus irgendeinem Grund glaubte er nicht, dass Jeanette der Kategorie angehörte, die sich leicht ins Bockshorn jagen lassen würde.

Nein, sie würde den Beamten einfach mit ihren schönen langen Beinen, ihren frechen roten Haaren und ihren ultrakurzen Röcken den Kopf verdrehen.

Und diese Tätowierung ... aber die würde selbstverständlich nur bei einer Leibesvisitation entdeckt werden. Schade, eigentlich. Es war nämlich ein richtiger Leckerbissen, das kleine Motiv, das sie über dem Venushügel trug. Eine geschickt ausgeführte Arbeit, direkt oberhalb des dunklen Dreiecks der Schamhaare, das die räuberische Spinne Schwarze Witwe darstellte.

Ein passendes Bild.

Vor zwei Wochen, als sie sich bei einem schweren Verkehrsunfall herausgeredet hatte, war er Zeuge ihrer durchtriebenen Kaltblütigkeit geworden:

Die Nacht war pechschwarz, als sie von einem Fest in Hyllinge nach Hause fuhren. Sie saß am Steuer, denn er hatte etwas geraucht und zu tief ins Glas geguckt. Wenn also jemand als annähernd nüchtern bezeichnet werden konnte, dann sie.

Er war in dem lederbezogenen Beifahrersitz des Benz eingedöst und hatte nicht das Geringste bemerkt. Plötzlich hörte er einen Knall.

»Verdammt!«, brüllte sie, legte den Rückwärtsgang ein und preschte gute 50 Meter zurück, dass der Straßenschotter gegen die Radkappen spritzte. Dann bremste sie, stieß die Autotür auf und rannte an die Stelle zurück, wo es geknallt hatte.

Schlaftrunken und verwirrt blickte er ihr nach, wie sie auf eine Gestalt zulief, die offenbar leblos am Boden lag. Sie rief und brüllte, weckte die Anwohner der umliegenden Mietshäuser und log ihnen dreist ins Gesicht.

»Rufen Sie den Notarzt und die Polizei! Hier ist ein junger Mann angefahren worden, und der Täter hat Fahrerflucht begangen«, schrie sie mit gespielter Hysterie.

Ein junges Paar, das eine Seitenstraße hinunterging, hatte die Rufe gehört und kehrte um.

Sie spielte ihre Rolle perfekt, weinte schluchzend und schlotterte von dem Schock, den sie nicht im Entferntesten erlitten hatte.

»Das Einzige, was ich gesehen habe …«, schniefte sie, indem sie ihre Worte mehrmals wiederholte, »war ein dunkler Volvo 40, der in rasendem Tempo in diese Richtung verschwunden ist.«

In theatralischer Erschöpfung zeigte sie die finstere Straße hinunter, die in eine scharfe Kurve mündete – doch bei der trüben Straßenbeleuchtung war nichts mehr zu sehen.

Allerdings hatte es auch vorher nichts zu sehen gegeben.

Das junge Paar war inzwischen am Unfallort stehen geblieben und durch den Anblick, der sich ihnen bot, wie gelähmt.

»Um Gottes willen, der arme Junge«, stammelte Jeanette und sank neben dem Körper auf der Straße in die Knie. Sie drehte mit vollendet gespielter Fürsorge das blasse Gesicht des Opfers in das Licht der Straßenlaterne, hauptsächlich, um sicherzugehen, dass er wirklich vollkommen bewusstlos war.

Der Junge, ein dunkelhaariger Bursche in Abendgarderobe, war allem Anschein nach in ein tiefes Koma gesunken.

»Um Himmels willen ... wie kann jemand nur so etwas tun«, schluchzte sie nach einer kleinen Kunstpause und ging zum zweiten Akt ihrer kleinen Darbietung über.

»Oh ... oje, mir ist so übel«, jammerte sie herzzerreißend.

Sie seufzte überzeugend und stöhnte beklemmend, während das erschrockene Paar sich so weit sammeln konnte, um ihr aufzuhelfen.

Inzwischen fühlte sich Toni wieder relativ nüchtern und einigermaßen auf Draht. Als wäre der betäubende Rausch des Abends mit einem tiefen Atemzug wie fortgeblasen, und er begriff endlich, was da vor sich ging. Das Gefühl drohender Gefahr gab ihm seinen Scharfblick zurück. Unter keinen Umständen wollte er in irgendeine verfluchte Vernehmung verwickelt werden.

Er stieg aus dem Auto, schleppte sich schwer hinkend zum Unfallort und improvisierte, so gut er konnte

»Liebling ... Liebling, wie geht es dir?«, rief er und zog das Bein mühsam hinterher.

»Es ist das Baby, Henry ... das Baby. Mir geht es so schlecht ... ich muss nach Hause! Ich komme, bleib du, wo du bist ... du musst an dein Bein denken, Liebster«, schniefte sie hilflos.

Das Paar versuchte ungeschickt, sie zu stützen, doch sie machte eine abwehrende Geste und versicherte, allein zum Auto zurückgehen zu können.

»Kümmern Sie sich lieber um den Jungen«, schluchzte sie überzeugend. »Ich bin schwanger – ich muss an das Kind denken, damit ich keine Fehlgeburt erleide. Wir müssen nach Hause, mein Mann ist frisch operiert am Bein und ... oh, mir ist so schlecht ... kümmern Sie sich um ...«

Stolpernd ging sie zurück zum Benz und wandte sich noch ein letztes Mal um, um das beeindruckende Finale des Dramas zu liefern.

»Erzählen Sie der Polizei von dem Volvo ... von diesem dunklen Volvo 40, der sich einfach davon gemacht hat«, rief sie matt und hielt sich pathetisch den Bauch.

Er hatte sich wieder zum Beifahrersitz des Autos geschleppt, als sie die Tür auf der Fahrerseite öffnete, einstieg und startete, dass der Motor aufheulte. Sie fuhr noch weiter zurück, wendete auf dem Schotterweg, der zum Spielplatz der Wohnanlage führte, und raste davon.

Kaum war das Bild der verwirrten Menschen am Unglücksort aus dem dunklen Reflex des Rückspiegels verschwunden, lachten sie beide aus vollem Hals, bis ihnen fast die Luft wegblieb.

Zum zweiten Mal überfuhr sie Rot, bog nach rechts ab und sauste die Furutorpsgatan auf dem Mittelstreifen hinunter, als wären sie die einzigen Bewohner der Stadt.

Sie kiekste vor Lachen, trocknete sich ein paar Tränen in den Augenwinkeln und verlangsamte kaum merklich die Fahrt, bevor sie gesetzeswidrig rechts in die Busspur der Södergatan einbog. Sie befanden sich nun mitten in der Södercity und hier galt es, eine ruhigere Kugel zu schieben. Bis zur Polizeistation war es nicht weit, und inmitten der Kinos und Kneipen waren weitaus mehr Menschen unterwegs.

»Was sagst du nun?«, kicherte sie zufrieden, schaltete das Radio ein und trommelte zu Lou Begas »Mambo Number 5«, den Radio Stella den aufgeputschten Nachtschwärmern der Stadt großzügig servierte, mit den Fingern auf das Lenkrad.

»Bin ich cool, oder bin ich cool, he?«

»Du bist verrückt!«, lachte er. »Du bist einfach verrückt!«

»Yes – *und* cool!«

Es gelang ihr, das Auto ohne weitere Intermezzi durch den mit Fahrverbot belegten Stadtteil zu bugsieren, und sie steuerte am Mäster Palms Platz vorbei die breite Straße an.

»A Little Bit of Jessica«, sangen Lou und Jeanette im Duett, während sie ihren Körper im Rhythmus wiegte und die Södergatan Richtung Bergaliden einschlug.

»Okay, okay«, zischte Toni, plötzlich irritiert. »Du *bist* cool – aber komm verdammt noch mal wieder auf den Teppich, sonst hast du gleich noch einen Skalp auf dem Kühler, so viele Leute, wie hier rumlaufen!«

»Feigling«, amüsierte sie sich, nahm aber ohne weitere Zwischenfälle die Kurve zur Järnvägsgatan und dem weiß strahlenden Tempel des Knotenpunkts.

Über seine Daseinsberechtigung war einst viel und heftig diskutiert worden, aber er wurde dennoch gebaut, und von mehreren Seiten betrachtet stellte dieses Projekt eine umfassende Aufwertung für die Stadt Helsingborg dar.

Die einwandfrei durchdachte – ja für seine Zwecke mit Design geradezu überfrachtete – Anlage hatte das innere Hafengebiet auf einen Schlag grundlegend verändert. Nachdem die Gegend lange Zeit ein finsterer und versteckter Winkel gewesen war, erstrahlte sie nun gleichsam in neuem Glanz. Jetzt verkörperte sie den pulsierenden Mittelpunkt sowohl für die internationalen als auch die lokalen Reisenden, aber auch für eine steigende Kriminalität.

Der Großbau bot nicht nur, wie geplant, hübsche, moderne Lokalitäten für seriöse Geschäftsleute. Mit seinen unzähligen Korridoren und engen Gängen bot er auch solchen Typen wie Toni Tong Gelegenheit, weitaus halbseidenere Geschäfte unter seinem Dach abzuwickeln.

Da in diesen Zeiten der Einsparungen die Ressourcen der Polizei nicht ausreichten, patrouillierten dort Männer eines privaten Wachunternehmens rund um die Uhr. Doch auch sie konnten nicht überall sein. Das kam Toni und seinen Kollegen sehr gelegen. Schnell kannten sie die Routine der Wächter und konnten ihnen leicht aus dem Weg gehen. Sofern sie ihre Geschäfte nicht bei einer Tasse Kaffee oder einem Bier in einem der Restaurants abwickelten – also quasi völlig öffentlich.

Toni hatte Jeanette Leclerque in Amsterdam kennen gelernt und schnell begriffen, dass sie in Helsingborg zusammen eine ganze Menge auf die Beine stellen konnten.

Vermutlich hatte sie dasselbe gedacht, denn sie hatte keinen Augenblick gezögert, ihre Karriere als Prostituierte an den Nagel zu hängen und war ihm nach Hause gefolgt.

Doch sie fuhr hier ebenso wild wie in Amsterdam, und ihr achtloser Stil begann ihn bald zu nerven. Wenigstens konnte sie daran denken, dass sie in einem Mercedes der 500 000-Kronen-Kategorie saß – und nicht in dem alten, schrottreifen BMW, den sie fuhr, als er sie zum ersten Mal traf. Die Behebung eines einzigen kleinen Lackschadens würde mehr als ihr gesamtes Auto kosten!

Natürlich war ihre herausfordernde Art ein willkommenes Hilfsmittel, doch zugleich war sie auch ein nicht zu unterschätzendes Risiko. Wer konnte wissen, ob Jeanette nicht die falsche Person provozierte? Sie selbst jedenfalls nicht. Ihr war das vollkommen gleichgültig!

Als hätte sie seine Gedanken gelesen, trat sie noch energischer auf das Gaspedal und trotzte am Stortorget erneut der roten Ampel. Um ein Haar wäre sie mit einem VW-Käfer, der von rechts kam und grün hatte, zusammengestoßen. Sie lachte arrogant.

»Das läuft ja wie geschmiert!«

»Jetzt beruhige dich endlich!«, fuhr er sie wütend an. »Das hier ist keine Kaffeefahrt – das ist reine Idiotie.«

»Und wer«, entgegnete sie boshaft, »glaubst du, redet hier von der Fahrt?«

Sie nahm den Fuß vom Gas, zwang ihr wohlgeformtes rechtes Bein am Schalthebel vorbei über die Handbremse in seinen Schoß. Sie trug halterlose Netzstrümpfe. Als sie gierig nach seiner Hand griff und sie unter den kurzen Rock zog, war sie bis zu den Leisten feucht, und ihr Tanga bot nicht den geringsten Widerstand, als sie seinen Zeigefinger hineinschob.

Sie atmete schwer, als sie ohne herunterzuschalten die Linkskurve hinter dem Sundstorget nahm.

Seine Wut war sofort definitiver Erregung gewichen.

An der nächsten Straßenecke musste sie anhalten.

Ebenso geschickt, wie sie das Bein zu ihm herübergeschoben hatte, zog sie es wieder zurück und bog nach rechts.

Sie waren zu Hause.

Während sie den Benz auf dem Parkplatz abgestellt hatte, saß er beinahe atemlos und mit ihrem Saft an den Fingern im Auto.

Er hoffte darauf, dass sie im Fahrstuhl nach oben alleine sein würden, und er hatte Glück.

Toni schmunzelte laut über diese Erinnerung, richtete sein Revers und schnippte einen kaum sichtbaren Fussel von dem glatten Kragen.

Als das gehetzte Signal des Mobiltelefons endlich seine erregenden Tagträume durchdrang, zuckte er ertappt zusammen.

Sicherheitshalber überprüfte er mit einem Blick auf das Display, ob tatsächlich sie die Anruferin war. Endlich war es so weit, zu dem vereinbarten Treffpunkt zu fahren und die Ware abzuholen.

Und sie.

Bis nach Åstorp und Checkpoint Sweden, wo sich Toni Tong für gewöhnlich mit Jeanette traf, sobald er den kurzen Anruf, der den ausgeführten Auftrag verkündete, erhalten hatte, war es nicht besonders weit.

Die Strecke war dennoch lang genug, um sichergehen zu können, dass ihnen keine unerwünschte Gesellschaft folgte. Einer oder mehrere, die nichts lieber sähen, als dass die beiden bei einem richtig schmutzigen Geschäft erwischt würden.

Deshalb verwischten sie mit übertriebener Vorsicht alle eventuellen Spuren, bevor sie erneut Kontakt miteinander aufnahmen.

Nun saß sie vor einer Tasse Kaffee an dem verabredeten Tisch, der an einem nicht sehr gemütlichen Ort platziert war, nämlich direkt neben dem Notausgang. Sie wirkte nicht im Mindesten beunruhigt, was sie ohnehin selten war. Die Kopfhörer noch immer aufgesetzt, klopfte sie etwas zu heftig im Takt gegen die Tischkante.

Er schien vollkommen desinteressiert an ihr und steuerte geradewegs das WC an.

Sie ihrerseits würdigte ihn keines Blickes, sondern nahm einen Schluck Kaffee und trommelte weiter auf dem Tisch.

So machten sie es jedes Mal.

Toni ließ die Toilettentür einen winzigen Spalt geöffnet und behielt das Lokal zwischen Eingang und Jeanettes Tisch genau im Auge.

Eine Familie packte gerade ihre Sachen zusammen und kehrte zu ihrem Auto zurück. Die Kaffeepause hatte die Reiselust offensichtlich keinen Deut gesteigert, denn die beiden Sprösslinge und ihre Eltern benahmen sich wie quengelnde Kleinkinder. Doch der gordische Knoten wurde dadurch gelöst, dass der Vater an die Kasse hastete und den Kindern ein Eis kaufte, deren Mienen sich sofort aufhellten. Nur die sturen Erwachsenen blickten immer noch griesgrämig drein. Auf jeden Fall trollten sie sich, und Jeanette war neben der Bedienung die Einzige im Lokal.

Er wartete noch einen Moment.

Beobachtete abwechselnd den Ausgang, den Parkplatz vor der Tür und die scheinbar völlig unbekümmerte Jeanette.

Nie zuvor hatte er eine derart beherrschte Person wie sie getroffen. Mit keiner Miene oder Geste verriet sie, dass es für Kriminal- und Zollbeamte allen Grund gab, hier aufzutauchen und unschöne Armbänder um ihre Handgelenke zu legen. Als würde sie nicht im Entferntesten auf einen solchen Gedanken kommen. Nicht etwa, weil die anderen so unendlich begriffsstutzig waren, sondern weil sie selbst so ungeheuer souverän und selbstsicher war. Oder war das Nonchalance? Er war sich nicht sicher.

Aber es gab Gelegenheiten, da beneidete sogar er, der Professionelle, sie, die Amateurin.

Er gab der ganzen Prozedur gute zehn Minuten. Auf dem Parkplatz und der Autobahnausfahrt rührte sich kein einziges Auto, seitdem die Familie in einem alten Volvo holpernd abgedampft war. Jeanette hatte sich, wie immer, ein Taxi genommen, das sie in einer der engen Straßen der Innenstadt zu sich herangewunken hatte. Es war nicht leicht, einem Taxi durch die verschlungenen mittelalterlichen Gassen ungesehen zu folgen. Nicht einmal für die Polizei.

Schließlich hatte er sich überzeugt, verließ das WC, ging direkt auf ihren Tisch zu und setzte sich neben sie.

»Kaffee?«, fragte sie und bot ihm ihre Tasse an.

Aber sie nahm Zucker.

Das war ihm zuwider, und er schüttelte den Kopf.

»Keine Schwierigkeiten?«, fragte er.

»Natürlich nicht.«

»Gut – sehr gut.«

»Kannst du nicht wenigstens dafür sorgen, dass ich vier Räder zur Verfügung habe? Es ist doch eine Zumutung, dass ich mich mit Zügen und Schiffen wie eine dahergelaufene Interrailstudentin fortbewegen muss!«

Er gab keine Antwort und beschloss, über die Sache nachzudenken. Es wäre vielleicht einfacher für sie beide? Einen Mietwagen konnte man außerdem von der Steuer absetzen, und vielleicht würde ein Auto die Ausführung der Aufträge noch beschleunigen. Aber er behielt seine Gedanken für sich, denn es galt die Dinge genau abzuwägen, bevor man dieser jungen Dame hier etwas versprach. Andernfalls konnte sie penetrant und aufdringlich wie eine altweibersommertrunkene Wespe werden.

»Hast du die Ware?«, fragte er stattdessen.

»Mmm«, nickte sie.

»Sie steckt wohl kaum hier in der Tasche, oder?«

»Nee, verwahrt an einem sicheren Ort.«

»Wo denn?«

»Die Witwe passt auf.«

Er grinste und wünschte sich für einen Moment, er wäre die Ware. Aber nun galt es, keine kostbare Zeit zu vergeuden. Er erhob sich, ohne mit den Stuhlbeinen über den Boden zu scharren. Ein Reflex, den er sich angewöhnt hatte, um nicht unnötig aufzufallen.

»Hier«, sagte er und reichte ihr die Jacke, die über der Stuhllehne hing. »Wir machen uns aus dem Staub.«

»In Ordnung, aber wohin?«

Er warf einen verstohlenen Blick auf die Bedienung hinter dem Tresen, um sicherzugehen, dass sie abgelenkt war. Doch sie war vollkommen damit beschäftigt, die Kühltheke mit neuen Vorräten an Getränken, Sandwiches und Kuchen zu füllen. Man musste immer auf dem Sprung sein, denn hier konnte jeden Augenblick unverhofft eine Busladung mit Leuten einfallen, auch wenn sich der Abend bereits seinem Ende zuneigte.

»Wir geben das Zeug beim Boss ab«, sagte er, »und dann fahren wir nach Hause.«

»Ist er im Büro?«

»Mmm.«

»Gut, von da ist es nicht so weit bis nach Hause.«

Mit bemerkenswerter Selbstverständlichkeit nahm sie neben ihm auf dem Beifahrersitz des Benz Platz. Schob die Hand unter den Rock und zeigte mit einer flinken Bewegung, dass die CD über ihrem leicht gewölbten Venushügel sicher verstaut war.

Die Spinne blitzte weiter unten am Rand des Dschungels kurz auf.

Zufrieden stellte Jeanette fest, dass ihm gefiel, was er sah, und ließ ihre manikürte Hand über seinen muskulösen Oberschenkel in die Leistengegend gleiten.

Er lächelte vieldeutig, legte die Hand aber auf ihr Bein zurück. »Später«, versicherte er, »... später.«

Er stellte fest, dass nach wie vor alles in der nahen Umgebung ruhig wirkte, und legte einen sowohl für den Motor als auch für sich selbst niedrigen Gang ein. Der Auftrag war so gut wie ausgeführt, die Ware seinem Chef – Niki the Nose – schon so gut wie übergeben.

Der Name klang vielleicht etwas lächerlich, aber Toni war klug genug und lachte nicht. Denn der Mann, der mit einem selbstzufriedenen Grinsen diesen Namen trug, hatte über die Jahre immer seltener Anlass zum Lachen geboten.

Eigentlich hieß er Lars Larsson und war ursprünglich alles andere als eine Aufsehen erregende Person. Er war schon immer kleinwüchsig gewesen, etwas froschäugig, und hatte eine Tendenz zu X-Beinen. Niemand hätte gedacht, dass er es jemals zu etwas bringen würde.

Schon in der Grundschule musste er sich damit abfinden, immer den letzten Platz zu belegen. Niemals wurde er als Erster, sondern immer als Letzter gewählt, sowohl beim Fußball wie beim Tanz in der Schule. Immer war er derjenige, der nicht die geringste Chance bei den hübschen Mädchen hatte, und musste die nehmen, die keiner von den großen Burschen haben wollte. Und der, der nur die mittelmäßigen Noten bekam und die gewöhnlichen Handlangerarbeiten erledigen musste, während sich die Großen den Weg in die Chefetagen der Wirtschaft und Verwaltung bahnten.

Diese Ungerechtigkeiten machten ihn permanent wütend, und mit der Zeit merkte er, dass seine Wut den Leuten Angst einjagte. Körpergröße bedeutete also nicht alles.

Außerdem begann er auszunutzen, dass alle Menschen irgendwo einen schwachen Punkt hatten. Wenn sie keine Leiche im Keller hatten, brodelte zumindest ein ungestilltes Verlangen in ihnen. Das konnte alles – von Schulnoten, die gefälscht werden mussten, bis hin zu dunklen, pornografischen Neigungen – umfassen.

In jedem Fall kümmerte sich Lasse darum, die Probleme der Hochgewachsenen im Austausch gegen das, woran ihm gelegen war, zu beseitigen: Macht und Geld. Er wurde Geschäftsmann, und schließlich war es ihm gelungen, seine Machtposition mit Hilfe eines umfassenden Besitzes kompromittierender Informationen so zu festigen, dass an der Schule nur noch wenige wagten, ihn zu provozieren.

Vorher jedoch hatte sich seine Nase eine irreparable Delle zugezogen. Ein Klassenkamerad hatte ihm schlicht und einfach bei einer Schlägerei das Nasenbein gebrochen. Zunächst hatte die Demütigung ihn völlig fertig gemacht, doch im Nachhinein fragte Lasse sich öfter, ob das nicht eigentlich ein Geschenk von oben gewesen war.

Denn als der Bruch wieder verheilt war, verfügte er über eine derart deformierte Boxernase, dass sich der Respekt ihm gegenüber merklich erhöhte. Mit diesem Zinken im Gesicht vergaßen die meisten, wie klein er im Grunde war. Und das war ihm gerade recht.

Er setzte seine Karriere mit steil ansteigender Kurve fort und herrschte schließlich über vieles, was in der Unterwelt der Stadt geschah. Er handelte mit gestohlenen Waren, kümmerte sich um Geldeintreibungen und organisierte Prostitution. Drogen lohnten sich auch durchaus, und dank seiner Fürsorge wuchs die Zahl der von ihm Abhängigen stets an.

Schwarzgebranntes stellte früh das Basiseinkommen dar. Restaurants und Privatpersonen im gesamten südschwedischen Raum waren regelmäßige Abnehmer aller erdenklichen Sorten von Alkohol, und täglich rollten gefüllte Lastwagen in sein Lager. Sicher beschlagnahmte der Zoll einen Teil, doch dieser Schwund war bereits einkalkuliert. Sogar die Kosten für den Ersatzanspruch des Fahrers bei eventueller Gefängnisstrafe waren einberechnet.

Alles drehte sich eben um Ökonomie.

Persönlich wünschte er sich nichts lieber, als dass die Regierung tatsächlich bei ihrem sturen Widerstand gegen die liberalen Einfuhrbestimmungen der EU blieb. Dank der Spanne zwischen nüchternem Gesetz und dem Bedarf der Bevölkerung konnte man beträchtliche Summen einnehmen.

Hinzu kam auch die so genannte neue Ökonomie. Computergestützte Zusammenarbeit über alle Grenzen hinweg war die Lösung. Die Informationsgesellschaft bot völlig neue Möglichkeiten des Geldverdienens.

Die Einzigen, die sich konsequent außerhalb seiner Reichweite halten konnten, waren die beiden rivalisierenden Rockerbanden. Ihr Revier war beklagenswerterweise ebenso mächtig wie seines. Andernfalls konnte er sich nur zu gut vorstellen, diese unzeitgemäßen Cowboys auf Gummirädern seinem hoch technisierten, effektiven Regime einzuverleiben.

Trotz seiner Erfolge war er nicht uneingeschränkt zufrieden.

Denn wer auf dieser Welt konnte jemandem Respekt zollen, der noch immer Lasse genannt wurde?

Doch eines Abends, als er die Fernsehprogramme schläfrig an sich vorüberziehen ließ, blieb ein Name in seinem Gedächtnis haften – *Niki the Nose.* In einer Star-Trek-Folge hieß der holographisch erschaffene Anführer einer Gangsterbande aus dem Chicago der Zwanziger so. Einem, dem in seiner dreidimensional projizierten Welt seine Nase weggeschossen worden war, der andererseits aber seinen Spitznamen mit Würde trug und vollkommene Autorität genoss.

Mit diesem Burschen fühlte Lars sich selbstverständlich eng verbunden.

Der Name klang exotisch, lenkte die Gedanken beinahe bis nach Griechenland.

Und damit auch zu Geld, Macht und Geschäften von globaler Größenordnung.

Ja, zweifelsohne gefiel ihm diese Assoziation.

Seit jenem Abend trug Lasse also einen neuen Namen.

Niki für seine engsten Freunde, the Nose als Nachname.

Dass der Name etwas lachhaft klang, war Niki wohl bewusst. Doch wenn auch nur einer es wagte, ihn zu verspotten, war es möglicherweise das Letzte, was der in seinem Leben tat.

Also – wenn Niki the Nose auf seine Ware wartete, sputete man sich mit der umgehenden Ablieferung, egal wie spät es war oder wie groß der Drang unter dem Hosenbund.

Zuerst würden sie also Nikis Büro einen Besuch abstatten.

Und erst danach an das Dessert denken.

Der Terminator, der mit eisernem Willen und durchtriebenem Geschäftstalent die Rockerbande »Gangsters« in Lönnarp, weit draußen auf dem nordwestschonischen Ackerland, anführte, war ein vollkommen anderer Mensch geworden.

Nicht, dass er sich einer Geschlechtsumwandlung unterzogen hätte, seinen Geschmack für Mode geändert oder mit einem Studium begonnen hätte oder sonst etwas offenkundig Dramatisches.

Nein, es war nicht sein Stil, der sich verändert hatte. Er sah noch immer wie gewohnt aus, mit seinem breiten, aufgedunsenen Gesicht, seiner schwarzen Lederkleidung und seinem roten Schnurrbart.

Er roch sogar so, wie er immer gerochen hatte, nämlich nach einer unverkennbaren und wohl dosierten Mischung aus Leder und Öl.

In seinem Innern jedoch war er wie ausgewechselt. Der glühende Hass auf diesen verdammten Bullen Joakim Hill, der seit einigen Monaten an ihm nagte, ließ ihm keine Ruhe, sondern fraß und bohrte sich immer tiefer in ihn hinein.

Vergiss den Bullen, kümmere dich nicht um ihn!, hatte einer seiner Freunde, der es wagte, einen Kommentar abzugeben, vorgeschlagen, doch für den Terminator war das leichter gesagt als getan.

Früher hatte er stets geschlafen wie ein Stein. Doch seitdem ihn dieser Pappkommissar zum Gespött der Gemeinde gemacht hatte, konnte er nur schweißgebadet in kurzen Intervallen schlafen.

Auch sein Magen hatte begonnen zu rumoren. Er produzierte Überdosen Magensäure sowie viel zu schwache Reflexe. Das hatte zur Folge, dass er sich selten wohl fühlte, was die ganze Sache auch nicht besser machte.

In dieser kurzen Zeit hatte er sich innerlich völlig verändert. Die Rachsucht hatte aus seinem jovialen Charakter eine mürrische, griesgrämige Person gemacht, mit der es nicht einmal mehr seine eigenen Jungs aushielten.

Joakim Hill hatte sich dem berüchtigten Anführer der Rockerbande gegenüber so benommen, wie es niemand sonst gewagt hätte. Seiner Meinung nach hatten sie eine Vereinbarung getroffen, nach welcher Hill seine Kontakte in der Gemeinde nutzen wollte, um den »Gangsters« einen eigenen Stand am Knotenpunkt während des Kulturfestivals »Mittwinterlicht« zu verschaffen. Hill hatte ihm sogar etwas von einem Kulturzuschuss vorgegaukelt und das Ganze mit einem Gespräch mit dem Kommunalbevollmächtigten gekrönt, geschickt eingefädelt, um den Chef der Rockerbande in Sicherheit zu wiegen.

Also hatte der Terminator Hill mit wichtigen Informationen versorgt, um anschließend festzustellen, dass er gründlich reingelegt worden war. Auch das Gespräch war wohl inszeniert gewesen. Jedenfalls gab es weder ein Mittwinterlicht noch eine Bezuschussung.

Nach Auffassung des Terminators hatte Hill ihn nicht nur hinters Licht geführt.

Er hatte ihn außerdem gedemütigt.

Und schlimmer noch – er hatte ihn in aller Öffentlichkeit als Idioten hingestellt!

Je länger er darüber nachdachte, desto schlimmer wurde sein Sodbrennen. Inzwischen war er regelmäßiger Konsument des rezeptfreien Präparats Losec.

Der Bulle musste dazu gezwungen werden, für alles zu bezahlen, so einfach war das!

Doch es wäre dumm, sich selbst ins Scheinwerferlicht zu rücken. Also beschloss er, jemand anderen mit den praktischen Angelegenheiten zu beauftragen.

Verfügte man, wie in seinem Fall, über ein umfassendes Kontaktnetz, sollte das keine größeren Schwierigkeiten darstellen. Es fragte sich nur, wer sich am besten seines Problems annehmen konnte. Diese Frage war kaum akademisch, denn es gab nur einen Mann in der Stadt, der dafür in Frage kam.

Niki the Nose.

Zu ihm befand sich der Terminator nun mit schnellen Schritten auf dem Weg, entlang der nachtfinsteren und dennoch dicht befahrenen Esplanade, die durch das Zentrum führte. Für gewöhnlich bewegte Niki freilich erst dann auch nur den kleinen Finger, wenn er üppig bezahlt wurde, doch der Terminator war sich dessen wohl bewusst.

In seiner Innentasche steckten 250 000 Kronen in bar, als er auf die Klingel der Sprechanlage drückte, die zu Nikis Büro im sechsten Stock eines alten, vornehmen Jugendstilhauses in der Drottninggatan führte.

Sicherlich, es hatte einiger Tage bedurft, um die zusätzlichen Moneten einzutreiben, aber Kåge und Nane hatten sich sehr loyal gezeigt und ein paar Spielsüchtigen auf grobe Weise besonders viel abgenötigt. So grob, dass einer von ihnen garantiert nicht so schnell wieder von seiner kleinen Schwäche geplagt werden würde. Nicht, solange er auf der orthopädischen Station im Krankenhaus lag.

»Ja?«, rasselte es aus der Sprechanlage.

»Terminator«, antwortete er.

»Was?«

»Es geht um … hier ist der Terminator, verdammt noch mal!«, zischte er wütend.

Er hatte nicht vor, sein Anliegen draußen auf der Straße herauszuposaunen!

»Warte …«

Aber der Terminator wollte nicht warten.

»Mach schon auf!«

Die Anlage klickte, doch die Türe öffnete sich nicht.

Stattdessen war es totenstill, und der Terminator spürte, wie sein Blutdruck in die Höhe schnellte.

Er klingelte erneut.

Ein drittes Mal, doch die Antwort blieb aus.

Er schlug gegen den Lautsprecher, aber das half auch nichts.

»Verflixt und zugenäht …«, brummte er und trat gegen die Türblende, dass das Metall schepperte.

Na gut!

Es gab auch andere Lösungen!

Nick war selbst schuld an dem versäumten Geschäft.

Er machte gerade kehrt, um schnaubend abzuziehen, als die Tür von innen geöffnet wurde und Nikis Bodyguard, ein Muskelberg in kleidsamem Anzug, mit fragendem Gesichtsausdruck auf der Schwelle erschien.

Doch dann begriff er.

»Ah … der Terminator!«

Es klang nicht sehr beeindruckt.

»Das hab ich doch gesagt!«, erwiderte der und ging langsam zurück.

»Ich dachte, du bist der Lieferant von ›Dator‹«, erklärte der Muskelberg, der eigentlich Ingvar, genau genommen Ingvar Carlsson hieß.

»Was?«

»Wir warten auf einen neuen PC für den Chef, und ich dachte, jetzt käme die Lieferung. Hast du einen Termin?«

»Nein«, schnaubte der Terminator, »ich habe keinen Termin, aber einen interessanten Vorschlag. Ist er da?«

»Warte«, sagte Ingvar, »ich erkundige mich.«

Die Tür wurde direkt vor der Nase des Terminators wieder zugeschlagen, womit er genau so weit war wie vorher.

Obwohl – nicht ganz.

Denn jetzt würde dieser Hohlkopf zumindest Niki Bescheid sagen, dass er da war. Dass Niki tatsächlich da war, davon ging der Terminator aus. Sich zu erkundigen war lediglich eine rhetorische Floskel für: »Ich werde sehen, ob er mit dir sprechen will«.

Aber wenn er wollte, wäre es die Mühe wert zu warten, beruhigte sich der Terminator und strich resolut über die wohl gefüllte Innentasche der Lederjacke.

Das schmutzige Kuvert mit den 250 000 Kronen knisterte leicht. Er hatte das Geld den ganzen Tag mit sich herumgetragen, es würde sich komisch anfühlen, wenn sein Gewicht fehlte. Obwohl es nie spaßig war, viel Geld zu zahlen, erfüllte es dieses Mal einen guten Zweck – ein Zweck, der ihm seinen Nachtschlaf wiedergeben konnte.

Niki nahm sich gütigerweise die Zeit, den Terminator zu empfangen.

Ingvars Stimme ertönte erneut in der Sprechanlage: »Okay, du kannst raufkommen.«

Es summte, und der Terminator zog mit einem kurzen Ruck die Tür auf. Der Tonfall der Aufforderung hätte leicht wie eine Beleidigung aufgefasst werden können, wenn ihm nicht klar gewesen wäre, dass die bloße Tatsache, dass Niki ihn beinahe unmittelbar empfing, als gutes Zeichen zu werten war.

Jedenfalls deutete es auf Respekt von demjengen hin, dem die andere Hälfte der Stadt gehörte.

Aber es zeigte auch, dass er neugierig war. Und ein neugieriger Mann war erfahrungsgemäß leicht zu einem Geschäft zu überreden.

»Hallo«, begrüßte Niki ihn und deutete auf einen bequemen Sessel vor dem Schreibtisch aus schwarz lasiertem Edelholz.

Der Terminator nickte atemlos und nahm Platz.

Der Fahrstuhl hatte ihn nur bis in den dritten Stock gebracht. Die restlichen Stockwerke waren durch einen Code gesperrt, und Ingvar, der Gorilla, hatte nicht daran gedacht, dem Terminator den Code zu nennen. Glücklicherweise war die Hightech-Sicherheitsanlage außer Betrieb, und die Tür, die zum Treppenhaus führte, war offen.

Er war also die drei letzten Stockwerke zu Fuß hinaufgestapft. Dort hatte ihn der Gorilla begrüßt und zu der richtigen Tür geführt.

»Wie geht's?«, erkundigte sich Niki. »Probleme mit der Pumpe, oder?«

»Verflucht noch mal!«, japste der Terminator. »Das liegt daran, dass ich zurzeit etwas übergewichtig bin«, erklärte er und klopfte ein weiteres Mal mit einer viel sagenden Miene leicht auf die Innentasche.

Es knisterte.

»Kannst du mir helfen, das hier loszuwerden?«

Niki strich den Kragen seines maßgeschneiderten Anzuges glatt, bevor er antwortete.

»Das kann ich sicher – aber ich denke, dass du auch eine Gegenleistung verlangst?«

»Korrekt!«

»Und die wäre?«

»Ich will, dass du dafür sorgst, dass ein bestimmter Typ mich in Ruhe lässt«, entgegnete der Boss der Rockerbande.

»Wie ... ruhig genau willst du ihn haben?«

»Tja, lass es mich so ausdrücken«, verdeutlichte der Terminator. »Ich will, dass du dafür Sorge trägst, dass er keiner Menschenseele mehr etwas antut – niemals!«

»Wir reden also von einer Liquidation?«

Niki hatte das Wort ausgesprochen, und der Terminator nickte vorbehaltlos.

Niki the Nose nickte ebenfalls, allerdings nachdenklicher.

»Und um wen geht es?«, wollte er wissen.

»Hill«, antwortete der Terminator trocken. »Es geht um Kriminalkommissar Joakim Hill.«

Geschäftsabschlüsse mit Niki the Nose waren selten langwierige Angelegenheiten. Waren die Bedingungen akzeptabel und wurde er im Voraus bezahlt, war die Sache so gut wie abgemacht. In dieser Hinsicht genoss er in den Kreisen, in denen er zu Hause war und seine geschäftlichen Beziehungen unterhielt, sehr hohes Ansehen.

Die Geschäftsidee basierte nämlich auf der Zufriedenheit des Kunden. Denn zeigte sich der Kunde nicht zufrieden, verlangte er eventuell sein Geld zurück, und dieses Szenario gefiel Niki ganz und gar nicht.

Natürlich machte er nichts selbst. Er delegierte die praktische Ausführung an eine geeignete Person. Gerade dieses Geschick, die richtige Person auszuwählen, bildete einen der Grundsteine seines Imperiums. Alles, womit er beauftragt wurde, wurde zur vollsten Zufriedenheit ausgeführt – Erpressung, Einbruch, Brandstiftung zwecks Versicherungsbetrug, Raub auf Bestellung oder Mord.

Doch in diesem Fall gab es noch einige bedeutende »aber«.

»Sieh einer an«, sagte Niki gedankenverloren. »Ein Polizist – das ist etwas teurer als gewöhnlich und dauert etwas länger als normalerweise.«

»Ich habe dieses ›etwas‹ schon in den Preis eingerechnet«, gab der Terminator offen zurück. »Was hältst du von ... 250 000?«

»In bar?«

»Auf die Hand.«

»Akzeptiert«, sagte Niki rasch.

Sobald das schmuddelig-ausgefranste, aber prall gefüllte Kuvert von der verschwitzten Innentasche des Anführers der Rockerbande in eine Schreibtischschublade gewandert war, blätterte Niki abwesend in seinem Kalender und überprüfte konzentriert ein Detail an seinem Computerbildschirm.

Wenn es bei einem Geschäft zu einer Einigung gekommen war, waren keine weiteren Diskussionen mehr nötig. Der Boss der Rockerbande und sein Anliegen stellten da keine Ausnahme dar – einerlei, wie mächtig er daheim in Lönnarp sein mochte.

Doch der Terminator bestand darauf, den Zeitplan festzulegen, bevor er sich damit einverstanden erklären würde zu gehen.

»Also«, insistierte er, »wann kann man denn davon ausgehen, dass diese Störung ... aufhört?«

»Schwer zu sagen«, meinte Niki. »Es kann seine Zeit dauern, bis sich die passende Gelegenheit bietet. Aber du wirst es schon rechtzeitig merken, wenn sich deine Investition gelohnt hat. Natürlich mit Garantie.«

»Drei Wochen«, verkündete der Terminator und ging auf die Tür zu. »Drei verdammte Wochen werden ja wohl reichen.«

Mehr musste nicht gesagt werden.

Der Muskelberg schob noch immer vor dem Eingang Wache, und der Terminator erinnerte sich an das vorhergegangene Ärgernis.

»Na, was ist jetzt?«, fragte er. »Muss man auch den ganzen Weg wieder abwärts trotten, oder gibst du mir den verfluchten Code für den Fahrstuhl?«

»Man braucht keinen Code, wenn man von hier aus fährt«, grinste Ingvar höhnisch. »Du weißt doch, wie das ist, nicht wahr? Es ist verdammt schwer, nach oben zu kommen, aber runter kommt man immer!«

Der Terminator schnaubte irritiert, schloss die Tür von Nikis großzügigem Büro und drückte wütend auf den Knopf am Lift. Doch er leuchtete bereits auf, stellte er fest. Der Fahrstuhl war also besetzt und auf dem Weg nach oben.

Wer auch immer im Anmarsch war, er hoffte, dass der Betreffende den Code kannte. Andernfalls ist Treppensteigen vom dritten Stock angesagt, dachte er mit schadenfrohem Grinsen!

Es blieb ihm wohl nichts anderes übrig, als hier wie ein Idiot herumzustehen und zu warten.

Bei der Gelegenheit nahm er eine lang ersehnte Prise Kautabak.

Aber der Lift schien nicht auf halber Strecke anzuhalten, und der Terminator begriff, dass der Besucher derjenige war, den Niki laut Terminkalender erwartete.

Jemand, der offenbar bestens bekannt war.

Jemand, der den begehrten Code wusste.

Eine Glocke verkündete, dass der Fahrstuhl angekommen war, und das Fahrgestell stoppte mit einem seufzenden Laut. Die Türen öffneten sich automatisch, so dass ein paar Sekunden verstrichen, bis die Automatik die Fahrgäste aussteigen ließ.

Dem Terminator blieb fast der Kautabak im Hals stecken.

Alle Achtung, was kam denn hier für eine schicke Braut!

Er zog Jeanette vor seinem inneren Auge aus, verzog lüstern den Mund und ließ dabei etwas braunschwarzen Tabakspeichel aus dem rechten Mundwinkel rinnen.

Aber Jeanette kannte den Trick ebenfalls.

Sie war eine der wenigen Frauen, die ihn genauso gut beherrschten wie jede beliebige billige Zicke.

Mit durchdringendem Blick zog sie das Oberhaupt der Rockerbande in Gedanken aus, von seiner verschwitzten Brust über den behaarten Bauch bis zu dem brüchigen Gummiband seiner Unterhose und noch weiter.

Nicht, weil sie etwas von ihm wollte – nein, um keinen Preis!

Sondern einfach, weil es sie amüsierte, den Trick zu üben.

Aber der Terminator, der weder verstand noch verstehen wollte, genoss es. So etwas kam beileibe nicht alle Tage vor!

Noch nie zuvor, genauer gesagt.

Also diese Braut ...!

Mit ihr würde er alles machen, was er ...

Er wandte sich um, und sein Blick fiel auf Toni.

Er kannte den Burschen zwar nicht persönlich, aber er wusste über seine Qualifikationen Bescheid.

Tonis dunkle Augen fragten den Terminator wortlos, ob er vielleicht eine weitere Zugabe auf der Liste werden wollte. Doch der Boss der Motorradgang verspürte augenblicklich keine größere Todessehnsucht, zuckte mit den Schultern und drängte sich an ihnen vorbei in den Lift.

»Hör auf!«, zischte Toni, sowie sich die Metalltüren hinter dem Motorradtypen geschlossen hatten und sich das Fahrstuhlwerk in Bewegung setzte.

»Was denn?«, fragte sie mit gespielter Unschuld.

»Das weißt du ganz genau!«

»Ich weiß nicht, wovon du redest«, insistierte sie, und während der Muskelberg auf sie zuschritt, ließ sie ihre Hand lasziv über Busen und Hüfte gleiten.

Toni war jetzt ernsthaft in Rage.

Ihr wurde klar, dass sie der Grenze gefährlich nahe gekommen war, und sie fiel mit gespielter Untertänigkeit hinter ihm zurück.

»Niki wartet auf dich«, sagte der Hochgewachsene zu Toni und starrte Jeanette weiterhin über seinen Kopf hinweg an.

»Okay«, antwortete Toni, fasste Jeanette mit hartem Griff am Arm und führte sie zu Nikis Büro.

Er kannte den Weg, und Ingvar wusste das. Also blieb er am Fahrstuhl stehen und glotzte dem Mädchen mit einem dümmlichen Grinsen im Gesicht hinterher.

»Hallo«, begrüßte ihn Niki, der vor Freude strahlte.

Er hat sicher irgendwie Glück gehabt, dachte Toni. Vielleicht hat er mal wieder beim Pferde- oder Hunderennen gewonnen.

Wie auch immer, es war jedenfalls von Vorteil, wenn er gut gelaunt war. Wenn es ihm nur nicht zu gut in Jeanettes Gesellschaft gefiel. Wie sollte Toni damit umgehen, ohne alle wertvollen Brücken, die er geschlagen hatte, wieder abzubrechen?

Doch Jeanette schien so viel Verstand zu besitzen, dass sie

mit Niki gelassener umging, denn sie begann nicht mit ihrem gewöhnlichen provozierenden Geschwätz, sondern hielt sich ruhig und beinahe unattraktiv schmollend hinter ihm.

»Ist alles wie geplant gelaufen?«, erkundigte sich der Chef.

»Klar«, bestätigte Toni.

»Und?«

»Was?«

Toni befand sich noch in erregter Gemütsverfassung und hatte gewisse Konzentrationsschwierigkeiten.

»Wo ist sie denn?«, wollte Niki wissen.

»Ja – ach so!«, fiel bei Toni der Groschen, »Jeanette hat sie.«

Er fuhr herum und starrte sie missgelaunt an.

»Hol sie raus!«, befahl er.

Jeanette drehte sich gelangweilt um, zog ihren Rock über den rechten Oberschenkel, richtete ihr Strumpfband und fand, was sie suchte, hinter ihrem Slip.

Mit verärgertem Schnauben reichte sie Toni den kleinen, flachen Gegenstand, der ihn an Niki übergab. Er war warm durch die körpernahe Verwahrung, doch Niki schien mehr am Inhalt der Hülle als an den Umständen der Verwahrung interessiert.

Er besaß nämlich den außerordentlich schlauen Verstand, seine Finger von solchen unzuverlässigen Rassepferden wie Jeanette eines war zu lassen. Ganz gleich, wie hübsch sie war, die Risiken ihres launischen und störrischen Benehmens konnten dadurch nicht aufgewogen werden.

Momentan war ihnen die Braut ganz nützlich, doch die Gefahr, dass sie eines schönen Tages völlig ausflippen würde, war ganz offensichtlich.

Was Toni und sie im Schlafzimmer veranstalteten, war an und für sich ihre Sache, aber ob der junge Mann die Lage unter Kontrolle hatte, war fraglich. Wenn sie irgendetwas verbockte, könnte sie unerwünschte Aufmerksamkeit auf sich ziehen, und solchen Luxus konnte man sich in dieser Branche leider nicht leisten.

Niki hatte sich bereits vorgenommen, diesen Punkt bei Gelegenheit mit Toni zu diskutieren, doch dafür war jetzt nicht der richtige Zeitpunkt. Bis auf weiteres vertraute er darauf, dass Toni hier ebenso professionell agierte wie gewöhnlich. Denn gerade jetzt musste Niki ein weiteres spannendes Puzzleteil in sein Mosaik aus Informationen einfügen.

»Man dankt«, sagte er nur.

Toni begriff sofort.

Niki war mit der Lieferung zufrieden und wünschte wortlos, dass seine Gäste schnellstmöglich verschwanden.

»Wir sehen uns«, sagte Toni und schob Jeanette mit demselben harten Griff um ihren Arm wie eben Richtung Tür.

Niki verabschiedete sich mit einer ruckartigen Handbewegung und konzentrierte seine ganze Aufmerksamkeit auf das, was er gerade bekommen hatte.

Er konnte es kaum abwarten, an den auf der CD eingebrannten, teuer eingekauften Informationen teilzuhaben.

Er musste lediglich ältere CDs auf die Code-CD »Rimskij« überspielen, um Zugang zu einer hochinteressanten und überarbeiteten Datenbank mit Informationen zu bekommen. Inoffizielle Angaben über kommende Quartalsgewinne und geplante Transaktionen in der Welt der Aktien und Optionen, die ihm, richtig entschlüsselt und entsprechend gehandhabt, auch bei mäßiger Investition zu einer märchenhaften Rendite verhelfen würden.

Mal sehen ... dieses Mal ist es wohl Bach? Genau, denn letztes Mal war es Mozart! Es blieben also nur noch Mahler, Händel und Beethoven übrig, bis das Puzzle komplett war.

Plötzlich erinnerte er sich.

»Toni!«, rief er und hielt seinen Handlanger zurück, gerade als die Tür hinter ihm und seinem störrischen Mädchen zuschlagen wollte.

»Ja?«

»Dieselben Mäuse, dieselbe Zeit und derselbe Platz für die nächste Lieferung.«

»Selbstverständlich.«

»Und noch was ...«

»Ja ...?«

Niki öffnete die Schreibtischschublade und fingerte zerstreut an dem prall gefüllten Kuvert herum, das er gerade vom Terminator bekommen hatte.

Sicher bedurfte es eingehender Vorbereitungen, bis man mit dem Projekt beginnen konnte.

Das war immer so.

Es mussten Passfotos bestellt werden, so dass die Identifizierung vollkommen verlässlich war. Es gehörte zu den herrlichsten Dingen der schwedischen demokratischen Offenheit, dass sich jeder von jedem x-Beliebigen die Passangaben samt Foto bestellen konnte. Wenn man diese besaß, konnte man das Objekt in seiner eigenen Umgebung diskret beschatten und fotografieren.

Auf diese Weise wurde ein detaillierter Plan über die Routinen aufgestellt, um den am besten geeigneten Ort und Zeitpunkt zu bestimmen. Nichts durfte dem unberechenbaren Zufall überlassen werden. Doch für Aufgaben wie diese war Mr. S. zuständig. Mr. S. verschmolz erschreckend gut mit jeder erdenklichen Umgebung und war derjenige, der beobachtete, ohne jemals selbst beobachtet zu werden.

Niki berechnete kurz sein eigenes bescheidenes Vermittlungshonorar, warf den Rest des Scheinbündels auf die polierte Schreibtischplatte und delegierte die Aufgabe an denjenigen, der für ihre Ausführung der Geeignetste war.

Sein bester und effektivster Auftragskiller.

»Ich habe einen kleinen zusätzlichen Job für dich, Toni. Die Details bekommst du später, aber er ist ... sagen wir 80 Riesen extra wert!«

4

Für Joakim Hill und Catharina Elgh war es einer der unvergesslichsten Augenblicke ihres Lebens.

»Ja«, erklärte Joakim Hill mit klarer und resoluter Stimme.

Und das an jenem Tag im Januar, den sie am Telefon vor gut zwei Monaten ausgewählt hatten.

Es war nicht direkt beißend kalt draußen, sondern eher – typisch für Skåne – nasskalt. Denn auch in diesem Jahr hatte der Winter gleichsam vor Ljungby mit den Schultern gezuckt, war wieder gen Norden gedreht und hatte damit schlicht und einfach darauf verzichtet, den südlichen Landesteil in seine Arme zu schließen. Stattdessen war der Startschuss für die frechsten der ersten Frühlingsblumen, die sich ihren Platz eroberten, viel zu früh gefallen. Aber auch Abende wie dieser gehörten dazu, an denen der Nordwind besonders scharf pfiff und sogar die kleinen vorlauten Sprösslinge in die Knie zwang.

Doch in der Imbissbude »Rolles« am alten Wasserturm in Lund spürte man nichts von alledem. Dort herrschte dampfende und duftende Hitze. Dabei war nicht etwa die Fritteuse überhitzt worden oder der Würstchentopf übergekocht, sondern der Dunst kam von all den Gästen, die geladen worden waren, um der festlichen Trauung zwischen Doktor Elgh aus Lund und Kommissar Hill aus Helsingborg beizuwohnen.

Joakim bekleidete seinen jetzigen Rang bei der Polizei seit gut zwei Jahren, hatte aber eine ganze Menge an qualifizierter Polizeiarbeit hinter sich. Er selbst bezeichnete sich als ruhigen

Charakter, und sein Leben war bis dato auch recht anspruchslos verlaufen. Er hatte seine kleine Wohnung, seinen Videorekorder samt Fernseher, war aber selten dazu gekommen, etwas anzusehen.

Im Videoregal hatte er zwar eine stattliche Sammlung der klassischen Clintan-Filme aus den Siebzigern stehen. Doch wenn er in seinem Fernsehsessel Platz nahm, beschäftigte meistens ein Fall seine Gedanken, oder er schlief selig ein und wachte erst auf, wenn das Programm zu Ende war und der Bildschirm flimmerte. Dann konnte er nur noch konstatieren, dass es definitiv an der Zeit war, ins Bett zu gehen.

Für jene Freitagabende, an denen die Fälle einfach nicht aufhören wollten, in seinem Kopf herumzuspuken, hatte er meist einen richtig guten Maltwhiskey zu Hause. Er zog den Maltwhiskey aus dem Hochland vor, am liebsten einen von der Westküste. Ein Schluck Talisker aus Skye verkörperte mit seinem Tanggeschmack und seiner Würze eine recht angenehme Flucht, die das Grübelen recht effektiv beendete …

Bisweilen hatte Hill sich gefragt, ob der Job sich nicht auf gefährlich schleichende Weise zu seinem liebsten Hobby entwickelt hatte und ein einsames Junggesellendasein, ausgefüllt mit Gedanken an Verbrechen und Verbrecher, sein Schicksal war. Jedenfalls bis er vor fast einem Jahr ganz unerwartet die attraktive Frau Doktor Elgh kennen gelernt hatte.

Jetzt würde er nur noch wenige Sekunden lang Junggeselle sein, und danach würde nichts mehr beim Alten bleiben.

»Ja«, sagte kurz darauf Doktor Elgh ohne den geringsten Zweifel in der Stimme, und damit war Joakim Hill nicht länger ledig.

Catharina wurde, genau wie alle anderen klein gewachsenen Schwangeren, immer runder, je weiter sich ihr Bauch ausdehnte. Doch mitten in dem neuen Familienglück verspürte sie stets einen Dorn in ihrem Innern, den Schmerz, eine alte Familie zu haben, ohne sie zu kennen.

Ihre Mutter hatte erwartungsgemäß beschlossen, sich auf

eine Auslandsreise zu begeben, aus Protest gegen die Wahl sowohl des Ehemannes ihrer Tochter als auch des Trauungsortes. Oder einfach, um sich wie gewöhnlich jede Mühsal zu ersparen. Ihr Vater hatte sich aus dem Stube gemacht, als sie drei Jahre war.

»Wo ist Papa?«, hatte sie als Kind oft gefragt.

»Papa ist auf Reisen«, hatte ihre Mutter gelogen.

Als ihr Vater vier lange Jahre »auf Reisen« gewesen war, hatte das kleine Mädchen schließlich begriffen, dass er nie wieder zurückkehren würde. Mit elf Jahren hatte sie herausgefunden, dass er in Västerås wohnte und eine neue Familie hatte. Kinder, die er offenbar mehr lieben konnte als sie. Von dem Tag an war er für sie wie tot.

Manchmal fragte sie sich, ob es nicht weitaus tragischer war, tote Eltern zu haben, die lebten, als Eltern, die früh verunglückt waren wie in Joakims Fall. Sie hatten ihn wenigstens geliebt.

Catharinas und Joakims Kollegen mussten an diesem besonderen Tag ihre Familien ersetzen. Dan Glimme aus der Ambulanz mit seiner Frau, die Anästhesistin Brith Södergren und Bengt Månsson, Dozent der Gerichtsmedizin samt zahlreichen Kollegen, standen ganz oben auf ihrer Liste. Nebst einigen anderen, die Joakim nicht genau einordnen konnte.

Er selbst hatte auch ein paar seiner Kollegen eingeladen. Susanna Avehed, die »Mutter« der Helsingborger Polizeistation, zählte selbstverständlich dazu. Sie war eine robuste Frau in den besten Jahren, die nunmehr hauptsächlich Schreibtischarbeit erledigte, aber bei Bedarf auch gerne ausrückte. Ihr jüngstes Anliegen bestand darin, die Personalküche mit entsprechenden pädagogischen Zetteln auf Trab zu bringen. Doch vor allen Dingen hatte sie immer ein offenes Ohr, wenn man jemanden zum Reden brauchte.

Inspektor Ulf Gårdeman nebst Ehefrau war natürlich ebenfalls anwesend. Ulf hatte letztes Jahr großes Pech gehabt. Er wurde vor dem Helsingborger Fußballstadion »Olympia« von einem Verrückten angeschossen, der anschließend mit seinem Wagen in den Tod raste. Nachdem es auf dem Operationstisch um Leben und Tod gegangen war, hatte sich Gårdeman zwar seelisch verändert, hoffte aber, schon bald wieder in den administrativen Dienst einsteigen zu können.

Natürlich durfte Kriminalkommissar Knut Sahlman auch nicht fehlen. Während die übrigen Gäste ihr Äußeres nicht so wichtig nahmen, galt Sahlman als raffinierter Modesnob, der sämtliche persönliche Dinge mit beispielloser Sorgfalt und großem Qualitätsbewusstsein auswählte. In seiner Abteilung war er für seine Pfiffigkeit und seinen Scharfsinn berühmt – kurz gesagt ein guter polizeilicher Ermittler. Der Scharfsinn funktionierte immer, außer wenn es um seine persönliche Situation ging.

Während Susannas Problem in der Organisation der Küche und Gårdemans in seiner physischen sowie psychischen Schussverletzung bestand, litt Sahlman darunter, dass er bereits in einigen wenigen Monaten das erschreckende Alter von fünfzig Jahren erreichen würde.

Obwohl er seit einiger Zeit mit der Museumsangestellten Linda Persson liiert war, warf er immer noch zwanzig bis fünfundzwanzig Jahre jüngeren Frauen lüsterne Blicke zu. Gleichsam um die Sache mit dem Alter zu entkräften.

Linda hatte ihm im vergangenen Jahr während der Jagd auf einen mysteriösen Eindringling im Museum des Mittelalters »Der Kern« das Leben gerettet. Und ihr war noch etwas weitaus Verwunderlicheres geglückt – nämlich dem launischen Sahlman länger als eine Woche Gesellschaft zu leisten.

Eigentlich hatten die beiden in London sein wollen. Doch Linda musste sich um familiäre Angelegenheiten kümmern und war gezwungen, für ein paar Wochen zu ihrer Familie nach Gävle zu fahren, was zur Folge hatte, dass Sahlman Hills Einladung gerne angenommen hatte.

Ganz spontan, oder vielleicht eher, um auch etwas junges Blut unter den Gästen zu haben, hatte Hill außerdem die attraktive Assistentin Birgitta Svenningsson eingeladen. Sie kam ursprünglich aus der Gegend von Motala, arbeitete jedoch seit einigen Jahren für die nordwestschonische Polizei in Helsingborg.

Bisher hatte Hill noch nicht häufig mit ihr zusammengearbeitet, hatte aber von den anderen nur Gutes über sie gehört.

Polizeidirektor Harry Runsten hatte nicht einmal in Gedanken als Hochzeitsgast existiert. Teils, weil die beiden kaum soziale Gemeinsamkeiten hatten, aber auch, weil Hill noch immer einen bitteren Nachgeschmack von Runstens seltsamem Verhalten im Zusammenhang mit den Zyanidmorden auf Råå verspürte. Außerdem war die Hochzeit ausgesprochen informell, so dass es für die Leitung der Polizeidienststelle keinen Grund gab, der Angelegenheit größere Beachtung zu schenken, und man lediglich durch Susanna einen Blumenstrauß überreichen ließ.

Nun fand also die Trauungszeremonie wie geplant an jenem Sonnabend um halb sieben in der Imbissbude mit einem bunt zusammengewürfelten Publikum bestehend aus Ärzten und Polizeibeamten statt, und Hill begann sich unwohl zu fühlen. Nicht, weil er bereute. Doch er hatte bereits in einem frühen Planungsstadium zu Kreuze kriechen müssen. Hatte er in seiner Einfalt geglaubt, man könnte sich in Alltagskleidung das Jawort geben, musste er sich damit abfinden, dass ihm in diesem Fall ein Smoking abverlangt wurde – oder zumindest ein formeller Abendanzug.

Auch wenn Catharina gerne auf die weiße Tortenkreation verzichtet hatte, von der so viele Frauen vor ihrer Hochzeit träumen, sah ihr pfirsichfarbenes Chintzkleid mit geschmackvoll pailletiertem Top, handgenähten Aufschlägen aus Seide und einem farblich passenden breitkrempigen Hut ausgesprochen entzückend aus. Da galt es für Joakim, nicht zu sehr von dem vorgegebenen Stil abzuweichen. Denn was machte das für einen Eindruck, wenn sich die Hochzeitsgäste bereits während der Zeremonie fragten, ob das Paar trotz allem nicht etwas *sehr* verschieden war.

»Liebes Brautpaar – Catharina und Joakim – mögen euch Glück und Wohlergehen in allen Abschnitten eures Lebens begleiten ...«

Joakim Hill lächelte.

Nicht jedoch wegen der Worte des Standesbeamten. Denn sie verkörperten nur einen traditionellen Teil der Zeremonie, die den Beginn ihres Lebens als verheiratetes Paar markierte. Der Beamte kannte ja keinen von ihnen persönlich, sondern hatte sich vor einigen Tagen in aller Hast ein wenig nach ihrem persönlichen Hintergrund erkundigt, um die standardisierte Rede etwas ausschmücken zu können.

Nein, Joakim schmunzelte über Catharinas Bauch, der sich unter den bereits anschwellenden Brüsten wölbte.

Es wurde ganz unvermeidlich immer offensichtlicher, dass sie die Freuden der Hochzeitsnacht bereits genossen hatten.

»... und in guten wie in schlechten Tagen ...«

Der Beamte schweifte mit seiner Rede für das Brautpaar ab und begann schließlich nicht nur die Anwesenden, sondern auch sich selbst zu ermüden. Schier verzweifelt suchte er den Bogen zum Ausgangspunkt zu schlagen, um so seine Rede auf würdevolle Weise zu beenden.

Die Zuhörerschaft folgte gespannt seinen Bemühungen, nickte aufmunternd und verbarg wenig erfolgreich, dass man sich allmählich langweilte und hungrig wurde.

Tapfer wurde der Atem angehalten und darauf gewartet, dass er bald einen passenden Schlusssatz finden möge. Um endlich über das verlockende Buffet, das das Wirtsehepaar Roland und Inger so verführerisch vor der mit Holz verkleideten Wand aufgebaut hatte, herfallen zu können.

Noch hatte Rolles Imbiss in der Universitätsstadt Lund im Schatten des Wasserturmes an der Kreuzung Sölvegatan-Tornavägen seinen Platz, doch schon bald würde er für irgendeinen akademischen Neubau das Feld räumen müssen.

Natürlich gab es weit gediehene Pläne, in einiger Entfernung neu zu eröffnen, doch Hill war glücklich, dass die Hochzeitsfeierlichkeiten stattfanden, bevor die scharfen Zähne der Baggermaschinen aus dem Schnellimbiss Kleinholz machen würden.

Obwohl, könnte man das nicht als eine Art … Mord werten?

Rolles war nämlich sowohl seiner eigenen Meinung nach als auch der vieler anderer weitaus mehr als ein gewöhnliches Lokal. Es war ein Treffpunkt für jede Generation, Gesellschafts- und Berufsschicht – ganz besonders für Catharina und ihn, denn sie hatten sich dort kennen gelernt.

In einem Imbisslokal Hochzeit zu feiern mochte der eine oder andere vielleicht für reinen Wahnsinn halten, doch für sie war es eine vollkommene Selbstverständlichkeit.

Nun warteten sie also alle aufgeregt darauf, von den ausgesuchten Delikatessen zu kosten, die die Lokalität bot. Alle – bis auf Kriminalkommissar Joakim Hill. Nur zu gern hätte er auf das Horsd'œuvre verzichtet und stattdessen sofort vom leckeren Dessert der Hochzeitsnacht genascht!

Sie hatte plötzlich ganz rosige Wangen, seine frisch gebackene Ehefrau. Vielleicht lag es an der Wärme im Lokal, aber möglicherweise hatte sie auch seine Gedanken erraten. Jedenfalls war sie ganz unwiderstehlich verführerisch, und er wünschte …

Doch auf ein Mal fand der Standesbeamte den richtigen Faden wieder, schlängelte sich geschickt aus seiner rhetorischen Endlosschleife und leitete das Paar mit sicherer Hand auf die erste hindernisfreie Gerade ihrer Ehe.

»… und erkläre euch hiermit zu Mann und Frau«, verkündete er, und die geduldigen, aber dennoch sichtlich erleichterten Zuhörer klatschten begeistert Beifall.

Der Gerichtsmediziner Bengt Månsson applaudierte ebenfalls. Er hatte allerdings etwas Gebremstes … etwas unterbewusst Missbilligendes an sich, wie Joakim zu erkennen glaubte.

Oder ging seine Fantasie mit ihm durch?

Aber mochte kommen, was da wollte, nun gehörte sie *ihm* und niemandem sonst.

Endlich konnten sie als frisch getrautes Ehepaar die Gäste bitten, sich an allem, was die Festtafel zu bieten hatte, gütlich zu tun. Während man die Champagnergläser balancierte und sich gleichzeitig um Aufschnitt, Pasteten, Hähnchenschenkel und Kartoffelgratin drängte, stieg die Temperatur im *Rolles* um ein paar weitere beschlagene Markierungen auf der Quecksilbersäule.

»Es wird richtig schön, wieder in den Job einzusteigen«, versicherte Kriminalinspektor Ulf Gårdeman quer über den Tisch und lächelte den Kollegen jenseits der hillschen Hochzeitstafel zu.

Doch jeder wusste, dass das keineswegs eine angenehme Angelegenheit werden würde. Schwierig und schmerzvoll würde es werden, und zu großen Teilen sicher eine harte Probe für alle, am schlimmsten natürlich für ihn selbst.

Normalerweise war Gårdeman eine überraschend geduldige Natur, aber seitdem er sich in der Adventszeit letzten Jahres im Einsatz die lebensgefährliche Verletzung zugezogen hatte, war er ungewöhnlich unruhig und rastlos geworden. Er schlief schlecht, grübelte viel über sich selbst und seine Zukunft. Der bloße Gedanke, wieder eine Waffe in die Hand zu nehmen …

Der Psychologe, der ihn behandelte, hatte gemeint, dass in einer solchen Krise eine Analyse der eigenen Vergangenheit helfen könnte.

In seinem geschwächten Zustand hatte Gårdeman keine Möglichkeit gesehen, darum herumzukommen, und hatte sich plötzlich inmitten schmerzvoller, sinnloser Rückblicke wiedergefunden, die offensichtlich nicht das Geringste mit dem Unfall zu tun hatten. Und obwohl er gezwungen war, sowohl sich als auch dem Psychologen einzugestehen, dass sein jüngerer Bruder eindeutig der erfolgreichere von beiden gewesen – und zweifelsohne auch stets besser bei den Frauen angekommen – war, konnte man ihm nicht anlasten, dass ein gewissenloser Drogenschmuggler auf Gårdeman geschossen hatte.

Oder doch?

Könnte es nicht möglich sein, fragte sich der Psychologe mit ausgesuchter Freundlichkeit, dass ihn der Umstand, dass er sich stets unterlegen gefühlt hatte, verunsicherte ... ja, ihn in dem Moment sogar handlungsunfähig gemacht hatte?

Hätte er eine halbe Sekunde früher reagieren und somit der Kugel ausweichen können, wenn ihn die Unterlegenheitsgefühle dem Bruder gegenüber nicht so belastet hätten?

Sicher war das möglich – war nicht alles möglich?

Doch Gårdeman war von dem ganzen Konzept nicht überzeugt. Die Beschuldigungen, die in diesem Zusammenhang gegen seine Eltern erhoben wurden, gefielen ihm ebenso wenig. Wie dabei herausgekommen war, dass sie ihm in seiner frühen Kindheit einen Zirkusbesuch versprochen hatten, den sie wegen Krankheit nicht einhalten konnten – das war ihm im Nachhinein vollkommen schleierhaft.

Aber er wusste genau, dass ihm der Gedanke, er hätte sich deshalb ungeliebt gefühlt und sei deshalb weniger wachsam gewesen, nicht besonders gefiel.

Nein, er mochte die Wühlerei in seinem Unterbewusstsein überhaupt nicht und fühlte sich nach drei zähen Sitzungen kein bisschen weniger rastlos.

»Wie geht es dir?«, fragte Inger plötzlich, als sie mit einer inzwischen fast leeren Platte vorbeischwebte. »Besonders viel hast du nicht gerade gegessen – hat es dir nicht geschmeckt?«

»Wie? Doch, doch – es war sehr gut, es ist nur so, dass ...«

»Aha, dir gefällt wohl dieses Frauenessen nicht, stimmt's?«, flüsterte Inger vertraulich. »Du siehst eher so aus, als würdest du ein richtiges Männeressen mögen, wie wir es sonst hier servieren. Ich wette, dass du dich nach einem herrlich blutigen Beefsteak oder etwas in der Art sehnst, hab ich Recht?«

Gårdeman stieß ein ertapptes Lachen aus.

Ertappt, weil es haargenau das war, was er hätte haben wollen – vor drei Monaten. Und von der Einsicht überrascht, dass er jetzt am allerwenigsten darauf Lust hatte.

»Nein«, versicherte er. »Es liegt wirklich nicht am Essen, sondern vielmehr an meinem miserablen Appetit!«

»Na gut, wie du meinst – aber wenn es dir Leid tut, sag einfach Bescheid!«, lachte Inger und verschwand mit der Platte in der Küche.

Gårdeman war sich sicher, dass es ihm nicht Leid tun würde. Er selbst wusste am besten, was nicht stimmte, und auch, dass sich das weder durch Essen noch durch Gespräche beseitigen ließe.

An sich war er ein robuster, jovialer Südschwede, der sich im Gespräch mit Leuten mindestens so geschickt anstellte wie jeder Therapeut. Er glaubte fest an die Macht des gesprochenen Wortes und daran, dass Gespräche nicht nur eine mögliche Art, sondern die beste waren, um Konflikte zu lösen.

Außerdem kochte er gern und aß das Gekochte auch ebenso gern. Über ihn war das felsenfeste Gerücht des Gourmetkochs am heimischen Herd im Umlauf, und es musste nicht notwendigerweise Wochenende sein, damit er eine Flasche guten Weines entkorkte und etwas Kulinarisches zauberte, um seine Frau Lena zu überraschen.

Doch seit dem Schuss oben am Olympia-Stadion Ende November war nichts mehr wie bisher. Plötzlich eine Kugel in den Magen zu bekommen hatte etwas so offenkundig Unerwartetes an sich, das jeder Normalität entbehrte.

Und ihm war sehr wohl bewusst, dass er eine ganze Weile lang ernsthaft nervös sein würde, wenn das Gefühl überhaupt jemals vorübergehen würde.

Um ehrlich zu sein, hatte er nicht die geringste Ahnung, wann er diesen Tag, an dem er in die Mündung der Pistole gestarrt und gespürt hatte, wie der unerträgliche Schmerz ihm die Luft aus der Lunge presste, vergessen würde.

Genau das war das große Problem.

Man konnte über Schuldgefühle, Traumaanalyse und Tiefentherapie sprechen so viel man wollte, aber die Tatsache, dass niemand mehr für das, was passiert war, verantwortlich gemacht werden konnte, blieb.

Nicht einmal der Mann, der geschossen hatte, denn der war tot.

Er war mit seinem Auto weniger als fünfzehn Minuten, nachdem Gårdeman von seiner Kugel getroffen worden war, gegen einen Laster geprallt.

Nein, das war eine von diesen Geschichten, die passieren … und die niemand zufrieden stellend erklären kann.

Doch unweigerlich würde vor Gårdemans innerem Auge noch lange jedes Mal, wenn er zu schlafen versuchte, die Pistolenmündung auftauchen.

Er wusste das – und seine Kollegen wussten es auch.

Aber es war einfacher, so zu tun, als sei nichts …

»Und wann geht's wieder los?«, heuchelte Hill und streckte seine Hand nach einem weiteren Glas eiskalten Champagners. »Möchtest du auch noch ein bisschen?«

»Danke, ich bin zufrieden. Ich muss noch etwas aufpassen«, erwiderte Gårdeman und nippte maßvoll an der Pfütze im Glas, an der er sich den ganzen Abend schon festgehalten hatte. »Am siebten Februar, hat es geheißen, aber am liebsten würde ich sofort wieder einsteigen. Immer zu Hause zu sitzen und herumzugammeln macht mich noch ganz verrückt. Ehrlich gesagt ist dies hier das erste soziale Ereignis, an dem ich teilnehme, seitdem es passiert ist.«

Erneut befeuchtete er die Lippen mit Champagner und sah zu dem Buffet herüber, das ständig mit neuen Platten bestückt wurde. Die Hochzeit machte die Gäste sowohl hungrig als auch durstig, und normalerweise wäre auch er einer der Eifrigsten gewesen, alles zu probieren, doch der Appetit war wie gesagt nicht mehr so groß wie früher.

»Ja, wir brauchen dich natürlich, auch wenn du zum größten Teil im Innendienst arbeiten wirst«, antwortete Hill aufmunternd, doch die Gleichgültigkeit in Gårdemans Art beunruhigte ihn. »Aber selbstverständlich musst du dich zuerst wieder richtig gut fühlen.«

»Klar, aber niemand wird gesund, wenn er zu Hause hockt und Löcher in die Luft starrt.«

»Das stimmt«, pflichtete Hill ihm bei und winkte Ulfs Frau Lena zu, die am Buffet stand und sich vertraulich mit Catharina unterhielt. Er fragte sich, worüber die beiden eigentlich so familiär sprachen. Beinahe so wie zwei Schwestern.

»Wenn du mal anderswo Löcher in die Luft starren willst, bist du jederzeit bei uns willkommen, um in der neuen Wohnung zu helfen.«

»Neue Wohnung? Alle Achtung! Wo liegt die denn?«

»In der Hebsackersgatan. Sie hat drei Zimmer, ist ziemlich zentral und in der Nähe gelegen. Das Haus muss in der nächsten Zeit nicht renoviert werden, was die Miete noch bezahlbar macht. Wir müssen natürlich jede Menge selbst machen. Aber wir haben ja keine andere Wahl. Wenn das Baby kommt, brauchen wir mehr Platz.«

Ulf stellte sein Glas auf die Theke.

»Habt ihr Zeit für eine Hochzeitsreise, und wenn ja, wohin fahrt ihr?«

»Nirgendwo hin«, erklärte Hill, »jedenfalls nicht jetzt. Das muss eben etwas warten, bis wir eine Vertretung bekommen. Wir suchen schon fieberhaft in anderen Bezirken, aber das ist gar nicht so leicht. Die haben auch ihre liebe Not, wie es scheint.«

»Da siehst du es doch«, lachte Gårdeman, und sein Blick war nicht mehr so lustlos wie vorhin. »Ihr braucht mich eben. Da ist es dann wohl das Beste, wenn ich gleich Montag wieder komme.«

»Ja, ich habe nichts dagegen«, versicherte Hill, »aber ich glaube trotzdem nicht, dass aus den Flitterwochen so bald etwas wird.«

»Ach, warum denn nicht?«

»Catharina will nicht riskieren, dass im Ausland dem Kind etwas passiert. Wenn Probleme auftauchen sollten, hätte sie am liebsten ein schwedisches Krankenhaus in der Nähe.«

»Mmh«, bestätigte Gårdeman aus eigener Erfahrung. »Das kann ich gut verstehen. Weiß der Teufel, ob ich heute hier stehen würde, wenn ich keine qualifizierte Versorgung gehabt hätte.«

Gårdeman wäre vermutlich bereits tot. Während der Operation war er für ein paar Minuten ins Koma gefallen, doch das Ärzteteam der Helsingborger Klinik hatte ihn wieder ins Leben zurückgezwungen. Er hatte ein intensives Sterbeerlebnis gehabt und hatte vor dem berühmten Lichttunnel gestanden. Ein äußerst sonderbares Erlebnis, über das er mit niemandem gesprochen hatte. Nicht einmal mit Lena.

»Nun ...«, sagte er und verscheuchte die makabren Gedanken, »dann gibt es also keine Hochzeitsreise?«

»Na ja«, entgegnete Hill und kicherte etwas geniert, »nenn es, wie du willst, aber Tatsache ist, dass wir ein paar Tage Vollpension auf Schloss Örenäs gebucht haben. Nichts Spannendes oder Exotisches natürlich. Aber Catharina und ich wollen dort ein paar einsame Tage genießen.«

»Sieh an«, sagte Gårdeman und lächelte vielsagend, während die Wirtsleute das Hochzeitsdessert hereintrugen – Bayerische Crème mit hausgemachter Himbeersoße.

Schloss Örenäs lag an der Steilküste oberhalb des pittoresken Fischerdorfes Ålabodarna und hatte eine schöne Aussicht über die Insel Ven und den glitzernden Sund. An klaren Tagen konnte man bis nach Kopenhagen sehen. Ein vermögender Zuckerrübenbaron hatte das Schloss an der Grenze zwischen Landskrona und Helsingborg errichtet und es zu Beginn des Ersten Weltkriegs als Herrensitz genutzt. Nun diente Örenäs nicht länger als privater Wohnsitz, sondern war ein Hotel, kombiniert mit einem Tagungszentrum mit allen erdenklichen Bequemlichkeiten.

Dort würde das frisch vermählte Paar alles bekommen, was es brauchte, dachte Gårdeman.

Viel später hatten Joakim und Catharina Hill alle Hochzeitsgäste verabschiedet und waren in ein bestelltes Taxi gestiegen. Endlich konnten sie nur noch an sich denken und sich ausschließlich mit sich selbst beschäftigen – soweit es die Rücksicht auf den Taxifahrer zuließ, der den Wagen mit sicherer Hand durch die romantische Pappelallee gen Örenäs lenkte und vor dem Eingang weich bremste.

Die Hochzeit war ausgesprochen schön gewesen, wie sie fanden. Die Stimmung war angemessen festlich und doch gemütlich, das Essen gut und die Gäste fröhlich gewesen. Der Standesbeamte war maßvoll lange geblieben und hatte sich verabschiedet, sobald er nach dem Essen die obligate Tasse Kaffee bekommen hatte. Er hatte ja niemanden gekannt. Seine Anwesenheit war rein beruflich gewesen, während von den Übrigen jeder auf seine Art dem Brautpaar nahe stand. Er hatte sich nicht aufdrängen wollen und musste außerdem die Trauung des folgenden Tages vorbereiten.

An ein Abendessen brauchten sie kaum zu denken. Es war so reichlich aufgetragen worden, dass sie noch gesättigt waren. Außerdem hatten sie auf etwas ganz anderes Hunger.

Das Taxi stand mit laufendem Motor draußen vor der Rezeption. Der Fahrer umrundete den Wagen, nahm Catharinas große und Joakims bedeutend kleinere Reisetasche aus dem Kofferraum und stellte sie auf den Gehsteig.

Joakim schälte sich widerwillig aus dem bequemen Rücksitz, ging leicht frierend zu Catharinas Seite hinüber und hielt ihr die Tür auf. Er reichte ihr die Hand, zog sie zu sich heran und flüsterte ihr etwas ins Ohr. Sie kicherte, und der Taxifahrer lächelte amüsiert.

Hill grub in seiner Tasche nach einem Trinkgeld. Die Fahrt war zwar im Voraus bezahlt, aber bei diesem Anlass war jede Knauserigkeit fehl am Platz! Er förderte eine ganze Menge

Kleingeld zu Tage und reichte dem Fahrer die ganze Faust, der ihren Inhalt dankend entgegennahm. Es musste sich so um fünfzig Kronen handeln, stellte er zufrieden fest und trug als Dank die Taschen in die Wärme des Foyers.

»Na, Frau Hill«, schnüffelte Joakim weiter in Catharinas williges Ohr, »was halten Sie davon, die Ehe zu vollziehen?«

»Noch mal, meinst du?«, murmelte sie.

»Mmm.«

»Mmm«, pflichtete sie ihm bei und drückte ihren gewölbten Bauch an seinen.

»Soll ich ...«, sagte er.

»Sollst du was?«, fragte sie.

»Soll ich dich über die Schwelle tragen?«

»Wehe, du wagst es!«, kicherte sie erneut.

Der Fahrer kehrte mit leeren Händen zurück.

»Herzlichen Dank«, sagte Hill mit einem festen Griff um Catharinas Taille.

Er wusste nicht so recht, was er dem Taxifahrer am Hochzeitsabend sagen sollte, also sagte er das, was er empfand.

»Danke.«

»Ich danke Ihnen«, sagte der Fahrer und stellte sich abwartend vor die Stoßstange. »Und viel Glück!«

»Danke«, sagte Catharina gerührt, »... vielen, vielen Dank!«

Alle drei blieben gleichsam ergriffen vom Augenblick am Auto stehen. Bei dem Ehepaar tat die Wirkung des Champagners das ihre, so dass sich der Taxifahrer schließlich fragte, ob nicht lieber er die beiden über die Schwelle tragen sollte.

»Kann ich noch etwas für Sie tun?«, erkundigte er sich in dem Tonfall aller guten Chauffeure, der signalisierte, dass sie weiterwollten.

Hill dachte, leicht angeheitert, dass dieser Fahrer ein verdammt netter Bursche war und dass sie ihm vielleicht etwas spendieren sollten. Eine kleine Mahlzeit und einen guten Tropfen. Dass sie sich so abrupt trennen würden, schien nicht angemessen – nicht nach allem, was er für sie getan hatte!

Doch der Taxifahrer tat, als ahne er nichts von dem Dilemma des frisch gebackenen Ehemannes. Brautpaare fuhr er recht häufig. Vielleicht nicht jede Woche, aber dennoch – oft genug war er in den vergangenen Jahren Zeuge geworden von sowohl verrückten als auch hemmungslosen Szenen, die sich auf der Rückbank abgespielt hatten.

Mamma mia, manche stritten schon, bevor er die Stadtgrenze passiert hatte. Zehn Minuten, und alle hehren Versprechen im Angesicht des Pastors waren vergessen! Wie um alles in der Welt sollte das erst werden, wenn die unvermeidlichen Alltagsprobleme anfingen?

Andere begannen sich, sobald er den dritten Gang eingelegt hatte, ungeniert zu berühren und dachten vielleicht, dass er sie im Dunkeln da hinten nicht sehen konnte. Aber das konnte er sehr wohl, man sah alles deutlich genug.

Dann gab es die, die vollkommen still waren.

Still wie erschrockene Kleinkinder.

Er fragte sich, was eigentlich in ihren Köpfen vorging.

Immerhin lebten sie im 21. Jahrhundert! Wenn man heutzutage heiratete, war man sich weder fremd noch war man Jungfrau. Man brauchte sich weder vor den Geheimnissen der Hochzeitsnacht noch vor dem zukünftigen Zusammenleben zu fürchten. Worüber zerbrachen sie sich in drei Teufels Namen den Kopf?

Ob sie wirklich das Richtige getan hatten? Ob sie besser jemand völlig anderen hätten heiraten sollen? Oder ob es ein Fehler gewesen war, Tante Karin einzuladen, die sich stets betrank und alles ruinierte?

Er hatte keine Ahnung. Er war nur dankbar, dass er nicht das Geringste mit diesen Problemen zu schaffen hatte. Gott sei Dank war er nur derjenige, der fuhr.

Diese beiden hier hatten sich jedenfalls tadellos benommen. Er hatte lediglich die Angst bemerkt, die gewisse Ehemänner befiel, wenn sie aus dem Taxi stiegen. Als ob die Nabelschnur unwillkürlich durchtrennt würde und sie einsahen, worauf sie sich eingelassen hatten. Manche versuchten tatsächlich, wieder auf die sichere Rückbank zu kriechen.

Der Taxifahrer hatte schon so manches gesehen, und es war vorgekommen, dass er das Angebot, in der Bar etwas zu trinken, angenommen hatte. Er hatte eine Cola bestellt und den armen Kerlen Mut zugesprochen. Doch damit hatte er definitiv aufgehört!

Das hatte er beschlossen, als der Bursche vier doppelte Whiskey an dem polierten Tresen gekippt hatte, während er selbst an seiner Cola nippte. Wohl gemeinter Ratschläge zum Trotz hatte sich der Kerl natürlich komplett betrunken. Und war schließlich so sturzbesoffen, dass er gezwungen war, ihm auf das Zimmer zu helfen.

Es war dann zu einem höchst unerfreulichen Vorfall im Zimmer des Brautpaares gekommen: Die Braut hatte ihm die Schuld für den desolaten Zustand ihres frisch angetrauten Gatten gegeben und war hysterisch – und handgreiflich – geworden.

Jedenfalls war es nicht verwunderlich, dass er nun, wenn er die geringste Andeutung eines »möchten Sie nicht noch mit nach drinnen kommen« in den Augen der Burschen sah, sich beeilte, das Übel bereits im Keim zu ersticken.

Für die Männer war es ohnehin besser, ihrem Schicksal offenen Auges und mit Courage zu begegnen, anstatt sich pathetisch hinter der Anwesenheit eines vollkommen Fremden zu verstecken!

Also wartete der Taxifahrer schweigend und höflich teilnahmslos, als umgäbe ihn ein Käfig aus Panzerglas, den unter keinen Umständen ein Wort der Einladung durchdringen konnte.

Endlich begriff Joakim.

Er verstand, dass er nun selbst das weitere Geschehen in die Hand nehmen musste. Auf die kompetente Stütze dieses großartigen Begleiters konnte er sich nicht länger verlassen. Jener hatte seinen Auftrag ausgeführt und sicher anderes zu tun.

Hill winkte ihm zum Abschied, das goldschimmernde Band an seinem Ringfinger blitzte auf und ihm wurde zum ersten Mal bewusst, dass alles vollkommen wirklich war.

Er trug nicht mehr nur für sich allein die Verantwortung, sondern bald für eine ganze Familie. Er atmete die frische Nachtluft tief ein, legte seinen Arm um Catharinas Schultern und schritt auf das Foyer zu.

Immerhin waren sie nicht betrunken, sagte er sich. Sie waren lediglich angeheitert. Angeheitert von den Ereignissen des Tages, dem Schaumwein, der permanent zu dem ausgezeichneten Buffet gereicht wurde, und tief im Innern durch eine warme Freude gerührt.

Vor dem Eingang blieb er stehen, streckte die Arme theatralisch in die Höhe und rief laut und deutlich: »Wir haben es getan! Hol mich der Teufel – wir haben's getan! Wir sind … *verheiratet*!«

»Pssst!«, kicherte Catharina, »die können uns hören!«

Ausgelassen gingen sie durch die Glastür und sahen die Reisetaschen an der Rezeption auf sie warten.

»Herzlich willkommen«, grüßte ein überraschend munteres und gepflegtes Mädchen an der Rezeption, »haben Sie reserviert?«

»Guten Abend«, sagte Joakim Hill und riss sich zusammen. »Ja, wir haben ein Zimmer mit dem Buchungscode SIS301 reserviert.«

Sie gab den Code in den Computer ein, und die Reservierung wurde angezeigt.

»Ja, natürlich! Herr und Frau Hill?«

Leicht verschmitzt sahen sie sich an.

»Ja, das stimmt«, antwortete Joakim.

»Dann bekommen Sie Zimmer 122«, erklärte sie entgegenkommend und reichte Joakim die Plastikkarte mit dem Magnetcode.

»Das Zimmer befindet sich hier den Korridor entlang zur Linken.«

»Ist das eigentlich ein Nichtraucherzimmer?«, wollte er plötzlich wissen.

»Selbstverständlich«, erwiderte sie mit demselben freundlichen Lächeln, »es ist ein Doppelzimmer mit Rauchverbot und Aussicht auf den Schlosspark, genau wie gewünscht.«

»Vielen Dank.«

Ihm fiel beim besten Willen nichts mehr ein, worüber er noch plaudern könnte, so dass ihm nichts anderes übrig blieb, als die Taschen zu nehmen, das Zimmer zu betreten und einem völlig neuen Leben ins Gesicht zu sehen. Der unvorhersehbaren Wirklichkeit, die ihre gemeinsame Zukunft sein würde.

Unfreiwillig entglitt Hill ein kleiner, hilfloser Seufzer, den er jedoch rasch hinter einem trockenen Huster verbarg. Er warf Catharina einen zweideutigen Blick zu und führte sie galant, aber bestimmt zu Zimmer 122.

Die Tür war aus einwandfrei polierter Eiche und ließ sich erwartungsgemäß unter einem halbwegs melodischen Quietschen öffnen, als er die Karte einführte und die elektronische Verriegelung den Code erkannte. Mit einem unhörbaren Seufzer schob Hill die schwere, geräuschisolierte Tür zu ihrem ersten ehelichen Nachtlager auf.

Auf dem Tisch standen Blumen und eine gekühlte Flasche Champagner.

»Wie romantisch – danke, Liebster«, rief Catharina aus, legte ihre schicke Kopfbedeckung auf die Hutablage im Schrank und begann erleichtert, die Jacke ihres pfirsichfarbenen Chintzkostüms aufzuknöpfen. Um ehrlich zu sein, hatte sie ihre anschwellenden Formen recht eng umschlossen.

Joakim stellte verwundert das Reisegepäck auf der Auslegeware ab. Er hatte doch gar keinen Champagner bestellt. Möglicherweise hätte er das tun sollen, fiel ihm jetzt ein. Doch so viel er sich erinnern konnte, hatte er das nicht veranlasst. Konnte es sich um eine unerwartete Aufmerksamkeit von Seiten des Hotels handeln?

Er trat an das eisig beschlagene Gefäß und drehte die festlich glitzernde Flasche eine halbe Runde in dem Eiswasser. An einer rosafarbenen Seidenschleife war eine kleine Gratulationskarte befestigt, auf der Amors Pfeile, die zwei Goldringe aufnahmen, abgebildet waren.

Joakim drehte die Karte und las den Text.

Die herzlichsten Glückwünsche zum Hochzeitstag!

Euer Freund Harry Runsten

Schon der Anblick des Arrangements machte ihn rasend. Obwohl er sehr wohl wusste, wie kindisch das war, konnte er nicht anders.

Der Schampus wurde kaum angerührt, bevor sie ins Bett fielen, obwohl Catharina darauf bestanden hatte, dass er geöffnet wurde.

»Sollen wir wirklich ...?«, druckste Hill herum.

»Aber unbedingt! Ich hoffe, diese ist unsere einzige Hochzeit, und da wäre es doch ein Jammer, das Präsent des Polizeidirektors nicht zu würdigen!«

Sie sah das vermutlich mit ganz anderen Augen als er. Für sie handelte es sich um einen aufrichtigen Glückwunsch, über den sie sich vorbehaltlos freuen konnte. Während Joakim sich auf seine kindlich-sture Art weigerte, das zu akzeptieren, was in seinen Augen ein schlecht getarntes Friedenszeichen war.

»Ach, mach schon auf!«

»Aber ich habe keine Lust ...«

»Die Nacht ist lang, und du wirst schon sehen, dass er aufgetrunken wird. Sofern du nicht sofort einschlafen willst, versteht sich«, meinte sie schelmisch.

Was blieb ihm also anderes übrig?

Obgleich sein ganzer verletzter Stolz »Nein!« brüllte, lösten die Finger des frisch gebackenen Ehemannes die Drahtkappe vom Flaschenhals und drückten den Korken mit einer kraftvollen Daumenbewegung heraus. Es knallte leicht, und er flog bis vor die Badezimmertür. Der erste Schaum strömte aus der

Flasche und rann in die hübsch geschwungenen Gläser, die ebenfalls Teil des Geschenkes waren.

»Was tue ich nicht alles, damit sie zufrieden ist«, dachte Joakim und nahm einen Schluck des sprudelnden Getränks.

Doch wenn Harry dachte, dass er nach der Demütigung, die er Joakim während der Ermittlungen in den Zyanidmorden vergangenen November beschert hatte, so leicht davonkommen würde, hatte er sich gründlich getäuscht.

Wenn sich jemand in dem Zusammenhang nicht an die Spielregeln gehalten hatte, dann der Polizeidirektor selbst, indem er versucht hatte – auf Grund fehlgeleiteter Loyalität einem exklusiven Freundeskreis gegenüber, dem er glücklicherweise nicht mehr angehörte –, wichtiges Beweismaterial unter den Teppich zu kehren.

Joakim war in dem persönlichen Entschluss, den er bei der Gelegenheit getroffen hatte, völlig unbeugsam. Er würde unter keinen Umständen Harry Runsten um die Schmach seines verantwortungslosen Handelns herumkommen lassen.

Außerdem war es frech, auf diese Weise in ihre Privatsphäre einzudringen, auch wenn auf jedem temperamentvollen Bläschen, das aus dem Kristallglas aufstieg, in großen Buchstaben Entschuldigung stand.

Um Joakim Hill wieder auf seiner Seite zu haben, bedurfte es weitaus mehr als einer Flasche Champagner.

Das perlende Getränk hatte ihm schlicht und einfach nicht geschmeckt, und Joakim hatte das Glas rasch beiseite gestellt. Auch Catharina war äußerst sparsam, denn sie musste an das Kind denken. Mittlerweile spürte sie schnell, wenn sie etwas Unpassendes trank oder aß, und sie war wie gewöhnlich vorsichtig. Aber der Champagner war perfekt temperiert und weder zu süß noch zu trocken, so dass sie sich einige wenige Schlucke gönnte, bevor sie zusammen unter die Decke schlüpften.

Aber noch viel besser schmeckten Joakims immer beharrlichere Küsse. Als wäre es wirklich das erste Mal, und als müsste er sich noch einmal versichern, dass sie tatsächlich ihm gehörte.

Das schwache Perlen des Champagners, der wie zu erwarten fast ungetrunken im Kühler auf dem Tisch stehen blieb, nahm in den späten Nachtstunden ab. Das einzige Geräusch, das man in der Dunkelheit hören konnte, waren die friedlichen Atemzüge der frisch Vermählten, die tief und eng umschlungen in dem großen, bequemen Hotelbett schliefen.

Bis der Schuss fiel.

Hills Reaktion war instinktiv. Es gab keinen Zweifel, dass das, was er gehört hatte, tatsächlich ein Schuss gewesen war. Das Abfeuern einer Handfeuerwaffe ließ sich nicht mit dem Knall eines Auspuffs vergleichen. Für einen Polizeibeamten war die kurze, ohrenbetäubende Explosion unverkennbar.

Geistesgegenwärtig rollte Hill zu Catharina herüber, schützte sie mit seinem Körper und wartete auf die nächste Kugel. Die wenigen Sekunden, die er benötigte, um sich zu orientieren, erschienen ihm wie eine Ewigkeit.

Catharina bewegte sich unentschlossen zwischen Tiefschlaf und Wachzustand und wunderte sich mit einem klagenden Laut, weshalb Joakim sich so sonderbar benahm.

»Schsch«, mahnte er und sofort war sie ebenso hellwach wie er, »mach es wie ich – lass dich zu Boden gleiten und bleib auf dem Teppich liegen.«

Er hangelte sich am Ende des Bettes abwärts und sie sah nur, wie sein Allerwertester blass im schwachen Schein des Vollmondes schimmerte. Plötzlich begriff sie, dass sie so nackt waren, wie Gott sie geschaffen hatte, doch sie hütete sich zu widersprechen.

Stattdessen tat sie, wie ihr geheißen, glitt aus dem warmen Bett auf den Teppich und machte sich so schmal wie möglich.

Sie verharrten ein paar gespannte Atemzüge lang.

Doch es blieb still, und Joakim robbte auf allen vieren lautlos zur Tür. Er verfluchte den Umstand, dass er seine Dienstwaffe nicht dabei hatte, aber wer dachte schon daran, dass man in seiner Hochzeitsnacht die Waffe ziehen musste? Auch wenn man bei der Polizei war!

Er horchte mit angehaltenem Atem an der Tür, hörte, wie sich auf dem Flur Schritte entfernten und alles still blieb.

Dankbar verwarf er seinen ersten, schrecklichen Verdacht, dass möglicherweise er selbst und damit auch Catharina die ausgewählte Zielscheibe gewesen waren. Gleichzeitig fragte er sich, was hier eigentlich gespielt wurde.

Vorsichtig drückte er die Klinke nach unten, öffnete die Tür einen Spaltbreit und versuchte, die Situation da draußen einzuschätzen. Von der Rezeption drangen aufgeregte Stimmen herüber, doch es schien sich nicht um einen Streit zu handeln. Sein rasender Puls beruhigte sich etwas, der Adrenalinspiegel sank und seine Intuition sagte ihm, dass – was auch immer es gewesen war – die Gefahr schon vorüber war.

Er machte mit seinem behaarten, muskulösen Bein einen Schritt in den Korridor.

»Joakim«, fauchte Catharina abrupt.

»Was? Was denn?«

Hill verschluckte sich fast vor Schreck.

»Joakim – du bist völlig nackt!«

»Oh, verdammt – danke!«, sagte er und schloss rasch die Tür. Wo die Pyjamahose abgeblieben war, wusste er nicht, aber er bekam schließlich die Smokinghose zu fassen und schlüpfte schnell hinein.

»Bleib du hier, Liebling«, befahl er, »kriech wieder ins Bett, ich bin gleich wieder da.«

Wieder befolgte sie seine Anweisung. Während er eine der Magnetstreifenkarten in die Hosentasche steckte und barfuß den Korridor entlang Richtung Eingang schlich, schlüpfte sie wieder unter die Decke.

Sie fror derart, dass sie zitterte, und zu ihrer Verwunderung stellte sie fest, dass sie weinte – in ihrer Hochzeitsnacht! Sie ließ den salzigen Tränen, die ihre Wangen hinabströmten, freien Lauf, ohne eine Erklärung dafür zu finden.

War es die Erleichterung, dass alle drei unversehrt waren? Oder war es die unausweichliche Einsicht, dass dies wohl Alltag in der Ehe mit einem Polizeibeamten bedeutete?

Hill war am Tresen im Foyer angelangt. Das Mädchen an der Rezeption stand vollkommen bleich da, zitterte und presste sich an den Türrahmen des Büros. Als wünschte sie sich nichts sehnlicher, als dort hineinzustürmen und sich unter dem Schreibtisch zu verstecken, doch sie konnte um keinen Preis ihre Beine bewegen.

Natürlich musste das just an dem Abend passieren, an dem der Hoteldetektiv nicht da war!

Ein Nachtportier kroch auf allen vieren um eine Gruppe bequemer Sessel herum. Bisweilen hob er hastig den Kopf, um einen raschen Blick nach draußen in die totale Dunkelheit zu werfen, und kroch weiter auf die weit offen stehende Eingangstür zu, um die Knie seiner Uniform erneut gewissenlos zu ruinieren.

Das Mädchen sah Hill kommen und warnte ihn.

»Verschwinden Sie ... es ist gefährlich hier!«, zischte sie im Falsett. »Die Polizei ist schon unterwegs – schließen Sie sich so lange auf Ihrem Zimmer ein!«

Hill dämpfte ihre Angst mit einer abwehrenden Geste.

»Das ist schon in Ordnung, ich *bin* Polizist«, versicherte er, »gehen Sie ins Büro und bringen sich in Sicherheit, das regelt sich hier wieder.«

Hill ging in die Hocke und folgte dem Beispiel des Nachtportiers. Gemeinsam erreichten sie die Innentür, während es dem Mädchen schließlich gelang, sich mit einem wimmernden Laut aus ihrer Verkrampfung zu lösen und im Büro Schutz zu suchen.

»Hier ist er raus ... gerade eben erst!«, keuchte der Portier und strich sich eine widerspenstige Haarsträhne von der Nase. »Ich will versuchen, abzuschließen, damit er nicht wieder reinkommen kann.«

Hill blickte suchend die Einfahrt hinunter, wo sie das Taxi

erst vor wenigen Stunden abgesetzt hatte. Doch draußen war es vollkommen still. In den großen Buchen rührte sich kein einziger Windstoß, und das Fehlen jeglicher Spur eines Schattens deutete an, dass das Drama inzwischen vermutlich vorbei war.

»Ich glaube kaum, dass das notwendig ist«, sagte er. »Wahrscheinlich ist er mittlerweile schon über alle Berge. Es fragt sich eher, was er überhaupt hier zu suchen hatte.«

Die ruhige Sachlichkeit in Hills Überlegung hatte das Mädchen beruhigt, so dass sie sich wieder aus dem Büro traute.

»Ich meine, dass er den Korridor von dort hinten entlanggelaufen kam«, sagte sie. »Er muss fast ganz hinten im westlichen Annex gewesen sein. Der, der von hier aus im Winkel ganz oben liegt.«

»Okay, ich sehe mal nach«, beschloss Hill und wurde plötzlich verlegen, als er ihren Blick auf seinen Oberkörper bemerkte.

»Ich komme mit«, erklärte der Portier, und Hill merkte an seiner resoluten Stimme, dass er sich davon mit Sicherheit nicht abbringen lassen würde. Das hier war quasi sein Hotel, das man weiß Gott nicht ungestraft mitten in der Nacht betreten konnte, um zu schießen anzufangen!

Die Tür von Zimmer 122 war und blieb verschlossen, doch andere Gäste steckten nun ihre Nasen heraus, um ihre Neugier zu befriedigen. Der Portier beruhigte sie damit, dass alles unter Kontrolle sei und dass die Polizei jeden Augenblick eintreffen würde.

Am Ende des Korridors bog der mit Teppich ausgelegte Gang scharf nach links, der Teppich wechselte seine Farbe, und der Hotelbursche erläuterte Joakim, dass sie sich nun im Westflügel befanden. Dort waren die Zimmer etwas kleiner, einfacher eingerichtet und die Preise ein wenig niedriger.

Ein Hotelgast stand in einem verschlissenen Morgenmantel mitten im Flur und war vor Aufregung ganz rot im Gesicht.

»Was zum Teufel geht hier eigentlich vor?«, polterte er.

»Kann man hier nicht einmal mehr in Frieden schlafen, wenn man ordentlich bezahlt hat! Zuerst der Heidenlärm da oben, und jetzt hoffe ich, dass Sie denen ordentlich die Meinung sagen, damit endlich Ruhe einkehrt!«

»So ruhig wird es wohl nicht werden«, meinte Hill, »denn wenn die Polizei eingetroffen ist, werden umgehend die Zeugenaussagen zu Protokoll genommen. Es würde natürlich die Arbeit erleichtern, wenn Sie zeigen könnten, wo sich das Ganze abgespielt hat.«

Der Mann in dem abgetragenen Morgenrock folgte ihnen mürrisch in den oberen Korridor und zeigte indigniert auf die Zimmernummer 214. Die Tür war angelehnt, und im Zimmer brannte Licht.

Hill signalisierte dem Portier und den Hotelgästen rasch, sich wieder nach unten in Sicherheit zu bringen, und presste sich an die Flurwand. Er wusste, dass er sich zurückhalten und auf die gerufene Polizeistreife warten sollte, damit sich die Diensthabenden darum kümmern konnten. Leute, die ihre Dienstwaffe mit sich führten.

Von weitem hörte er das Martinshorn und wusste, dass Unterstützung unterwegs war. Doch irgendwo in seinem Innern kochte eine unbeschreibliche Wut. Er war einfach verflucht erbost, dass diese streitsüchtigen Idioten seine und Catharinas Hochzeitsnacht auf diese Weise zerstört hatten.

Hill konnte sich nicht länger beherrschen.

Er holte tief Luft, stieß die Tür mit einem zornigen Tritt weit auf und warf sich eingerollt wie ein südamerikanisches Gürteltier in das Zimmer. Schnell schlug er ein paar Rollen vorwärts und fand hinter einem moosgrünen Sessel Deckung.

Doch das Zimmer war leer.

Hill prüfte die Lage von seiner Position hinter dem Sessel. Alles lag durcheinander wie nach einem Streit. Schubladen waren geöffnet, ihr Inhalt im ganzen Raum verteilt worden. Das Fenster stand weit offen. Die Gardinen flatterten im Durchzug, obwohl die Nacht außergewöhnlich windstill war.

Wachsam konstatierte er, dass auch niemand mehr im Bad war. Dann stand er auf und trat an das Fenster mit den spöttisch schwingenden Gardinen. Am Fensterbrett klebte Blut. Blut, das verwischt worden war, als sich jemand hochgestemmt hatte, aus dem Fenster gesprungen und in den dunklen Park verschwunden war.

Mit nacktem Oberkörper und eiskalten Füßen stand er in der zugigen Fensteröffnung. Betrachtete das feucht glänzende Astwerk im Park und fragte sich, was zum Teufel hier in der Nacht vor sich ging, als er plötzlich hörte, wie hinter ihm jemand näher kam.

»Schicke Uniformen habt ihr hier oben in Helsingborg«, sagte eine peinlich bekannte Stimme, »mit dem Gedanken an die Sicherheit ist es da ja nicht sehr weit her!«

Joakim wandte sich um und sah Holmgren mit einem seiner Kollegen aus Landskrona im Türrahmen lehnen. Mit Holmgren hatte er seit fast einem Jahr nicht mehr gesprochen, denn ihr letztes Zusammentreffen hatte definitiv nicht unter dem Stern kollegialer Freundschaft gestanden.

Bei den Ermittlungen in dem Mordfall des Tankstellenbesitzers im vergangenen Frühjahr hatte Holmgren offen die Ansicht vertreten, dass der hinter den Ohren noch nicht ganz trockene Grünschnabel aus Helsingborg wie der sprichwörtliche Elefant im Porzellanladen in seinem Revier gewütet hatte.

Holmgren hatte also versucht, ihm ohne Umschweife eine Lektion in realitätsnaher Polizeiarbeit zu erteilen.

Während Hill seinerseits die Ansicht vertrat, dass der akribische und äußerst selbstgefällige Kollege der Nachbargemeinde seine Arbeit durch seine unprofessionelle Sturheit erschwert hatte.

Schnell war der Stellungskrieg Fakt, und nun stand Hill hier halb nackt im Kreuzfeuer zwischen Durchzug und einem offenbar wieder einmal mies gelaunten Holmgren.

Hill schien es strategisch günstig, die Waffen zu strecken.

»Holmgren – schön, Sie zu sehen! Ich weiß ums Verrecken

nicht, was hier passiert ist, aber mindestens ein Schuss wurde abgefeuert, und am Fenstersims klebt Blut. Ich hatte gehofft, den Täter zu fassen, doch sowohl er als auch sein Opfer sind scheinbar bereits geflohen.«

Doch Holmgren stand einer Versöhnung ebenso widerspenstig und unwillig gegenüber wie Hill zuvor dem Sekt auf seinem Zimmer.

»Und was treiben *Sie* hier, wenn ich fragen darf? Außer das Leben des Hotelpersonals und der Gäste zu gefährden sowie die Beweisaufnahme hier im Raum durcheinander zu bringen, natürlich. Haben Sie nicht ein paar knifflige ›Jack the Ripper‹-Fälle zu lösen, wenn wir richtig informiert sind?«

Hill bekam rote Ohren, doch er beschloss, seinen Ärger zu schlucken und sich mit dem Burschen gut zu stellen. Eigentlich wollte er nichts lieber, als seine Catharina in Zimmer 122 im Arm halten, aber sein Spürsinn war definitiv geweckt.

»Ich bin rein privat hier, aber vor ungefähr zehn Minuten bin ich von dem Schuss im Haus aufgewacht.«

»Privat?«, fragte Holmgren in leicht ironischem Tonfall. »Und ... allein?«

»Nein, natürlich nicht.«

Holmgren kicherte und gab seinem Kollegen einen vielsagenden Rippenstoß.

Na gut, der Kerl wollte scheinbar keine Friedenspfeife rauchen, da konnte man nichts machen, stellte Joakim frustriert fest. Doch er würde zumindest dafür sorgen, dass der Bursche diese ausgesprochene Plumpheit schwer bereuen würde!

»Ich bin übrigens mit meiner Frau hier«, proklamierte er leicht theatralisch und verschränkte die Arme selbstherrlich vor der Brust. »Wir haben gestern Abend geheiratet!«

Wenn er geglaubt hatte, dass sich auch nur ein Anflug von Reue in Holmgrens Gesicht zeigen würde, dann hatte er sich gründlich geirrt.

»Da schau her – dem berühmten Joe Hill ist also auch endlich etwas ins Netz gegangen! Na bravo! Nicht einmal Sie kommen darum herum, einen so eindeutigen Beweis als Hochzeitsbeweis zu betrachten! Haha.«

Joakim schüttelte resigniert den Kopf, seufzte und drängte sich müde an Holmgren und seinem Kollegen vorbei. Die Wärme des Flurteppichs war eine Wohltat für Hills Füße, doch Holmgrens unversöhnliche Eiseskälte saß ihm noch im Rücken.

»Ich gehe wieder auf mein Zimmer«, verkündete er müde. »Ich habe die 122, dort finden Sie mich, wenn Sie meine Zeugenaussage brauchen.«

»Selbstverständlich, wir erledigen nur dieses kleine Problem hier vorab. Wenn sich überhaupt noch etwas sicherstellen lässt, nachdem Sie hier wie ein blasenschwacher Welpe im Material herumgewühlt haben. Danach melden wir uns. Vielleicht brauchen Sie ja etwas ... Unterstützung?«

Hill erwiderte nichts, trat auf den Korridor, bog rechts ab und kehrte zu Catharina zurück. Er war erleichtert und dankbar, dass das Ganze trotz allem nichts mit ihm selbst zu tun hatte, sondern lediglich ein unglücklicher Zufall war.

Holmgren meldete sich nicht mehr, was Hill aufatmen ließ. Diese Tage waren wirklich ganz besondere Tage, und er beschloss, sich nicht mehr darum zu kümmern, was nun rechtmäßig auf dem Schreibtisch seines Landskronaer Kollegen lag.

Er konnte zu gegebener Zeit Erkundigungen einholen, aber nicht jetzt.

Stattdessen lag er die restliche Nacht eng an Catharina geschmiegt, hielt mit seiner Hand behutsam ihren rundlichen Bauch, und sie unterhielten sich beruhigend über alles Mögliche.

Sie schliefen nicht vor den frühen Morgenstunden ein und wachten erst auf, als das Frühstücksbuffet schon lange abgeräumt war.

5

Schon im zweiten Monat des Jahres trieb der Frühling ungeniert seine wilden Paarungsspiele mit den südschwedischen Rabatten, Büschen und spärlich grünenden Äckern.

Zuerst strich er an der Küste von Simrishamn und den wintergrauen Häfen Ystads und Trelleborgs entlang, eroberte sich dann mit einem Arm voll herrlich verführerischem Sonnenschein Malmö, Lund und Lomma.

Anschließend breitete er sich in nordwestlicher Richtung aus. Landskrona, Helsingborg und Höganäs fanden sich dankbar in silbern glitzerndes Licht getaucht wieder. Der Nachtfrost tropfte bei dieser unerwarteten Wärme schon früh am Vormittag melodisch von den Dachrinnen und Giebeln, so dass auch der Verfrorenste einem Lächeln nicht widerstehen konnte.

Hasse Svensson – oder der Terminator, wie er sich vorzugsweise nannte – hatte beschlossen, dass es endlich Zeit für einen kleinen Urlaub sei.

Es war höchste Zeit, dass er etwas für sich tat, um sein natürliches Charisma wiederherzustellen, das ihn so schmählich im Stich gelassen hatte. Er war vollkommen erledigt und verärgert wegen dieses verfluchten Polizistenflegels.

Außerdem wäre es für alle Beteiligten das Beste, wenn er sich so weit wie möglich von hier entfernt aufhielt, wenn sein Problem endlich gelöst werden sollte. Denn niemand würde ihn mit der Tat in Verbindung bringen, wenn er gar nicht im Lande war, oder?

Bei dieser Gelegenheit konnte er seinen Kollegen drüben in Odense einen Besuch abstatten. Es gab ohnehin wegen eines geplanten Überraschungsmanövers im Frühjahr einige Dinge zu besprechen. Ein Manöver, das dem Club der »Brüder« bei der unausweichlich bevorstehenden Eskalation der Streitereien der Rockerbanden garantiert einen Vorsprung verschaffen würde.

Die Politiker und zuständigen Behörden würden sich noch wundern, wenn sie glaubten, dass der derzeitige Friede etwas anderes als ein vorübergehender Waffenstillstand war.

Man musste mehr als gutgläubig sein, wenn man wirklich davon ausging, dass ein kleiner Klaps die Entwicklung aufhalten könnte, die zeigen würde, wer in der Welt, in der das Rockerbanden-Syndikat regierte, das Sagen hatte.

Allein der Gedanke, der Wille oder die Vorstellung der Gemeinden und Gerichte würde auch nur ein Jota bewirken – lächerlich!

An und für sich musste noch vieles vor der unweigerlichen Eskalation besprochen und geplant werden, doch andererseits lag Odense vielleicht nicht weit genug entfernt?

Wer weiß – es könnte behauptet werden, dass er oder einer der Jungs die Möglichkeit gehabt hätten, kurz nach Hause zurück zu düsen, um das Notwendige zu erledigen. Der Terminator zweifelte nicht im Geringsten daran, dass die Ermittlungen der Polente dieses Mal auf Hochtouren laufen und den Leuten gründlich auf den Zahn gefühlt werden würde.

Ein toter Bulle war trotz allem – Polizistenmord!

Genau darin lag das Problem in dieser Angelegenheit. Bei der Jagd auf den Täter würden keine Ressourcen ungenutzt bleiben. Jeder verdammte Stein und Busch in der Umgebung würde auf Fingerabdrücke untersucht werden. Experten des Bundeskriminalamtes würden einfliegen, die Presse würde sich auf den Fall stürzen und in jeder Schlagzeile eigene Hypothesen auswalzen. Hypothesen, die mit Sicherheit auch von ihm handeln würden.

Also gedachte er dafür zu sorgen, dass nicht der geringste Verdacht seinen Ruf in dieser Sache beschmutzen könnte. Möglicherweise wäre es gar nicht so dumm, weiter gen Süden zu reisen. Vielleicht sogar in die schöne Sonne und Wärme. Das könnte er gut brauchen, nach all der aufgestauten Wut.

Paris eventuell?

Das Pariser Disneyland hatte er sich schon seit langem ansehen wollen, und dann weiter nach Spanien! Ja, warum eigentlich nicht? Je länger er darüber nachdachte, desto besser gefiel ihm die Idee. Er würde Ferien machen, während das Unvermeidliche in seinem Auftrag erledigt wurde. Das war das Sahnehäubchen auf der Rache.

Er wusste, dass das Ganze zu seiner vollsten Zufriedenheit ausgeführt werden würde. Noch nie hatte es Anlass gegeben, sich über Nikis Effektivität zu beschweren. Der konnte weiß Gott froh darüber sein – so unverschämt gut, wie er sich bezahlen ließ!

Und was das Wetter betraf, war auch alles in bester Ordnung.

Der Frühling meldete sich zeitig dieses Jahr.

Die Zweiräder konnten problemlos nach Dänemark und weiter nach Rødby-Puttgarden rollen. Bei befreundeten Rockerbanden würde ihnen Logis gewährt, was außerdem die günstige Gelegenheit bot, Informationen über die Sachlage und Pläne auf dem Kontinent zu sammeln.

Die EU war schließlich nicht nur etwas für trockene Parlamentarier. Europa bot auch für die Brüderschaft einen viel versprechenden Markt, und derjenige, der zuerst kam, konnte sich nie versiegender Einkommensquellen erfreuen. Das hieß allerdings, den Gelbgesichtern, Russen und Bolivianern rechtzeitig die Daumenschrauben anzulegen.

Das Angenehme mit dem Nützlichen verbinden, sagte der Terminator sich zufrieden und buchte umgehend eine Passage mit *Scandlines* für sich sowie sieben andere des »inneren Kreises«. Unter ihnen befanden sich natürlich Raymond und

Kåge, die den Besuch im Disneypark kaum erwarten konnten. Dieser Gedanke half der unerwartet starken Februarsonne dabei, sie die ganze Zeit, während sie darauf warteten, an Bord zu gehen, innerlich zu wärmen.

Nicht, weil sie wussten, was hinter der Idee dieser plötzlichen Urlaubsreise ihres Chefs steckte. Zu ihnen hatte er lediglich gesagt, er wolle die Sonne sehen und dass sie unterwegs jederzeit ein bisschen mit ihren Rockerbrüdern quatschen könnten.

Sie rechneten damit, ihre Heimatstadt erst nach fünf bis sechs Wochen wieder zu sehen. Der Terminator plante, in diesem Zeitraum die Geschäfte auf dem Kontinent abgewickelt zu haben und wieder nach Hause zurückzukehren, ohne sich im Mindesten um sein Alibi Sorgen machen zu müssen.

Dieses Unternehmen würde ein Heidenspaß werden. Seine Kumpels und er hatten die wildesten Erwartungen an die Reise, während sie brav wie Schulbuben darauf warteten, dass es endlich losging.

Alles schien so einfach und perfekt.

Auch Catharina und Joakim Hill werteten das Wetter als gutes Zeichen für das, was sie gemeinsam begonnen hatten.

Die verbleibenden Tage auf Örenäs waren ohne weitere Zwischenfälle vergangen. Die beiden hatten den Meeresblick, die Waldspaziergänge und einander genossen. Doch ihre offizielle Hochzeitsreise war allzu schnell zu Ende gegangen, und sie hatten wieder in den gewöhnlichen Alltag zurückkehren müssen.

Hill ging der unangenehme Gedanke, dass der mysteriöse Vorfall im Hotel erst der Anfang eines ungewissen Endes war, nicht aus dem Kopf. Er holte bei den Landskronaer Kollegen Erkundigungen ein, und auch wenn er gewissenhaft den näheren Kontakt mit Holmgren vermied, konnte er zumindest so viel erfahren, dass es sich um eine Auseinandersetzung im Zusammenhang mit Drogengeschäften gehandelt hatte.

Selbstverständlich war er über die Bestätigung, dass der Vorfall nichts mit seiner Person zu tun hatte, erleichtert, doch eine gewisse Unruhe blieb. Er machte sich um Catharinas Sicherheit und die des Kindes große Sorgen. Wenn es jemand auf ihn abgesehen hatte, bestand die Gefahr, dass die beiden dem Betreffenden in die Quere kamen. Und wie sollte er das verhindern können? Das Letzte, was er wollte, war, ihre Sicherheit aufs Spiel zu setzen, doch offensichtlich war ein höherer Risikofaktor unvermeidlich Teil des Lebens eines Polizeibeamten.

Doch er versuchte, sich nichts anmerken zu lassen, denn es gab genug zu tun mit dem Umzug, seiner Organisation und Planung vor der Geburt des Kindes.

Die Sonne beschien alles, was sie unter gegenseitigem Ansporn anpackten, beseitigte die restlichen Spuren der Müdigkeit und erstickte jeden Zweifel bereits im Keim.

Sie schleppten Sofas und Tische, Bücher, Regale, Stühle und sogar Fensterläden. Hübsch eingefasste, gelb-weiße Bauernläden, die aus ihrer alten Lundenser Wohnung stammten und, wie Catharina fand, viel besser in die neue passten, als die tristen matt grünen, die bereits dort hingen.

Die Waschmaschine durfte natürlich nicht fehlen. Sie hatte eine kleine, moderne Maschine, die im Bad Platz fand. Catharina war lediglich nicht ganz klar, wie die Wäsche auf dem engen Raum, der zur Verfügung stand, trocknen sollte. Ein paar über die Badewanne gespannte Leinen würden kaum ausreichen. Vielleicht wäre ein Trockner da die beste Lösung?

Doch ganz gleich, welcher Art die Probleme waren, lachten sie doch meistens darüber. Sicherlich gab es für alles Praktische eine Lösung, befanden sie, die sie oftmals im Schlafzimmer fanden. Wie zwei frisch Verliebte, die alles und nichts voneinander wussten.

Die Frage, wo genau der Wandschirm aufgestellt werden sollte, nahm gerne ihren eigenen Weg der Beantwortung über eine frühlingshaft zarte Streicheleinheit in dem ungemachten

Bett. Eine Streicheleinheit, die neue Leidenschaft weckte und sich nicht um die Grenzen der Konventionen kümmerte. Ein Zärtlichkeitsbeweis, der unmerklich in Lust überging und sie angenehm unfähig betreffend der Entscheidung über unbedeutende Einrichtungsdetails werden ließ.

»Mmm … du«, murmelte eine zufriedene Catharina etwas später, »wenn du den Wandschirm wirklich neben dem Schreibtisch haben willst, ist das in Ordnung für mich.«

»Nein, nein«, versicherte er einlenkend in angenehmem Halbschlaf, »du hast vollkommen Recht. Er passt viel besser in den Flur.«

»Mmm.«

Aber das spielte überhaupt keine Rolle mehr, denn die Strahlen der warmen, klaren Februarsonne schienen durch die halb geschlossene Jalousie und versprach jedem alles.

Wo die kleine Lampe eigentlich abblieb, war völlig bedeutungslos. Sie konnten sie in den Flur, auf den Schreibtisch oder einfach auf den Dachboden stellen. Solange sie einander hatten und die Schwangerschaft so verlief, wie sie sollte.

In dieser Geborgenheit legte er die Arme über ihre schwellenden Brüste, und eng aneinander geschmiegt krochen sie unter die Decke und ließen sich von einem leichten Schlummer in ein Traumland entführen, in dem alles schon parat war.

Haus, Kind, Wandschirm und das ganze Drum und Dran.

Doch welches Glück ist schon beständig …

Der Februarfrühling war wie gewöhnlich nur eine flüchtige Erscheinung.

Eine scharfe, raue Brise wehte plötzlich über den Sund und zwang die Kapitäne der so genannten Sundbusse, den übelsten Wellenkämmen der sturmgeplagten See zu trotzen, sie zu queren oder längs zu reiten. Währenddessen wuchsen an den Buchten und Krümmungen der Küstenlinie entlang unfreundliche, salzgesättigte Eisschnurrbärte. Um windgebeutelte

Schilfgürtel und glasierte Steinbuckel wanden sich Spitzenbänder aus Eis. Die Seevögel mussten erneut tapfer gegen die plötzliche Rauheit der Natur ankämpfen.

Der erste Morgen, der Joakim und Catharina mit einem altbekannten trüben Grau nebst heimtückischen Regenschauern weckte, bescherte ihnen auch einen ersten bitteren Geschmack der Ehe.

Catharina hatte nicht die geringste Ahnung, weshalb sie so missgestimmt und verärgert war. Als würde hinter der Ecke etwas Unbekanntes lauern. Sie spürte auf unerklärliche Weise eine Gefahr, ohne sie tatsächlich sehen zu können.

Schon bevor der Wecker um Viertel vor sechs klingelte, hatte sie auf einer unterbewussten Ebene begriffen, dass nicht alles so war, wie es sein sollte.

Ein seltsam bedrückendes Gefühl plagte sie im Kopf, und ein tauber Schmerz entlang des Beckens, der sich zum Rücken fortsetzte, tat das Übrige, dass sie sich unerwachsen weinerlich fühlte. Und dennoch waren die Symptome so undeutlich, dass es sich genauso gut um eine gewöhnliche hormonelle Instabilität handeln konnte. Eine völlig normale Östrogenstörung, die auch dann leicht auftreten konnte, wenn keine Schwangerschaft bestand, und die genauso sicher kam wie das Amen in der Kirche, wenn man schwanger war.

Sie wusste ja über all diese Dinge Bescheid, konnte aber ihre seltsame Missstimmung trotzdem nicht verscheuchen. Als wäre sie ein Zeichen für eine unterschwellige Unruhe, die sie nicht erklären konnte.

Fast wünschte sie sich ein Unwohlsein, das konkreter war. Etwas vollkommen Eindeutiges und leicht Erklärbares. Wie beispielsweise das graue Wetter dort draußen, das das strahlende Sonnenglück so abrupt beendet hatte.

Doch ihr Zustand war unangenehm diffus. So unpräzise und lästig, dass es sie schier in den Wahnsinn trieb. Obendrein wäre sie auf dem Weg ins Badezimmer beinahe gestolpert. Über den verfluchten Karton mit alten Jazzplatten, den Joakim vor einer Ewigkeit dort abgestellt und dann einfach vergessen hatte!

»Verdammt ...!«, fauchte sie.

Sie spürte einen Schmerz im Zeh und einen noch größeren tief in der Brust.

Joakim hörte sie herzhaft fluchen. Ahnungslos hob er den Kopf vom Kissen und schwang die Beine über die Bettkante. Er steckte die Füße in seine Pantoffeln, schlüpfte in seinen Morgenmantel und tappte ihr besorgt hinterdrein.

Doch die Badezimmertür schlug hinter Catharina zu, bevor er sie einholen konnte. Zu seiner Verwunderung hörte er, dass sich der Schlüssel im Schloss drehte.

Normalerweise sperrte sie nie zu.

Resigniert zuckte er mit den Schultern, drehte sich um und ging in die Küche. Die Küche, die rein praktisch gesehen zu funktionieren begonnen hatte, aber noch immer unbewohnt und anonym wirkte. Die notwendigen technischen Geräte waren aber vorhanden, so dass er zumindest einen Kaffee kochen konnte.

Als sich das Wasser seinen langen Weg aus dem Wasserbehälter durch den gefüllten Filter und das Tropfstück gebahnt hatte und die ganze Küche nach dem ersehnten Aroma duftete, war Catharina noch immer nicht aus dem Bad zurückgekehrt.

Ein weiteres Mal schlich er zur Tür und horchte leicht verlegen. Sie schluchzte dort drinnen. Das war deutlich zu hören. Schluchzte und schniefte wie ein kleines Kind. Zum allerersten Mal machte er sich ernsthafte Sorgen um sie.

»Catharina?«

Keine Antwort, nur verschnupftes Schniefen und ein mutloses Schnäuzen in Toilettenpapier.

»Catharina! Ist alles okay?«

Lächerliche Frage. Es war vollkommen klar, dass absolut nichts okay war, und trotzdem stellte er diese Frage.

Vielleicht deshalb, damit sie eine Chance bekommen konnte, ihre persönlichsten Probleme zu verdrängen, ein freundliches Gesicht aufzusetzen und so zu tun, als sei nichts geschehen?

Doch das wollte er auf keinen Fall; er wollte den wahren Grund erfahren, und wenn er …

»Mach schon auf. *Bitte!*«

»Ja, ja! Einen Moment noch …«

Wortlos drückte er die Stirn an die Tür und wartete.

Hatte er etwas Falsches gesagt? Etwas getan? Er konnte sich nicht erinnern, etwas verbrochen zu haben. Doch er suchte verzweifelt nach einer plausiblen Erklärung dafür, dass er, in Ungnade gefallen, vor der Badezimmertür stand.

Sie schniefte erneut, räusperte sich trotzig und drehte den Schlüssel. Die Tür ging auf und entließ eine Gewitterwolke. Eine inzwischen getrocknete Gewitterwolke zwar, aber noch genauso lebensgefährlich geladen.

»Was ist denn?«, fragte er besorgt.

»Nichts!«, zischte sie.

»Ach komm schon«, wandte er ein, »du bist jetzt seit einer Viertelstunde da drinnen. Und ich weiß, dass du geweint hast, ich bin schließlich kein Idiot!«

Offensichtlich wollte sie kein Friedensangebot akzeptieren und antwortete nicht einmal auf seine Frage.

Er seufzte mutlos.

»Jedenfalls steht frischer Kaffee in der Küche«, versuchte er.

»Hrrm.«

Griesgrämig drängte sie sich an ihm vorbei in die Küche.

Er war wie betäubt. Das konnte einfach nicht wahr sein – das hier war nicht seine Catharina. Doch er schwor sich, die Sache unter Anwendung seiner geringen Kenntnisse über Psychologie während der Schwangerschaft äußerst vorsichtig anzugehen, und hoffte auf eine vernünftige Erklärung.

Er hörte sie mit der Kaffeetasse klappern und sich mit einem ruckartigen Handgriff einschenken. Es blieb ihm nichts anderes übrig, als ihr in die Küche zu folgen und den Stier bei den Hörnern zu packen.

Etwas ungelenk nahm sie am Küchentisch Platz. Mittlerweile war sie nicht mehr so beweglich wie früher, und er fragte sich, ob es das war, was sie so frustrierte.

Ihm fiel auf, wie sie das Gesicht verzog, als sie versehentlich ihre Hüfte schräg drehte. Kaum merklich, aber es fiel dennoch auf.

»Hast du Schmerzen?«

»Nee.«

»Wieso hast du dann dein Gesicht so verzogen?«

»Hab ich doch gar nicht!«

Er nahm seine Kaffeetasse, setzte sich neben sie und legte seine Hände um die ihren.

»Aber Catharina, irgendetwas ist doch ganz offenbar nicht in Ordnung. Kannst du mir nicht sagen, was es ist? Bitte.«

Sie starrte ihn mit einem kindlich-bockigen Gesichtsausdruck an. Immerhin ein Augenkontakt, den er nicht wieder verlieren wollte.

»Bitte ...«, drängte er.

Schließlich konnte sie nicht mehr anders und gab seinem inständigen Bitten nach.

»Der Wandschirm«, murmelte sie und senkte den Blick.

»Der Wandschirm?«

Sie nickte, und erneut stiegen Tränen in ihre Augen. Unerklärliche Tränen, die die Wangen herunterrannen und an den zitternden Lippen hängen blieben.

Er begriff nicht das Geringste.

»Aber der Wandschirm«, entgegnete er überrascht, »steht doch genau dort, wo wir ihn haben wollten.«

»Wo *du* ihn haben wolltest!«

Ihre Stimme klang jämmerlich, aber dennoch eigensinnig und beleidigt.

»Du hast doch gesagt, dass er dorthin passt – das hast du jedenfalls gesagt.«

»Aber das geht doch nicht! Es wird so dunkel im Flur, dass man überall anstößt.«

»Ja, genau. Deshalb dachte ich, dass ...«

Doch auf einmal wurde ihm klar, dass das Problem überhaupt nicht in einem falsch platzierten Wandschirm lag. Es musste etwas anderes sein, denn Catharina war sonst nie so.

Trotz ihres beharrlichen Widerstandes ließ er nicht locker. Er ließ einfach alle respektbeladenen Regeln der Gleichberechtigung, die so oft in aller Munde waren, außer Acht und nahm sie in seine Arme. Sie war steif und abweisend wie eine steinerne Statue, und als er ihr behutsam den Nacken streichelte, fühlte er sich gespannt wie eine Sprungfeder an.

»Liebste Catharina«, wisperte er geduldig, »sag mir doch um Himmels willen, was dir fehlt.«

»Ich ... ich habe Schmerzen«, gestand sie und drückte ihr Gesicht erschöpft an seine Schulter, »und ich habe solche ... Angst!«

Draußen zerrte ein kalter Wind an den winterkahlen Ästen der Kastanie, und ein Hagelschauer prasselte gegen die Fensterscheibe. Joakim schien es, als hätte das Wetter plötzlich auch von ihm Besitz ergriffen. Als läge ein Eisklumpen in seinem Magen.

Er reckte sich nach dem Telefon, um Catharinas Gynäkologen anzurufen, und ihm wurde schlagartig bewusst, dass sowohl die Frühjahrswärme als auch die äußerst kurzen Flitterwochen nun zu Ende waren.

Und der Frühling – der pfiff ohnehin auf den Kummer der Familie Hill, war inzwischen schon in Hamburg angelangt, trieb an der Alster sein Unwesen und tanzte weiter Richtung Südwest.

Machte einen übermütigen Abstecher nach Paris, wo er, durch die selbstzufriedene Gleichgültigkeit der Pariser in Anbetracht des für sie so selbstverständlichen, milden Klimas gekränkt, umgehend kehrtmachte, um stattdessen die weitaus dankbareren Niederländer zu verwöhnen.

Das Wetter kannte keine Grenzen, aber die Grenzen kannten das Wetter. Als die Sonne plötzlich die Beamten am Nordhorner Zoll an der deutsch-holländischen Grenze an der Nase kitzelte, wurde die Stimmung um einiges heiterer, um nicht zu sagen richtig ausgelassen.

Jeanette Leclerque wurde nicht einmal kontrolliert, sondern erntete eindeutig anerkennende Blicke, als sie die Grenze zum holländischen Utrecht überquerte. Niemand tat etwas anderes, als all das Gute zu genießen, was der Tag heute bot. Und das Mädel in dem blauen Fiat gehörte ohne Zweifel zu dem Besten.

Toni hatte tatsächlich nachgegeben und ihr einen fahrbaren Untersatz besorgt, doch seine geizige Anschaffung hatte sie ihm ziemlich übel genommen. Ein klappriges altes Mietauto – war sie wirklich nicht mehr wert?

Lautstark hatte sie protestiert. Doch das war alles, was er bieten konnte – oder wollte.

Die Reise war dennoch problemlos verlaufen. Genau drei Minuten nach zwölf traf sie in Utrecht ein, gerade rechtzeitig, um noch von den Glocken der alten Türme im mittelalterlichen Stadtkern begrüßt zu werden.

Doch eigentlich galt der Salut gar nicht ihr, sondern der Frühling wurde willkommen geheißen, der in die Stadt einschwebte.

Jeanette scherte sich nicht für fünf Pfennig darum.

Sie merkte von alledem nicht einmal etwas.

Sie dachte nur daran, André schnellstmöglich zu erwischen, um ihn zu bitten, das zu brennen, was sie benötigte.

Das tat er ja für gewöhnlich auch – gab ihr das, was sie haben wollte. In jeder denkbaren Art und Weise.

Sie steuerte auf das große, moderne Parkplatzareal zu, das die historische Würde der Stadt regelrecht beschmutzte, jedoch gleichzeitig ein unvermeidbares Zugeständnis an den Anspruch einer moderneren Zeit darstellte.

Doch auch das kümmerte sie herzlich wenig.

An der Ampel nahm sie die rechte Spur, bog erneut rechts ab und erreichte endlich die schmalen Renaissancegassen der alten Stadt. Sie brauste am Kanal entlang, der noch immer stark befahren war, wenn auch nur von bootsfahrenden Sommergästen. Hier konnte man in den kleinen Cafés am Kai sitzen und den auf dem Wasser vorübergleitenden Booten zuwinken, während man einen echten holländischen *pannekoeken* genoss.

Aber gegenwärtig war der pittoreske Wasserweg ebenso ruhig, wie er im Sommer laut und hektisch war. Die umliegenden Straßen waren altertümlich eng bebaut und eigentlich etwas heruntergekommen, doch in keiner Weise verwahrlost. Ebenso wenig war hier die Heimat der vollkommen Mittellosen.

Sicher bevorzugte die begüterte Mittelklasse die ruhigen und mondänen Villenviertel am Stadtrand, doch hier in dem bunten und unmodernen Wirrwarr wohnten weitaus mehr erfolgreiche Menschen, als man vielleicht meinen mochte.

Beispielsweise wohnte hier André Gérard, ein energischer blonder Hüne, der in seiner Branche auffallend erfolgreich war. Er beschäftigte sich mit allen erdenklichen Formen illegaler Reproduktion. Er hatte mehrere Jahre an der Grafikerschule in Haag verbracht, wo er sich die Grundkenntnisse angeeignet hatte, ihre lukrative Art der Anwendung war jedoch auf seinem Mist gewachsen.

Auf diese Weise verdiente er bedeutend mehr, als ihm ein ehrlicher Job als Grafiker jemals eingebracht hätte und als sein äußerer Lebensstil erahnen ließ.

Das war auch der Grund, weshalb Jeanette mit ihm ins Bett ging. Das und natürlich wegen der allgemeinen Vorteile, die sie durch einen Mann in dieser Branche hatte.

André war jemand, der keine Fragen stellte, sondern das nahm, was ihm geboten wurde, der seinen Job erledigte und das Maul hielt.

Für die Unterhaltung musste sie selbst sorgen, was sie mehr als gerne tat.

Jetzt warf sie einen Blick hinter das Haus, in dem er wohnte, um sicherzugehen, dass er da war. Das Küchenfenster stand offen, und sie parkte das Auto in einer Seitenstraße, halb auf dem Fußweg.

Mit einem breiten Lächeln auf den Lippen und einer geschickten Handbewegung fischte sie ihr Mobiltelefon aus der Tasche und gab seine Nummer ein.

»André, Liebling – c'est moi«, zwitscherte sie, als er sich meldete. »Du musst mir noch einen kleinen, klitzekleinen Gefallen tun ...«

Die Schmerzen waren Catharina eine Warnung. Die Beckenfugen waren bereits stark in Mitleidenschaft gezogen, und der Gynäkologe, der Catharina an dem Tag, als die Schmerzen zum ersten Mal auftraten, untersuchte, hatte sie ernsthaft gewarnt. Er hatte darauf hingewiesen, dass eine Schwangerschaft nicht mit einem Krankheitszustand verglichen werden konnte, dass sie aber dennoch das Immunsystem beanspruchte, was es zu berücksichtigen galt. Vorausgesetzt, man wollte einen problemlosen Fortgang sicherstellen.

Catharina war sich übertrieben hilflos und unsicher vorgekommen. Sie war selbst Ärztin und hatte vermutlich unzählige Patienten auf die gleiche strenge, aber kompetente Art und Weise ermahnt. Doch jetzt, als es sie selbst betraf, war es, als würde sie an akutem Hirnschwund leiden. Kein Gedanke daran, dass der Schmerz vielleicht doch nicht so stark gewesen war, wie sie ihn empfunden hatte. Stattdessen war sie wie gelähmt vor Schreck.

Sie schämte sich und hatte beschlossen, dass es höchste Zeit war, mit den Signalen ihres Körpers zu kommunizieren und stärker auf die inneren Stimmen zu hören als auf die, die von außen kamen.

Das kleine Wesen hatte – im Gegensatz zu den frierenden Seevögeln im Sund – sowohl Nahrung und Wärme als auch Sicherheit im Übermaß. Und da Catharinas Bauch zum ersten

Mal in diesen Dimensionen wuchs, musste vor allem sie sich den Umständen anpassen.

Weil sie und Joakim beschlossen hatten, sich hier oben, an der Perle des Sundes, niederzulassen, hatten sie schon einen Großteil ihrer Sachen in die Helsingborger Wohnung verfrachtet – aber sowohl ihre Wohnung wie auch ihren Arbeitsplatz in Lund hatte Catharina noch behalten.

Als ob sie sich nicht richtig traute, das, was so lange Zeit ihr Junggesellinnendasein gewesen war, loszulassen. Ein Leben ohne Ansprüche, ohne Anpassung oder Abhängigkeit.

Der Gedanke, alledem den Rücken zu kehren, hatte etwas seltsam Beängstigendes.

Doch gleichzeitig waren sie und ihr bislang durchtrainierter, flacher Bauch mit jedem Zentimeter, den er wuchs, auf jemand anders angewiesen:

Nämlich Joakim.

Papa. Papa, der Polizist.

Sie hoffte, dass er davon nichts merkte, doch sie konnte auch nichts dagegen tun, dass diese unwiderrufliche Konstellation ihr irgendwo tief in ihrem Innern Angst machte.

Nicht auf eine greifbare, hysterische oder überspannte Art. Lediglich wie ein eigenartiger, unterschwelliger Ton, der in ihr widerhallte, wenn sie einschlafen wollte.

Wie ein Tinnitus, den sie nicht abschütteln konnte, so gern sie auch wollte. Das war für jemanden, der es so lange Zeit gewohnt gewesen war, völlig ungebunden sein Leben zu gestalten, eine furchtbare Erfahrung. Und wenn sie sich schon jetzt so fühlte – wie sollte das erst werden, wenn ihr Kind auf der Welt war?

Wenn ihre Gedanken nur noch um Muttermilch und Windeln kreisen würden. Wenn sie zu Hause nicht einmal mehr sauber machen und aufräumen konnte, während von Joakim tagtäglich in seinem Job alles gefordert wurde.

Würde er dann noch vor ihr Respekt haben?

Zu oft geschah es, dass sie unfreiwilliges Opfer ihrer Angst wurde. Plötzlich entdeckte sie völlig unbekannte Seiten an sich.

Obwohl sie als Medizinerin wusste, dass dieser merkwürdige Wankelmut auf Hormonschübe zurückzuführen war, empfand sie das alles als sehr belastend, und sie fühlte sich so, als wäre sie nicht mehr sie selbst.

Das spürte sie auch an jenem Abend, als das Kind zum ersten Mal seine Füße schwungvoll in Richtung ihrer ahnungslosen Eingeweide stieß.

Catharina war nicht nur nicht mehr sie selbst – sie war nun zwei!

Das Leben, das in ihr wuchs, erkämpfte sich tagtäglich mehr eigenen Lebensraum.

Parallel schwand auch ihre hoch geschätzte Selbstständigkeit, bis sie nur noch eine blasse Erinnerung an die Zeiten war, in denen sie alles unter Kontrolle hatte.

Sie bemühte sich, Joakim nicht mit ihrer stetig wachsenden Unruhe zur Last zu fallen, denn er musste sich auf seine Arbeit konzentrieren können. Die Polizeiarbeit barg immer größere Risiken, je stärker die Gewalt zunahm.

Sie hatte sich zu einer Arbeit entwickelt, in der ein einziger Fehler schicksalsschwere Folgen haben konnte. Doch ein Fehler durfte auf keinen Fall passieren.

6

Es war ungewöhnlich ruhig im Polizeipräsidium von Helsingborg. Es war eine eigenartige, unheilvolle Ruhe, die so verdächtig war wie ein vollkommen windstiller Tag am Sund.

Irgendetwas war einfach nicht normal.

Denn normalerweise war es weder in der finsteren Welt der Verbrechen so still, noch war die dunkle Wasseroberfläche des Sundes so spiegelglatt, sondern sie wogte hin und her und kräuselte sich über den unberechenbaren Strömungen.

Dort wusste man Bescheid, und es wurde nach allgemein bekannten Codes navigiert. Aber die Stille, die nun über der Carl Krooksgatan lag, barg nichts Gutes.

Es würde etwas Schreckliches passieren.

Aber was – und wann?

Nicht einmal Joansson und Mandén an der Pforte wirkten auch nur ansatzweise gestresst, und das war wirklich sonderbar.

Es war zwar nicht so, dass sie bloß herumsaßen und sich die Zeit vertrieben, denn Arbeit gab es ja mehr als genug. Administrative Aufgaben waren liegen geblieben, Berichte stapelten sich im Schrank und auf den Schreibtischen und wollten abgeschlossen werden.

Joakim hatte endlich die Abschlussberichte mehrerer Fälle von geringerer Bedeutung schreiben können, deren Bearbeitung jedoch für das Vertrauen der Bürger in den Rechtsapparat von großer Bedeutung war.

Obwohl man den Geschädigten nie völlig gerecht werden konnte – wie sollte man die physischen und psychischen Schäden durch Misshandlung, schweren Diebstahl oder Vergewaltigung ungeschehen machen? –, hatte man immerhin die Richtigkeit der geltenden Normen durch einen korrekten Abschluss unterstreichen können.

Und jetzt diese provokanten Morde durch Erdrosseln.

Roger Kander lag immer noch im Kühlhaus und sollte bald auf Kosten der Gemeinde im Krematorium verbrannt werden, damit seine Asche auf einer hübschen Waldlichtung verstreut werden konnte.

Doch wer sollte sich an Roger Kander überhaupt erinnern?

Seine vornehmen Eltern hatten ihn schon vor langer Zeit verstoßen. Sobald er in der Nähe war, verschwanden einige Wertgegenstände: Antiquitäten, Schmuck und Geld – alles, was sich in Schnaps oder Drogen umsetzen ließ, hatte er sich unter den Nagel zu reißen versucht, woraufhin die Eltern schließlich die Schlösser ausgewechselt und sich einen Wachhund angeschafft hatten.

Und seine »Freunde« – die hatten ihn schon vergessen, kaum dass sein Körper erkaltet war. So schien es jedenfalls bei den Verhören gewesen zu sein, die mit Leuten aus seinem Bekanntenkreis geführt worden waren.

Plötzlich war es kaum möglich, die Betreffenden dazu zu bringen, zuzugeben, dass sie wussten, wie Roger Kander ausgesehen hatte. Obwohl sie sich in den letzten 15 Jahren ganz ungeniert die Parkbänke und gelegentlich auch Schnapsflaschen vor dem Spirituosengeschäft geteilt hatten!

Ebenso wusste niemand, wer den Tod ihres Kumpels auf dem Gewissen hatte. Den völlig unzuverlässigen und dennoch irritierend übereinstimmenden Aussagen zufolge hatte Kander keinen einzigen Feind auf der Welt.

Das alles war für die Zechbrüder ebenso unerklärlich wie für die Polizei.

Oder es stellte sich heraus, dass Kanders Widersacher auch

die ihren waren. Wenn sie nicht aufpassten und den Mund hielten. Wer wollte es schon riskieren, so zu enden wie Roger?

Ein Hinweis war allerdings aufgetaucht.

Dozent Månsson hatte wenigstens in einer Hinsicht Recht gehabt.

In der Wunde wurden tatsächlich Spuren von einem Metalldraht gefunden. Mit großer Wahrscheinlichkeit handelte es sich um ein äußerst dünnes Kabel, das unter anderem weltweit in der Computerindustrie verwendet wurde. Demnach war es nicht sehr aussichtsreich, diese Spur zu verfolgen.

Wie Joakim Hill es auch drehte und wendete, er war genauso weit wie vor fast eineinhalb Jahren, was ihn schier in den Wahnsinn trieb.

Verbrechen dieses Formats mussten einfach aufgeklärt werden!

»Java?«, fragte Gårdeman hoffnungsvoll, als er etwas später mit einem dicken Stapel Akten unter den Arm geklemmt bei Hill hereinschaute.

»Was?«, sagte Hill abwesend, legte das Verhörprotokoll zur Seite und überlegte, »doch, gern!«

Die Zeiten der abgestandenen, faden Getränke aus dem Kaffeeautomaten waren endgültig vorbei, denn nun gab es auf jedem Stockwerk eine große, helle Küche. Die Kaffeepause sollte nicht nur dem blitzschnellen Konsum des anregenden Koffeins dienen, sondern es sollte echter Filterkaffee und die Möglichkeit für ein psychologisch und sozial wichtiges Beisammensein geboten werden.

Statt kurz neben dem Kaffeeautomaten stehen zu bleiben und ein paar Worte mit den vorübereilenden Kollegen zu wechseln, das viel zu heiße Getränk hinunterzukippen und an seinen Schreibtisch zurückzuhasten, war jetzt Folgendes angesagt: Man schenkte sich eine viel zu starke Tasse Melitta-Filterkaffee ein, wechselte ein paar Worte mit den Kollegen, warf sehnsüchtige Blicke auf das bequeme, aber leere Ledersofa und den laufenden Fernseher und eilte wieder an seinen Arbeitsplatz.

Das nannte sich dann heimorientiertes Arbeitsmilieu, sorgfältig von den zuständigen Abteilungen konzipiert, und hatte mit der eigentlichen Relevanz der Arbeit nicht das Geringste zu tun.

Auf diese Weise konnte man nur selten die neuen Bequemlichkeiten nutzen, und nur ausnahmsweise kam es zu einer sozialen oder psychologischen Erholung auf dem Sofa.

Doch an jenem Tag schien ein solcher Ausnahmefall vorzuliegen. Denn heute war diese seltsame Ruhe in den Straßen so bedrückend, dass Hill über Gårdemans Vorschlag, eine Pause in der Teeküche einzulegen, froh war.

»Du kannst sagen, was du willst«, begann er und stellte zwei Kaffeebecher auf den Sofatisch, während Gårdeman mit der Fernbedienung von Kanal zu Kanal zappte.

Er konnte der Parlamentsdebatte einfach nicht zuhören, bei der sich alle über die zunehmende Gewalt in der Gesellschaft aufregten und niemand bereit war, von seinen aus allen Nähten platzenden Konten etwas abzuzwacken und dorthin zu pumpen, wo es nötig war.

»Worüber denn?«, fragte Gårdeman und blieb bei MTV hängen, vielleicht nur deshalb, weil Britney Spears gerade in ihrem neusten Video hin- und herhüpfte und suggestiv ihre viel diskutierten Vorlieben andeutete.

Hill nahm einen Schluck Kaffee. Britney interessierte ihn nicht. Er hatte schon genug mit seinen eigenen Problemen zu tun.

»Es liegt was in der Luft, das spüre ich«, entgegnete er. »Da draußen ist es viel zu still.«

Gårdeman wusste genau, was Hill meinte. Das hatte man im Blut, wenn man bei der Polizei war. Man konnte die Schwingungen der Gesellschaft mit derselben intuitiven Sicherheit einfangen, wie die Krankenschwester den Puls ihres Patienten fühlte.

Gårdeman war es jedoch erschreckend schnell gelungen, diesen Schwingungen keine Beachtung mehr zu schenken. Es war viel zu verlockend, nur noch im Innendienst zu arbeiten. Sein gesamtes Wesen schien von einer Schutzhülle umgeben, die nichts Unvorhersehbares durchdringen konnte, auch die Kugeln aus einer Pistole nicht.

Wenn man das Unberechenbare ruhen ließ, wurde man umgekehrt auch nicht von ihm behelligt. In der letzten Zeit hatte ihn diese Sichtweise mehr und mehr überzeugt, und er hatte aufgehört, den Pulsschlag da draußen zu kontrollieren.

»Tja«, sagte Gårdeman, »früher oder später wird's knallen, so viel ist sicher. Fragt sich nur, wo? Wenn ich raten sollte, dann ist die Rockerbande an der Reihe. Ich glaube einfach nicht, dass der berühmte Handschlag etwas anderes als ein zufälliger Aufschub war. Eine Frist für interne Umstrukturierung und Neuordnung.«

Seine Analyse war vermutlich vollkommen korrekt, doch sein Interesse für die praktischen Konsequenzen war rein theoretisch. Was ihn betraf, war sein Auftrag als Undercoveragent in der motorisierten Kriminalität beendet.

Er wollte das Schicksal kein zweites Mal herausfordern, schließlich war er keine Katze, die neun Leben besaß. Dass das einzige Leben, das er besaß, auf so wundersame Weise gerettet worden war, war ein Geschenk.

Und dieses Geschenk hütete er wie seinen Augapfel.

»Äh ja, das ist klar«, meinte Hill und trank schlürfend von seinem inzwischen etwas abgekühlten Wunderkaffee aus dem Melitta-Filter.

»Aber ich frage mich trotzdem …«

Kurz starrten sie auf Britneys Beine, ihre Schenkel und Pobacken, die sich unter einer Schuluniform abzeichneten.

»… ob nicht etwas ganz anderes in der Luft liegt.«

»Schnee?«

»Nein, im Ernst! Etwas, was Aufsehen erregt … vielleicht etwas Dramatisches.«

»Wunschdenken?«, lachte Gårdeman, wohl wissend, wie unangenehm diese Stille für seinen Kollegen war.

Hill war sich dessen nicht bewusst, aber er ahnte, dass im Zusammenhang mit Catharinas Schwangerschaft seine Frau und ihn alles beunruhigte.

Zwar waren sie nicht kopflos, aber ständig lauerte ein stechendes Gefühl unter der Haut, so auch jetzt.

Hill wandte sich vom Bildschirm ab, trat mit dem Kaffeebecher in der Hand ans Fenster und blickte über den Hafen. Die Aussicht war zwar nicht mit dem Panoramablick von der Chefetage zu vergleichen, doch sie war nicht zu verachten.

Von dem Fähranleger blickte man über den Sund bis zu Hamlets wunderschönem Schloss Kronborg auf der dänischen Seite und südwärts bis zum Hafen und dem bläulich schimmernden Kattegatt, das die Schiffe in die weite Welt hinaustrug.

Doch hier war alles nah beisammen, das Polizeipräsidium lag nur einen Steinwurf von der südlichen Ausfallstraße der Stadt entfernt. Das braune Backsteingebäude thronte mit seinen sechs Stockwerken auf dem strategisch günstigen Eckgrundstück und beobachtete das brausende Geschäftsleben der Järnvägsgatan des Stadtzentrums.

Hill registrierte, dass gerade eine Fähre mit ungewöhnlich vielen Last- und Tankwagen angekommen war und dass sich am Zoll eine Schlange gebildet hatte. Die Zollbeamten hatten viel zu tun, und durch Helsingborgs exponierte Lage und den internationalen Hafen tangierten ihre Aufgaben öfter als gewünscht die der Polizei. Wenn es sich bereits jetzt so verhielt, wie sollte das erst werden, wenn in Malmö die Brücke befahrbar sein würde?

Hill war überzeugt, dass über diesen Landweg eine ungeahnte Welle von Schmugglern, illegalen Einwanderern und organisierter Kriminalität über Skåne hereinbrechen würde.

Das hätte vermutlich jedoch keine abnehmende Verkehrsdichte nach Helsingborg zur Folge. Die Jungs und Mädels hier brauchten sich bestimmt auch in Zukunft nicht über mangelnde Beschäftigung zu beklagen.

In den meisten Fällen kamen die Zollbeamten allein zurecht, aber sich rasch einen Überblick über die Situation verschaffen zu können, vermittelte eine gewisse Sicherheit. Das war der Vorteil einer kleinen Stadt, doch der Nachteil lag an den Schwingungen. Daran, dass man den Rhythmus der Stadt so gut kannte und dass er schnell unter die Haut ging.

Auch jetzt hatte das Gefühl, dass sich in der scheinbaren Ruhe etwas zusammenbraute, von Hill Besitz ergriffen. Was, wenn das eher etwas mit Catharina und ihm selbst zu tun hatte als mit der Stille in den Straßen? Vielleicht zeigte sich auf diese Weise ihre Angst vor dem Unbekannten.

Jedenfalls erinnerte ihn das Kribbeln daran, seine Sig-Sauer stets gut zu ölen. Denn wenn das, was er bereits ahnte, eintreffen würde, dann geschah das sehr schnell!

Noch immer missgelaunt, kehrte er zum Sofa zurück, wo sein Kollege schnaubend den neusten Hit einer Boygroup wegschaltete und zu einem Abfahrtslauf auf Eurosport wechselte.

»Du – Ende des Monats fährt Lena mit einer Freundin in Urlaub«, fiel Gårdeman plötzlich ein. »Wir könnten dann mal wieder zusammen einen trinken gehen – ganz unter uns. Was meinst du?«

»Gern«, antwortete Hill. »Wir könnten durch ein paar Kneipen ziehen. Das wäre die letzte Gelegenheit für mich, bevor das Kind kommt!«

Das Kind. Wie würde er selbst dann genannt?, dachte Gårdeman. Onkel Uffe vielleicht?

»Mehr Kaffee?«, fragte Hill, während er Susanna Aveheds neu erstellten Küchendienstplan musterte.

»Wasch dein Geschirr selbst ab – hier putzt deine Mutter nicht hinter dir her« stand auf einem Zettel, der über der Spüle klebte. »Beschrifte deine Lebensmittel im Kühlschrank – sonst sind sie freie Beute« war auf einem anderen zu lesen. Gårdeman nahm dankend den zweiten Becher entgegen und wandte sich wieder fasziniert dem lebensgefährlichen Rennen auf der vereisten Piste zu.

Seine Dienstwaffe lag ganz hinten im Waffenschrank, und dort sollte sie auch bleiben – wenn es nach ihm ginge.

Joakim Hill kehrte mit einem dampfenden Becher Kaffee in sein Büro zurück. Dieser Tag war für Grübeleien und großen Kaffeekonsum geradezu prädestiniert.

Das Gefühl der Unruhe war nicht von ihm abgefallen, es hatte sich nur verändert. Es war nicht mehr die Angst, in einem Hinterhof überfallen und mit einer Klaviersaite erdrosselt zu werden, vielmehr handelte es sich um eine gewisse Rastlosigkeit, die sich immer dann meldete, wenn man etwas vergessen hatte – oder eine Idee ausbrütete.

Und plötzlich war die Idee geschlüpft. Hill klemmte sich den Telefonhörer zwischen Schulter und Kiefer, stellte den Becher ab und suchte gleichzeitig nach einem Notizblock samt Stift. Dann wählte er Anderbergs Nummer von der Spurensicherung.

»Grüß dich – Joakim hier. Gibt's was Neues?«

»Nicht direkt, nur das Übliche. Ich habe hier eine verdächtige Pistole – eine russische PSM mit ein paar Blutspuren und Fleischresten und solchem Kram. Vielleicht sollten wir da eine DNA-Analyse machen.«

»Genau deswegen rufe ich an«, erläuterte Hill, »denn das sollten wir auch im Fall Kander tun, denke ich!«

»Wie denn?«

»Hast du einen Augenblick Zeit?«

»Ja«, erwiderte Anderberg, »schieß los!«

»Lass uns zunächst versuchen herauszufinden, was Kander an jenem besagten Tag gemacht haben könnte. Welche Ereigniskette hat eigentlich dazu geführt, dass Kanders Leben da draußen in Pålsjö endete?«

»Das haben wir schon zu eruieren versucht, aber offenbar gibt es niemanden, der die leiseste Ahnung davon hat. Eine Weile kursierte eine Aussage, der zufolge er ein paar Tage vorher mit einigen Schiebern Streit gehabt hatte. Aber diese

Theorie wurde wieder verworfen, und wir konnten noch mal bei Null anfangen.«

»Aber nur mal gesetzt den Fall, wir gehen von einer plausiblen Theorie aus«, beharrte Hill.

»Okay«, gab Anderberg zögernd zurück. »Was schwebt dir vor?«

»Nach den Fakten, die wir haben, schien Kanders Tag völlig normal zu verlaufen, bis halb sechs Uhr abends. Kurz vor elf taucht er vor AG's auf, wechselt zwischen Parkbänken und verschiedenen Plätzen, wo er sich aufwärmt. Zweimal geht er ins Spirituosengeschäft, und beide Male kauft er Bier.«

»Gut.«

»Um halb zwei streitet er sich lautstark mit der Obdachlosen Sonja und ist wütend, weil ihre Töle auf seine Sneakers gepisst hat. So weit, so gut.«

»Mmm.«

»Doch dann ist Kander eine Zeit lang verschwunden. Keiner seiner Kumpels weiß, wohin, aber er bleibt eine gute Stunde weg, und als er zurückkommt, wirkt er nervös. Kribbeliger als sonst, wenn du so willst.«

»Und dann?«

»Um halb sechs will er nach Hause und pennen. Das ist auch nichts Ungewöhnliches, aber für das, was dann passiert, bis zu dem Zeitpunkt, als Kander im Wald von Pålsjö gefunden wird, gibt es keine Zeugen. Wir wissen nicht, ob er wirklich nach Hause gegangen ist, um zu schlafen, oder ob er sich mit jemandem getroffen hat. Ob jemand ihn in den Wald gefahren hat, oder wie er sonst dorthin gekommen ist.«

»Nein, eben.«

»Aber«, fuhr Hill fort, »wenn wir die gewagte These aufstellen, dass er allein dorthin gefahren ist, dann stellt sich die Frage nach dem *warum* ...«

»Vielleicht, weil er sich mit jemandem treffen wollte«, schlug Anderberg vor.

Plötzlich war Hills Unruhe wie weggeblasen, und er vergaß

sogar einen Moment lang die Sorge um Catharina. Er hatte eine Spur gewittert und war nicht mehr zu bremsen.

»Genau! Also hatte Kander einen bestimmten Grund, nach Pålsjö zu fahren. Wir kennen ihn zwar nicht, können aber einen fingieren. Und noch etwas – jemand wie er hat zwangsläufig einen begrenzten Bewegungsradius, bestehend aus seiner Wohnung, dem Spirituosengeschäft und der Parkbank davor. Eventuell ein ungewöhnlicher Abstecher zu einem anderen Zechkumpan und weiter nichts.«

»Exakt – und weiter?«

»Dann muss etwas vorgefallen sein, das Kander dazu gebracht hat, an diesem Abend von seinem Plan abzuweichen, stimmt's? Was passierte also an jenem Tag, was sonst nicht vorkam?«

»Sonja, die Baglady«, brillierte Anderberg. »Und ihr Köter, der ihn angepinkelt hat.«

»Ja, Kander hat sich bestimmt übertrieben aufgeregt. Möglicherweise so sehr, dass er etwas Stärkeres als Bier brauchte, um seine Wut zu dämpfen.«

»Klingt plausibel.«

»Gerade weil er sein Vorhaben so geheim gehalten hat, muss es sich um etwas ganz Außergewöhnliches gehandelt haben. Normalerweise wird in diesen Kreisen ja über alles, was jeder aus der Gruppe so treibt, gequatscht. Aber bei Kanders kleinem Waldspaziergang wissen die von nichts!«

»Es könnte doch sein, dass sie was wissen, sich aber nicht trauen, es zu sagen«, wandte Anderberg ein.

»Sicher, aber meine Intuition sagt mir, dass er den anderen nicht erzählt hat, wohin er wollte«, erwiderte Hill.

»Aber wieso?«

»Eventuell hat er auf etwas gehofft, das er mit keinem teilen wollte – wahrscheinlich Drogen.«

»Tja, jedenfalls hat ihn nicht die Lust am Joggen auf den Trimmpfad getrieben.«

»Eben!«

»Okay, das kaufe ich dir ab, aber wie ging es weiter?«

»Lass uns ein solches Treffen Schritt für Schritt konstruieren«, schlug Hill vor.

»Ich bin ganz Ohr!«

»Entweder hatte der Mörder sich mit Kander an einer bestimmten Stelle des Trimmpfades verabredet und ihn dann hinterrücks überfallen. Oder sie haben sich wirklich getroffen, sind ein Stück den ausgetretenen Weg entlanggegangen, bevor der Mörder zugeschlagen hat.«

»Mmm.«

»Im ersten Fall ist es so gut wie chancenlos, DNA-Spuren zu finden«, stellte Hill fest. »Nicht, wenn der Täter so professionell vorgeht wie offenbar in diesem Fall. Vermutlich hat er Latexhandschuhe getragen. Doch im zweiten Fall ist es vor der Tat zu irgendeiner Form sozialen Kontakts gekommen.«

»Ja, das ist natürlich sehr gut möglich.«

»Vielleicht haben sie sich die Hand geschüttelt? Vielleicht eine letzte Zigarette geteilt?«

»Langsam wird mir klar, worauf du hinaus willst ...«

»Richtig. Wo könnten wir dann DNA-Fragmente finden?«

»Auf den Lippen, der rechten Hand – oder der anderen, wenn er Linkshänder war. Das ließe sich leicht klären.«

»Wurden am Tatort Zigarettenkippen gefunden? Jogger rauchen ja normal wohl nicht.«

»Ich habe hier irgendwo die Liste«, entgegnete Anderberg, und Hill hörte ihn in der Schreibtischschublade kramen.

»Hier ist sie ja, und es wurde sogar eine, nein zwei Kippen wurden gefunden, etwas weiter oben am Weg. Die eine ist allerdings schon älter, die können wir von vornherein ausschließen. Bei der Untersuchung der Hand gibt's ein Problem. Kanders Hand wird das reinste Treibhaus für fremde Partikel sein. Er hat sich bestimmt seit zwei Wochen oder so nicht mehr gewaschen. Und alle, die seine schmutzige Hand in dem fraglichen Zeitraum geschüttelt haben, sind sorgfältig auf seiner Haut registriert.«

»Für einen Vergleich müssten wir Abdrücke von Kanders Zechbrüdern nehmen. Doch wie sollen wir das organisieren?«

»Unter Vorgabe, sie verhören zu wollen, können wir ihnen ein Bier spendieren und anschließend die Flaschen einsammeln.«

»Ich hoffe, der Staatsanwalt unterstützt unsere Großzügigkeit«, kicherte Hill, »sonst geht's uns wohl an den Kragen! Ich werde gleich mit ihm reden.«

»Ja, und dann müssen wir nur noch einen nach dem anderen ausschließen, bis bestenfalls einige wenige unidentifizierte Spuren übrig bleiben. Ich bin dabei! Aber noch lieber setze ich mein Geld auf die Lippen-Spur, das ist die interessantere. Seinem Opfer bietet man doch wohl eher eine letzte Zigarette als einen Händedruck an?«

Hill seufzte erschöpft. Das würde viel Arbeit für die Spurensicherung bedeuten. Und wenn am Ende gar nichts dabei herauskam?

»Das hier hat höchste Priorität«, versicherte Anderberg, »ich melde mich, sobald wir ein konkretes Ergebnis haben. Bis dann.«

»Danke und bis bald«, sagte Hill und legte auf.

Auf einmal wurde ihm klar, dass jeder Fund doch nur ein Pseudo-Erfolg sein würde. Sie konnten ja schlecht jede potenziell interessante Spur mit den gesamten Einwohnern von Helsingborg vergleichen. Wenn nun der Mörder gar nicht hier aus der Gegend stammte? Er könnte von überall herkommen.

Solange es keinen Verdächtigen gab, würde das DNA-Material nur nutzlos herumliegen … genauso kalt und leblos wie Kander selbst.

Der Kaffee war abgekühlt, aber das war unwichtig. Hill wusste, dass er alles trinken würde, was ihn munterer machte.

Auch Inspektor Harry Runsten spürte, dass er nicht ganz der Alte war, als er an diesem Morgen aus dem Bett stieg.

Er hatte nach einem Grund für seine schlechte Laune gesucht und ihn in Joakim Hill gefunden, der sein gut gemeintes Friedensangebot so rigoros übergangen hatte.

Was erwartete der Bursche eigentlich? Was verlangte er eigentlich, damit er wegen dieses peinlichen Vorfalls vergangenen Herbst endlich Ruhe gab? Runsten fand, er hätte die angebotene Entschuldigung annehmen und den Fehdehandschuh begraben können. Aber nein, er beharrte bis zur Lächerlichkeit trotzig darauf, ungerecht behandelt worden zu sein!

Doch er spürte, dass ihn eher physische Schmerzen plagten. Irgendetwas irritierte ihn an der Bauchspeicheldrüse, was ihn stets übertrieben in Angst und Schrecken versetzte.

Obwohl das nicht zum ersten Mal passierte, suchte er die Schuld bei sich. Wenn man sündigt, muss man sich auch eines Tages mit der Strafe abfinden.

Und gesündigt hatte er mehr als genug, das wusste er. Sowohl auf die eine wie auf die andere Art, um es mal so auszudrücken.

Er hatte die Nacht in Malmö im Hotel St. Jörgen verbracht, gemeinsam mit der langbeinigen, blonden Kommissarin Mette Mogensen von der Kopenhagener Polizei.

Natürlich hatten sie sich, wie bei ihren kleinen Rendezvous üblich, ein gediegenes Abendessen im Hotelrestaurant gegönnt. Ein Drei-Gänge-Menü mit ein, zwei Likören zum Kaffee.

Die Vorspeise hatte aus Pfifferlingpastete mit Knoblauchsoße bestanden, gefolgt von in Butter gedünstetem Steinbeißerfilet auf Kartoffelgratin mit rosa Pfeffer gewürzt, das mit einem hausgemachten Waldbeerenparfait abgerundet worden war. Und dann natürlich Kaffee und Likör.

Und danach ... sich zusammen mit der sündhaft attraktiven Kommissarin Mette aufs Zimmer zurückzuziehen bildete den krönenden Abschluss des Mahls. Doch es war nicht das erste Mal, denn Harry Runsten und Mette Mogensen kannten sich sehr, sehr gut. Ihr Verhältnis war ein offenes Geheimnis, sowohl bei der schwedischen als auch bei der dänischen Einheit, und dauerte bereits seit fünf Jahren an.

Trotzdem war nie von einer ernsthafteren Bindung die Rede gewesen – abgesehen von der Gelegenheit, als sie ihn in Nyhavn mit ihren eigenen Dienst-Handschellen an das Bettgestell gefesselt hatte.

Diese Art von Bindung hätte er gerne öfter, dachte er manchmal.

Aber Ehe?

Nein, auf diese Idee waren beide noch nicht gekommen.

Sie hatte schließlich ihre Familie – einen fast erwachsenen Sohn und einen Mann, der als Consultant um die Welt jettete – und ihren Beruf und ihr Leben in dem Kopenhagener Vorort Bispehøj.

Und er – er hatte seinen Chefposten in Helsingborg.

Die Vorteile, das Verhältnis nicht mehr als notwendig zu verkomplizieren, lagen auf der Hand. So konnten sie sich fast überall und immer treffen, entweder im Schutz der Anonymität der Großstädte oder in riesigen, in Küstennähe gelegenen Konferenzhotels.

Wenn sie ihr Verhältnis offen legen würden, hätte das nur Schmerz, Unglück und Enttäuschung zur Folge.

Da war es besser, alles beim Alten zu belassen und sich zu treffen, wann immer Zeit und Lust es erlaubten, gemeinsam Spaß zu haben und einander ohne die geringste Verpflichtung zu genießen. So, wie es war, war es genau richtig. Das fanden sie beide.

Harry Runsten würde im Mai seinen Sechzigsten feiern, doch er war immer noch ein sportlicher und attraktiver Mann. Er war groß und schlank, abgesehen von einem leichten Bauchansatz, und im Allgemeinen wurde er auf Anfang fünfzig geschätzt. Und abgesehen von seinen charmant wirkenden grauen Schläfen konnte er sich zum Großteil noch an seinem kräftigen rotbraunen Haar erfreuen.

Insgesamt verfügte er über eine geradezu unverschämt gute

Gesundheit und hatte nie psychische oder physische Probleme gehabt, mit Ausnahme von leichtem Kummer mit der Galle. Das war jedoch nur dann der Fall gewesen, wenn er nicht genug kriegen konnte von all den Vorzügen, die seine Position mit sich brachte. Trotzdem versuchte er es mit dem Essen nicht zu übertreiben.

Eigentlich strahlte er eine beneidenswerte Energie und Selbstsicherheit aus, der kaum eine Frau widerstehen konnte, und es war den meisten ein Rätsel, weshalb er Junggeselle geblieben war. Er war ein Selfmademan, der Karriere gemacht hatte, indem er sich von ganz unten hochgearbeitet, sich vorwärts gekämpft und von seinem gesunden Menschenverstand Gebrauch gemacht hatte. Und besaß man diese praktische Vernunft, wäre es doch dumm, sich nicht die Rosinen aus dem Kuchen zu picken.

Mette hätte hingegen alles Mögliche tun können, wo ihre analytische und theoretische Denkweise Anwendung fand. Sie hatte weiter studiert, abgesehen von einer kurzen Unterbrechung, die sie in Nørregard auf Streife gewesen war, nach der sie nur zu gerne wieder die Schulbank gedrückt hatte. Sie wollte sich einfach mehr Wissen aneignen, sie dachte für ihr Leben gern in größeren Zusammenhängen und war ein weitaus größerer Machtmensch, als Harry Runsten es jemals gewesen war.

In ihrer Familie hatte sie stets das Sagen gehabt, hatte sich höhere Ziele im Job gesetzt und war rasch die Karriereleiter hochgeklettert. Nun, mit 44 Jahren, war sie in ihrer Position anerkannt und geschätzt und konnte ihre Energie, die in ihrer Familie nicht mehr gebraucht wurde, ungehindert an ihrem Arbeitsplatz entfalten.

Als Harry und Mette sich zum ersten Mal auf der interskandinavischen Konferenz »Die Polizei in Ihrer Nähe« begegneten, war die gegenseitige Anziehungskraft kaum zu übersehen. Nicht nur für sie selbst, sondern auch für ihre Umgebung.

Es hatte sofort zwischen ihnen gefunkt, und keiner von beiden hatte der Versuchung widerstehen können. Nur wenigen Konferenzteilnehmern war es entgangen, dass die Veranstalter dieses Mal ein Zimmer zu viel gebucht hatten.

Die beiden hatten sich in diesen Tagen Mettes Doppelzimmer so oft wie möglich geteilt, und Harry war im Nachhinein froh, dass niemand vom Sittendezernat bei der Konferenz dabei gewesen war.

Wenn er sich um etwas keine Sorgen zu machen brauchte, dann war das seine ausgezeichnete Potenz. Diese Art der Anstrengung hatte ihm bisher keine Probleme bereitet, aber allmählich fragte er sich, ob ...

Jetzt zog es wieder so unangenehm im Brustkorb. Könnte das dritte Mal in Malmö letzte Nacht nicht doch ein Mal zu viel gewesen sein?, fragte er sich für den Bruchteil einer Sekunde.

Wobei das ja nicht besonders anstrengend, sondern eher ein träges Petting gewesen war, das weder er selbst noch Mette sehr verlockend gefunden hatten. Sie hatte während des dritten Akts fast schon geschlafen und als er dann ...

Sei's drum. Danach waren beide sofort eingeschlafen und erst am nächsten Morgen wieder aufgewacht, und sie hatten sich wie immer in der Garage voneinander verabschiedet. Mette stand eine vierzehntägige Dienstreise nach Taiwan bevor, weshalb sie sich besonders leidenschaftlich geküsst hatten, bevor jeder wieder zu seiner Einheit gefahren war.

Etwas Anstrengenderes war absolut nicht vorgefallen, es musste am Essen liegen.

Denn nun drückte, stach und schmerzte es so schlimm wie noch nie, und er verwünschte die Pilzpastete von ganzem Herzen, der er gestern Abend nicht hatte widerstehen können. Wenn er doch nur darauf verzichtet hätte, dann hätte seine Galle sich vermutlich ruhig verhalten.

Wo zum Teufel waren eigentlich seine Papaverin-Tabletten?

Die waren das einzige Mittel, außer einer Morphiumspritze

ins Hinterteil, das der Gallenkolik vorbeugen konnte, die sich gerade anbahnte.

Er schloss die oberste Schreibtischschublade auf und wühlte irritiert zwischen Zetteln, Stiften und Papiertaschentüchern. Seine Dienstwaffe lag aus Bequemlichkeit ganz hinten in der Schublade, aber die kleine Plastikdose mit den schmerzstillenden Tabletten hatte er nicht so weit nach hinten geschoben. Doch wo war sie dann?

»Verdammt noch mal«, fluchte er und zog mühsam die zweite Schublade auf. Hatte er die Dose in das falsche Schubfach gelegt?

Seine sonst so kräftigen Hände suchten nervös herum und verursachten ein einziges Durcheinander.

Luft!

Er brauchte Luft!

Das Zimmer zeigte nach Westen und bot eine herrliche Sicht über die Insel Ven, den Öresund und das Meer bis nach Helsingør, doch er war nur daran interessiert, das kleine Lüftungsfenster aufzustoßen, um Sauerstoff zu tanken, und sei es durch den dreckigen Staubfilter hindurch.

Die stechenden Schmerzen hörten abrupt auf. Das beengende Gefühl im Brustkorb verschwand ebenso abrupt, wie es gekommen war, das war völlig normal. Das war immer so, wenn die Galle Ärger machte, und er wusste, dass er die Tabletten finden musste, bevor der nächste Schub kam.

Innerlich schwor er sich hoch und heilig, dass er nie wieder so dumm sein und Knoblauchsoße essen würde, wenn er jetzt nur sein Medikament fand.

Obwohl, dachte er plötzlich, vielleicht wusste ja Ylva …? Vielleicht hatte sie die elendigen Dinger weggelegt?

Wütend drückte er einen Knopf seines Telefons und brüllte in den Lautsprecher:

»Ylva! Ylva, komm sofort rüber – ich glaube …«

Die nächste Attacke kam schneller als erwartet. Der Schmerz ließ nicht nach, er zog und riss im Zwerchfell und bahnte sich mit glühenden Pfeilspitzen seinen Weg durch den Körper und den rechten Arm hinauf …

Harry wurde schwarz vor Augen, und er fiel auf den handgewebten Wollteppich.

Für ihn dauerte es eine Ewigkeit, bis Ylva, seine Sekretärin, endlich kam, obwohl sie binnen Sekunden ins Zimmer stürmte.

»Oh Gott …!«, sie rang erschrocken nach Luft, als sie sah, wie ihr Chef verzweifelt versuchte, sich hinter dem Ledersofa aufzurappeln. »Harry, was ist los?«

Sie kniete sich sofort neben ihn, konnte jedoch nicht viel ausrichten. Harry Runsten war ein schwerer Mann, und aufhelfen konnte sie ihm auf keinen Fall.

»Es ist …«, röchelte er, »es ist die Galle! Die Tabletten … wo sind sie?«

»Hier … hier! Auf dem Bücherregal hinter der Enzyklopädie, genau wie du es vor ein paar Wochen haben wolltest. Bitte!«

Sie reichte ihm die Dose und griff nach einer Flasche Mineralwasser, die samt Gläsern auf einem Tablett auf dem Sofatisch stand.

Er wimmerte, fischte mit zittrigen Fingern nach einer Tablette. Ylva schenkte Wasser ein, und gerade, als er die Pille auf die Zunge legen und den ersehnten Schmerzhemmer schlucken wollte, kam eine neue Attacke.

Rasselnd rang er nach Luft, sein Gesicht wurde zuerst tiefrot, dann schlagartig kreideweiß. Kalte Schweißperlen standen auf seiner Stirn, als er das Bewusstsein verlor und auf dem Teppich zusammensackte.

Ylva schlug sich erschrocken die Hände vors Gesicht.

»Oh Gott …«, presste sie hervor und eilte zum Schreibtisch. Sie riss den Telefonhörer hoch, ließ ihn vor lauter Aufregung wieder fallen und verhedderte sich in der Schnur, so dass sie sich bis zur Tischplatte hinabbeugen musste, um in den Hörer zu sprechen.

Mit zitternden Fingern wählte sie die 112, und die Stimme

am anderen Ende der Leitung versicherte ihr, umgehend Rettungswagen und Notarzt zu schicken. Der Inspektor hatte trotz der stark gekürzten Kapazitäten des Rettungspersonals höchste Priorität. Rund zehn Minuten später war das Rettungsteam mit Defibrillator, Sauerstoff und Morphiumspritzen zur Stelle.

Ylva ließ Harrys feuchte, kalte Hand los und machte der Notärztin Platz. Wortlos führte das Rettungsteam die notwendigen Maßnahmen und Handgriffe aus. Ylva hatte bereits Schlips und Hemdkragen gelockert, doch die Ärztin riss das Hemd auf und entblößte den behaarten Brustkorb des Inspektors. Einer der Sanitäter legte ihm die Sauerstoffmaske an, und die Ärztin kontrollierte den Puls, bevor der Kranke auf ihr Zeichen auf die Trage gelegt wurde.

Harry war leichenblass und noch immer bewusstlos.

»Es ist die Galle …«, stammelte Ylva.

»Die Galle?«

»Mhm, er hatte schon seit einiger Zeit Probleme damit«, murmelte sie, als ihr hoch geschätzter Chef auf einer orangefarbenen Gummimatratze auf einem Rollgestell an ihr vorbeigeschoben wurde.

»Das denke ich in diesem Fall leider nicht«, konstatierte die Notärztin trocken und half, die Trage durch die Tür zu bugsieren, »das hier hat aller Wahrscheinlichkeit nach mit dem Herzen zu tun.«

Hill hörte zwar die aufgebrachten Stimmen auf dem Korridor, wollte sich jedoch nicht stören lassen, und Tumulte waren nichts Ungewöhnliches in diesem Haus, schließlich handelte es sich um ein Polizeipräsidium.

Also quälte er sich pflichtbewusst durch die Kander-Akte und versuchte, Zeugenaussagen und andere Angaben mit früheren Fällen, die nahezu identisch waren, zu vergleichen. Es war allerdings sterbenslangweilig und eintönig, Verhörprotokolle und Untersuchungsberichte auszuwerten.

Hill hatte »Baggen« Bengtssons Aussage mehrmals durchgelesen in der Hoffnung, zwischen den Zeilen etwas halbwegs Interessantes zu finden. Das war jedoch vergebliche Liebesmüh, denn er wurde weder zwischen noch in den Zeilen fündig. Baggen zählte zu Kanders besten Kumpels. Manchmal gingen sie gemeinsam auf Klau, und sie koksten oft zusammen oder setzten sich einen Schuss.

Trotzdem hatte Baggen im Zusammenhang mit dem Mord so gut wie gar nichts über Kanders übrigen Bekanntenkreis und seine Gewohnheiten zu berichten gewusst.

Bereits wenige Tage nach der Tat war Baggen gekommen, um seine Aussage zu machen. Nicht, weil er unbedingt gewollt hatte, doch er wusste, dass er sich in absehbarer Zeit auf keiner Parkbank der Stadt weder für einen Schluck noch für einen Schuss hätte niederlassen können, wenn er damit schluderte.

Mehr als genug Leute hatten ein Auge auf ihn geworfen und wären zur Stelle gewesen, sobald er auch nur den Arm zu heben versucht hätte – die Streife, Detektive und Politessen, die auch hinten Augen hatten und ihre Funkgeräte ständig im Anschlag.

Da war es besser gewesen, das Verhör gleich hinter sich zu bringen – er musste ja schließlich nicht allzu viel sagen.

Das hatte er auch nicht getan. Seine Aussage war unter K 775360–99 registriert, das Protokoll auf den 20. Januar 1999 datiert. Bo Bengtsson war mit BB abgekürzt, Hill mit H und die anwesende Zeugin Birgitta Svenningsson mit BS. Um 10.30 Uhr hatte man begonnen.

H: Können Sie uns erzählen, was am 17.1. passiert ist, Bo?
BB: Nö.
H: Wieso nicht?
BB: Weil ich nicht so heiße. Ich heiße Baggen.
H: Okay, Baggen. Sie sagten ja bereits, dass Sie uns

berichten können, was Roger an diesem Tag gemacht hat.

BB: Nö.

H: Was ist denn jetzt das Problem?

BB: Ich hab ihn ja nicht gesehen.

H: Sie meinen, Sie haben Roger Kander am 17.1., dem letzten Tag, den er noch am Leben war, überhaupt nicht getroffen?

BB: Nö.

H: Wissen Sie noch, was Sie selbst an diesem Tag getan haben?

BB: Nö.

H: Aber Sie erinnern sich daran, Roger nicht getroffen zu haben?

BB: Nö.

H: Was meinen Sie damit? Erinnern Sie sich nun daran oder nicht?

BB: Erinnere mich nicht.

H: An gar nichts?

BB: Nö.

H: Aber Sie und Roger waren doch Kumpels, oder nicht?

BB: Nö.

H: Jetzt reißen Sie sich mal zusammen – wir wissen das doch. Die ganze Stadt weiß das!

BB: Nö, wusste nur, wer er war.

H: Wussten Sie, wer? Wer ihn ermordet hat?

BB: Nö, wer er war.

H: Roger?

BB: Mmm.

H: Hat er mit dem Dealer geredet, als er am Nachmittag weg war?

BB: Keine Ahnung.

H: Aber Sie wissen, wer sein Dealer war?

BB: Nö.

H: Aber Sie haben das doch oft zusammen gemacht.

BB: Nö.

5 Minuten Pause.

H: Ich bitte die Zeugin, ins Protokoll aufzunehmen, dass wir das Verhör für fünf Minuten unterbrochen haben, um die Unterlagen von früheren Vernehmungen einzuholen.

BS: Notiert.

H: Lassen Sie es uns noch mal von vorn versuchen, Bo.

BB: Baggen – ich werde Baggen genannt.

H: Gut, dann wissen Sie ja wenigstens irgendwas. Ich habe die Aussage Ihres Kumpels Nanne Pedersen, datiert auf den 18.1., protokolliert von Assistent Lars Arne Mårtensson, durchgeschaut. Der zufolge sagten Sie, dass Sie Roger Kander am Vortag gesehen haben, zusammen mit einer anderen Person in einer erregten Diskussion.

BB: Hä?

H: Stimmt das nicht?

BB: Nö.

H: Hat er mit Ihrem Dealer geredet?

BB: Nö, was weiß denn ich.

H: War es jemand, den Sie kennen – worüber haben sie sich denn gestritten?

BB: Wie soll ich das wissen ? …

H: Jetzt kommen Sie schon, Baggen! Beim nächsten Mal können Sie selbst dran sein! Sagen Sie mir, was Sie wissen!

BB: Geht nicht …

H: Alles geht, Baggen – wenn Sie etwas wissen, erzählen Sie mir jetzt davon!

BB: Mhmm.

H: Ja?
BB: Nö.

Das Protokoll umfasste dreizehn weitere Seiten mühseliger Versuche, irgendeine Information aus ihm herauszukitzeln, soweit das Gesetz es erlaubte – und etwas mehr, um die Wahrheit zu sagen.

Doch ohne den geringsten Erfolg. Hills Überredungskünsten zum Trotz war kein einziger konkreter Anhaltspunkt aus dem Mund dieser heruntergekommenen Ein-Mann-Show namens Baggen gekommen.

Auch dann nicht, als genau im richtigen Moment ein Tablett mit Sandwiches und einem Starkbier, das im Dienst natürlich fehl am Platz war, hereingereicht wurde. Es wurde auch gar nicht als Erfrischung angeboten, denn das hätte dann »widerrechtliche Beeinflussung« geheißen, der in sämtlichen Instanzen stattgegeben worden wäre. Allein die pure Präsenz des Tabletts im Raum hätte Baggen normalerweise ohne weiteres dazu gebracht, sogar ausführlich von seinen Hämorrhoiden zu erzählen. Aber nein!

Obwohl dem Burschen bei diesem Anblick buchstäblich das Wasser im Mund zusammengelaufen war und er seine blutunterlaufenen Augen nicht von der gekühlten Flasche wenden konnte, war sein Mund vollkommen versiegelt geblieben. Und die Tatsache, dass dieses Stillschweigen eines Alkoholikers sogar über ein Starkbier siegen konnte, war hochgradig suspekt.

Es hatte auch nichts geholfen, dass acht bis zehn weitere Kumpels zum Verhör vorgeladen wurden. Keiner von ihnen wusste etwas, und Nanne P. hatte auf einmal nie das gesagt, was sie behaupteten, dass er gesagt hätte, als Rogers Leiche in Pålsjö gefunden wurde. Das alles war plötzlich nur ein Bluff von den Bullen!

Wer hatte so viel Macht über diese armen Schlucker? Wer konnte ihnen diese Todesangst einjagen – und weshalb?

Kein kleiner Dealer jedenfalls – das war ein feiger Schurke, der das Maul zwar weit aufriss, aber eigentlich ganz klein mit Hut und Mappe war, und dem vor allem sehr daran gelegen war, die Kunden am Leben zu lassen. Nichts lag ihm ferner, als sie unter dem Kinn mit Draht zu verzieren.

Natürlich konnte man die ganze Unterwelt unsicher machen; dort gab es ausreichend Individuen, deren Tätigkeiten die Polizei zur Genüge kannte, für die es jedoch an konkreten Beweisen fehlte. Diese Kreise kamen allerdings nur selten mit dem Bodensatz der Alkoholiker in Berührung, sie bewegten sich auf bedeutend höheren Ebenen, pflegten routinierten Umgang mit hohen Tieren aus der Wirtschaft und hatten gute Anwälte. Man hätte die ganze Mischpoke einlochen können, wenn man ein paar Wochen lang die Telefone abgehört hätte, aber das war natürlich untersagt.

Hills Kopf brummte, doch wie er es auch drehte und wendete, er kam zu keinem Ergebnis.

Seine Gedanken wurden erneut von dem Lärm draußen auf dem Flur unterbrochen. Kaum auszuhalten, in welcher Lautstärke sich die da draußen die Köpfe heiß redeten. Hatte der Fußballverein HIF sich selbst übertroffen? Nein – es war ja erst Anfang Februar –, und selbst in Skåne begann die Fußballsaison nicht so früh!

Irritiert knallte er das Protokoll auf den Tisch und stand auf, um nachzusehen, was auf dem Korridor vor sich ging. Die Kollegen strömten aus ihren Büros auf den Flur, und worum es auch gehen mochte, es verbreitete sich wie ein Lauffeuer, dessen Flammen in Kürze auch sein Büro erreichen würden.

Hill blieb im Türrahmen stehen und sah zu, wie der Tumult im Flur weiter stieg, bis sich so gut wie jeder an der aufgeregten Diskussion beteiligte. Joansson steuerte keuchend wie eine Dampflok auf Hill zu, der wusste, dass er nun mit einer Erklärung versorgt werden würde.

»Es geht um … Runsten«, stieß Joansson atemlos hervor und baute sich vor Hill auf.

»Was?«

Plötzlich lief es Hill eiskalt den Rücken hinunter.

»Es ist Harry«, fuhr Joansson fort und atmete bereits wieder regelmäßiger, »er hatte offenbar einen Herzinfarkt!«

»Ein Herzinfarkt! Und wie sieht es aus, kommt er durch, oder ...?«

»Keine Ahnung, ich weiß nur, dass sofort ein Notarztteam gekommen ist und ihn in die Klinik gebracht hat.«

Merkwürdig war für Hill nicht die kurze Verstimmung darüber, dass sein alter Chef und früherer Freund auf einer Trage aus dem Haus transportiert worden war und vielleicht schon nicht mehr lebte. Das Komische war vielmehr, dass er vor seinem inneren Auge nur die Flasche sah. Die beschlagene Champagnerflasche, die ihn trotz der offensichtlich gut gemeinten Absicht nicht um einen einzigen Millimeter erweichen konnte, ebenso wenig, wie es das Starkbier bei Baggen vermocht hatte.

Im Stillen fragte er sich, ob dieser Tatsache nicht dieselbe lächerliche Ursache zu Grunde lag.

Angst.

Die Angst zu verlieren, seinen jämmerlichen, verletzten Stolz einzubüßen. Für Baggen war es das klägliche Überbleibsel des Lebens, das ihm noch geblieben war.

7

Toni Tong hatte dank seiner pedantischen Art seine sowie Nikis Geschäfte gut unter Kontrolle, doch er fragte sich in letzter Zeit immer öfter, ob das auch bei Jeanettes Geschäften der Fall war.

Ohne genau sagen zu können, was es war, befiel ihn ein komisches Gefühl, sobald sie nach einem ausgeführten Auftrag wieder nach Hause kam. Irgendwie war sie nicht mehr so heiß wie er.

Es war zwar auch nicht so, dass sie nicht mehr bei ihm sein wollte. Sie war die raffiniert Kreative, die beim ersten Mal die Initiative ergriffen hatte. Was fehlte, war die innere Glut, vermutete er, und stattdessen war ihre ausgefeilte, perfekte Professionalität am Werk.

Gerade das gab ihm zu denken.

Wie konnte sie nach einer einwöchigen Reise so souverän und aufgeräumt zurückkehren?

Nicht, dass sie irgendwelche Vereinbarungen getroffen hatten, die einen von ihnen in irgendeiner Form gebunden hätten – allerdings ging es hier nicht in erster Linie um Sex, sondern darum, die Geschäfte vor unerwünschten Einblicken zu schützen. Also hatte er sie rundheraus gefragt, ob sie einen Liebhaber drunten auf dem Kontinent hatte.

»Natürlich nicht!«, hatte sie geantwortet.

Was auch der Wahrheit entsprach, wie sie fand. Denn sie hatte schließlich nicht nur einen, sondern drei, vier sporadische Bettgenossen entlang ihrer Route, auch wenn André über die besten Qualitäten verfügte.

Toni konnte dieses Gefühl jedoch ums Verrecken nicht von sich abschütteln. Doch bei diesem Verdacht blieb es auch, einer Art dumpfer Ahnung – denn er hatte nicht einmal den geringsten Beweis in der Hand. Aber irgendwie glaubte er ganz sicher, dass …

Die Sexspiele waren allerdings immer noch äußerst befriedigend. Jede Nummer hatte größere Reize als das, was man normalerweise während seines gesamten Lebens kennen lernte.

Dieser Balanceakt, der oftmals auch vor Lebensgefahr nicht Halt machte, war ein unverzichtbarer Teil der heißen Übungen geworden, bei der die bloße Gefahr das Abenteuer schon erhöhte. Eine einstweilige und äußerst exakte Reduzierung der Luftzufuhr konnte beispielsweise den Höhepunkt bedeutend steigern. Eine gut inszenierte Zwangslage mit verschiedenem gesundheitsschädlichem Zubehör konnte ebenfalls einen vollkommen göttlichen Samenerguss bewirken.

Doch wenn er ihren nackten Körper betrachtete, der entspannt und glänzend vor Schweiß ausgestreckt auf seinem breiten Bett lag, fragte er sich, woran er eigentlich war.

Jeanette glich der lackierten Oberfläche eines Gemäldes, dessen undurchdringlicher Firnis von einer Tiefe war, die man niemals würde ergründen können. Er schützte sich natürlich ebenfalls durch eine Firnisschicht, fühlte sich aber unwohl, als er bei ihr auf dieselbe Verschlossenheit stieß.

»Du, ich hab was zu tun«, fauchte er wütend und abrupt, »räum hier ein bisschen auf und mach dich dann für ein paar Stunden unsichtbar, klar?«

Die Entspannung war wie weggeblasen.

Plötzlich spannte sie ihre geschmeidigen Muskeln an und sprang wie eine erboste Katze blitzschnell auf.

»Was soll das denn bedeuten, verdammt noch mal? Denkst du etwa, du kannst mich verarschen, du gelber Zwerg?«

Das war kein Streit – das bedeutete Krieg.

»Ich will, dass du jetzt verschwindest, oder hörst du schlecht?«

»Ich höre ausgezeichnet, aber dieser Mist geht bei mir hier rein und da raus!«

In seinen dunklen Augen blitzte es gefährlich, und selbst wenn er gewollt hätte, konnte er seine Wut nun nicht mehr zügeln. Er ging zum Bett hinüber und zog Jeanette mit Gewalt zu Boden. Sie rollte zur Seite und sprang sofort auf. Kräftige Karatetritte zielten auf seinen Genitalbereich, denen er jedoch dank Reflex und Verstand auszuweichen wusste.

»Du verdammte Schlampe ...!«, zischte er.

»Sei du bloß still!«

»Pass ja auf ...!«

»Pass lieber selbst auf, Toni«, schnappte sie zurück und starrte ihn aus katzengrünen Augen wütend an. »Du denkst wohl, du weißt über mich Bescheid, dabei hast du nicht die leiseste verdammte Ahnung!«

»Ach ja?«, entgegnete er und schickte ein »Halt's Maul, Weibsstück!« hinterher.

»Du denkst wohl, dass ich bei dickeren Fischen als dir keine Chance habe, du schlitzäugiger kleiner Stichling!«

Er zuckte zusammen, merkte aber gleichzeitig etwas völlig Unerwartetes. Ihm gefiel dieser Kampf, er mochte es, wenn sie ihm Widerworte gab und ihn provozierte. Er spürte, wie er wieder erregt wurde.

»Und ob«, versicherte sie ahnunglos, »da gibt es noch ganz andere Typen als dich, die nur davon träumen, dass ich sie eines einzigen Blickes würdige, fühl dich also nicht zu sicher. Eines Tages stehst du vielleicht draußen in der Kälte und frierst dir was ab!«

»Wieso?«

»Tja, vielleicht nehme ich ein anderes, besseres Angebot an – zum Beispiel von irgendeinem ganz normalen weißen Typen statt von so einem verfluchten Gelben, der nichts taugt.

Könnte sein, dass ich mich auf was Knackigeres einschieße als auf dich, du Erstklässler!«

Plötzlich fühlte er sich völlig schwerelos und grinste direkt in ihre Wut, wodurch sie natürlich noch zorniger wurde.

»Was grinst du denn so – glaubst du etwa, ich würde das nicht wagen?«

»Oh doch«, versicherte er ihr, »allerdings hätte ich da noch eine kleine Frage.«

»Und die wäre?«

»Ja, ich wüsste gerne, was du unter was Knackigerem verstehst?«

»Mach nur deine Witze – aber es gibt genügend Typen da draußen, die mich so behandeln würde, wie ich es verdiene!«

»Welche, die dir mal ordentlich das Fell über die Ohren ziehen, meinst du wohl!«

Jetzt musste sie ebenfalls grinsen, wenn auch widerwillig.

»Jaja«, meinte sie, aber das war kein Scherz. »Ich könnte für den Rest meines Lebens mit irgendeinem anderen Typen im Luxus schwelgen. Mit einem, der weiß, was er an mir hat – und der kapiert, dass ich nicht dazu da bin, in einem abgewrackten, alten Mietwagen durch Europa zu kutschieren wie ein elender Laufbursche!«

Er packte sie am Arm und warf sie mit Schwung aufs Bett.

Jetzt wollte er nicht mehr, dass sie ging.

Jedenfalls nicht, dass sie sich einfach so aus dem Staub machte.

Sie war also unzufrieden mit dem fahrbaren Untersatz, den er ihr besorgt hatte.

Wünschte sie vielleicht etwas mit mehr Stil?

»Okay«, entschied er, um ihre wilden, nicht ungefährlichen Karatetritte zu stoppen, »nimm eben das nächste Mal den Benz, aber halt jetzt endlich dein Maul und leg mit der nächsten Lektion los!«

Der Einsatz der Amsterdamer Kripo war gut vorbereitet, und entsprechend rasch wurde auch die Tür zu André Gérards kleiner Bude in Utrechts mittelalterlichem Stadtkern eingetreten. Die Vorarbeit wurde so professionell, leise und effektiv erledigt, dass er keine Chance hatte, zu entkommen.

Er war völlig unvorbereitet. Zwar hatte er sich über die Stille draußen auf der Straße gewundert – eine merkwürdige Ruhe, die nur selten mitten in der Stadt einkehrte –, war jedoch auf keine unvertrauten Geräusche aufmerksam geworden.

Dann hatten die Kirchenglocken unvermittelt ihre wohl bekannte Glücksbotschaft verkündet, was ihn wieder beruhigt hatte, und er hatte an dem Pass, der ihn schon seit sechs Stunden beschäftigte, weitergearbeitet.

Ein gewisser Herr Piet Dagermann musste das Land inkognito verlassen, und zwar möglichst schnell. Der Mann schien der Verzweiflung nahe.

Das nahm nicht weiter wunder, denn die Eltern vieler Kinder wollten seinen Kopf. Die Mütter und Väter, an deren Kindern er sich vergangen hatte, als er mehrere Jahre als engagierter Schulpsychologe mit gutem Ruf in einem von Amsterdams Außenbezirken tätig gewesen war.

Bis die Fassade einstürzte.

Ginge es nach den Eltern, würde er in der Kirche an die Wand genagelt werden, den Körper von Heugabeln durchbohrt; und wenn die Polizei ihn vorher finden würde, käme er auch nicht viel besser davon.

Das war ihm durchaus klar.

Er würde sich hinter den dicken Gefängnismauern von erwachsenen, erbarmungslosen Mitgefangenen, die Pädophile verachteten, exakt derselben Behandlung unterwerfen müssen, die er den wehrlosen Kindern aufgezwungen hatte.

Er würde sich vor Angst und Schrecken heiser schreien können, ohne dass ihm irgendjemand zu Hilfe eilen würde.

Das Wachpersonal bildete da keine Ausnahme.

Wie sehr er sich auch wehren oder betteln und bitten würde, es würde nicht das Geringste nützen. Die Öffnung seines Enddarms würde ebenso schmerzhaft einreißen wie bei den Kindern, und sein Leben wäre genauso verloren wie das ihre.

Ohne zu zögern war Pieter Dagermann bereit, mindestens 40 000 Gulden bedingungslos und in bar für einen Pass auf den Tisch zu legen, der ihn über Nacht in einen amerikanischen Geschäftsmann mit dem nichts sagenden Namen Patrick Durbank verwandeln würde. Und da er gut englisch sprach, hatte er mit dieser Rolle kein Problem, wie er erläutert hatte. Ihm war nur eines wichtig: zu verschwinden.

Das war ein Angebot, das André nicht einfach dankend ablehnen konnte!

Er wusste genau, wo in welchen Ländern die Pässe kontrolliert wurden und wie man sie formvollendet reproduzierte.

Dank seiner Geschicklichkeit würde er nur noch wenige Stunden – plus etwas Zeit zum Trocknen – brauchen, und kein einziger Grenzbeamte würde auf die Idee kommen, dass der Pass, der nun etwas älter und gebraucht aussah, nicht völlig rechtmäßig und in bester Ordnung wäre.

Kurzum – er war mit seiner Arbeit hoch zufrieden, und außerdem schon bald um mindestens 40 000 unversteuerte Piepen reicher. Diese Art von Geschäften war ihm natürlich die liebste. Je verzweifelter die Kunden waren, desto besser.

Die Vorstellung von alledem war derart angenehm, dass er sich vielleicht gerade deshalb so gründlich überrumpeln ließ.

Als der Türrahmen mit einem ohrenbetäubenden Knall nachgab und die Holzsplitter um das Türschloss stoben, blieb er vor Verblüffung mit offenem Mund auf seinem Stuhl sitzen. Erst, als er direkt in die Laufmündungen der Walther-P5-Pistolen der Polizeibeamten starrte, begriff er – doch da war es schon zu spät.

Sämtliche brauchbaren Beweise lagen um ihn herum verteilt – die Werkzeuge, Farben, das Spezialpapier, der Kleber und das Skalpell. Außerdem alle Vorlagen auf der Festplatte seines Rechners. Dagegen konnte er jetzt auch nichts mehr unternehmen. Es war wohl das Beste, wenn er die Klappe hielt und versuchte, einen wirklich guten Anwalt aufzutreiben.

Plötzlich sah er, wie Pieter Dagermann sich an den in der eingetretenen Tür wartenden Beamten vorbeischob.

»Der arme Teufel«, dachte André, »der hätte sich wirklich keinen besseren Zeitpunkt aussuchen können, um auf eine Tasse Tee vorbeizukommen.«

André war klar, dass er, verglichen mit diesem perversen Psychologen, nichts zu fürchten hatte. Was auch? Schlimmstenfalls ein paar Monate in einer Anstalt. Bestenfalls einen Klaps auf die Finger und eine Warnung. Aber für diesen armen Kerl war jetzt vermutlich alles aus!

»Sorry«, rief er entschuldigend, während sich die Handschellen mit einem metallischen Klicken um seine Handgelenke schlossen. »Scheint ganz so, als wäre das Spiel aus – es tut mir wirklich Leid.«

Doch Dagermann, der zwischen zwei Scharfschützen in voller Montur stand, lächelte nachsichtig.

»Schon gut – das regelt sich dann.«

»Regelt sich?«

Auf einmal begriff André, weshalb Dagermann so selbstzufrieden grinste.

Er trug keine Handschellen, und von dem gepanzerten Sturmtrupp hatte auch niemand seine Arme gepackt. Offenbar war er ein freier Mann, ein Mann, der im Gegensatz zu André seinen Auftrag zu Ende führen konnte. Sein Gesichtsausdruck und seine Gestik wirkten nicht mehr verzweifelt, sondern polizeilich-professionell.

»Du verdammter …!«, brüllte André und zerrte wütend an den Handschellen, die ihm in die Gelenke schnitten und Schürfwunden auf der Haut hinterließen. Sie bluteten bereits, doch André bemerkte das kaum.

»Du …«, fauchte er Dagermann an, als er zu dem wartenden Einsatzwagen geführt wurde, »… dir werde ich's heimzahlen, und wenn das meine letzte Tat auf dieser Erde ist!«

»Klar, Knirps«, entgegnete Pieter Dagermann alias Detmer Bruiner, Kriminalinspektor am Amsterdamer Betrugsdezernat, »stell dir vor, ich bekäme jedes Mal einen Gulden, wenn ich das höre!«

Es war richtig schön, dass die ganze Sache endlich überstanden war!

Diese unbehaglichen Typen zu mimen, die weiß Gott was zu verbergen hatten, war nie besonders einfach! Der Charakter drängte sich einem förmlich auf, fand Bruiner, und nistete sich in die eigene Seele ein! Es war nicht etwa so, dass man plötzlich Serienkiller, Pädophiler, Zuhälter oder was immer werden wollte; aber man musste derart in seiner Rolle aufgehen, um die wahren Betrüger zu betrügen, dass man sich dabei fast selbst überzeugte.

In solchen Momenten meldete sich unweigerlich die Angst.

Tief in seinem Innern fühlte man sich ebenso entartet, wie die Rolle es verlangte, genauso gemeingefährlich wie die fingierten Verbrechen.

Bruiner hatte sich schon früh auf solche Undercover-Einsätze spezialisiert, um die Verbrecher ans Licht zu locken. Das war die einzige Möglichkeit, sie zu stoppen.

Sicherlich vertraten viele die Meinung, dass das mit der Fälscherei nicht so schlimm sei – schließlich handelte es sich dabei nicht um Gewaltverbrechen! Allerdings ermöglichten es gerade solche Typen wie André, Gewaltverbrechern jeder Art mit heiler Haut davonzukommen und mit neuer Identität zu neuen Ufern und neuen Straftaten aufzubrechen.

Pieter Dagermann beispielsweise – der richtige – hatte dem langen Arm des Gesetzes entwischen können. Mittlerweile trieb er vermutlich unter anderem Namen in einem anderen ahnungslosen Land sein Unwesen. Aller Wahrscheinlichkeit nach lebte er ausgesprochen gut und vergriff sich auch weiterhin ungestraft an kleinen Kindern.

Dank solcher skrupelloser Typen wie André einer war.

Es war eine Genugtuung zu sehen, wie diese Gestalt für den

Transport in die Strafanstalt in den Einsatzwagen geschubst wurde. Möglicherweise dachte er, dass er noch mit einem blauen Auge davonkommen würde, doch das sahen weder Bruiner noch seine Kollegen sonderlich deutlich, denn sobald Dritte persönlich betroffen waren, erhielt der Fall oberste Priorität.

Eine Staatsanwältin aus der Stadt hatte nämlich vor einiger Zeit ihre kleine Tochter, die gekidnappt worden war, wieder bekommen. Sie war mehrfach vergewaltigt und zum Mitwirken in Pornofilmen gezwungen worden.

Das Mädchen war völlig traumatisiert, verweigerte die Nahrungsaufnahme und erwachte jede Nacht schreiend aus dem Schlaf. Es würde Jahre, wenn nicht eine Ewigkeit dauern, bis wieder ein Mensch aus ihr geworden war; von ihren Möglichkeiten, später ein natürliches, harmonisches Sexualleben führen zu können, ganz abgesehen.

Die Strategie, Sexualtätern sowie denjenigen, die ihnen behilflich waren, das Handwerk zu legen, war innerhalb von 24 Stunden auf die Beine gestellt und finanziert worden.

Die Techniker waren damit beschäftigt, alles in der Wohnung sicherzustellen, was als Beweismaterial in Frage kommen konnte. Schwere Urkundenfälschung würde dabei ein vergleichsweise unerhebliches Detail der Anklage darstellen. Das Ganze würde innerhalb weniger Stunden erledigt sein, vermutete Bruiner, und für die Staatsanwaltschaft war jedes Staubkorn wichtig, um den Komplizen des Pädophilen angemessen zu verurteilen.

Detmer Bruiner selbst würde schnellstmöglich nach Hause fahren, um sich zu duschen und sich die unbehagliche Rolle, die er in den vergangenen Tagen gespielt hatte, buchstäblich vom Leib zu schrubben. Er sehnte sich nach dem breiten, heißen Wasserstrahl, damit er sich selbst und seiner Familie endlich wieder in die Augen sehen konnte.

Als Jeanette wenige Stunden später mit dem Benz die dunklen Kanäle kreuzte, war alles erledigt. Von dem Polizeieinsatz war nichts zu sehen, die Wohnung lag im Dunkeln und war abgeschlossen.

Wie immer wählte sie seine Mobilnummer.

Aber niemand ging dran.

Irritiert und misstrauisch starrte sie auf sein Fenster, als würde allein die Kraft ihrer Gedanken dafür sorgen, dass er sich einfände, wie sie es gewohnt war.

Doch in der Wohnung rührte sich nichts, und sie drückte verärgert die Wahlwiederholungstaste.

Dasselbe Resultat.

Genervt wartete sie fünf Minuten zwischen den Anrufen, bis fast die gesamte für das Treffen vereinbarte Zeit verstrichen war.

Vollkommen sinnlos.

»Verdammter Mist!«, fluchte sie laut in dem völlig beschlagenen Benz.

In wenigen Minuten würde sie von hier verschwinden müssen, mit oder ohne Kopie der CD.

Das stand fest.

Ein letztes, verzweifeltes Mal gab sie Andrés Telefonnummer ein. Doch das Mobiltelefon lag in einem der Kartons auf dem Weg ins Labor nach Amsterdam, und in dem brummenden Autobahnlärm des dichten, holländischen Verkehrs wurde das beharrliche Klingeln, das auf das Interesse anderer an André Gérards zwielichtigen Diensten schließen ließ, von niemandem gehört.

Jeanette war dieses eine Mal gezwungen, Utrecht unverrichteter Dinge wieder zu verlassen. Sie hielt sich nordwärts Richtung deutscher Grenze, während sie verärgert und ruckartig Gas gab.

Nach einer Weile hatte sie sich wieder beruhigt. Dass sie André nicht angetroffen hatte, machte ihr zwar einen Strich durch die Rechnung, aber das war noch lange kein Grund aufzugeben. Ihr würde schon noch etwas einfallen. Bisher hatte sie schließlich jedes Mal eine Idee gehabt.

Plötzlich wusste sie, wie sie vorgehen würde.

Im Kreisverkehr riss sie das Steuer herum und fädelte sich wieder Richtung Utrecht ein. Sie stellte den Wagen in dem hässlichen Parkhaus oberhalb des alten Stadtkerns ab und begab sich zu Fuß in das moderne Zentrum, wo sie nach einem Plattenladen suchte.

Ja, es gab eine Aufnahme von Beethovens zweitem Klavierkonzert, wurde sie von einer jungen, englisch sprechenden Verkäuferin informiert. »Eine von Stephen Kovacevich – wäre Ihnen das recht?«, fragte sie.

»Whatever«, murmelte Jeanette und bezahlte bar.

Anschließend trat sie lauthals lachend das Gaspedal durch und fuhr gestärkt mit neuem Optimismus gen Norden zur deutschen Grenze.

8

Dem Leiter der Grenzkontrolleinheit 1:2 des Helsingborger Zolls, Stefan Ryd, war es endlich gelungen, nicht mehr so oft und intensiv an diese Frau zu denken. Er hatte die Hoffnung, sie überhaupt noch einmal wiederzusehen, schon fast aufgegeben.

Die Tage waren ins Land gegangen und die Zollbeamten hatten von morgens früh bis abends spät alle Hände voll zu tun gehabt. Schlag auf Schlag hatte es Beschlagnahmungen und andere zollbehördliche Angelegenheiten gehagelt, die weit mehr Zeit beansprucht hatten, als die Kapazitäten eigentlich hergaben. Da war es natürlich viel einfacher gewesen, nicht an sie zu denken. Er hatte schlichtweg keine Zeit gehabt.

Die Ereignisse der vergangenen Wochen hatten zu einer bedauerlichen, aber notwendigen Umstrukturierung der Kontrollen am Grenzübergang für motorisierte Fahrzeuge geführt, denn Wodka, Whisky und Zigaretten waren sowohl in Privatautos als auch mit dem Lastverkehr regelrecht ins Land geschwemmt worden.

Die Arbeitsbelastung hatte dramatisch zugenommen, ohne dass die nötigen Kapazitäten vorhanden waren. Aber das war ja nichts Neues, und ändern konnte man auch nichts daran. Die anstrengenden 7–19-Uhr-Schichten waren keine Seltenheit mehr und zählten auch nicht länger zu den wohl überlegt eingeplanten Sonderschichten, sondern galten inzwischen als völlig normale Arbeitszeiten. Die Überstundenprotokolle sämtlicher Mitarbeiter waren nicht nur gut gefüllt – sie platzten aus allen Nähten.

Ursache dafür waren die zahllosen Einkaufsreisen mit dem Bus nach Deutschland, die bisher recht harmlos mit einem Liter billigem Alkohol extra in der Tüte verlaufen waren. Doch nun dienten die Fahrten als Deckmantel für Warenschmuggel in relativ großem Stil, oder in manchen Fällen sogar für den Transport von Produkten, die unter totalem Einführungsverbot standen, so dass selbst den Tolerantesten eine gewisse Unverhältnismäßigkeit auffiel. Zudem kam es immer häufiger zu regelrechten Sprengungsversuchen der Grenzübergänge, wenn voll beladene LKWs ohne Zögern auf Gedeih und Verderb an den Beamten vorbeirasten.

In mehreren Fällen war man gezwungen gewesen, die Fahrzeuge auseinander zu schrauben oder gar aufzuschneiden, um an die Pakete mit Narkotika heranzukommen, die geschickt versteckt in irgendwelchen Hohlräumen lagen.

Die Zollbeamten zweifelten keine Sekunde daran, dass sie fündig werden würden. Der Hund hatte eindeutig reagiert.

Die Frage war nur, wo genau sich der Stoff befand.

Einmal hatten sie sogar den gesamten Benzintank eines großen HAN-Lasters aus Bulgarien geleert. Und als der Diesel restlos ausgepumpt worden war, konnten sie ihren Sieg feiern.

Zwanzig Kilo reines Heroin hatten in hermetisch abgeschlossenen Behältern am Boden des Tanks gelegen.

Der Fahrer hatte natürlich nicht die mindeste Ahnung von dem Ganzen. Stattdessen hielt er es für angebracht, unumwunden den Besitz von 20 Stangen Zigaretten und 12 Litern Hochprozentigem zuzugeben, die hinter dem Fahrersitz klemmten. Was darüber hinaus gefunden wurde, war ihm ein völliges Rätsel, versicherte er. Schließlich hatte er den Laster nur abgeholt, wie man das als Fahrer so tat, um den angegebenen Zielort anzusteuern. Wer konnte beweisen, dass es tatsächlich nicht auch so gewesen war? Selbst wenn er mit ziemlich großer Wahrscheinlichkeit log.

Nicht nur die Räume für konfiszierte Ware im Zollamt waren vom Boden bis zur Decke mit Zaranoff Wodka, Statesman Whisky und billigem Tetra-Pak-Wein voll gestopft, bei dem es schon genug der Strafe war, ihn überhaupt zu trinken. Außerdem standen draußen im Zolllagerbereich unzählige randvolle Container und ganze beschlagnahmte Lastwagen.

Stefan hatte sich bisweilen gefragt, was wohl passieren würde, wenn irgendein Spinner auf die Idee kam, abzuhauen, das Gaspedal durchtrat und mit dem ganzen hochprozentigen Zeug kollidierte.

Das gäbe einen ordentlichen Knall, und von dem Zolllager würde nur noch ein riesiges schwarzes Loch übrig bleiben.

Die beschlagnahmte Ware war notiert, registriert und mit einem speziellen Klebeband verplombt worden. Das Klebeband mit der Beschriftung »Zollamt« und dem Emblem des schwarzen Löwen auf weißem Grund. Nun hatten sie im Prinzip ihren Teil des Jobs erledigt, so dass im Anschluss die Ermittler des Zolls übernehmen konnten.

Danach bestimmten andere das weitere Schicksal der Waren. Aber man durfte sich ja wohl noch mal beschweren. Darüber, dass das Kapital, das in der Ware steckte, völlig verloren war. Immerhin wurde hier der Alkohol einiger tausend Riesenpartys gelagert.

Das war eine elende Plackerei gewesen in den vergangenen Wochen, aber damit nicht genug.

Die Nacht war wie immer der Komplize des Verbrechers.

Nach Einbruch der Dunkelheit ereigneten sich noch mehr Vorfälle, was folglich eine wachsende Gefahr für den einzelnen Zollbeamten bedeutete.

Stefan Ryd und seinen Kollegen war es jedoch auf wundersame Weise gelungen, dem standzuhalten. Auch wenn das stark an den Kräften gezehrt hatte.

Bei Gelegenheiten wie diesen war es besonders günstig, dass man mittlerweile eine kleine EU-Quote auf den ganzen Verkehr anwenden konnte. Die Regel, die besagt, dass man keinesfalls jedes eintreffende Schiff überprüfen darf, denn dann würde gegen das Prinzip des freien, intereuropäischen Reisens verstoßen werden. Andererseits war nicht eindeutig festgelegt, welche von den innerhalb von 24 Stunden eintreffenden Fähren damit gemeint waren.

Wenn wie hier in Helsingborg alle zwanzig Minuten eine Fähre anlegte, mussten manche aus Zeitnot nahezu völlig unkontrolliert bleiben.

»Das nächste Schiff ist bestimmt eine EU-Fähre«, meinte Stefan resolut, als er merkte, dass das Durchhaltevermögen der Kollegen nachließ, »außerdem gibt es einen Hefekranz und Kaffee im Aufenthaltsraum.«

Die Einheit konnte schon keine Sahnetorten mehr sehen. Und wenn das so weiter ging, musste er wohl einen zweiten Kredit auf das Haus aufnehmen. Doch ein anständiges Stück Hefekranz war sowohl mit seiner Figur als auch mit seinem Portemonnaie noch vereinbar.

Hauptsache, man wurde nicht an diesen so genannten Terminator erinnert, dann war alles halb so schlimm, dachte er. Vor ein paar Wochen war ihm nämlich aufgefallen, dass der Typ mit seiner nach Öl stinkenden Mannschaft in der Spur Richtung Autodeck gestanden und auf grünes Licht gewartet hatte. Fast jeder wusste, um wen es sich bei dieser ausladenden Gestalt handelte, aber natürlich wollte keiner mit ihm gesehen werden.

»Schön, dass wenigstens irgendein Abschaum dieses Land verlässt«, hatte Stefan gedacht und die Rocker beobachtet, bis sie von dem Bugvisier der Aurora verschlungen worden waren, »es wird schon genügend anderer Mist hier angeschwemmt.«

Als er nach der dringend nötigen Kaffeepause wieder auf seinen Posten zurückkehrte, um die Fähre in Empfang zu nehmen, die sie *nicht* als EU-Fähre bezeichneten, fühlte er sich rundum wohl, beinahe angenehm schläfrig.

Aus dem Grund war er auch vollkommen verdutzt, als sie

unvermittelt in dem Bauch der Fähre auftauchte, denn er hatte endlich aufgehört, damit zu rechnen, dass sie jemals wieder auftauchen würde.

Und er hatte sie sich definitiv nicht in einem so teuren Auto vorstellen können wie das, in dem sie jetzt saß, als sie frech die Spuren kreuzte und in Richtung Zoll fuhr. Dennoch hatte sie es nicht eilig, so dass es ihm problemlos gelang, sie wieder zu erkennen und höflich an die Seite zu winken. Sie trug auch diesmal die Kopfhörer, konnte aber genügend sehen, denn sie schnitt genervt eine Grimasse hinter dem Steuer.

Schließlich blieb ihr nichts anderes übrig, als seiner Anweisung zu folgen, wenn sie nicht die Aufmerksamkeit einer ganzen Mannschaft von Zollbeamten auf sich ziehen wollte. Möglicherweise kümmerte sie sich überhaupt nicht darum, bei der übertrieben coolen Miene, die sie aufsetzte. Andererseits wirkte sie nicht so gewollt wie bei denen, die etwas zu verbergen hatten, dachte er.

Sie bremste weich neben dem kleinen Zollhäuschen, betätigte den elektrischen Fensterheber und blickte ihn aus unbeteiligten Augen an.

»Servus – wolltest du was, Junge?«

»Mmm, ich würde gerne wissen, woher Sie kommen.«

»Aus Mamas Bauch«, erläuterte sie und lächelte verschmitzt.

Er lachte trocken auf und musste zu seinem Missfallen feststellen, dass ihr moderner, schonischer Dialekt, durchwachsen mit Stockholmer Akzent, eine waschechte Schwedin aus ihr machten, was die Bitte um Ausweispapiere erschwerte.

»Okay – aber ich dachte da eher an die jüngste Vergangenheit. Wo sind Sie gewesen?«

»Sie … das geht Sie überhaupt nichts an, Freundchen.«

»Ach ja, was soll das denn heißen?«

Die Unterhaltung begann sich in eine interessante Richtung zu entwickeln, doch bisher gab es noch keinen Grund, die aufmüpfige Dame in einen der Räume zum Verhör zu bitten.

»Sind wir nicht inzwischen in der EU?«

»Natürlich sind wir das.«

»Na also – dann haben Sie sowieso kein Recht, mich zu kontrollieren.«

»Nein … leider!«, seufzte er theatralisch.

Sie grinste kühl und überlegen.

»Aber ich habe immerhin noch das Recht«, fuhr er mit Nachdruck fort, »zu fragen, ob Sie etwas zu verzollen haben und von wo Sie kommen.«

»Was?«, fauchte sie ärgerlich.

Er hörte, wie Popmusik aus den Kopfhörern drang, die noch immer auf ihren Ohrmuscheln saßen. Er beugte sich hinunter, steckte den Kopf durchs Fenster und kontrollierte rasch den Fond, während er den Duft ihres Körpers einsog.

Sie roch verführerisch gut, doch seine Gedanken kreisten weiter um die Frage, was genau eigentlich mit dieser jungen Dame nicht stimmte.

Er deutete mit einer Geste an, dass sie die Kopfhörer absetzen sollte.

»Gemäß den geltenden Bestimmungen habe ich wie gesagt ein Recht zu erfahren, wo Sie gewesen sind.«

»Luxemburg«, zischte sie. »Zufrieden? Kann ich jetzt weiterfahren, oder …?«

»Im Urlaub?«, beharrte er.

Er sah die Hülle einer CD auf dem Beifahrersitz liegen. Beethovens Klavierkonzert Nr. 2 in d-Moll. Er verstaute diese Beobachtung weit hinten in irgendeiner Schublade in seinem Gedächtnis.

»Sie … Sie haben wirklich kein …«

»Oder ein Shoppingtrip vielleicht? Sicher gibt es eine ganze Menge exklusiver Dinge da unten zu kaufen, in … sagten Sie nicht in … Luxemburg?«

»Also …«, hob sie an, besann sich aber eines Besseren. Bei genauerem Nachdenken war es keine besonders gute Idee, sich jetzt mit diesem Burschen anzulegen.

Wenn er die Möglichkeit hatte, ihre Finanzen bei der First National Bank zu überprüfen, was dann? Es war nicht ganz auszuschließen, dass solche Dinge inzwischen möglich waren. Die Technik entwickelte sich von Woche zu Woche in Riesensprüngen weiter, und die Kooperation über die Grenzen hinweg hatte eine völlig unvorstellbare Dimension angenommen. Dafür war nicht zuletzt sie selbst ein lebender Beweis.

Besser, es gab erst gar keinen Anlass, dass er sich mehr als notwendig für sie interessierte.

»Ich habe nur Urlaub gemacht«, entgegnete sie knapp. »Hier oben ist es mir zu kalt geworden.«

»Ja, sieht ganz so aus, als hätten Sie doch noch ein bisschen Sonne abgekriegt«, plauderte er charmant weiter. »War das Wetter gut, liegt viel Schnee da unten?«

»Antwort: Gut. Antwort: Nein. Sonst noch was?«

»Nein, danke«, antwortete er höflich und atmete ein letztes Mal das herrliche Parfum ein. »Gute Reise und fahren Sie vorsichtig.«

»Mmm«, murmelte sie und ließ die Fensterscheibe wieder nach oben gleiten.

Ihr rotes Haar schimmerte kupfern in einem Lichtreflex. Während sie in Richtung Kreisel und First Stop Sweden-Shop davonbrauste, notierte er sich die Autonummer auf einem kleinen Zettel.

BYP 107.

Irgendetwas klingelte weit hinten in seinem Gedächtnis.

Aber nein – wo um alles in der Welt hätte er diesen Karren schon einmal gesehen haben können?

Trotzdem beschloss er, so bald wie möglich die Nummer im Register zu überprüfen. Außerdem würde er sich Informationen über die Wetterlage in Luxemburg besorgen. Der Wetterdienst könnte ihm da vielleicht weiterhelfen.

Denn selbst wenn es gegenwärtig keinen einzigen formellen Grund gab, sie aufzuhalten, schlug sein Zöllnerinstinkt Alarm.

Sicher war es überhaupt nicht die Mühe wert, das Auto zu

durchsuchen oder gar die alte Spürhündin Adina darauf anzusetzen. Höchstwahrscheinlich ging es hier gar nicht um Drogen. Und die Einwilligung des Verdächtigten für eine Leibesvisitation zu erhalten war vollkommen ausgeschlossen.

Was sollte er auch als vernünftigen Grund angeben, um gerade sie abzutasten – »Ich würde einfach mal gerne«? Problemlos konnte er sich die Antwort schon im Voraus denken, ebenso wie das Kichern der Kollegen, das er anschließend ernten würde.

Trotzdem – irgendetwas an diesem Mädchen war definitiv anders, obwohl er noch keine Antwort darauf hatte, weshalb er das so sicher wusste. Vielleicht war ihm ihr Musikgeschmack einfach zu widersprüchlich.

Wer würde schon Geleehimbeeren und Austern gleichzeitig essen? Und wer würde sowohl auf Pop als auch auf Beethoven stehen?

Jedenfalls niemand, den er kannte.

Doch sobald das verdächtige Mädchen in ihrem Luxusauto den Zoll verlassen hatte und in Richtung Terminal gesaust war, durchkreuzte die unerbittliche Wirklichkeit Stefan Ryds Pläne.

Eva Bredberg kam von der Buskontrolle herübergelaufen, winkte ihn zu sich und erklärte ihm kurz die Lage, sowie er sich in Hörweite befand.

»Du, Lasse und Tommy haben einen der Reisebusse, bei dem wir letzte Woche so viel beschlagnahmt haben. Am besten schaust du dir das selbst an! Ein paar von den Typen stehen wahrscheinlich unter Drogen, wir vermuten, dass die unten in Kristiania gewesen sind und sich zum Weiterverkauf etwas mit nach Hause genommen haben. Die übrigen Fahrgäste haben wir in die Wartehalle gebeten, und die Dealer sollen sich ins Vernehmungszimmer verdrücken, während Adina den Bus beschnüffelt. Aber sie weigern sich, sich verhören zu lassen, also musst du das jetzt in die Hand nehmen.«

»Gut – ich komme!«, erwiderte Stefan und warf widerwillig einen letzten Blick auf die sich entfernenden Rücklichter des Mercedes-Kombi an der Kreuzung zum Ölhafen.

Leider sollte mehr Zeit vergehen, als angebracht war, bis Stefan Gelegenheit hatte, ihr schickes Hinterteil zu überprüfen – das, auf dem BYP 107 zu lesen stand.

Er rückte den Gürtel zurecht, versicherte sich, dass der Schlagstock dort saß, wo er sollte, und hastete zur Kontrollplattform. Auch wenn er nicht vorhatte, von dieser Dienstwaffe Gebrauch zu machen, war jeder Kampf schon halb gewonnen, wenn man von Anfang an einen einsatzbereiten Eindruck machte. Das nahm allerdings relativ viel Zeit in Anspruch. Die Beamten waren jedoch in jedem Fall dazu gezwungen, die Routine zu befolgen, besonders jetzt, da ohnehin mit Unannehmlichkeiten zu rechnen war.

Die beiden Verdächtigen, ein junger Mann und eine junge Frau, hatten sich nicht im Mindesten darum bemüht, unauffällig den Zoll zu passieren.

Die beste Methode bestand normalerweise darin, auf alles Ungewöhnliche zu achten. Meist war jedoch nicht eine besondere Art, sich zu kleiden oder ein außergewöhnliches Aussehen verdächtig – dann kämen sie ja zu nichts anderem mehr! Bei diesen gewagten Trends heutzutage.

Es hatte vielmehr ganz allgemein mit der Körpersprache zu tun. Entweder waren die Leute übertrieben freundlich und schmeichelten sich ein, oder sie starrten nervös vor sich hin, oder aber sie taten so teilnahmslos, als wäre ihnen alles komplett egal. Und wer lief schon ohne vernünftigen Grund mit versteinerter Miene umher? Oft verbarg sich hinter der äußerlichen Kälte ein überhitztes Gewissen, das unter vier Augen rasch an die Oberfläche drang.

In diesem Fall ging es allerdings sowohl um Stil als auch um Benehmen. Beide hatten grellrot gefärbte Haare, die in einem Wirrwarr aus leuchtenden, mit Gel frisierten, abstehenden Zapfen den Schädel bedeckten. Stefan Ryd hielt sie zunächst nicht für Menschen, sondern für mutierte Igel, doch die Federn sprachen sie von letzterem Verdacht frei. Sie hatten Federn mit Sicherheitsnadeln an ihren Wangen befestigt. Die Einstiche waren bei dem Mädchen beunruhigend stark gerötet, so dass sie bald einen Arzt würde aufsuchen müssen. Nun würde sich jedoch wohl eher das Untersuchungsgefängnis um sie kümmern.

Der Mann trug übrigens nicht nur eine Sicherheitsnadel, sondern drei. Auch über jeder Augenbraue prangte eine. Mit den schräg herabhängenden Federn sah er wie ein trauriger, aber naseweiser Bernhardiner aus.

Stefan hielt es für eine reine Verschwendung von Energie und Erfindungsgeist, dass manche sich wie völlig durchgeknallte Idioten herausputzten! Wäre es nicht besser, diese Energie würde konstruktiv genutzt?

Er verkniff sich ein höhnisches Lächeln und wurde ganz formell.

»Dürfen wir Sie bitten, uns zu folgen?«, sagte er in neutralem Tonfall und drückte dabei bewusst seinen Brustkorb heraus.

»Wieso das denn?«, jammerte das Mädchen trotzig. »Wir haben dir doch nichts getan, du Spinner!«

Stefan kannte das schon. Er stellte sich taub, das war normalerweise das Beste.

»Kommen Sie bitte einfach mit.«

»Blöder Idiot!«, rief sie ihm nach.

Das erzielte natürlich nicht die gewünschte Wirkung.

Auf dem Weg zum Vernehmungszimmer zankten sie weiter, aber zu Handgreiflichkeiten kam es nicht. Das war zum Glück relativ selten der Fall, auch wenn das Temperament leicht mit einigen durchging, die verhört werden sollten. Das waren meist leicht durchschaubare Ablenkungsmanöver.

»Bilden Sie sich bloß nicht ein, dass ich für eine Leibesvisitation zur Verfügung stehe, nur dass Sie es wissen!«, fauchte das Mädchen wütend wie eine Wildkatze.

»Leibesvisitationen werden ausschließlich nach einem formellen Beschluss vorgenommen«, erklärte Stefan und erntete auf diese Bemerkung nur ein verächtliches Schnauben.

Die junge Frau wurde in das Vernehmungszimmer Nummer drei geführt, während ihr Begleiter mit Nummer fünf vorlieb nehmen musste. Als die Tür hinter ihnen ins Schloss fiel, fehlte ihnen jeglicher gegenseitiger unmoralischer Beistand, und sie waren von jedem Kontakt mit der Außenwelt abgeschnitten.

Das führte normalerweise recht schnell zu entsprechender Wirkung.

Die Zellen wurden durch Kameras überwacht, und das Personal konnte jederzeit überprüfen, ob die Verdächtigen mürbe wurden. Draußen konnten sie hart wie Stahl wirken, aber wenn sie erst einmal auf der spartanischen Plastikpritsche saßen und nur kahle Wände anstarrten und der einzige Zusatzraum in dieser Suite aus einem speziell für verdächtige Personen konstruierten Wasserklosett bestand, dauerte es oft nicht lange, bis sie zu heulen anfingen oder sich erleichterten.

Die übrigen Busreisenden begannen sich von dem plötzlichen Schock zu erholen und beschwerten sich über die Verspätung und die damit verbundenen Unannehmlichkeiten.

Nun musste so schnell wie möglich gearbeitet werden. Während Eva die Verhörzellen am Bildschirm im Auge behielt, um Bericht zu erstatten, sobald etwas von Interesse vorfiel, machten sich ihre Kollegen an die Arbeit, auch wenn es nicht so aussah, denn sie standen nur neben dem Bus und warteten.

So störten sie die gewiefte Zollhündin Adina nicht, die das Businnere nach dem verführerischsten Geruch, den sie kannte, absuchte – dem Geruch von Rauschgift. Der bedeutete Belohnung! Auf den Fund, der mit diesem merkwürdigen Duft zusammenhing, den aufzuspüren sie gelernt hatte, folgten stets Spaß, Leckerbissen und nicht zuletzt Anerkennung.

Wichtiger als alles andere war jedoch die Freude, die sie

ihrem Herrchen bereiten konnte, und die wundervolle Art, auf die er seine Zufriedenheit zeigte. Vielleicht würde sogar eine Runde Frisbee draußen auf der Wiese dabei herausspringen! Und wenn sie richtig erfolgreich war – ein neuer Hundeknochen!

Natürlich schnüffelte sie, dass der Staub nur so um ihre Schnauze wirbelte!

Die bis zum Rand mit Schokolade, Nüssen, dänischen Würsten und Käse gefüllten Tüten ließ sie links liegen. Tüten, die einen gewöhnlichen Hund bedeutend stärker angezogen hätten. Hier ging es um ganz andere Dinge! Und sie witterte tatsächlich ... ja, irgendwo ganz hinten im Bus ...

Lasse war ihr dicht auf den Fersen. Es war wichtig, weder die Sucharbeit zu stören noch sie aus den Augen zu verlieren. Er ließ die Leine gerade so lang, dass sie problemlos ihre Spur verfolgen konnte. Jetzt war ihr Interesse eindeutig. Sie verfolgte eine heiße Spur und verschwand zwischen den Sitzen 48 und 49, ihr Schwanz wedelte aufgeregt hin und her.

Sie sprang auf die Sitze und beugte sich nach vorn, steckte ihre Nase in das Zeitschriftenfach und gab energisch Laut.

»Braver Hund«, rief Lasse, nahm sie an die kurze Leine und kraulte anerkennend ihren Brustkorb, genauso kräftig, wie sie es gern hatte. »Ja, du bist ein guter Hund!«

Er gab seinen Kollegen durch die Fensterscheibe ein Zeichen, woraufhin sie sich ebenfalls in den Bus begaben.

»Es muss hier im Zeitschriftenfach sein«, sagte er und deutete die Richtung an, bevor er mit Adina weitermachte. Er dachte nicht daran, ihr einen einzigen übereifrigen Biss in den lebensgefährlichen Fund zu gewähren.

Sie durchsuchten auch an den umliegenden Plätzen alle Fächer, fanden jedoch nur Bonbonpapier und eine Metrozeitung.

»Nee, hier war nichts zu holen!«, stellte Stefan fest.

»Habt ihr auch die Lehnen der Sitze kontrolliert?«, fragte Lasse.

»Oje«, seufzte Tommy irritiert, »Hauptsache, wir müssen sie nicht demontieren – ich hasse das Herumgeschraube!«

Aber Stefan liebte das!

Er mochte es, Sachen auseinander zu nehmen, sich mögliche Verstecke zu überlegen und wie ein richtiger Schmugglerpläne zu schmieden. Es gab nicht viel, das er im Laufe der Jahre nicht auseinander geschraubt und wieder zusammen gesetzt hatte. Autos, Boote, Benzintanks, Elektro-Ausrüstungen und sogar Kuckucksuhren.

Vor einem einfachen, kleinen Bussitz hatte er wirklich keine Angst. Ihm gefiel die Herausforderung, und in solchen Momenten fühlte er sich beinahe wie ein moderner Sherlock Holmes. Stefan zwängte sich in den engen Abstand zwischen Vorder- und Hintersitz und begann, Schraube um widerspenstige Schraube zu lösen, damit die Platte der Rückenlehne abgenommen werden konnte.

Plötzlich streckte Leffe seinen Kopf durch die Bustür. Er war dafür zuständig, die Wogen zu glätten und alle, die aufgehalten wurden und sich verspäteten, mit einer Erklärung zu versorgen. So viel von dem, was passiert war und weshalb es passiert war, zu erläutern, wie angemessen schien.

»Die werden langsam ungeduldig da drinnen, was soll ich ihnen denn noch sagen?«, erkundigte er sich.

»Sag ihnen, dass wir auf gewisse Funde gestoßen sind – und dass es jetzt nicht besonders ratsam ist, die Untersuchungen zu behindern.«

Das pflegte die Reisenden für eine Weile zu beruhigen.

Auf einmal war die Verspätung nicht mehr so wichtig.

Der Unterschied zwischen Routinekontrolle und Beschlagnahmung brachte die Wartenden im Regelfall zur Besinnung. Die Situation war nun um einiges ernster, so dass sie sich zurückhielten, um selbst nicht unnötig aufzufallen. Dieses Verhalten hing interessanterweise nicht mit ihrer möglichen Schuld oder Unschuld zusammen. Auch die Unschuldigen begannen sich ein bisschen schuldig zu fühlen. Das hätten die beiden Igel-Mohikaner im Vernehmungszimmer bedenken sollen!

Nun gab die Platte nach und die Beamten konnten die Füllung entfernen. Sie blickten in ein Wirrwarr aus dunklen Hohlräumen und Stopfmaterial. Ohne Taschenlampe war es unmöglich, etwas zu erkennen.

»Hat jemand eine Taschenlampe?«

»Die hast du doch selbst«, stellte Tommy fest und klopfte auf Stefans Gürtel.

»Ach ja, verdammt!«

»Aber du wirst wohl aufstehen müssen, um sie abzunehmen.«

Stefan merkte, dass sein Kollege Recht hatte, stützte sich mit den Händen auf dem Sitz ab und versuchte sich hochzustemmen. Dass das nur mäßig gelang, lag nicht nur an dem regelmäßigen Tortenkonsum. Zwischen den Sitzen war schließlich nicht so viel Platz wie in einem Jumbo-Jet, und Stefan musste notgedrungen rückwärts aus dem engen Spalt robben.

Im Stillen war er dankbar, dass Eva Bredberg nicht hier war. Sie hätte sich bei diesem Anblick bestimmt kaputtgelacht.

Im Gang richtete er sich auf und hatte endlich genügend Platz zwischen Gürtel und Wirbelsäule, um nach der handlichen Stablampe zu greifen.

Er konnte gleich wieder zurückkriechen, und dann würde in Kürze ...

Das blauweiße Halogenlicht warf ein gespenstisches Licht in den Hohlraum hinter der abgeschraubten Platte, und Stefan ließ den Lichtkegel auch die Kanten ausleuchten, um keine noch so kleine Ecke zu übersehen. Aber die Ungewissheit wich bald unumstößlicher Sicherheit – dort drinnen war es ebenso leer und unberührt wie in einer vergessenen Gruft.

Die Klopfmethode bot einen letzten, rettenden Strohhalm.

Er klopfte in kurzen Abständen leicht auf sämtliche Flächen des Sitzes, um Hohlräume zu entdecken.

Doch auch das blieb ohne Resultat.

»Hier gibt es auch nichts zu holen«, stellte er schließlich fest und klang ebenso enttäuscht, wie er sich fühlte, »aber warum zum Teufel hat Adina dann Laut gegeben?«

»Tja«, entgegnete Lasse wahrheitsgemäß, »es genügt ja schon, wenn sie ein einziges Gramm Stoff bei sich hatten, als sie in den Bus gestiegen sind und das während der Fahrt konsumiert haben – was weiß denn ich.«

Stefan seufzte mutlos. Die ganze Mühe war also umsonst.

Das Funkgerät knackte und alle fuhren zusammen. Am anderen Ende meldete sich Eva.

»Du, Stefan«, flüsterte sie fast, obwohl sie genau wusste, dass niemand außer ihren Kollegen sie hören konnte. »Du, sie muss mal!«

Wie gesagt, der Chef eines Zollamtes interessierte sich rein beruflich für alles, was sich an seinem Arbeitsplatz abspielte. Das Interesse an den Toilettenbesuchen anderer mag pervers erscheinen, doch hier handelte es sich um einen Sonderfall.

»Okay, ich komme!«

Er drückte Tommy mit einem hastigen »Sorry, die Dame kann es sich nicht länger verkneifen, also musst du das Elend hier wieder zusammenschrauben!« den Schraubenzieher in die Hand, hastete aus dem Bus, umrundete das Fahrzeug und lief Leffe in die Arme.

»Und wie läuft's?«, erkundigte sich dieser, »die Leute wollen bald weiter fahren, und ein paar haben schon versucht, die Abendzeitungen einzuschalten.«

»Okay, sag einfach irgendwas, Hauptsache, du verschaffst uns noch ein bisschen Zeit – das Mädel war gerade auf dem Lokus!«

Er hatte keine Zeit für ausführlichere Erklärungen, doch die waren gar nicht notwendig.

»Gut, ich denke mir was aus«, versprach Leffe.

Stefan eilte in den Überwachungsraum und konnte noch rechtzeitig durch die rauchfarbene Observationsscheibe sehen, wie die aufgebrachte kleine Punk-Braut in der Toilette verzweifelt nach einem Spülknopf suchte.

»Okay«, entschied er, »wir gehen rein!«

Mit einer flinken Handbewegung wurde die Tür des dritten Vernehmungszimmers aufgeschlossen. Die Beamten stürmten in den Raum, als das Mädchen gerade aus der Toilette trat. Sowie sie die Beamten erblickte, warf sie die Tür hinter sich zu, merkte aber zu spät, dass das Schloss fehlte.

Für Stefan war es ein leichtes Spiel, die Tür aufzudrücken, seiner gesetzlich vorgeschriebenen Pflicht nachzukommen und die Schüssel zu inspizieren.

»Sie Perverser, Sie ...!«, beschimpfte das Mädchen ihn, doch das nützte wenig. Mitten in ihrer Wut begriff sie, dass die Sache gelaufen war. Aber sie gab noch nicht auf. Sie gedachte ihren Unmut den Repräsentanten der Zollbehörde gegenüber zu äußern. Es ging um menschliche Rechte.

»Man kann ja gar nicht spülen!«, schrie sie ihnen direkt ins Gesicht.

»Doch«, schmunzelte Eva und nahm das schwere Schlüsselbund in die Hand, das sicher an ihrer Uniformjacke befestigt war, »wenn man den Schlüssel zu dem Schrank hat, in dem der Spülmechanismus untergebracht ist, funktioniert das einwandfrei!«

Es wurde ein lächerlicher Fäkalienzuschlag von schäbigen 150 Kronen gezahlt, wenn man aus dienstlichen Gründen gezwungen war, mit den Exkrementen anderer zu hantieren, doch daran lag es kaum, dass Stefan der ihm vorgeschriebenen Aufgabe nachkam. Eher war es das Bedürfnis zu zeigen, dass der Spürsinn einer kompletten Gruppe erfahrener Zollbeamten nicht falsch gelegen hatte.

In der Toilettenschüssel lag ja der Beweis.

Stefan streifte sich ein paar Latexhandschuhe Größe Large über und fischte ein wurstförmiges, blutiges, mit Exkrementen verschmutztes Paket, bestehend aus doppelten Big-Ben-Kondomen aus dem Wasser.

Sie hatte wirklich Glück, diese verrückte Wildkatze!

Das Paket war so groß, dass es sogar die Blutgefäße im Enddarm beschädigt hatte – ebenso gut hätte es platzen und seinen tödlichen Inhalt direkt in ihren Kreislauf leeren können. Innerhalb weniger Minuten wäre sie eines schnellen und sicheren Todes gestorben.

Im Stillen fragte sich Stefan, was Menschen zu solchen Wahnsinnstaten trieb.

Eva schlug die Tür hinter dem wütenden, aber weitaus kleinlauteren Mädchen zu und warf sicherheitshalber noch einen Blick auf den Burschen. Der würde schon bald eine ganze Menge darüber erzählen, wie es so weit gekommen war, denn er hockte dort drinnen und heulte vor Selbstmitleid wie ein Schlosshund.

Den Inhalt der Kondome musste Stefan zum Glück nicht selbst analysieren. Seine letzte Tat bestand darin, die unangenehme Ware schnellstmöglich den Labortechnikern zu übergeben.

Erleichtert legte er die besudelte Gummiverpackung in eine hermetisch verschlossene Plastiktüte, warf die Einweghandschuhe fort und wusch sich sorgfältig mit antiseptischer Seife die Hände.

Piepen – ha!

Er bezweifelte, dass der knauserige Arbeitgeber diesen Teil der Arbeit für das Zwanzigfache ausgeführt hätte!

Im Büro füllte er noch rasch das Formular für die Warenbezeichnung aus, das an dem Paket befestigt werden musste. Nun musste alles, einschließlich der beiden zahm gewordenen jungen Punker, der Polizeipatrouille übergeben werden, die bereits unterwegs war, um die beiden in die Untersuchungshaft zu überführen.

Endlich konnte dem Busfahrer grünes Licht gegeben werden, damit er mit den unschuldigen Mitreisenden weiterfahren konnte. Einige murmelten etwas von Machtmissbrauch, unverschämtem Benehmen und rücksichtsloser Hinderung.

Andere sahen es hingegen als eine wichtige Aufgabe an, dafür Sorge zu tragen, dass die harten Drogen nicht ungehindert ins Land strömen und an ihre eigenen Kinder verkauft werden konnten.

Es wäre wünschenswert, wenn die Bevölkerung sich in diesen wichtigen Fragen einig sein könnte, aber die Dinge lagen nun mal so, wie sie lagen. Manche fühlten sich verantwortlich, andere nicht.

Stefan zuckte mit den Schultern und kehrte in sein Büro zurück. Er würde einen Bericht verfassen, damit er den Fall zu den Akten legen konnte. Doch als er in seiner Brusttasche nach einem Stift suchte, fiel ihm der kleine Zettel wieder in die Hände.

Der mit dem amtlichen Kennzeichen BYP 107.

Er öffnete das Kennzeichenregister im Computer und gab die Autonummer ein. Noch bevor das Ergebnis auf dem Bildschirm erschien, spürte er, dass er besser nicht nachgeschaut hätte.

Das Auto war nicht gestohlen und wurde auch nicht gesucht.

Es war nur nicht auf sie zugelassen.

Stattdessen war es auf einen Kerl angemeldet, einen gewissen Toni Tong. Er war wohnhaft in Helsingborg, Jahrgang '69 und passte somit altersmäßig viel besser zu ihr. Darüber hinaus verdiente er offenbar jede Menge Kohle, wenn seine Freundin mit einem solchen Wagen herumkutschieren konnte.

Sie war also schon vergeben! Das hätte er sich gleich denken können … eine Braut wie sie …

Shit happens – aber warum musste alles an ein und demselben Tag passieren?

Plötzlich kam ihm die Idee, dass es nicht minder interessant sein könnte, diesen Toni Tong zu überprüfen, als würde er auf diese Weise mehr über die Braut selbst erfahren. Wenn sie ihm schon etwas verdächtig vorkam und Tongs Auto fuhr, dann …

Er griff nach dem Telefonhörer und wählte Joakims Durchwahl bei der Polizei. Die beiden hatten sich bei einem Fall, in dem es um Misshandlung gegangen war, kennen gelernt. Ein Verdächtiger hatte die Besinnung verloren und eine Zollbeamtin in die Wange gebissen. Das klang völlig unglaubwürdig, war aber leider wahr.

»Gårdeman«, meldete sich eine tiefe Stimme, die sich weitaus resoluter anhörte, als ihrem Besitzer zu Mute war.

Ulf Gårdeman saß nämlich zufällig gerade in Joakims Büro, während Joakim unten ein paar Unterlagen kopierte und sich leicht schuldbewusst erkundigte, ob jemand wusste, was Runsten zugestoßen war.

Das ganze Polizeipräsidium war niedergeschlagen, doch eigentlich konnte man nicht viel tun. Das Krankenhaus würde sich zu gegebener Zeit melden, aber die Kollegen schauten lieber bei den anderen im Büro vorbei, um sich über das, was passiert war, auszutauschen und sich gegenseitig Mut zuzusprechen.

Stefan hatte keine Ahnung, wer dieser Gårdeman war, und stellte sich erst einmal vor.

»Hallo, hier spricht Stefan Ryd unten vom Zoll. Eigentlich wollte ich mit Joakim Hill sprechen, ist der da?«

»Ja, einen Augenblick bitte.«

Stefan wartete.

Sah die nächste Fähre einlaufen und Tommy und Lasse einen Pick-up unter die Lupe nehmen.

Dann raschelte es endlich im Hörer.

»Ja, Hill?«

»Grüß dich, Stefan Ryd vom Zoll hier.«

»Hallo.«

Wenn Hills Büro höher gelegen wäre und mehr nach Westen Richtung Öresund gezeigt hätte so wie Harry Runstens, dann hätten sie sich zuwinken können. Stattdessen musste Hill mit der Aussicht gen Osten vorlieb nehmen – auf das Parkhaus von Södercity genau gegenüber.

»Du, ich hab hier bei einem Typen so meine Bedenken ...«

Stefan schilderte Joakim Hill, der aufmerksam zuhörte, die Situation.

»Selbstverständlich«, antwortete er, »ich kann auf Anhieb bestätigen, dass wir den Burschen kennen. Wir hatten ihn ein paar Mal zum Verhör geladen, konnten ihm aber nie etwas nachweisen. Aber ich sehe nach, was wir dahaben, und rufe dich so bald wie möglich zurück.«

»Großartig. Bis dann!«

Hill legte gedankenverloren den Hörer auf die Gabel, starrte auf den Parkplatz, wo eine Frau in einem blauen Mazda gerade etwas zu unachtsam um eine Ecke bog und einen grellen Lackstreifen an einem Pfeiler hinterließ.

Das war bei weitem nicht die einzige Farbe, die sich auf dem Pfeiler ausmachen ließ. Zahllose bunte Farbtöne hatten sich auf ebensolche Weise dort festgesetzt und dienten den aufmerksamen Fahrern als Warnung. Diese Dame allerdings war offenbar nicht sehr aufmerksam.

Die Polizei brauchte nicht einzugreifen, und Hill nahm von dem Vorfall ohnehin kaum Notiz.

»Toni Tong«, murmelte er vor sich hin.

Diesen Namen hatte er mit Sicherheit schon mal gehört.

Später studierte Joakim Hill eingehend die Akte über Toni Tong, gemeldet unter dem Adoptivnamen Toni Anders Abrahamsson. Früher hatte er in Nygårda gewohnt, hatte aber inzwischen in Norra Hamnen, Helsingborg, seinen Wohnsitz. Eine Gegend, in der man nur wohnte, wenn man über horrende Geldsummen verfügte.

Dank der modernen Auflösungstechnik spiegelte das Foto aus dem ASR-Archiv die deformierte Seele wider, die sich hinter den orientalisch dunklen Augen des jungen Mannes verbarg. In Tongs Blick lag etwas derart unnatürlich Kaltes und Berechnendes, dass einem übel davon wurde.

Den Aufzeichnungen zufolge war er zu mehreren Fällen

von schwerer Körperverletzung, einigen grausamen, plötzlichen Todesfällen sowie unzähligen Vorfällen versuchter Drohung vernommen worden. Mehrere Anzeigen wegen gesetzeswidriger Drohung wurden mangels Beweisen für gegenstandslos erklärt. Er war im Zusammenhang mit den Garotte-Morden verhört worden, jedoch ohne Resultat.

Nicht einmal Waffenbesitz konnte ihm nachgewiesen werden, womit Typen seines Kalibers sonst gerne prahlten. Und die Knöllchen, die allein schon einen wälzerdicken Roman hätten füllen können, hatte er stets pünktlich wie ein Schulbub bezahlt. Als wollte er demonstrieren, dass ihn diese finanzielle Belastung nicht für fünf Cent interessierte.

Es war also nicht abwegig, dass auch der Zoll diesen Typen genauer unter die Lupe nahm, und offensichtlich auch sein Mädchen. Joakim legte den Bericht sofort für Stefan Ryd ins Fax.

Er sah zu, wie das Faxgerät das Bild von Toni Tong Zentimeter für Zentimeter auffraß, schließlich ganz schluckte und wieder auf den Boden spie wie sonst auch. So sollte es dem Burschen eines schönen Tages ruhig selbst einmal ergehen, dachte Joakim und bückte sich nach dem Blatt.

Hill notierte sich gedanklich, dass dieser Toni Tong vielleicht etwas genauer ins Visier genommen werden sollte. Aber durch Runstens Erkrankung war das gesamte Haus im Chaos versunken, und der chronische Personalmangel machte es auch nicht einfacher.

Also legte er die Unterlagen auf den stetig wachsenden Stapel »später bearbeiten« und rief in freudiger Erwartung Catharina in Lund an.

Sie konnte das Gespräch augenblicklich nicht entgegennehmen, teilte ihm die Stimme der Mailbox mit, aber seine Nummer würde gespeichert. Das kannte er schon. Sie hatte bestimmt einen Notfall und würde so schnell wie möglich zurückrufen.

Er hoffte, sie würde möglichst bald Zeit haben. Er wollte

nur ihre Stimme hören und sich versichern, dass es neben Typen wie Toni noch andere Menschen auf der Welt gab.

Solche, die man lieben konnte und auf die noch Verlass war.

Harry Runsten fühlte sich nicht im Mindesten krank oder verletzt, als er aufwachte. Er begriff zwar, dass er in einem Krankenhausbett lag, konnte aber überhaupt nicht verstehen, was er da sollte. Ob eine Stunde oder mehrere Tage verstrichen waren, seit er aufgewacht war, wusste er ebenso wenig.

Kein Bein schien gebrochen, keine Schusswunde quälte seinen Körper und kein … aber dann fiel es ihm plötzlich wieder ein! Die Galle hatte wieder gespukt. Doch das war noch lange kein Grund, im Krankenhaus zu landen, wie er fand.

Er hatte offensichtlich geschlafen und fühlte sich dennoch völlig kraftlos. Das machte den alten Kraftprotz schlicht und ergreifend wütend.

Was sollte das hier eigentlich?

Er würde auf jeden Fall aufstehen und der Sache auf den Grund gehen.

Doch zu seiner großen Verwunderung stellte er fest, dass er nicht einmal die Beine aus dem Bett zu schwingen vermochte. Sie lagen einfach da, waren zwar gesund – das spürte er – aber er konnte sie nicht bewegen …

Und was hatte das hier zu bedeuten?

Er verhedderte sich in mehreren Schnüren, die mit Klebeband auf seinem behaarten Brustkorb festgeklebt waren. Ein Wirrwarr aus kleinen, bunten Kabeln, die an einem länglichen Behälter über der Magengegend befestigt waren.

Er lag in einem recht kleinen Zimmer, an dessen Ende ein zweites, ähnliches Bett stand, das allerdings leer war.

»Was zum Henker haben die …?«, murmelte er, entdeckte den Nachtschrank neben seinem Bett und drückte energisch den Alarmknopf.

Im Büro dauerte es nie länger als ein paar Sekunden, bis

Ylva auftauchte, wenn er sie anpiepte. Aber jetzt war er ja nicht dort – oder?

Er versuchte erneut, die Beine über die Bettkante zu schwingen und die Füße aufzusetzen, doch er scheiterte schon auf halbem Wege. Der alte Brummbär hatte seinen Biss verloren, aus dem Kraftpaket war ein schlapper Schwächling geworden, der sich nicht einmal von seinem Krankenbett erheben konnte. Er zitterte vor Anstrengung, sein Gesicht wurde aschfahl, Schweiß stand ihm auf der Stirn, und er sank erschöpft in die klinisch reinen Krankenhauskissen zurück.

Seine zittrige Hand griff wieder nach der Klingel und drückte den Knopf. Er war allerdings nicht der einzige Patient auf der Station. Draußen auf dem Flur klingelte und schwirrte es, Krankenschwestern eilten ununterbrochen mit Medikamenten und Utensilien hin und her. Doch er war offenbar noch nicht an der Reihe, denn niemand kam zu ihm, obwohl er klingelte und klingelte. Also musste er sich mit etwas abfinden, was er überhaupt nicht gewohnt war, nämlich zu warten.

Schließlich schurrte die Zimmertür, und ein Engel in Weiß tauchte unvermittelt an seiner Seite auf. Was immer er für ein himmlisches Wesen erwartet hatte, diese Dame entsprach nicht seinen Vorstellungen. Sie war ein fast rattenbraunhaariges, spitznasiges und klein gewachsenes Exemplar, das absolut nichts übrig hatte für seine Ungeduld, geschweige denn für seinen Rang.

Der Dienstgrad, ja … wo zum Teufel war eigentlich seine Dienstuniform?

»Also, Fräulein«, begann Runsten und versuchte, selbstsicherer zu klingen, als er sich fühlte, »meine Kleider – wo sind die?«

»Darüber brauchen wir uns jetzt keine Sorgen zu machen«, versicherte der rattenbraune Engel und nutzte die Gelegenheit, um dem aufmüpfigen Kerl in dem Bett 34 den Puls zu messen, »die Kleidung hängt sicher verwahrt in Ihrem persönlichen Schrank, Sie brauchen sich keine Gedanken zu machen. Der Doktor kommt nach vier, und Abendessen gibt es um halb sechs.«

Sie machte eine kurze Notiz auf einer Karte, die am Fußende seines Bettes angebracht war. Flüchtig besehen sah es nicht viel anders aus als jedes andere Krankenhausbett auch, aber bei einem akuten Herzanfall konnte es mit einem einfachen Handgriff dreigeteilt werden, um den Patienten zwecks optimaler Behandlungsposition rasch in die Trendenburg-Stellung zu legen.

Die Trendenburg-Stellung wurde gemeinhin mit Wohlbefinden und Gemütlichkeit assoziiert und war am ehesten mit der bequemen Liegeposition in einem komfortablen Fernsehsessel zu vergleichen. Doch hier auf der HIA, der Herz-Intensiv-Abteilung, konnte sie lebenswichtig sein.

Dieser Patient schwebte jedoch nicht länger in Lebensgefahr. Die Werte und Messergebnisse waren eindeutig. Die schwerste Krise war überstanden, auch wenn er zur Beobachtung noch bleiben musste. Jetzt war vor allen Dingen vollkommene Ruhe für die Genesung, die optimale Wirkung der Medikamente, Rehabilitation sowie ein neuer, vernünftigerer Lebensstil angesagt.

Der Einzige, der von alledem noch nichts wusste, war der Patient selbst.

»Ja, aber ... Herrgott! Ich kann hier doch nicht einfach nur so rumliegen«, protestierte er ungeduldig.

»Das müssen Sie wohl akzeptieren«, erklärte sie bestimmt. »Sie hatten einen Infarkt und können sich glücklich schätzen, dass alles so glimpflich abgelaufen ist. Jetzt müssen Sie sich schonen und sich damit anfreunden, dass dies für die nächste Zeit Ihr neues Zuhause ist!«

Die Krankenschwester spielte die Rolle der strengen Mutter glänzend, was ihr offenbar nicht schwer fiel. Aber Harry Runsten verweigerte diese Rollenverteilung.

»Ich verlange, mit jemandem in verantwortlicher Position zu sprechen«, ereiferte er sich.

Sie seufzte tief, nahm sein Glas mit abgestandenem Wasser und ließ ihren Kugelschreiber in die Kitteltasche gleiten.

»Selbstverständlich, die Frau Doktor kommt, sobald sie kann.«

»Sie?«

Runsten gefiel das nun wirklich nicht mehr. Er hatte nichts gegen Frauen – ganz im Gegenteil –, aber er wollte ihnen möglichst nicht in solch einem erbärmlichen, hilflosen Zustand begegnen.

»Ich ... ich habe einen Beruf, den ich ausüben muss«, beharrte er.

»Nicht in Ihrem Zustand«, entgegnete die Krankenschwester.

»Aber ...«

»Ja?«

»Aber Sie müssen mich doch wenigstens verlegen!«

Sie blickte ihn an, als hätte sie einen kompletten Idioten vor sich.

»Und weshalb?«, wollte sie wissen.

»Aber ... aber das ist kein Einbettzimmer«, verdeutlichte der Polizeidirektor mit einem Unterton, der seine wachsende Verzweiflung verriet.

»Nein«, bestätigte die Schwester, faltete umständlich ein paar blaue Baumwolldecken und verstaute sie ordentlich in dem Vorratsschrank neben der Toilette. »Das ist ein Zweibettzimmer ... und?«

»Ich kann einfach kein Zimmer teilen – haben Sie keine Ahnung, wer ich bin?«

»Sie sind Polizeidirektor Harry Runsten«, stellte sie trocken fest.

»Genau der«, triumphierte er und unternahm noch einen tapferen Versuch, seine physische Selbstständigkeit zurückzugewinnen und aus dem Bett zu steigen.

»*Und* Herzinfarktpatient – danke bestens«, sagte sie und drückte ihn resolut in die Kissen zurück. »Wenn Sie urinieren müssen, geht das wunderbar vom Bett aus, denn wir haben Ihnen einen Katheter gelegt.«

»*Katheter!*«

Harry sah ein, dass er besiegt war. Er schloss die Augen. Er war sogar seines männlichen Privilegs beraubt, aus dem Stand treffsicher in die Tiefe der Kloschüssel zu zielen.

Er war vollkommen wehrlos!

In den frisch gestärkten Laken glitt er zwischen Halbschlaf und bitteren Grübeleien hin und her. Wie konnte es überhaupt so weit kommen? War das der Lohn für seine Sünden oder einfach nur Schicksal?

Ein purer Zufall?

In dem Fall wollte er protestieren.

Das war nicht gerecht.

Doch wer hatte behauptet, das Leben sei gerecht? Plötzlich erging er sich in reinen Selbstvorwürfen. War es beispielsweise gerecht, dass er lange Zeit ein verantwortungsloses, erfülltes und selbstgerechtes Verhältnis mit Mette hatte?

Und wenn ja, gerecht wem gegenüber?

Ihrem Mann, ihren Kindern … oder ihrem jeweiligen Polizeidistrikt gegenüber?

Wenn er ehrlich sein sollte, hatte sein Bezirk auf Grund seines zweischneidigen Interesses ziemlich viel einstecken müssen. Mette hatte dieses Doppelleben bedeutend besser hingekriegt. Frauen konnten das meistens besser, denn sie verfügten über diese viel zitierte Simultanfähigkeit. Er vermutete, dass niemand je Grund dazu hatte, an ihrer Professionalität zu zweifeln.

Doch für ihn waren Tagträume von kommenden Nächten mit Mette oftmals bedeutend interessanter gewesen als seine Pflichten. Angenehmer als ein Polizeipräsidium zu leiten, schwierige Entscheidungen zu treffen und zu seinen Mitarbeitern einen guten Draht zu haben. Wenn er hier wieder lebendig rauskommen würde, dann würde er einige Dinge grundlegend ändern. Sein leichtsinniges Verhältnis mit der dänischen

Kollegin musste in festere Bahnen gelenkt werden. In etwas wirklich Seriöses.

Vorausgesetzt natürlich, sie war damit einverstanden. Andernfalls …

Balance, dachte er. Balance und Gleichgewicht. Ist es das, was mir abhanden gekommen ist?

Ja, das Leben ist vielleicht eine ständige Jagd nach dem Gleichgewicht, das der Schöpfer vergessen hat, in unser menschliches Dasein einzubauen … er hat uns mit der Sehnsucht danach ausgestattet … aber nicht mit sehr vielen praktischen Umsetzungsmöglichkeiten …

Runsten ließ sich zwischen den Versuchen, im Beinahe-wach-Zustand sein eigenes Leben zu analysieren, und den seltsamen Assoziationen seiner Träume treiben. Nicht einmal durch die Maßnahmen an unvermittelt eingelieferten Notfallpatienten und das irritierende Klingeln der hilfsbedürftigen Patienten ließ er sich aus der Ruhe bringen. Sollten sie doch ihre Beatmungsmaschinen, Defibrillatoren oder wie sie alle hießen, oder diese elektrischen Herzstimulationsgeräte bekommen …

Allmählich begriff er, dass er wahrscheinlich genau dieselben Geräte gebraucht hatte.

Bevor ihn der Tiefschlaf übermannte, bemerkte er, dass sich in dem Bett neben seinem etwas rührte. Mühsam riss er sich aus seinem unfreiwilligen Dämmerzustand und sah durch halb geöffnete Lider, wie Pfleger und Krankenschwestern einen scheinbar bewusstlosen Mann in das leere Krankenbett hievten.

Sie hantierten mit Sauerstoffmaske und Blutdruckmesser. Auf der Brust des Mannes wurden die gleichen Elektroden angelegt wie bei Runsten selbst, die direkt an einen Monitor in der Herzrhythmusüberwachung angeschlossen waren. Eine tragbare Defibrillatorausrüstung wurde zur Sicherheit einem Wandschrank entnommen, musste jedoch nicht eingesetzt werden.

Nach weiteren Minuten schien sich die Lage immerhin so weit stabilisiert zu haben, dass man sich völlig auf die elektronische Überwachung verlassen konnte. Der Arzt verließ den Raum. Die Schwestern packten die übrigen Geräte und Papiere zusammen und ließen den beiden geschlagenen Kriegern ihre Ruhe.

Harry schielte zu dem anderen Patienten hinüber, konnte in dem Dämmerlicht jedoch nicht viel sehen. Er war sehr blass, abgesehen von den Wangen, die von der ganzen Aufregung rot gefleckt waren. Vielleicht hatte er Fieber, dachte Runsten, denn solche Leiden waren selbstverständlich anstrengend. Er hörte, wie der Mann atmete.

Und auf einmal gefiel es Runsten ganz gut, nicht mehr allein in dem Zimmer zu liegen, denn nun fühlte er sich für den Neuankömmling irgendwie verantwortlich. Er hatte die Aufgabe, über ihn zu wachen und ihm zu helfen.

So, wie es in seiner Rolle als Polizist früher gewesen war, vor langer Zeit, als er zum Schutz der Bürger über Plätze und Straßen patrouilliert war.

9

Jeanettes Spiegelbild reflektierte goldgelb im Schein der Schlafzimmerlampen. Die volle Rundung ihrer Brüste über dem flachen Bauch und der perfekt geformte Hintern versetzten Toni in schmerzhafte Erregung.

Diesmal war sie einen Tag länger unterwegs gewesen, und er wollte und konnte sich nicht länger beherrschen und rief ungeduldig nach ihr.

»Komm … komm jetzt!«, befahl er, schlug die Decke zur Seite und kniete sich auf das schwarz glänzende Laken.

Sie war mit zwei Tequila aus dem Wohnzimmer zurückgekehrt und vor dem Ganzkörperspiegel gegenüber vom Bett stehen geblieben, um ihren Körper zu bewundern.

Nun drehte sie sich um, sah seine pochende Gier und lächelte entzückt. Sie spürte, wie ihr Körper seiner fordernden Lust antwortete, und das Schelmische in ihren Augen verwandelte sich wieder in intensiv lodernde Begierde.

Sie winkelte ein Bein an, stützte es provokant auf die Bettkante und führte mit einer verführerischen Geste ihre Hand zu ihrem entblößten Unterleib. Das Schamhaar hatte die gleiche intensive, rote Farbe wie ihr Kopfhaar, und er wusste, dass sie es sich in demselben Salon färben ließ.

Sie benetzte mit ihrer feuchten Zungenspitze ihre plötzlich trocken gewordenen Lippen, wohl wissend, dass ihn das an den Rand des Wahnsinns trieb. Als sie mit lasziv schwingenden Hüften zu ihm in das Bett kroch, stöhnte er hilflos auf.

Sie räkelte sich direkt vor ihm mitten auf dem Bett, und er seufzte tief, als ihre feuchten Lippen immer näher kamen.

Die Fähren folgten währenddessen unverdrossen ihren Routen, die Tanker blieben vor Anker liegen, und der Leuchtturm vor Schloss Kronborg hörte nicht auf zu blinken, nur weil sie sich bei offenem Vorhang liebten.

Das taten sie nämlich meistens.

Sie ließen die Gardinen vor den großen Panoramafenstern, die auf den glitzernden Sund und das dahinter liegende Dänemark zeigten, zurückgezogen.

Und sie bevorzugten es, sich bei brennendem Licht ihrem hemmungslosen sexuellen Spiel hinzugeben, so dass jeder, der wollte, freie Sicht genoss. Das war natürlich besonders aufregend, dass dort draußen *vielleicht* jemand stand – möglicherweise ein Peeping Tom, der heimlich durch ein Teleskop von der dänischen Seite oder von einem der Boote zusah.

Natürlich war das pervers, aber er konnte sich das schließlich leisten – in seiner … Position!

Dann konnte er die orale Stimulation nicht länger aushalten. Er drehte sie unsanft um, drang in sie ein, umklammerte mit festem Griff ihre Hüften und stieß sein Glied tief in sie hinein. Jetzt kniete sie über ihm und stöhnte auf, während sie ihn mit immer schneller werdendem Kreisen ihrer Hüften anfeuerte.

Er hörte, wie sie wie ein hilfloses Tier ein paar Sekunden lang wimmerte, bevor er selbst den qualvoll schönen Höhepunkt erreichte.

Er sackte zusammen und lag mit seinem ganzen Gewicht auf ihr. Als er wieder zu Kräften kam, rollte er zur Seite und griff nach der Decke, die in einem sündhaft teuren Bezug aus schwarzer Seide mit Tutanchamuns reglosem Gesicht in reliefartigem Golddruck steckte, und breitete sie aus.

Jeanette lag mit geschlossenen Augen und halb geöffnetem Mund da. Er streichelte sie zwischen den Schenkeln und fühlte warm-feuchtes Sperma an seinen Fingern.

»Ging heute alles glatt?«, wollte er plötzlich wissen. »Keine Probleme beim Zoll oder so was?«

»Mmm«, murmelte sie und drehte sich auf den Rücken, »... nein.«

»Was denn nun?«, bohrte er, »... ja oder nein?«

»Nein«, antwortete sie mit Nachdruck, setzte sich auf und stützte ihr Kinn in die Hand.

»Wieso – sollte es?«

»Ich dachte nur«, gab er zurück und reckte sich nach einer halb vollen Zigarettenschachtel, die auf dem Nachttisch lag.

Er brauchte ihr erst gar keine anzubieten, denn er wusste, dass sie lieber Marihuana und danach einen Drink wollte. Das gab ihr wieder Kraft und dämpfte gleichzeitig das rasend schnelle Tempo, in das sie so leicht verfiel. Er selbst gab meist einer gewöhnlichen Zigarette den Vorzug. Diese Stimulanz war ausreichend, und er wollte lieber auf Draht sein – in seinem Beruf wahrhaftig eine Lebensnotwendigkeit.

Vielleicht hatte sie das verständliche Bedürfnis, etwas zur Ruhe zu kommen, dachte er, während sie sich das Gras anzündete. Schließlich hatte sie einen anstrengenden Tag gehabt.

»Und außerdem«, fuhr sie kichernd fort, als sie die Wirkung des Marihuanas in ihrem Schädel spürte, »würden die sowieso nichts kapieren, selbst wenn man vor ihrer Nase damit herumwedeln würde!«

Er mochte ihre provokante Nonchalance nicht mehr. Sie hatte zwar durchaus ihren Reiz, aber mittlerweile war es einfach zu gefährlich.

Zwar hatte ihm genau das an ihr gefallen; ihre Art und natürlich ihr außerordentlich appetitlicher Körper. Doch in letzter Zeit hatte ihre Unberechenbarkeit ihn in höchstem Maße irritiert. Sie führte zu diesem unnötigen Wagemut, und das Risiko war das Vergnügen am Ende nicht wert.

Jeanette merkte von seiner stummen Missbilligung nichts. Sie hatte eine anstrengende Fahrt hinter sich und die Erholung verdient.

Schließlich war sie nonstop von Luxemburg nach Utrecht gefahren, hatte die Autobahn Richtung Helsingør genommen und war mit einer Scandline-Fähre übergesetzt, die wenigstens dieses eine Mal pünktlich gewesen war.

Von Andrés Unzuverlässigkeit abgesehen, hatte alles perfekt geklappt. Obwohl sie sich gewundert hatte, als er sie angehalten hatte, der Typ beim Zoll. Hatte er sie nicht etwas zu misstrauisch gemustert? Oder hatte er sie nur verunsichern wollen?

Sie hatte sich schon darauf eingestellt, in einen der Räume geführt … und vielleicht gefilzt zu werden. Das hätte ihr sogar gefallen, und den Gedanken an diese dünnen, glänzenden Gummihandschuhe fand sie richtig aufregend. Es hätte ihr auch gefallen, die Beamten anschließend mit Schimpfwörtern zu bombardieren, nachdem sie nichts gefunden hätten.

Denn selbst wenn sie das fanden, was sie bei sich hatte … würden sie nie im Leben ahnen …!

Eine CD ist ja keine Droge. Eine CD enthält keine 10 000 Liter 96%igen Alkohol aus Polen. Eine CD ist etwas vollkommen … Unschuldiges.

Sie fragte sich im Stillen, ob Toni wohl ahnte, dass *sie* von Anfang an begriffen hatte. Dass sie bereits auf der ersten Reise, beim ersten Besuch der gigantischen First National Bank in Luxemburg wusste, wie der Hase lief.

Als sie auf hohen Absätzen das polierte Steinportal durchschritten, einen völlig schmutzfreien Marmorboden überquert, ihr Spiegelbild in allen blitzblanken Spiegeln und Fensterscheiben betrachtet und die schweren, kostbaren Kristallprismen an der Decke gemustert hatte – da war ihr der wahre Umfang des Auftrages auf einmal klar geworden.

Hier ging es nicht um Geschäfte mit Kleingeld.

Hier waren nicht einmal sechs Nullen ausreichend. Eher sieben oder acht.

Sie hatte sofort beschlossen, ihrer eigenen Strategie zu folgen, was ihr auch tadellos gelungen war.

Sie hatte sich für die dumme Gans entschieden. Für die hohle Matratze, der man selbst den Code von Fort Knox zeigen kann, ohne dabei auch nur das geringste Risiko einzugehen.

Sie hatte sich mit Schlafzimmerblick, nymphomanischem Gang und einer verwirrten, unterbelichteten Sprache ausgestattet, und es hatte – wie immer – einwandfrei funktioniert. Die Typen dachten ja, dass Bräute dumm waren, und genau darin lag ihre Schwäche.

Aber wer war hier wirklich dumm?

Der Zweigstellenleiter, nach dem sie sich erkundigen sollte, hatte ganz unbedarft drauflosgeplaudert. Das heißt hinterher – zwischen den Laken in dem schäbigen Motelzimmer vor der Stadt.

Sogar den Code hatte er ihr verraten. Hatte ihr in blindem Eifer das komplette Codesystem »Rimskij« samt seiner genauen Funktion anvertraut. Mit großen Augen hatte sie dankbar jede Silbe aufgesogen, die über seine Lippen geglitten war, um seiner Gelegenheits-Affäre zu imponieren.

Toni – und die ganze Mischpoke – sollte sich davor hüten, sie für dumm zu verkaufen. Sie brauchten nicht zu glauben, dass sie sich mit ihrem Job zufrieden gab. Sie war schon immer eine Meisterin darin gewesen, das Beste aus jeder Situation für sich herauszuholen.

Sie gehörte nicht zu denen, die sich einfach ausnutzen ließen!

Die wahre Ausbeuterin war sie selbst. Die beste!

Außerdem hatte sie Freunde, von deren Existenz Toni nicht die geringste Ahnung hatte. Freunde mit einer brauchbaren Ausrüstung. André war wie gesagt nur einer von ihnen, und das Beste war, dass alle mit Naturalien bezahlt werden wollten – die sicherste Form der Bezahlung, die sie kannte. Das Diebstahlrisiko der CD-Scheiben war verschwindend gering, und bei der Steuer musste man auch nichts angeben.

Jetzt befanden sich also Raubkopien von Mahler, Händel,

Mozart und Bach in ihrem Besitz. Sämtlich sicher verwahrt. Besonders ärgerlich war allerdings, dass sie von dem verdammten Beethoven keine Kopie bekommen hatte!

André, der Schuft, war ja nicht zu Hause gewesen!

Was war nur los mit ihm?

Schließlich hatten sie eine Abmachung, und jetzt war er einfach nicht da gewesen! Dass sie sich über eine Stunde lang in der Gegend aufgehalten und ununterbrochen versucht hatte, ihn über sein Mobiltelefon zu erreichen, war egal. Aber er hatte sich nicht gemeldet, so dass sie schließlich hatte weiterfahren müssen. Ihre minimalen Abweichungen vom Plan durften nicht entdeckt werden. Eine versäumte Fähre könnte ihr Vorhaben, zur erfolgreichen Eigenunternehmerin aufzusteigen, gründlich vermasseln.

Toni behielt sie wie ein pedantischer Oberlehrer ununterbrochen im Auge.

Sie war diese ganzen Typen mit ihrem Macho-Gehabe endgültig leid! Und sie wollte auch nicht länger wie eine Dienstmagd quer durch halb Europa hetzen. Doch schon bald würde sie tun und lassen können, was sie wollte. Wenn die Scheiben für das kleine Dreckschwein so viel wert waren, mussten die Raubkopien mindestens 60 Prozent ihres Gesamtwertes hergeben. Nicht umsonst war sie eine professionelle Geschäftsfrau und würde schon einen anständigen Käufer finden.

Die Sache hatte nur einen einzigen kleinen Haken!

Vermutlich konnte sie nicht so lange warten, bis sich die Lage wieder beruhigt hatte. Denn wenn sie richtig gehört hatte, handelte es sich bei den Informationen um allerfrischeste Ware.

Deshalb hatte sie keine Sekunde gezögert, als es keinen Zweifel mehr daran gab, dass André ausgefallen war – für heute oder vielleicht für immer? Was wusste sie schon?

Jetzt war es eigentlich auch gleichgültig, wie sie sich den Beethoven besorgte. Hauptsache, sie hatte etwas abliefern können, denn sie hatte nicht vor, so lange zu warten, bis der

Fehler entdeckt wurde. Um die Wahrheit zu sagen, wollte sie sich, sowie sie in ihre Kleider geschlüpft war, aus dem Staub machen.

Genau wie vereinbart hatte sie den Benz auf einem zentral gelegenen Parkplatz abgestellt und war mit einem Taxi nach Åstorp hinausgefahren. Toni war wie immer zur Stelle gewesen, um sie dort in dem Touristen-Café zu treffen. Er hatte sich wie ein Geheimagent an der Wand entlanggedrückt, war in die Herrentoilette geschlüpft und hatte von dort mit seinem Röntgenblick das Lokal in Augenschein genommen, bevor er endlich an ihren Tisch gekommen war.

Sie war dieses ganzen Theaters überdrüssig. Zuerst war alles noch ganz spannend gewesen – den Zoll zu passieren, das Spielchen, dass alles so unglaublich sicher und perfekt sein musste, und natürlich die unerträgliche Aufregung, der anschließend Luft gemacht werden musste.

Dann hatten sie ihre gewöhnliche Runde zu diesem kleinen, schrägen Typen Niki gedreht, der nicht einmal genug Grips hatte, eine hübsche Blondine zu würdigen, wenn er sie sah!

Sie regte sich ziemlich über ihn auf.

Ihr passte es einfach nicht, dass dieser dummdreiste Halbzwerg hier das Sagen hatte!

Niki hatte jedenfalls seine CD bekommen! Es war zwar nicht die CD, die er erwartet hatte, aber bevor er das merkte, würde sie bereits mit der richtigen außer Landes sein. Auch wenn das mit einem großen Risiko verbunden war, war sie überhaupt nicht nervös. Sie war auch früher schon gegen den Strom geschwommen und war trotzdem immer sicher am Ziel angelangt.

Sie hatte ihm einfach die CD gegeben, die sie in Holland gekauft hatte, und das Original behalten. Sicherheitshalber hatte sie Letztere in einer anderen Hülle verstaut, wo sie niemand finden würde. Ein Hit-Album mit unter anderen Tom Jones, dem sexysten Sechzigjährigen, der zurzeit hip war.

Niki, dieser Idiot, hatte unter seiner schiefen Nase dumm

gegrinst und etwas davon gefaselt, dass nichts über klassische Musik ging!

So ein Esel!

Er hielt sie für blöd, aber ihr war nicht entgangen, wie das Ekel über die wertlose Plastikscheibe regelrecht hergefallen war.

Insgeheim hoffte sie, dass er sich vor Wut in den Allerwertesten beißen würde, wenn er entdeckte, dass außer lieblicher Streichmusik nichts aus der CD rauszuholen war.

Und wie durch ein Wunder hatte sich die Situation zu ihren Gunsten entwickelt, denn es stellte sich heraus, dass Niki auf eine Party eingeladen war.

Bis er Zeit finden würde, die CD zu prüfen, wäre sie längst über alle Berge – und diese beiden Idioten würden ganz schön dumm aus der Wäsche gucken!

Obwohl sie sich ihres Triumphes sicher war, ärgerte sie sich gründlich über die blöden Kerle …

Verflixt und zugenäht, das hatte gerade noch gefehlt, dass ihr diese Grübelei auf die Blase schlug. Tatsächlich war sie gezwungen, sich aus dem Bett zu schleichen.

Sie räkelte sich exhibitionistisch vor dem großen Spiegel. Dachte, dass er sie vermissen würde, wenn sie sich absetzte. Das wäre schneller der Fall, als er ahnen konnte. Sie streckte selbstbewusst ihre langen, wohl proportionierten Beine und drückte ihre prallen, spitzen Brüste nach vorn.

Es wird nicht lange dauern, und ich finde eine weitaus bessere Partie, dachte sie, bevor sie ins Badezimmer verschwand. Die stehen doch Schlange, die Dummköpfe.

Toni hatte im Bett vor sich hin gedöst.

Nun reckte er sich schläfrig nach dem tragbaren CD-Player, der vor dem Bett auf dem Fußboden lag. Eigentlich gehörte er ihm, aber meistens benutzte sie ihn. Allerdings ging sie mit den Sachen stets unachtsam um, ganz gleich, ob sie ihr persönlich gehörten oder jemand anderem. Das regte Toni auf, denn er fand, dass man auf seinen Besitz Acht geben sollte.

Aus ihrer Handtasche lugte eine CD-Hülle hervor. *Greatest Hits 4* oder so ähnlich.

Ohne einen Blick darauf zu werfen, entnahm er die CD und legte sie in das Gerät. Gedankenverloren setzte er sich die weichen Kopfhörer auf und drückte die Play-Taste.

Dem Song-Verzeichnis zufolge hätte jetzt Tom Jones »Sexbomb« gesungen – ein Comeback, das nicht von Pappe war. Richtig raffiniert, dafür, dass es von einem Greis stammte …

Zuerst hörte er keinen einzigen Mucks!

Aber dann …

Ein Thema für rasche, energische Streicher. Beethoven – unverkennbar. Beethovens Klavierkonzert Nummer zwei, Opus 19.

Jegliche erotische Wärme und Lust gefroren in Tonis Adern zu Eis.

Er konnte die Mitteilung nicht decodieren, wusste aber, dass sie sich hinter der Musik befand und man einen Computer samt einem Code-Schlüssel benötigte, um den Code zu knacken. Für einen Unwissenden handelte es sich lediglich um eine weitere Aufnahme eines Musikstücks, sicherlich äußerst professionell gespielt, aber dennoch … nur Musik.

Toni wusste allerdings, wer über den Code verfügte und wem diese CD demnach rechtmäßig gehörte.

Obwohl – er war ja selbst dabei gewesen, als sie Niki eine identische Scheibe übergeben hatte. Was hatte das also anderes zu bedeuten – als dass es sich bei dieser hier um eine Kopie handelte?

Auf einmal wurde ihm klar, weshalb sie manchmal die Fähre verpasst hatte. Sie hatte von Verspätungen bei den Zügen und bei Scandlines gesprochen, und er hatte das nicht einmal dann überprüft, als er Verdacht zu schöpfen begann.

Wenn sie diese CD kopiert hatte, dann vermutlich auch die übrigen. Doch wozu, außer sie hatte vor, schnellstmöglich zu verschwinden und die Scheiben an den Meistbietenden zu verkloppen?

In seiner Verwirrung zog Toni an seiner Zigarette, die jedoch nur noch widerlich schmeckte, unter Aufbietung aller Kräfte musste er einen Hustenanfall unterdrücken.

Hatte ihm nicht schon Böses geschwant? Und trotzdem hatte er nichts unternommen!

Wie hatte er nur so dumm sein können!

Plötzlich hörte er durch das Schaumgummi hindurch die Toilettenspülung rauschen. Er riss die Kopfhörer von den Ohren und legte den CD-Spieler leise auf den Boden. Es gelang ihm allerdings nicht mehr, die CD zurückzustecken.

Jetzt hörte er auch, wie sie sich die Hände wusch, er ließ sich in die Kissen zurücksinken.

Toni war unsicher, wie er mit dieser Sache umgehen sollte.

Jeanette öffnete die Tür, schlenderte zum Bett und griff nach den Drinks, die auf dem Spiegeltisch standen. Sie kippte die Hälfte ihres Tequilas hinunter, stellte das Glas auf den Nachttisch und reichte ihm das zweite. Dann schlüpfte sie wieder unter die Tutanchamun-Decke und lächelte zufrieden.

Keiner sagte etwas.

Sie wandte sich zum Nachttisch und leerte den Rest ihres Drinks.

Die Decke glitt zur Seite.

Er warf einen Blick auf das tätowierte Spinnenweibchen und auf ihre Schenkel.

Rasch drückte er die zur Hälfte gerauchte Marlboro in dem Kristallaschenbecher aus und reckte sich nach seinem Glas, als sie sich von ihm abwandte, so, als wollte sie Zeit schinden.

»Und was willst du jetzt machen?«, wechselte er neutral das Thema. »Was essen gehen, oder?«

Sie lachte auf.

»Oder ...?«

Er lächelte affektiert, doch sein Blick blieb finster.

»Ja ... oder.«

»Oder!«, entschied sie, und ihre Augen glänzten dunkel und lüstern.

»Okay«, sagte er und rollte auf die Seite. Er presste seinen Mund hart auf ihren und zwängte seine Zunge zwischen ihre Zähne.

Jeanette spürte den Druck und die Entschlossenheit und gab unwillkürlich nach. Er machte seinen Mund weiter auf, und seine Zähne drückten fast schmerzhaft gegen ihre, als wollte er ihr ernsthaft wehtun.

Dieser Gedanke gefiel ihr, und sie umfasste fest sein noch immer feuchtes Glied.

»Aber ...«, entschuldigte er sich abrupt, »ich muss vorher noch mal.«

Er drehte sich um, grinste über ihre Enttäuschung und ging ins Badezimmer.

»Bleib du, wo du bist«, mahnte er, bevor er die Tür schloss, »und tu nichts ... ohne mich!«

Toni betrachtete sich mit starrem Blick im Spiegel und ließ seine Finger vom glatt rasierten Kinn aufwärts über seine Wangen und weiter über die hohen Wangenknochen und die Lachfältchen der schräg stehenden Augen gleiten.

Aber seine Augen lachten nicht.

Sie wusste also Bescheid! Sie war so eingenommen gewesen von ihrer schlauen Idee, dass sie ihre Finger nicht von der Ware hatte lassen können.

Jetzt wusste sie weitaus mehr, als ihm lieb war, mehr, als sie mit ihrem knackigen Hintern, ihrem hungrigen Mund oder ihren schlanken, sonnengebräunten Beinen entschuldigen konnte.

Am liebsten würde er ins Schlafzimmer zurückgehen und sie derart vermöbeln, dass ihr Hören und Sehen verging. Eine Tracht Prügel, nach der sie kapieren würde, dass sie nur ein Kurier war und sonst absolut nichts!

Aber er biss die Zähne zusammen und zwang sich zu einer Beherrschung, die ihm eigentlich fremd war.

Diese verdammte Hure!

Sie war gut bezahlt worden für ihren Job, hatte versichert,

alle Bedingungen verstanden zu haben, und hoch und heilig versprochen, die Finger von dem Inhalt der Sendungen zu lassen.

Indem sie diese Abmachung brach, hatte sie auch seine Integrität verspielt. Letztendlich war er für dieses Lieblingsprojekt von gigantischem finanziellem Kaliber Niki gegenüber verantwortlich.

Toni konnte sich lebhaft vorstellen, wie alles vonstatten gegangen sein musste. Vermutlich hatte sie sich von Händel bis Beethoven Kopien brennen lassen. Mit Etikett und allem Drum und Dran. Das Mädel musste wirklich eine komplette Idiotin sein. Die Information auf den Scheiben war ja völlig wertlos, wenn man nicht – so wie Niki – über den dazugehörigen Code verfügte.

Obwohl ... aber so schlau war sie dann ja wohl doch nicht ...

Wieso sollte sie so einen Blödsinn machen und ihn so gründlich hintergehen?

Ihnen ging es schließlich ganz gut, oder etwa nicht? Bisher waren sie ein perfekt eingespieltes Team, im Job wie im Bett! Also, was zum Henker hatte sie mit der Ware zu schaffen?

Eine gehörige Tracht Prügel sollte er dieser Schlampe verpassen – eine, nach der sie ein paar Wochen lang nicht mehr laufen könnte! Aber er konnte nicht riskieren, dass die Nachbarn die Polizei riefen, um einen Streit zu schlichten.

Ihm blieb nichts anderes übrig, als cool zu bleiben.

Er drehte den Wasserhahn des Waschbeckens auf und tat, als würde er sich die Hände waschen. Auf diese Weise gewann er noch ein paar wertvolle Sekunden, während er die Vor- und Nachteile seiner möglichen Verhaltensweisen abwägte.

Er öffnete das Badezimmerschränkchen mit den Spiegeltüren, schob klirrend die Fläschchen und Creme-Töpfe hin und her und betätigte den winzigen Knopf des Geheimfachs hinten im Schrank. Eine kleine Klappe in der Stahlwand gab das dahinter liegende Fach frei. Es war gerade so groß, dass er hineingreifen konnte.

Er bekam zwei kleine, halbrunde Griffe aus Plasik zu fassen. Sie waren mit einen kaum sichtbaren, dünnen, aber unverwüstlichen Metalldraht verbunden, den er direkt aus Japan importiert hatte. Die passgeformten Griffe verhinderten, dass ihm das Mordwerkzeug aus der Hand glitt, selbst wenn es zu einem Gerangel kam.

Die Garotte, sein heimliches Spezialinstrument, wirkte garantiert. Auch die Polizei hatte bisher keinen einzigen Hinweis bei den Opfern gefunden, die er bereits in Nikis Auftrag zu dessen großer Zufriedenheit umgebracht hatte.

Die armen Schweine waren nur mit der Bezahlung zu spät dran gewesen! Aber Nikis Gesetze kannten keine Gnade.

Jetzt juckte es ihm gehörig in den Fingern, Jeanette diesen zeitlosen Halsschmuck umzulegen, als Dank für ihr illoyales Verhalten ihm gegenüber.

Kaltblütig und dennoch unentschlossen starrte er auf das Instrument in seiner Hand und überlegte. Schließlich gelangte er zu der Einsicht, dass diese Vorgehensweise trotz allem nicht besonders geeignet war.

Denn hier böte sich ihm nicht die geringste Chance, sie hinterrücks zu überrumpeln. Außerdem war diese Methode eher im Freien angebracht, wenn man den Blutstrom, den der Draht verursachte, berücksichtigte.

Er legte die Garotte wieder an ihren geheimen Platz, schloss das Geheimfach und schlug die Spiegeltür zu.

Wieder sah er in sein Gesicht.

Sein Blick war noch immer starr.

Ja – so sollte es sein. Der Entschluss war gefasst.

Jetzt war ihm auch viel wohler, und er kehrte wieder zum Bett zurück, auf dem sie lag und wartete.

Er lehnte die Badezimmertür nur an, wie immer. Als er auf sie zuging, hob der gelbe Lichtschein die Silhouette seines nackten Körpers hervor und betonte seine schimmernde, fast bronzefarbene Haut. Er hielt inne und ließ seinen Blick auf

Jeanette ruhen. Sie lag auf der Seite, ein Bein leicht angewinkelt, und sah ihn voller Begierde an.

Er lächelte.

Sie hatte ihn übers Ohr gehauen und schon ohne ihn angefangen. Seine Gestalt löste sich langsam aus dem warmen Licht und trat ans Bett.

Ihr Finger hielt nicht still. Mit langsamen, gefühlvoll kreisenden Bewegungen massierte sie ihre Klitoris, während ihre halb geschlossenen Augen ihn mit unergründlichem Blick musterten.

Sie stöhnte erwartungsvoll.

Er setzte sich, leckte sich schnell über die trockenen Lippen und beugte sich leise lachend über sie.

Sie ließ ihre feuchte Zunge über seine Brustwarze gleiten und reagierte auf sein Lachen mit einem dumpfen Kichern durch die Bettdecke hindurch, während er sie weiter nach unten schob.

Seine rechte Hand griff in die Nachttischschublade, während er Jeanette fest gepackt hielt. Ihre Beine zappelten trotzig, und er drückte sie mit seiner Schulter fester auf die Federkernmatratze und entsicherte mit einer flinken Bewegung seine 9-mm-Makarov mit Schalldämpfer.

Schnell feuerte er zweimal. Er traf ihre Stirnhöhle durch das stramm um ihren Kopf gewickelte Federbett.

Sie gab einen eigenartig schwachen Laut von sich.

Fast wie ein Seufzer.

Dann spürte er ihr lebloses Gewicht, schwer und schlaff. Die unverkennbare bleierne Schwere, die jeden leblosen Körper kennzeichnet.

Erst da löste er seinen Griff und ließ ihren toten Körper in dem teuren Bettbezug zusammensacken.

Jetzt durfte er keine Zeit mehr verlieren.

Glänzende Blutflecken verfärbten rasch den seidenen Stoff, wurden größer und krochen schon fast bis zu Tutanchamun selbst. Auf einmal schimmerte das Gewebe nicht länger schwarz, sondern rötlich. In einer grausigen Wiederholung dessen, was gerade passiert war, nahm die Krone des Pharaos samt seiner Schläfe die Farbe des rasch pulsierenden Blutstroms an, und die markanten Gesichtszüge des Herrschers wurden schnell zu einem surrealistischen Wesen entstellt.

»Verdammt noch mal«, fluchte Toni und biss die Zähne zusammen. »Hier kann sie nicht liegen bleiben, sie blutet ja das ganze Bett voll.«

Er schlug die Decke um den Körper und knotete die Zipfel zusammen. Als würde er das sperrige Knäuel über einen Wanderstock hängen, heimlich von zu Hause weglaufen wollen und sich sorglos auf Wanderschaft begeben, mit seinen wenigen Habseligkeiten in ein Bündel geschnürt.

Er hob die Tote hoch und trug sie ins Badezimmer. Er hatte sich seinerzeit gegen eine Badewanne und stattdessen für eine geräumige Duschkabine entschieden. Eine mit vergoldeten Wasserhähnen, Massage-Brausen und teurem italienischem Marmor.

Er legte seine Bürde auf den blitzblanken Fliesenboden. Nicht etwa vorsichtig oder rücksichtsvoll, sondern so gleichgültig, dass der Schädel hart aufschlug.

Ohne eine Miene zu verziehen, drehte er den Hahn auf und ließ einen dünnen Wasserstrahl über die in die Decke gehüllte Leiche laufen.

Dadurch wurde das Blut ausgewaschen, bevor es richtig eintrocknen konnte. Die Mischung verdünnte den dunkelroten Lebenssaft zu einem hellrosafarbenen Strahl. Hellrote Rinnsale wirbelten abwärts, bis sie schließlich durch den Abfluss verschwanden.

Hier konnte sie erst einmal liegen bleiben, sagte Toni sich. Und ausbluten, bis ihm eine bessere Lösung eingefallen war.

Sozusagen eine eher endgültige Verwahrung.

10

Zunächst spielte Toni Tong mit dem Gedanken, Jeanettes Leiche in den Südhafen zu werfen, an ihren Füßen ein Paar ordentliche Betonklötze.

Ein Paar richtig altmodische Zementschuhe würden ihr ausgesprochen gut stehen, und außerdem würde sie unten auf dem Grund bleiben, wo sie schließlich auch hingehörte.

Er verzog seinen Mund zu einem düsteren Lächeln bei der Vorstellung, dass sie wie angewurzelt im Bodenschlick stehen und mit den Armen über dem Kopf fuchteln würde, als stünde sie auf einer Tribüne und feuerte die Nationalmannschaft an. Und ihr feuerrotes Haar würde in den Fluten wie exotischer Seetang hin und her wogen.

Dieser Gedanke war schön und schauerlich zugleich.

Er bekam bei der Vorstellung eine regelrechte Gänsehaut.

Sollte er ihre Arme mit Ketten fesseln?

Vielleicht wäre das sinnvoller?

Aber wozu eigentlich?

Bald würden ohnehin die Fische an ihr nagen, anschließend würden Bakterien und Verwesung rasch das ihre tun.

Es war sinnlos, hier Rücksicht auf die Menschenwürde zu nehmen.

Bis die Zersetzung so weit fortgeschritten sein würde, dass es schwierig werden würde, die Leiche zu identifizieren, sofern kein Gebissabdruck vorlag, sollte nicht allzu lange dauern.

Er selbst hatte Überbleibsel von Menschen gesehen, die zu weit gegangen waren. Körper, die nach der ersten Anschwellung durch Gasentwicklung modisch schlank geworden waren, und das in kürzerer Zeit als erwartet, bis nicht viel mehr als Haut und Knochen übrig war, als sie gefunden wurden.

Weshalb sollte sich nicht auch Jeanette zu ihnen gesellen können? Die ganze Zeit über hatte sie sich um Schönheit und Ruhm bemüht, wenn auch in einer anderen Kategorie.

Vielleicht hätte sie monatelang ihre Ruhe in ihrem Wassergrab, vielleicht sogar über Jahre?

Denn wer sollte sie dort unten schon finden?

Vermutlich niemand außer den Fischen in der Tiefe.

Gab es überhaupt Raubfische größeren Kalibers dort unten?

Er hatte von kleinen Haien gehört, die sich von der Westküste hierher verirrten. Denen, die noch unter den Lebenden weilten, taten sie nichts, doch ließen sie es sich vielleicht nicht entgehen, von den völlig Wehrlosen zu kosten. Außerdem schwammen Hecht, Kabeljau und Aal im Sund. Sicherlich kleine, harmlose Wesen, aber nicht abgeneigt, sich zu bedienen, wenn sich überraschend die Gelegenheit dazu böte.

Er hatte gehört, dass Hechte besonders gern Augen mögen.

Das Ausmaß der Lage, in die er geraten war, wurde ihm schlagartig klar. Er konnte kaum bei seinem Chef antanzen, die Situation erklären und auf fachmännische Hilfe bei der weiteren Vorgehensweise hoffen.

Er war von Anfang an für alles verantwortlich gewesen. Und als er dachte, sie unter Kontrolle zu haben, war ihm ein unentschuldbarer Fehler unterlaufen. Wenn er seine Schuld offen zugeben würde, müsste er sich vermutlich einen Stehplatz im Hafenbecken mit Jeanette teilen.

Doch was Niki nicht weiß, machte ihn auch nicht heiß, dachte Toni.

So what, selbst wenn sie von den Daten hat Kopien anfertigen lassen? Solange sie Niki das Original übergeben hatte, was ja der Fall war, er war schließlich jedes Mal dabei gewesen!

Niki drehte sein Ding offenbar anhand der Informationen, die sich hinter der Musik verbargen. Und wenn jemand anderem entgegen jeder Vermutung dieselben Informationen in die Hände geraten würden, wäre es doch höchst unwahrscheinlich, dass gerade Niki davon erführe? Oder die Spur zurückverfolgen könnte?

Eigentlich wusste Toni nicht genau, worum es bei der ganzen Sache überhaupt ging – das wusste nur Niki selbst. Doch immerhin war ihm bekannt, dass es sich um schnell verdientes Geld handelte. Ging es heutzutage um so etwas, war von Zahlen in irgendwelchen Dateien die Rede. Nichts, was man in der Tasche hatte, hervorholte und damit raschelte, wenn man sich unsicher zu fühlen begann.

Nein, mittlerweile sah das völlig anders aus. Jetzt waren Tabellen in Datenbanken angesagt. Registrierungen bei Fondsgesellschaften und Börsenmaklern waren ebenso wertvoll wie abgegriffene Scheine und außerdem weitaus einfacher umzuwandeln, umzuverteilen und abzusichern.

Per Internet.

Und the Nose war in der letzten Zeit vollkommen verrückt auf das Internet.

Alles hatte auf die eine oder andere Art mit Devisen-Transaktionen oder mit Wertpapieroptionen zu tun.

Toni wusste, wofür sich Niki interessierte – für klassische Musik eigentlich überhaupt nicht, obwohl er sich eine hochwertige Musikanlage zugelegt hatte oder besser gesagt eine Hi-Fi-Firma gebeten hatte, das Teuerste, was gerade zu haben war, in seine Wohnung zu stellen.

Nikis spezielle Fähigkeit bestand vor allen Dingen darin, lukrative Gelegenheiten auszunützen, er konnte aber nur dann von ihr Gebrauch machen, wenn er auf fähige Handlanger wie Toni zurückgreifen konnte.

Niki verdiente zwar das große Geld, allerdings nur, weil die

Professionalität seiner Leute dafür sorgte, dass der Rubel rollte.

Er tat nie etwas selbst.

Weshalb sollte sich Toni also über Niki the Nose den Kopf zerbrechen?

Vielleicht, weil Niki auch noch andere Handlanger in seinem Stall stehen hatte. Das wusste Toni nur zu gut. Er selbst hatte einige von ihnen seinerzeit unter seine Fittiche genommen.

Und wenn er jetzt erst einmal eine ruhige Kugel schob …?

Wenn er es so deichseln könnte, dass es so aussah, als sei ihr etwas zugestoßen, während er selbst nicht in der Stadt war, würden ihm sicherlich viele unnötige Probleme erspart bleiben.

Da Niki Jeanette nie sonderlich gemocht hatte, konnte ihm das Ganze nur zum Vorteil gereichen.

Ihm durfte nur kein Fehler unterlaufen.

Die Uhr zeigte 7.43, als er am nächsten Morgen bei Niki the Nose anrief. Das war nichts Besonderes. Niki stand stets früh auf und ging spät zu Bett.

Es schien, als bräuchte er nicht annähernd so viel Schlaf wie der Großteil der Menschheit. Oder er schlief einfach nicht gern, weil er dann nicht auf der Hut sein konnte?

Wie auch immer, Toni rief ihn an und teilte ihm mit, dass er oben in Halmstad ein paar Dinge zu erledigen hatte.

»Was sind das denn für Sachen?«, fragte Niki.

»Trabrennen.«

»Okay, Schulden oder Gewinne?«

»Öh … Gewinne.«

»Gut«, meinte Niki, »sieh zu, dass du auch für mich was dabei rausholst, klar?«

»Logisch.«

»Ich war gestern bei einer Nachtclub-Runde mit dabei und habe ein bisschen beim Roulette verloren. Es wäre schön, wenn du diesen Verlust wieder einspielen könntest, du verstehst schon.«

»Ich werde mein Bestes tun.«

»Und außerdem – kümmer dich bloß um diesen Auftrag!«

»Auftrag?«

Toni dachte nach.

Plötzlich fiel es ihm wieder ein – genau, der Bulle! Wegen Jeanette war ihm immer noch ganz wirr im Kopf.

»Klar«, murmelte er, »klar doch.«

»Mr. S. hat dir ja schon die ganzen Unterlagen mit Foto, Uhrzeiten und allem geliefert. Worauf wartest du eigentlich noch – auf bessere Zeiten?«

Toni hätte diese Frage gut und gerne mit »ja« beantwortet, entschloss sich aber, den Ball flach zu halten.

»Kein Grund zur Panik – ich bin dran!«

»Schön! Ciao.«

Toni brach der kalte Schweiß aus.

Es war nie ein gutes Gefühl, den Boss anzulügen.

Wieso setzte er den Auftrag nicht endlich in die Tat um? Mittlerweile war es ein Kinderspiel, nach Halmstad zu kommen. Man brauchte knapp 50 Minuten auf der Autobahn, ohne durch das Überschreiten der Geschwindigkeitsbegrenzung größere Aufmerksamkeit auf sich zu lenken. Was auch ungünstig wäre für jemanden wie Toni.

Er könnte sich ruhig eine Spritztour gönnen und bei einem kleinen, leicht verdienten Rennen des sonntäglichen Vorfrühlingsgalopps wetten. Die eigene Kasse etwas aufzubessern wäre auch nicht schlecht, zumal er den Sonderauftrag, der ihm kürzlich angetragen worden war, noch nicht hatte ausführen können.

Niki verlor über die gestrige Lieferung kein Wort.

Weshalb sollte er auch?

Schließlich war ihr nicht im Entferntesten anzusehen, dass sie irgendwo da unten auf dem Kontinent einem CD-Brenner ihre Geheimnisse anvertraut hatte, nicht wahr?

Ach, ja! Da war ja noch diese verdammte CD!

Die Kopie.

Er griff nach dem tragbaren CD-Spieler, fischte die CD heraus, holte eine Kneifzange und knipste die Scheibe entzwei. Es knallte wie ein Pistolenschuss, als die Plastikscheibe zerbrach. Das war genau das richtige Finale für diese Farce – ein Echo der Strafe, die er bereits gestern Abend verhängt hatte.

Nun hoffte er, dass ihr die ganze Sache auf ewig ins Grab folgen würde – wo auch immer das sein mochte.

Das war das nächste Problem.

Er ging ins Badezimmer, zog den Duschvorhang zurück und schnitt eine erboste Grimasse.

Das Bündel lag noch so da, wie er es gestern Nacht zurückgelassen hatte. Zusammengefaltet und gegen die hintere Fliesenwand gepresst, durchnässt von dem Wasserstrahl der Dusche, der die ganze Nacht über gelaufen war, und schmuddelig von den hartnäckigen Flecken, die noch immer den strengen Gesichtszügen des Pharao anhafteten.

Er war auch jetzt noch verrückt nach ihr, wie sie in ihr seltsames Leichentuch gehüllt dalag.

Wütend trat er nach dem Bündel, stellte sich daneben in die Dusche und drehte den Mischhebel voll auf. Er hatte schlecht geschlafen und brauchte dringend eine Erfrischung.

Etwas Seife und viel warmes Wasser – danach sähe alles gleich viel besser aus.

Das Wasser lief über Kopf und Nacken die Schultern hinab. Die Wärme lockerte die Verspannungen, die durch den Nachtschlaf kein bisschen vergangen waren, und allmählich fühlte er sich wieder wie er selbst.

Er fiel fast in Trance, während das Wasser sich mit dem Seifenschaum mischte, den Körper hinabrann und durch den Abfluss verschwand.

Abrupt schreckte er aus seinem Dämmerzustand auf.

Er spürte einen Stich in seinem linken Fuß, genau unterhalb des Knöchels.

Er blickte zu Boden und schauderte.

Ihre Hand war aus der Decke gerutscht, und einer von den langen, orange lackierten messerscharfen Fingernägeln hatte ihn gestreift.

Er schnaubte verächtlich über seine übertriebene Reaktion, beschloss dennoch, seine Dusche zu beenden und stellte das Wasser ab. Während er sich abtrocknete, überlegte er, ob die Totenstarre nicht ein wenig nachgelassen hatte.

Die Hand wirkte etwas schlapp, wie sie kraftlos ins Nichts griff.

Gut, das würde den Transport erleichtern.

Als er das Handtuch aufhängen wollte, klingelte es an der Tür. Er erwartete niemanden. Nur wenige kannten den Code für die Haustür, und diejenigen, die ihn kannten, wussten, dass sie zu klingeln hatten, wenn sie Toni einen Besuch abstatten wollten.

Wer mochte das sein – so früh am Tage?

Er schlang das Handtuch um die Hüften und lief ins Schlafzimmer. Dort nahm er seine Makarov aus der Nachttischschublade und steckte sie in die Vertiefung zwischen Frottee und Wirbelsäule.

Dann trat er zur Tür und spähte durch das Guckloch.

Es war niemand, den er kannte.

Ein Arbeiter-Typ in Blaumann und Schirmmütze mit Kautabak im Mund. Der Bursche sah geduldig wartend ein Bündel Zettel durch und kratzte sich zerstreut am Ohr.

Toni öffnete mit vorgelegter Kette.

»Ja – worum geht's?«, erkundigte er sich.

»Ähm … hallo erst mal«, entgegnete der Blaumann überrascht, »ich komme von der HSB Gebäudereinigung und wollte Ihnen nur mitteilen, dass einige dringliche Dichtungsarbeiten an den verglasten Balkonen ausgeführt werden müssen. Laut Wettervorhersage soll es am Wochenende starken Sturm geben, da ist es wohl das Beste, wenn wir uns alles noch mal ansehen, bevor irgendwelche Schäden entstehen.«

Er schob den Kautabak von der einen Backentasche in die andere und fuhr unverdrossen fort.

»Sicher, das kommt etwas überraschend, das ist uns durchaus klar, aber könnten Sie uns vielleicht schon ... heute Nachmittag den Zutritt ermöglichen?«

»Ähm ... nachmittags? Leider nein, ich bin heute Nachmittag gar nicht zu Hause«, versuchte Toni sich aus der Affäre zu ziehen.

»Das macht überhaupt nichts«, erklärte der Mann im Overall unbekümmert. »Wir haben sowieso einen Zentralschlüssel.«

Toni blieb förmlich die Spucke weg. Fieberhaft suchte er nach einer überzeugenden Ausrede, um den Mann abzuwimmeln – doch ihm fiel keine ein!

Der Handwerker im Blaumann mit Schirmmütze fasste Tonis Schweigen als Einverständnis auf.

»Prima! Wir kommen dann um vierzehn Uhr und sind ungefähr nach eineinhalb Stunden fertig. Danke – und bis später!«

Der Mann machte kehrt, überprüfte erneut seine Liste und klingelte an der Wohnungstür des Nachbarn gegenüber. Toni schloss rasch seine Tür und fluchte leise.

»Verdammt!« Was sollte er jetzt mit der verfluchten Schrippe machen, die tot in seiner Dusche lag?

Doch genau genommen, dachte Toni, als er spätabends in seinem großen Mercedes-Kombi den Kullabergsvägen entlangfuhr, schien sich alles viel unkomplizierter zu entwickeln, als er zunächst befürchtet hatte.

Er war in Richtung Naturreservat, das eine fantastische Aussicht bot, unterwegs und fühlte sich angenehm befreit und allein, und bald würde er auch diese Schlampe los sein! Hier oben auf dem sonst so überfüllten Parkplatz war es nämlich vollkommen menschenleer und öde. Während des Sommers hätte er vermutlich keine Chance gehabt, denn das Häuschen des Parkplatzwächters war stets besetzt, und der Wächter verlangte eine Parkgebühr. Sowie sich das Wetter auch nur im Entferntesten gnädig zeigte, wimmelte es hier draußen im Grünen nur so von Mensch und Tier.

Aber an einem nasskalten und trüben Wintertag wie diesem war niemand unterwegs. Abgesehen von ihm selbst und seiner ehemaligen Freundin im Kofferraum.

Um ehrlich zu sein, war es gar nicht so leicht gewesen, sie aus der Wohnung zu bugsieren. Besonders nicht vor zwei Uhr mittags – mitten am helllichten Tag.

Sie hatte sich nämlich nicht so kooperativ gezeigt, wie er gehofft hatte. Er hatte sich gründlich darin geirrt, wie schnell der rigor mortis den Körper wieder verlassen würde. Stattdessen hatte er mit der völlig unhandlichen Toten gekämpft. Nun kam ihm allerdings zugute, dass er sie sorgfältig in die Decke gewickelt hatte.

Er hatte nicht nur mit ihr im Lift nach unten fahren müssen, sondern hatte sie bis zum Auto schaffen und sie im Kofferraum verstauen müssen, ohne auch nur die geringste Aufmerksamkeit zu erregen.

Zum Glück hatte er sich kürzlich einen neuen Fernseher gekauft. Einen Sony-Widescreen mit zusätzlichen Lautsprechern an den Seiten für den perfekten Heimkino-Effekt. Der gigantische Karton stand noch im Keller, und Toni war hinuntergegangen, um ihn zu holen.

Einer seiner Nachbarn war bereits dort, und für Toni gab es kein zurück mehr. Es war einer der älteren Hausbewohner, frisch pensionierter Direktor-Typ, der auch jetzt noch Schlips und Jackett trug, selbst wenn es kein Büro mehr gab, das auf ihn wartete.

Nun wühlte er stattdessen nach einem riesigen Blumentopf, wegen dem seine Frau ihn in den Keller geschickt hatte.

»Ah … hallo!«, rief er, als der freundliche junge Mann mit dem ausländischen Aussehen so unerwartet im Vorratskeller auftauchte.

»Äh ... hallo.«

Angestrengt schnaubend kramte der Rentner in seinen Vorräten und fand schließlich zwischen dem ganzen Gerümpel genau den Blumentopf, den seine Frau haben wollte. Jedenfalls schien die Beschreibung genau zu passen.

»Wer sagt's denn«, sagte er und klopfte sich den Staub aus den Kleidern, nachdem er sein Kellerabteil sorgfältig zugesperrt hatte, »hab ich dich doch noch entdeckt.«

Stolz hielt er einen abscheulich hässlichen Tontopf mit einem stillosen, schwarz-violetten Motiv aus der griechischen Mythologie in die Höhe.

Toni lächelte höflich und hoffte, dass der Alte endlich verschwinden würde. Er öffnete das Schloss seines Kellerabteils und griff nach dem Karton, der direkt hinter der Tür stand.

»Wenn ich mit leeren Händen zurückgekehrt wäre, hätte meine Frau mich umgebracht!«, fuhr der Rentner glucksend fort.

»Das hätte sie bestimmt nicht!«, murmelte Toni desinteressiert.

Doch der ältere Mann ließ sich nicht entmutigen und nahm stattdessen neugierig den Karton in Augenschein, den Toni beiseite gestellt hatte, während er die Tür wieder verschloss.

»Oha, Sie haben ja einen Riesen-Fernseher!«, plapperte er eifrig weiter.

»Ja«, gab Toni knapp zurück.

Hatte der Alte nichts Besseres zu tun, als hier herumzustehen und zu schwatzen?

»Das wär was, den mal zu sehen«, schwärmte der Nachbar. »Ich meine, meine Frau und ich haben nämlich auch mal darüber nachgedacht, aber man kann sich das ja immer so schlecht vorstellen, wie das zu Hause wirkt, wenn die Geräte im Geschäft aufgereiht stehen.«

Oh nein, dachte Toni – auch das noch!

»Ich will ihn eigentlich wieder zurückbringen«, erwiderte

Toni zögernd, »letzte Woche hat die Bildröhre ihren Geist aufgegeben!«

»Bei so einem guten Fernseher? Das ist ja allerhand!«

»Mmm.«

Der Rentner hielt Toni, der den weitaus sperrigeren Gegenstand trug, die Kellertür auf und drückte den Fahrstuhlknopf.

»Ich wohne im dritten«, erklärte der Mann. »Sie sind doch im vierten?«

»Richtig«, entgegnete Toni.

Der Pensionär ließ nicht locker. Er war fest entschlossen, über den Generationsunterschied eine Brücke zu schlagen und zu diesem jungen Mann ein freundliches, nachbarschaftliches Verhältnis aufzubauen. Trotz allem gab es eine ganz offensichtliche Gemeinsamkeit, die sie miteinander verband – üppige Finanzen –, denn andernfalls könnten sie es sich gar nicht leisten, hier zu wohnen. Außerdem kam ihm das Pensionärsleben schon jetzt schrecklich langweilig vor.

Als sie gemeinsam nach oben fuhren, kam dem ehemaligen Direktor eine gut gemeinte Idee.

»Wissen Sie, das wird sicher schwer«, sagte er und wies auf den Karton, »aber ich kann ja raufkommen und Ihnen helfen, wenn Ihnen das recht ist. Ich stelle nur rasch den Topf bei meiner Frau ab.«

Noch bevor die Vernunft sich seiner Sinne bemächtigen konnte, schien eine kleine Stimme in seinem Innern ihm zuzurufen, er solle das Angebot des alten Herrn um Himmels willen annehmen!

Andernfalls könnte es schwierig werden, das Monstrum in den Kofferraum zu laden. Außerdem würde es weniger verdächtig aussehen, wenn zwei Männer, wobei es sich bei dem einen um einen äußerst distinguierten Herrn handelte, einen großen Karton in ein Auto hievten, als wenn er das alleine tun würde. Er konnte diesen Gedanken zwar nicht schlüssig zu Ende denken, fand ihn aber irgendwie überzeugend.

Er sah den Alten beinahe aufrichtig dankbar an.

»Das ist wirklich sehr nett von Ihnen! Es ist nur so, dass … ich vorher noch meinen Wagen holen muss«, wandte Toni ein.

Er wollte auf keinen Fall einen neugierigen Greis vor seiner Tür wissen – am allerwenigsten jetzt.

»Er steht auf dem Anwohnerparkplatz«, fuhrt er fort, »das ist viel zu weit, um den … Apparat dorthin zu schleppen. Kann ich nicht einfach bei Ihnen klingeln, wenn ich so weit bin?«

»Perfekt«, freute sich der Mann, der es kaum erwarten konnte, endlich mal wieder ordentlich zupacken zu können.

Der Fahrstuhl stoppte, und der Pensionär stieg aus. Nun konnte er seiner Frau eine Freude damit machen, dass er ihren geliebten Pelargonienübertopf gefunden hatte und sie damit den Wintergarten verschönern konnte. Das würde sie erst einmal beschäftigen.

Toni fuhr ein Stockwerk höher und beeilte sich, mit der gigantischen Verpackung in seine Wohnung zu schlüpfen.

Der Karton musste zusätzlich stabilisiert werden. Toni bewahrte eine große Rolle silbergraues Klebeband in seiner Garderobe auf. Das gleiche Klebeband, das Handwerker für alles Mögliche verwenden, weil es unglaublich reißfest ist – es sei denn, man reißt es quer ein, denn dann lässt es sich leicht wieder lösen. Toni und seine Leute gebrauchten es meist, um jemanden schnell und effektiv zu fesseln. Oder um jemanden zum Schweigen zu bringen.

Doch nun diente es als Verstärkung für den Boden des Sony-Kartons. Toni ging ins Bad, um die Leiche zu holen. Er hatte sie mit ihrer Decke bereits in eine strapazierfähige Bauplane gehüllt, denn er wollte ihr Gesicht nicht noch einmal sehen.

Anschließend klebte er das Paket mit dem silberfarbenen Tape gründlich zu. Kapselte Wasser, Blut und den Geruch der sich im Augenblick des Todes freisetzenden Exkremente ein. Es durfte nichts auf den Boden tropfen, während er die Dusche ausspülte. Falls die Handwerker austreten mussten. Doch aus dem Frachtstück war kein einziger Tropfen gedrungen. Es schien dicht zu sein.

Sie in den mit Klebeband verstärkten Karton zu legen war nicht sehr anstrengend, denn eigentlich war Jeanette nicht besonders schwer gewesen. Und da sie bereits einmal in den Tutanchamun-Bezug gefaltet war, musste er nur noch leicht nachhelfen, damit der Körper in den Karton passte.

Resolut trat er mit einem Fuß auf ihren Brustkorb und verlagerte sein Gewicht.

Er hörte die Rippenknochen knacken.

Er musste zugeben, dass ihm das Geräusch gefiel. Schade, dass sie bereits tot war.

Dann klebte Toni den Deckel des Kartons sorgfältig zu, schleifte ihn vor die Wohnungstür und schnappte sich seine Lederjacke. Sie hatte eine große Kapuze, die er sicher noch gut brauchen konnte.

Um weitere nachbarliche Kontakte zu umgehen, lief er rasch die Treppen hinunter, querte den Eingangsbereich und eilte zum Auto auf den Parkplatz.

Eigentlich war es ein ungewöhnlich warmer Tag. Meist schlotterte er in dem rauen Wind des schonischen Spätwinters, doch heute war das Wetter fast genießbar. Windstill, mit graublauer Wolkendecke, die aufzureißen schien. Er holte tief Atem, sog die salzige Luft ein und fühlte sich richtig befreit. Trotz allem war heute ein richtig guter Tag – perfekt für eine Beerdigung.

Das Auto war nicht so kalt wie sonst um diese Jahreszeit. Er setzte sich hinter das Steuer, drehte den Zündschlüssel im Schloss und ließ den Wagen langsam vor den Hauseingang rollen. Er rangierte so weit wie möglich rückwärts, um das Einladen zu erleichtern.

Anschließend nahm er die Treppe in den dritten Stock, wo ihm klar wurde, wie dumm er eigentlich war.

Natürlich gab es hier zwei Wohnungstüren. Auf der einen stand Edelman und auf der anderen Phemell.

Aber welche gehörte zu dem Keller-Onkel? Er hatte völlig vergessen, ihn danach zu fragen.

Während er sich über sich selbst ärgerte, sprang die Tür mit dem Schild Edelman auf, und der pensionierte Direktor-Typ erschien mit einem breiten Lächeln auf der Schwelle. Offenbar hatte er hinter dem Spion gelauert.

»Ah, da sind Sie ja«, stellte er zufrieden fest. »Minna, Kleines, ich helfe diesem jungen Mann nur eben mal mit einem Fernseher! Ich bin gleich wieder da.«

Toni glaubte eine gemurmelte Antwort zu hören, doch er war dankbar, dass niemand zum Vorschein kam, um ihn neugierig zu mustern. Sie war wohl damit beschäftigt, ihren hässlichen Blumentopf zu bepflanzen.

Der Mann schlug die Tür zu und schloss seine Frau ein.

»Typisch Frauenzimmer«, meinte er, »nie hören sie zu, wenn man ihnen etwas erklärt.«

Toni pflichtete ihm von ganzem Herzen bei. Das war wirklich eines der großen Probleme, dass sie nie zuhörten. Zweitens folgten sie nicht. Was nur logisch war, wenn sie nicht zuhörten.

Aber er hätte viel Geld darauf verwettet, dass sie um einiges länger am Leben blieben, wenn sie das begreifen würden.

Sie fuhren im Fahrstuhl aufwärts. Der Sony-Karton stand direkt hinter der Tür und sie hoben ihn mit vereinten Kräften über die Schwelle.

»Oje, das ist aber ein schwerer Brocken«, stöhnte der Pensionär.

»Sag ich doch«, antwortete Toni, »das ist ein richtiger Brummer.«

»Wie schwer, sagten Sie noch?«

Toni hatte kein Wort darüber verloren, entschied sich aber, vorsichtshalber aufzurunden.

»Vierzig«, log er.

»Alle Achtung«, entgegnete der andere und zog schwungvoll die Lifttür auf, um den Karton hineinzutragen. Er war zwar sperrig, aber sie konnten ihn bis hinter die Lichtschranke schieben und sich selbst in den schmalen Zwischenraum zwängen. Der Karton nahm nahezu den gesamten Platz ein, so dass sich der hilfsbereite Pensionär an die Rückwand pressen musste und Toni seine Füße wie Charlie Chaplin auswärts drehte, um sich an die gegenüberliegende Wand zu lehnen.

Er holte tief Luft und drückte auf den E-Knopf.

Der ältere Mann war vor Anstrengung schweißgebadet, aber glücklich, dass er noch richtig zupacken konnte.

»Der ist schon länger kaputt, oder?«, begann er, als sich der Fahrstuhl mit einem zischenden Laut in Bewegung setzte.

»Wieso?«

»Er fühlt sich ziemlich kühl an, wissen Sie. Normalerweise erkalten solche Apparate erst nach mehreren Stunden.«

Der Lift hielt mit einem Ruck und unterbrach den Gedankengang des Pensionärs. Die Türen glitten auf, und die schwere Last musste nach draußen bugsiert werden.

»Mein lieber Schwan, Sie haben's aber gut gemeint mit dem Klebeband!«, rief er aus, als sie ihre Last ins Treppenhaus schoben. »Dachten Sie, der würde nicht halten – das ist doch die Originalverpackung, oder?«

»Sicher ist sicher – man weiß ja nie ... mit solchen empfindlichen Sachen«, antwortete Toni ausweichend und beeilte sich, die Kofferraumklappe des Kombis zu öffnen.

Als er zurückkam, bugsierten sie den sperrigen Karton durch die Eingangstür, indem sie ihre Hände in die an den Seiten ausgeschnittenen Handgriffe schoben. Toni hatte die Pappscheiben, die den Fernseher umschlossen hatten, nicht herausgenommen, so dass der jetzige Inhalt nicht sichtbar war.

Alles schien perfekt.

Dann stolperte Toni durch eine Unebenheit in den Bodenplatten, und der leblose Körper rutschte auf die Seite des älteren Mannes.

Aber der verlagerte geschickt sein Gewicht und winkelte das Knie an, um den Karton weiter zu halten. Toni unterdrückte einen Seufzer, und sie bugsierten ihre Last ohne weitere Zwischenfälle zum Auto. Der große Karton passte genau in den Kofferraum.

»Das war wirklich nicht leicht, Junge, Junge«, bemerkte der Pensionär, als die Last sicher verstaut war.

»Wenn ich es nicht besser wüsste, würde ich denken, Sie hätten hier eine Leiche versteckt, haha!«

Toni lachte gequält, dankte für die Hilfe und öffnete eilig die Fahrertür.

Der andere wartete mit schmerzenden Handflächen und mahnte Toni, vorsichtig zu fahren: »Nicht vergessen: Hohe Geschwindigkeit ist tödlich.«

Toni fuhr nicht direkt zum Kullaberg.

Er schlug die Richtung nach Halmstad ein, organisierte sein Alibi auf der Trabrennbahn und fuhr nach Tylösand weiter, sozusagen um ihr einen letzten Gefallen zu tun. Sie hatte so oft dorthin fahren wollen, um sich mit der Tylösander Elite zu tummeln.

»So, jetzt bist du endlich hier«, lachte er schadenfroh und warf im Rückspiegel einen Blick auf sein Gepäck. »Ich hoffe, du bist zufrieden.«

Tylösand und das Luxushotel schienen ebenso leblos wie sie selbst. Die großen Sanddünen am Fuße des Hotels waren grau, und das zerzauste Schilf wogte vor dem bewölkten Horizont. Die großzügige Anlage schien geschlossen, und es war kein einziger Promi zu sehen.

Neben dem Eingang standen zwar vereinzelt ein paar Autos, aber der große Parkplatz war gähnend leer.

Er wendete, fuhr langsam südwärts und wartete den Einbruch der Dunkelheit ab. Er hatte sogar in einem gediegenen Restaurant zu Abend gegessen, das Auto von seinem Platz aus immer im Blick.

Dort hatte er genügend Zeit, um seine Situation zu überdenken, und kam zu dem Schluss, dass sie gar nicht so ausweglos war, wie er anfangs gedacht hatte.

Zum Glück war das Jeanettes letzte Fahrt gewesen. Hatte Niki mehrere Aufträge, musste er lediglich neue Kontakte auftun. Das dürfte kein Problem sein. Solange sein Chef von Jeanettes Plan keine Ahnung hatte, brauchte er nur den Unwissenden zu spielen. Dort, wo er die Leiche ablegte, konnte es getrost auf sie hinabregnen, damit sie ins Meer gespült und von der Strömung hinausgetrieben wurde.

Nun war es um ihn herum finster, aber es war dennoch Vorsicht geboten, damit hier oben niemand auf ihn und sein Vorhaben aufmerksam wurde.

Um diese Jahreszeit war es allerdings unwahrscheinlich, dass sich jemand an Kullabergs altem Leuchtturm aufhielt, in dem sich ein Museum befand. Sicherheitshalber beschloss Toni, nicht bis zum Ende des Weges zu fahren, sondern anzuhalten, sobald zu seiner Rechten die steile, steinige Schlucht abfiel.

Die Scheinwerfer hatte Toni ausgeschaltet. Er hielt am Wegesrand und stieg aus. Vom Kattegatt wehte ein rauer Wind, der jeden Gedanken an einen zeitigen Frühling vertrieb. Toni zog sich die Kapuze der Lederjacke über den Kopf, schob den Karton über die Kofferraumkante und ließ ihn mit einem lauten Knall zu Boden fallen. Anschließend löste er die Klebestreifen ab, um den Karton zu öffnen und seinen Inhalt auf den Boden zu rollen. Die Plastikfolie war heil geblieben – zum Glück waren keine Flüssigkeiten ausgetreten.

In der Tiefe hörte er das Meer brausen. Eiskalte Wellen schlugen halbgefrorene Gischt gegen die Klippen am Fuße des Steilhangs. Der Ort schien wie geschaffen für Jeanette. Er war genauso verräterisch wie sie selbst. Toni schleuderte den leeren Karton in den Kofferraum zurück, schloss sorgfältig die Klappe, sammelte seine Kräfte und hob das Bündel an. Einer der Klebebandstreifen hatte sich leicht von der Plastikfolie gelöst, in die Jeanette gewickelt war, blieb an seiner Jacke hängen und schlang sich um seinen Ärmel, ohne dass Toni etwas bemerkte.

Vorsichtig tasteten sich seine Füße vorwärts und suchten nach den Stufen der Treppe, die den Abhang hinunterführten.

Direkt unter dem spitzen Winkel der Treppe lag ein Plateau, von dem aus der senkrechte Fall in die Tiefe von gezackten Felsblöcken gesäumt war, so dass die Leiche später nur schwer identifiziert werden könnte, wenn sie gefunden wurde. Er brauchte sie nur bis an die Kante des Steinabsatzes zu tragen und sie mit ausreichend viel Schwung die Schlucht hinabzuwerfen.

Als er an den Abgrund trat, hörte er die bösen Meeresgötter vor Hunger brüllen und blickte zufrieden in die siebzig Meter steil abfallende Schlucht. Das Donnern der Brandung und das Rauschen in den gigantischen Baumkronen gab genau die richtige Geräuschkulisse ab. Hier würde niemand hören, wenn ein toter Körper den Steilhang hinabgeworfen wurde.

Er lehnte sich zurück, um Schwung für seinen Wurf zu holen, doch das reißfeste Klebeband klebte an seinem Ellbogen fest.

Als die Leiche abwärts sauste, blieb es auch an der unteren Jackenhälfte kleben und hielt ihn gefangen.

Toni wurde im Fall mitgerissen und schrie in die Nacht hinaus.

Zumindest in einem Punkt hatte er Recht: Hier würde niemand seine Schreie hören, bei diesem gewaltsamen Lärm der Natur.

Mitten im Fall bekam er die äußerste Ecke Felskante, von der er gerade geschleudert worden war, zu fassen. Er schrammte sich bei der Suche nach einem festen Halt die Finger blutig, und seine Füße tasteten verzweifelt nach einem stabilen Vorsprung in der zerklüfteten Felswand. Er spürte eine hervorstehende Steinkante und verlagerte sein Gewicht auf diesen Teil des hinterhältigen Berges.

Durch das Klebeband waren sie unzertrennlich, und der bleierne Ballast zog ihn senkrecht in Richtung der spitzen Klippen.

Die Kraft in seinen Fingern ließ nach, kalter Schweiß perlte ihm auf der Stirn. Doch er wollte ihr unter keinen Umständen in die Tiefe folgen und das Totenlager mit ihr teilen!

»Lass mich los, verdammt!«, brüllte er, obwohl ihn niemand hörte. »Lass mich!«

Aber sie war ein hartnäckiges Mädel.

Rachsüchtig und unerbittlich bis in den Tod.

Er krallte sich mit den blutigen Fingern in den Fels, bis die Nägel abbrachen. Die Gischt schlug gierig an die scharfen Klippen, der Wind frischte auf, und die Sirenen heulten wie ungeduldige Raubtiere.

Seine Finger schmerzten, dass ihm Tränen in die Augen schossen, und er wusste, dass er sich nur noch wenige Sekunden festhalten konnte.

Vielleicht sollte er einfach loslassen? Wozu diesen aussichtslosen Kampf zu Ende kämpfen und das Unvermeidliche dadurch nur verlängern?

Plötzlich fiel ihm die einzige Schwachstelle des Klebebands ein.

Aber dann müsste er loslassen ... Er hatte keine andere Wahl. Der Wettlauf gegen die Zeit hatte begonnen. Entweder probierte er es, oder er würde ohnehin innerhalb weniger Sekunden fallen.

Den Fuß noch immer auf den kleinen Steinvorsprung gestützt, klammerte er sich mit einer Hand verzweifelt an der Kuppe fest. Mit der anderen tastete er ...

Da!

Der kleine Finger blieb am Klebeband hängen, Daumen und Zeigefinger bekamen das Ende zu fassen. Das Band war durch die Zugkraft des Körpers stramm wie ein Flitzebogen gespannt.

Mit letzter Kraft durchtrennte er das Klebeband.

Er griff nach der Kante, während die Leiche zwischen den zerklüfteten Felsen abwärts sauste und auf den tosenden Wellen aufschlug. Genau wie Toni es geplant hatte, war das Bündel ins Meer gerollt. Nun war die Wahrscheinlichkeit um einiges größer, dass Jeanette nie gefunden werden würde.

Er presste sich an die Felswand, die mehr Halt bot, als er geglaubt hatte. Sein wiedererlangtes Gleichgewicht gab ihm die Chance, etwas zu Kräften zu kommen.

Sein Herz raste. Der Puls pochte in seinen Schläfen, und das Meer toste unter ihm.

Kurz darauf hatte er sich so weit erholt, dass er vorsichtig nach weiteren Stützen für seine Füße und aufgeschrammten Hände suchen konnte. Mühsam arbeitete er sich Zentimeter für Zentimeter aufwärts.

Es war ihm gleichgültig, wie viel Zeit verstrich, Hauptsache, er befand sich wieder auf dem Weg zurück ins Leben.

Schließlich gelang es ihm, sich wieder auf ebene Erde hochzustemmen, wo er rücklings am Rande des Abgrunds liegen blieb. Er konnte weder weinen noch froh sein. Er fühlte sich innerlich völlig leer, ohne Energie und Gespür für das Wesentliche, als wäre ein anderer Mensch aus ihm geworden. Das erschreckte ihn ebenso sehr wie die Tatsache, dass er dem Tod gerade von der Schippe gesprungen war.

»Reiß dich zusammen!«, forderte er sich auf. »Eine ausgiebige, heiße Dusche und dann schlafen – das ist alles, was ich brauche.«

Ja, genau! Er würde in seine Wohnung zurückfahren und seine Blessuren verarzten. Er würde Dreck und Blut von seinem Körper waschen – und seine neu gewonnene Einsamkeit genießen.

Und plötzlich spürte er wieder diese erschreckende Leere, und er wusste nicht, wie er damit umgehen sollte.

Das war kein Problem praktischer Natur, das rasch mit Hilfe von Branchenerfahrung und Kontakten behoben werden konnte. Das Gefühl war neu und ungewohnt für ihn, und es fühlte sich ebenso verkehrt an wie ein zu eng geschnittener Anzug. Er fürchtete sich beinahe vor sich selbst.

Der Benz stand noch dort, wo er ihn abgestellt hatte, der

Schlüssel steckte. Wer hätte ihn auch abziehen sollen? Außer ihm war hier niemand. Auch oben vom Leuchtturm war kein Licht zu sehen.

Hier waren nur er und der auffrischende Wind, der laut Hausverwaltung unter Umständen Schäden an den Balkonen verursachen konnte und schneller als erwartet hereingebrochen war. Der Sturm hatte ihn fast das Leben gekostet. Jetzt zauste und peitschte er die winterkahlen Zweige, quälte den Nadelwald und die Wogen, die an die Klippen schlugen, wo Jeanette ihr Grab gefunden hatte.

Von allen Seiten betrachtet, war es am besten, wenn er schnell nach Hause fuhr. Er verließ das Naturschutzgebiet von Kullaberg ebenso unbemerkt, wie er gekommen war, allerdings weitaus lädierter, als er es sich vorgestellt hatte.

11

Es dauerte eine Ewigkeit, bis Toni die Tür öffnete, obwohl jemand enervierend lang an der Türglocke läutete.

Toni war spät ins Bett gekommen und hatte wegen der Albträume von Kullaberg, die ihn in ihre finstere Tiefe hinabziehen wollten, unruhig geschlafen. Der heulende Sturm, der um den Balkon pfiff, hatte die Sache auch nicht besser gemacht. Das schaurige Konzert der Naturgewalten hatte seinen Weg auch in Tonis Unterbewusstsein gefunden.

Außerdem konnte er sich in seinem schlaftrunkenen Zustand nicht vorstellen, wer es zu dieser frühen Morgenstunde wagte, bei ihm Sturm zu klingeln.

Das konnte nur ein idiotischer Nachbar sein. Vielleicht der Alte, der ihm mit dem Fernsehkarton geholfen hatte und glaubte, in Toni einen neuen, interessanten Bekannten gefunden zu haben. Oder es waren die Burschen von der Hausverwaltung, die ihre gestrigen Reparaturarbeiten an seinem Balkon überprüfen wollten.

Doch Toni wollte von alledem nichts wissen. Er wollte nur das quälende Gefühl aus seinem Traum abschütteln, das Gefühl, dass sie noch immer bei ihm war und er ihre Leiche nicht beseitigen konnte. Dann wollte er einfach nur schlafen …

Er zog sich das Kissen über den Kopf, doch der unbekannte Besucher vor seiner Tür gab einfach nicht auf. Das Klingeln wurde ungestümer und nun wurde auch noch ungeduldig an die Tür geklopft.

Das konnte kaum die Hausverwaltung sein, die sich so aufführte, dachte er und wurde noch wütender, weil nun nur noch der Alte aus dem Stockwerk unter ihm in Frage kam. Und wenn er ihm nicht klar machte, wo der Hammer hing, dann würde er ihn mit seiner penetranten Suche nach Anschluss noch zur Weißglut bringen.

Zu dumm!

Es blieb ihm nichts anderes übrig, als ihm einen warnenden Blick zuzuwerfen und ihn zu bitten, ihn nicht länger zu belästigen.

Damit er endlich weiterschlafen konnte!

Toni quälte sich mit schmerzenden Armen und Brustkorb aus dem Bett. Als er den Gürtel seines grünen Frotteebademantels knoten wollte, traute er seinen Augen kaum. Seine Finger sahen aus, als wäre er damit in einem Fleischwolf stecken geblieben! Aufgeschrammt, blutig und so geschwollen, dass er nicht einmal einen einfachen Knoten in den Gürtel schlingen konnte. Er musste seine Hände vor dem Alten verbergen, sonst ahnte der womöglich das Schlimmste. Die Taschen des Morgenrocks waren tief, seine Hände verschwanden darin, sowie er die Sicherheitskette geöffnet, den Kolben des Türschlosses gedreht und die Tür einen Spaltbreit geöffnet hatte.

Die Tür flog auf, die Türkante traf ihn genau ins Gesicht und schleuderte ihn in den Flur zurück.

Toni schmeckte Blut und musste würgen, um das abgebrochene Stück des Eckzahns, das ihm fast im Hals stecken geblieben war, nicht zu schlucken.

Auch als ihn ein Schuh mit Metallkappe in der Magengrube traf, er seine Blase in die Pyjamahose entleerte und die Reste erbrach, die sich noch in seinem Magen befanden, hatte er keine Ahnung, worum es hier eigentlich ging.

Eine starke Faust packte ihn am Kragen seines Morgenrocks und zwang ihn in die Knie. Eine kalte Pistolenmündung wurde gegen seine Schläfe gedrückt.

Er versuchte sich umzusehen, um die Situation abzuschätzen.

Doch das war leichter gesagt als getan. Der Muskelberg Ingvar verstärkte den Druck auf seinen Hals.

»Du Gauner!«, rief er und spuckte Toni ins Gesicht.

»Der Chef verlangt nach dem, was ihm zusteht – und zwar zackig! Dann können wir immer noch überlegen, ob du weiterleben darfst oder nicht.«

Ingvar war nicht allein. Hinter ihm standen zwei Lehrlinge, von Toni selbst trainiert, andere zum Reden zu bringen.

Toni verstand noch immer nichts.

Was hätte er seinem Chef antun wollen? Bei ihm standen Nikis Wünsche stets an erster Stelle, schließlich hatte er sogar eine großzügige Summe von der Trabrennbahn in Halmstad organisiert.

Das ging hier nicht mit rechten Dingen zu.

Der Sauerstoffmangel ließ in seinen Ohren ein schrilles Klingeln ertönen. Mit letzter Kraft schlug er mit seiner verunstalteten Hand auf den Boden, um, wie im klassischen Kampfsport üblich, das Ende des Kampfes zu signalisieren.

Das beschränkte Muskelpaket war offenbar mit diesen Regeln vertraut, reagierte auf das Zeichen und lockerte seinen Würgegriff.

»Na, wie willst du dich rausreden?«, wollte er wissen.

Toni holte rasselnd Atem.

»Überhaupt nicht …«, presste Toni heiser hervor und realisierte im selben Augenblick seinen fatalen Fehler.

Diese Antwort war grundfalsch!

Ingvars Faustschlag traf Toni so schwungvoll, dass sein Kopf hart auf den Boden schlug. Aus seinem Ohr tropfte es warm. Trotzdem hörte er, wie der Gorilla mit den Fingern nach seinen Mithelfern schnippte.

Eine Plastiktüte wurde knisternd geöffnet. Dem Geräusch nach zu urteilen handelte es sich nicht um eine gewöhnliche Haushaltsmülltüte, sondern um die groben Plastikmüllsäcke, die eher auf Baustellen eingesetzt wurden. Bisweilen hatte Toni sie auch selbst verwendet.

Doch in dieser Situation blieb ihm die Ironie verborgen. Und er hatte nicht die geringste Chance, ergeben um Gnade zu bitten … was er um jeden Preis getan hätte.

Der Müllsack wurde ihm über den Schädel gestülpt und direkt unterhalb seines zuckenden Adamsapfels eng verschlossen.

Das war zweifelsohne das Ende.

Aus Versehen holte er tief Luft und sog das Plastik in seine Mundhöhle und Nasenlöcher. Er sah aus wie das Ungeheuer von Loch Ness, und Ingvar, der Toni Tong noch nie sonderlich gemocht hatte, lachte.

Toni hörte von fern das bullernde Hohngelächter … wie aus einer anderen Welt. Das Echo der Kumpanen schallte wie das einfältige Meckern von Affen durch die Baumkronen eines bizarren Dschungels.

Toni wand sich verzweifelt unter den Fäusten, die ihn zu Boden drückten, und trat um sich, doch seine Kräfte schwanden schnell.

Die Hyänen begehrten gegen ihren Herrn auf. Er hatte die Herde perfekt abgerichtet, doch nun bissen sie die Hand, die sie fütterte.

Er wusste, dass er noch mehr leiden und seine Peiniger noch mehr anstacheln würde, wenn er sich wehrte. Aber er konnte nicht anders – reflexartig beging er all die Fehler, die jedes Opfer beging.

Der Sauerstoff war so gut wie aufgebraucht, der Plastiksack spannte über Stirn, Mund und Nase wie die Maske aus einem schlechten Gruselfilm, und sein Widersacher drückte ihm die Kehle noch fester zu.

Toni war kaum noch bei Bewusstsein, seine Lippen liefen blau an, und ein Rinnsal schwach lilafarbenen Blutes floss aus seiner Nase.

Der Schock war ein grellgrünes Monster, das auf seiner müden Netzhaut saß, und er stand schon am Anfang des langen schwarzen Tunnels … doch da war noch was, das ihn schier zur Weißglut brachte.

Was hatte das zu bedeuten … wieso?

Der Würgegriff um seine Gurgel ließ plötzlich nach, und Ingvar zog ihm unsanft den Müllsack vom Kopf.

Toni rang verzweifelt nach Luft.

»Na, du Dreckstück«, grinste Ingvar, »vielleicht willst du uns *jetzt* eine kleine Geschichte erzählen?«

Toni war speiübel. Er rollte auf die Seite und versuchte sich zu übergeben, doch er konnte nur blutigen Schleim würgen.

Tonis Würde war ebenso wertlos wie er selbst und er wusste, dass Ingvar nur eine Antwort zufrieden stellen würde.

»Hrr … hrr …«, stöhnte er.

Er schluckte mühsam und versuchte es erneut.

»Nur …«, flüsterte er, »nur weil …«

Ingvar trat ihm beiläufig mit der Metallkappe seines Stiefels schwungvoll in den Schritt.

Toni stöhnte heiser auf. Auch das war ein Reflex, dessen unvermeidliche Fortsetzung er zu gut kannte.

Der grobschlächtige Mann zog ihm den Plastiksack wieder über das Gesicht und fuhr mit seinem Lieblingstrick fort. Toni verfluchte sein Schicksal, mit einer einwandfreien Gesundheit und Zähigkeit gesegnet worden zu sein, die ein Ableben unangenehm erschwerten.

Er wünschte sich nichts sehnlicher, als endlich vor seinen Richter treten zu dürfen, doch in diesem Moment holte Ingvar ihn exakt getimt in die Hölle zurück.

»Na?«, fragte er wieder.

Toni sah Grauen erregend aus.

Das Blut, das aus seiner Nase getropft war, hatte sich unter dem Plastik verteilt und bedeckte fast sein ganzes Gesicht. Seine Zunge war angeschwollen und schaute zwischen den blauen Lippen hervor. Seine Haut schimmerte bleigrau, und seine Augen waren blutunterlaufen.

Ingvar und seine Gorillas grinsten verächtlich und warteten. Toni wusste, dass alles davon abhing, was er sagte.

Falls er überhaupt ein Wort herausbrachte. Und wenn, dann durfte er nichts Falsches sagen.

Denn selbst Ingvar war nicht so geschickt, dass er ihn eine weitere Runde am Leben halten konnte. Toni musste also den verbalen Schlüssel finden, der ihn aus diesem Wahnsinn retten konnte.

Doch seinem saurerstoffarmen Gehirn fiel dieses Wort beim besten Willen nicht ein. Es musste ein schlagkräftigeres Wort sein, eines, das die Macht hatte, alles zu stoppen ...

Wenn er nur einen Gedanken fassen könnte.

Denk nach, verdammt ... denk nach!

Plötzlich hatte er es.

NIKI.

»Niki«, hauchte er kaum hörbar. Der Schlüssel passte.

Ingvar wollte Toni für die nächste Runde wieder unter dem Plastiksack verschwinden lassen und hielt inne.

»Niki ... will wissen ...«, keuchte Toni mit letzter Kraft.

»Klar«. bestätigte Ingvar, »und ob der Chef wissen will.«

Und wenn Toni hier und jetzt ins Gras beißen würde, würde der Chef nicht das Geringste erfahren. Ingvar hatte sich im Eifer des Gefechts mitreißen lassen, denn er hatte dem schlitzäugigen Idioten schon lange das geben wollen, was er verdiente. Obwohl er Toni nur mürbe machen sollte – mehr nicht. Und Ingvar wollte Niki auf keinen Fall verärgern. Was das bedeutete, wusste Toni nur zu gut.

Niemand würde glauben, dass der gefürchtete Toni Tong hier stinkend und nach Luft ringend auf seinem Flurteppich lag. Niemand!

Ingvar packte Toni unsanft am Kragen des verschmutzten Morgenrocks und richtete seinen schlappen, fast bewusstlosen Körper auf.

»Stellt ihn unter die Dusche«, befahl er, »und spült ihm den Dreck ab, damit wir ihn zum Chef bringen können.«

Toni wurde grob in seine frisch geputzte Dusche geschleift. Widerstandslos wurde ihm das Wenige, was er trug, vom Leib gerissen, dann wurde er schroff auf den Fliesenboden geschubst. Aufrecht zu stehen misslang, und die beiden Gorillas bemühten sich nicht darum, ihn festzuhalten. Sie ließen das Wasser so lange an ihm herunterrinnen, bis er so weit sauber war, dass sie ihn anfassen konnten, ohne ihre Anzüge zu ruinieren.

Toni kauerte sich unter dem Wasserstrahl zusammen und glaubte durch das Rauschen des Wassers zu hören, wie Jeanette hämisch seinen erbärmlichen Zustand kommentierte.

»Ha – recht geschieht dir, du Schwein! Jetzt weißt du, wie das ist!«

»Halt's Maul!«, hallte es stumm in seinem schmerzgebeutelten Kopf. »Lass mich bloß in Ruhe!«

Aber sie hatte natürlich Recht.

Er war sich über seine Lage durchaus im Klaren.

So war es also, sein eigenes Blut in kleinen Bächen über die Fliesen laufen und durch den Abfluss verschwinden zu sehen.

Den ganzen Tag über hatte Niki geglaubt, seine CD-Sammlung sei nun vollständig.

Bisher hatte alles reibungslos funktioniert.

Unvorsichtigerweise hatte er die Scheibe nicht sofort in den Computer gelegt, sondern in den Safe und war zu einem Fest gefahren, das mit einer Tour durch die Kneipen endete. Es war wichtig, sich bisweilen in den Lokalen, die bis in den Morgen geöffnet hatten, blicken zu lassen. Dem einen oder anderen wichtigen Kontakt zuzunicken, einigen ein Bier zu spendieren, wieder andere – in Ungnade gefallene – wurden geflissentlich übersehen. Niemand sollte vergessen, dass es Niki noch gab.

Da er entgegen seiner Gewohnheit den größten Teil des Tages verschlafen hatte, kam er erst am folgenden Abend dazu, die Scheibe genauer in Augenschein zu nehmen. Nicht, dass er misstrauisch gewesen wäre, aber es musste schließlich irgendwann erledigt werden.

Die CD sah ganz normal aus.

Er konnte es nicht lassen, sie auf seiner einhunderttausend Kronen teuren Anlage zu testen, und die Musik hörte sich wirklich großartig an. Ganz so, als spielte Beethoven selbst.

Doch als er die Scheibe in seinen Computer schob, erlebte er die große Überraschung.

Hier handelte es sich um eine ganz gewöhnliche CD, die nicht wie die übrigen zweifach gebrannt war und sowohl Musik als auch andere Daten enthielt.

Ausführliche, essenzielle Anmerkungen über umfassende wirtschaftliche Änderungen auf dem internationalen Markt.

Aber – die fehlten einfach.

Niki war es nicht gewohnt, an der Nase herumgeführt zu werden, und verstand nicht sofort.

Seine Männer hatten Toni die ganze Nacht lang gesucht, ihn jedoch erst am Morgen erwischt. Unterdessen war Niki im Büro auf und ab gegangen und hatte über den Verrat gegrübelt, bis sein Kopf rauchte.

Er brauchte nicht einmal zu fluchen, um seine Laune kundzutun, sein Blick allein garantierte Toni die reine Hölle, neben der die gerade durchlittene Behandlung das reine Zuckerschlecken gewesen war.

Die Fahrt zu seinem Chef hatte Toni die Möglichkeit geboten, über seine Lage nachzudenken. Hatte es sich bereits herumgesprochen, was am Abend vorgefallen war? Das war eher unwahrscheinlich. Vielleicht ging es um etwas ganz anderes? Jedenfalls war es ausgeschlossen, das zuzugeben, was wirklich passiert war. Außerdem musste Niki ihm die Lüge hundertprozentig abkaufen. Und sollte es um die Schlampe gehen, dann würde ihm schon etwas einfallen – besonders jetzt, wo sie auf dem Meeresboden lag und keiner Beschuldigung widersprechen konnte.

»Wo ist die CD?«, fragte Niki nun.

»Welche CD?«, entgegnete Toni verwundert.

Jeder Gedanke an die unglückselige Ursache dieses ganzen Dilemmas wurde verständlicherweise in die hintersten Windungen des Gehirns verbannt.

»*Meine* CD.«

»Die hast du doch bekommen – wir haben sie schließlich vorbeigebracht.«

Niki warf ihm einen messerscharfen Blick zu.

»Ihr habt zwar was vorbeigebracht, ja«, gab Niki zurück, »allerdings nicht das, wofür ich bezahlt habe!«

Toni Tong sah seinen Chef aufrichtig überrascht an, und Niki fragte sich, ob der Bursche tatsächlich unschuldig sein könnte.

»Nein«, fuhr er fort, »sie enthielt zwar Beethovens äußerst hörenswertes Klavierkonzert Nr. 2, aber nichts anderes. Dieses andere war ja gerade das Entscheidende.«

»Das kapier ich nicht«, meinte Toni, der auf dem Boden kniete.

Niki wandte ihm den Rücken zu und starrte aus dem großen Fenster. Wenn der alte graue Kasten aus dem vorigen Jahrhundert mit seinen fünf Stockwerken nicht die Sicht versperren würde, hätte er direkt auf das Haus, in dem Toni seinen Kurier ermordet hatte, geblickt.

»Was mich wundert: Als du ... geduscht hast«, hob Niki an, ohne sich umzudrehen, »hat Ingvar deine Wohnung, die du mit meinem Geld mietest, durchsucht – und das hier gefunden!«

Er fuhr herum und hielt eine zerbrochene CD in der Hand.

»Wieso ist die kaputt?«

Toni begann es langsam zu dämmern, welchen schicksalsschweren Fehler er begangen hatte. Er fühlte sich, als würde in seinem Kopf ein Wasserhahn aufgedreht und das eiskalte Wasser der Einsicht würde direkt in seine Magenkuhle strömen. Diese Schlampe hatte die Scheibe gar nicht kopiert! Stattdessen hatte sie sie einfach behalten und Niki eine wertlose gegeben. *Er* hatte die richtige zerbrochen.

Er stocherte im verminten Niemandsland, in dem der kleinste Fehltritt verheerende Folgen haben würde.

»Ich hab die nicht kaputtgemacht«, versicherte er leicht übertrieben, »die ist zerbrochen, als der Spieler gegen die Wand geflogen ist.«

»Gegen die Wand geflogen?«, schnaubte Niki und musterte seinen grün und blau geprügelten Auftragskiller.

»Ich weiß auch nicht – wir haben gestritten!«

»Wieso denn gestritten?«

»Ja, verdammt, ich bin eben ausgerastet.«

»Okay, du hast dich über sie aufgeregt«, stellte Niki kühl fest. »Warum?«

»Sie hat mich betrogen.«

»Dummes Geschwätz«, entgegnete der Chef. »Willst du mir etwa unter die Nase reiben, dass du ein Exklusivabkommen mit einer einzigen Braut – wer auch immer das sein mag – hast? Vergiss es! Dafür kenne ich dich zu gut.«

»Aber das ist wahr. Du weißt doch, seit wann wir ... das ist eben immer ernster geworden.«

»Ach ja? Wie reizend. Ihr habt bestimmt schon ans Heiraten gedacht und alles?«, höhnte Niki.

»Nee, nee, aber ... sie war ... sie ist schon was Besonderes.«

Niki war von seinen sentimentalen Ergüssen mäßig beeindruckt, das verriet sein spöttischer Blick. Toni spielte einen kleinen Trumpf aus.

»Sie durfte für die letzte Fahrt sogar den Benz nehmen!«

Der Chef hob verwundert eine Augenbraue. Der Benz war dem pedantischen Toni heilig, das wusste jeder.

»Und weiter?«, drängte er.

»Dann stellte sich heraus, dass sie einen anderen hatte. Einer, der mit ihr hierher gekommen war und mit dem sie auch wieder zurückfahren wollte.«

»Und weshalb hat diese Schlampe dann nicht die richtige CD bei mir abgeliefert?«, fragte der Chef. »Wieso lag die Scheibe überhaupt in ihrem Spieler?«

»Ich weiß nicht, Niki«, log Toni mit großen Augen, »vielleicht war sie in Panik oder so. Nervös, weil sie mit mir Schluss machen wollte, und dann hat sie's vermasselt, weil sie sich nicht mehr auf die ganze Sache konzentrieren konnte.«

Er betete zu Gott, dass es ihm noch gelingen würde, seinen Kopf aus der Schlinge zu ziehen, denn Niki konnte ihn minutenlang mit durchdringendem Blick fixieren, ohne zu blinzeln. Er würde es sicher als Schuldbekenntnis ansehen, falls Toni nicht dasselbe tat. Doch vor lauter Todesangst bestand Toni diese Machtprobe.

Niki musste nachgeben, doch er wirkte nicht sehr überzeugt. Noch kreisten zu viele unbeantwortete Fragen in seinem Kopf.

»Du hast also den CD-Player gegen die Wand geworfen«, rekapitulierte er. »Aber wie konnte die Scheibe kaputtgehen, wenn sie in dem Gerät lag?«

Toni schluckte.

»Sie ist rausgeflogen«, zögerte er. »Wahrscheinlich hat die Eject-Taste einen Schlag bekommen.«

»Aber eine CD bricht dann doch nicht in der Mitte durch«, meinte Niki. »Sie bekommt höchstens ein paar Kratzer. Hältst du mich für einen Idioten? Du verschweigst mir doch was.«

Hinter Tonis Rücken ballte Ingvar erwartungsvoll seine großen Fäuste. Vielleicht bekäme er noch eine Chance bei diesem Tong.

Die ausweglose Situation machte aus Toni einen glänzenden Dichter. Er glaubte beinahe selbst, was er sagte.

»Okay, ich habe sie ein bisschen verdroschen, aber dann ist sie abgehauen. Ich war so wütend, und als ich die CD dort liegen sah, habe ich sie zerbrochen. Nur um mich abzureagieren. Ich dachte ja, es wäre ihre – ich habe sie mir gar nicht angesehen!«

»Du hast sie aus reiner Wut zerstört«, äffte Niki ihn nach und verlor für einen kurzen Augenblick seine mühsam gewahrte Fassung.

»Informationen im Wert von 300 000 Kronen sind im Eimer!«, brüllte er und ließ die Faust auf den Schreibtisch niedersausen, dass das Telefon beinahe zu Boden fiel.

»Aber verdammt noch mal«, jammerte Toni mit einer Stimme zittrig wie Espenlaub, »ich dachte doch, du hättest die richtige längst! Ich hatte doch keine Ahnung, welche Scheibe da überhaupt drin war. Die lag schon drin, als ich durchgedreht bin, sie vermöbelt und mit ihren Sachen gegen die Wand geschleudert habe.«

Niki beruhigte sich ebenso schnell wieder, wie er in Rage geraten war, und starrte glubschäugig auf die massive graue Hausfassade gegenüber. Im vierten Stock war ein Zahnarzt zu sehen, der einen der letzten treuen Patienten des Tages mit Bohrern, Schleifern und Spachteln traktierte.

Der Mediziner von gegenüber schien ein professioneller und geschickter Fachmann zu sein – was genau genommen auch auf Toni zutraf. Die aufgestaute Wut, die Niki seit gestern mit sich herumgetragen hatte, war dank Tonis Kooperationsbereitschaft mit einem Mal fast wieder verraucht, und er konnte der Situation viel gelassener ins Auge blicken.

Denn wo konnte man heutzutage noch so ein altmodisches, verlässliches Talent wie Toni Tong finden? Einen, der sich nicht zum Sklaven machen ließ und der auch sonst keine nennenswerten Schwächen hatte, der außerdem intelligent genug war, keine Spuren zu hinterlassen. Nirgendwo. Er hatte ihm das natürlich nie so gesagt, aber Toni war wirklich einmalig.

Was nützte ihm eigentlich mehr?

Wenn der Bursche in den ewigen Jagdgründen sein Unwesen trieb oder wenn er das Ganze bei einem kleinen Denkzettel bewenden ließ und ihm eine Chance gab, den Haussegen wieder gerade zu rücken?

Zweifelsohne Letzteres.

Er reichte Toni die Hand und half ihm auf.

»Verschwinde!«, fauchte er in Richtung seines Gorillas und bedeutete ihm, die anderen gleich mitzunehmen.

Ingvar wollte protestieren, besann sich aber im letzten Moment eines Besseren. Er wusste sich davor zu hüten, Nikis Befehlen zu widersprechen, warf Toni aber einen wütenden Blick zu. Ein Blick, der nur einen kurzen Waffenstillstand versprach.

Endlich war Niki mit dem verlorenen Sohn allein.

Konnte er ihm wirklich trauen …

»Diese Jeanette – wo ist sie jetzt?«, erkundigte er sich.

Toni hob die Schultern.

»Keine Ahnung«, versicherte er. »Mittlerweile ist sie sicher über alle Berge.«

»Und wie sicher bist du dir, dass es sich hier nur um … ein Versehen handelt?«

Toni schluckte erneut und fuhr mit seiner Zusammenfassung fort.

»Wenn sie auch nur das Geringste von der Scheibe gewusst hätte, wäre sie doch völlig durchgedreht, als sie zerbrochen ist … oder etwa nicht?«

»Ja, logisch«, bestätigte Niki.

»Und das kann ich dir flüstern … sie hat kein einziges Wort gesagt. Sie war vollkommen cool!«

Niki dachte gründlich über die ganze Sache nach und ließ sich schließlich von Tonis aufrichtiger Art überzeugen. Es klang ganz so, als würde der Bursche die Wahrheit erzählen, und er beschloss, die Angelegenheit rasch abzuhaken und wieder zur Tagesordnung überzugehen.

»Ich will dir einen Vorschlag machen«, hob er in verräterisch mildem Tonfall an, der meist schlechte Neuigkeiten für das Gegenüber verhieß, »wie du mich für diesen Patzer entschädigen und gleichzeitig deine Position in der Firma behalten kannst.«

Toni spitzte die Ohren, obwohl seine Knochen schmerzten und sein Hals brannte.

Zuerst musste er sich einen schweren Vorwurf anhören –

eine Erinnerung an seinen Auftrag im Wert von 80 000 Piepen, den er noch nicht ausgeführt hatte.

Vorher stand ihm allerdings noch eine kleine Reise bevor.

»Selbstredend brauche ich eine neue Scheibe«, begann Niki, »aber du musst sie selbst holen, aus Luxemburg. Außerdem wirst du unentgeltlich noch ein Päckchen mit zurücknehmen. Wie du das regelst, ist dein Problem.«

»Natürlich«, versicherte Toni, der endlich einen Ausweg aus seinem Dilemma zu sehen glaubte, »alles klar – vertrau mir.«

12

Kriminaldirektorin Christel Bremer von der nationalen Polizeileitung war es gewohnt, sowohl auszurücken als auch einzuspringen.

Früher hatte sie sich größtenteils mit Ersterem beschäftigt. Doch seit die oberste Polizeidienstleitung ihre Kompetenz im Innendienst entdeckt hatte, musste sie meist einspringen.

Immer wenn sich in einer Führungsposition etwas Unerwartetes ereignete, war eine neutrale Instanz mit der Fähigkeit, alle bislang gezügelten Ambitionen in Schach zu halten, gefragt. Durch einen krankheitsbedingten Ausfall entstand ein Vakuum, das wieder gefüllt werden musste, und früher durchaus umgängliche Mitarbeiter witterten plötzlich eine Chance, sich zu profilieren.

Für diese Fälle war es stets das Beste, wenn man rechtzeitig auf eine unabhängige, aber dennoch durchsetzungsfähige Person wie Christel Bremer zurückgreifen konnte. Jemand, der mit entschiedenen Schritten gründlich aufräumte und die Fakten ordnete, um eine objektive Beurteilung und Handhabung der Situation zu ermöglichen.

Denn wenn ein dominanter und resoluter Chef wie Harry Runsten auch nur für kurze Zeit ausfiel, entstand eine äußerst heikle Situation. Eine seltsame Leere im Kielwasser des mächtigen Ozeandampfers, dem er normalerweise glich. Eine merkwürdige Flaute, der unweigerlich in Kürze intrigante Turbulenzen folgen würden, die leicht die klare Sicht trüben und das Schiff auf einen falschen Kurs lenken konnten.

Denn das Helsingborger Polizeiwesen galt ebenso wie ihr Kapitän als sturmtauglich und wetterfest. Das Präsidium glich einem imposanten Schlachtschiff, das mit seinen fünf Stockwerken aus braunrotem Backstein strategisch günstig gelegen an der südlichen Ausfallstraße der Stadt emporragte.

Und Polizeidirektor Harry Runsten war seit seinem Amtsantritt vor zwölf Jahren der unangefochtene Kapitän auf der Kommandobrücke in seinem Büro im fünften Stock.

Das Zimmer glich mit seiner moosgrünen Sitzgruppe aus feinstem Rindsleder und dem polierten Sofatisch aus rauchgefärbtem Glas eher dem Salon eines Kapitäns als dem Arbeitsplatz eines Gesetzeshüters.

Wie bei solchen Büros üblich, war es auch nicht besonders persönlich eingerichtet.

Nur selten hatte sich ihm die Gelegenheit geboten, die Ölgemälde an den Wänden oder die handgewebten Wollteppiche zu betrachten. Der geschmackvoll eingerichtete Raum trug vielmehr die Handschrift des Innenarchitekten als Spuren des Bewohners selbst. Denn Sitzungen und wichtige Konferenzen andernorts hatten einen Großteil der Zeit des Polizeidirektors in Anspruch genommen – abgesehen von den Treffen mit Mette Mogensen natürlich.

Im Büro dominierte kurz gesagt maskuline Nüchternheit.

Bis jetzt.

Frühmorgens war Christel Bremer hereingestürmt, bereits zwei Tage nach der Erkrankung Runstens. Hatte ihre Sachen, bestehend aus Aktenkoffer, Reisetasche und Handtasche, resolut mitten auf die blank polierte Schreibtischplatte gestellt, den Koffer geöffnet und einen Stapel mit verknickten und zerfledderten Unterlagen herausgeholt und auf dem gesamten Schreibtisch ausgebreitet.

Anschließend hatte sie die Chintzgardinen zurückgezogen,

um Luft und Licht hereinzulassen, und ihre Grünpflanzen vor den großen Fenstern aufgereiht.

Wolldecke und Kissen schmückten das Paradesofa, schließlich konnte man nicht wissen, wann der Dienst einen 24-Stunden-Tag forderte. Für solche Situationen war es klug, auf eine Möglichkeit zum Ruhen zurückgreifen zu können.

Christels langes dunkles Haar war kunstvoll geflochten und im Nacken mit für den Betrachter unsichtbaren Spangen hochgesteckt. Ihr Leinenkleid war eng geschnitten, aber elegant und betonte die Powerfrau in ihr. Nicht etwa, weil sie in ihrem Beruf eine solche modische Unterstützung benötigte, aber für sie war es ein praktisches Arbeitskleid, das die verschiedenen sozialen und beruflichen Funktionen erfüllte.

Allerdings hatte sie jetzt gar keine Zeit für gesellschaftliche Verpflichtungen. Kam kaum dazu, ihre Arbeit an dem majestätischen Schreibtisch zu erledigen, sondern schritt ungeduldig auf und ab, dass sich die Gardinen im Wind bauschten.

Harrys treue alte Sekretärin Ylva Åberg hatte plötzlich alle Hände voll zu tun. Brief auf Brief wurde diktiert, ein Memo nach dem anderen rausgeschickt, und die neue Chefin tat zu allem ihre Meinung kund in einem nie enden wollenden Redefluss.

»Zuallererst würde ich gern eine Mitteilung über mein Eintreffen an sämtliche Abteilungen schicken und anschließend eine Konferenz mit allen Gruppenchefs anberaumen. Danach werden wir unsere Finanzen prüfen und dann …«

Ylva schwirrte schon der Kopf, bis die Anweisungen schließlich verstummten und sie sich wieder in ihr Büro zurückziehen konnte. Sie schloss die Tür, lehnte sich an die Wand und ballte ohnmächtig vor Wut die Faust.

Sie hatte ja keine Ahnung! Dieses … elende Frauenzimmer!

Harry hatte sie noch nie so behandelt. Diese ganze zusätzliche Arbeit – als ob die gewöhnlichen Routineaufgaben nicht ausreichten! Und wie um alles in der Welt sollte sie das alles schaffen und abends trotzdem rechtzeitig ins Theater kommen?

Was für eine Sklaventreiberin!

Auf diese Weise war Christel Bremers Hexenbesen in den letzten Wochen durch das Präsidium gewirbelt, was niemanden unberührt gelassen hatte. Ihr Takt war schnell zum neuen Maßstab avanciert, ihr Tempo zum neuen Rhythmus des ganzen Hauses.

Ihr war durchaus bewusst, dass die meisten ihre Art, den eingespielten Trott umzukrempeln, nicht guthießen. Aber sie hatte hier eine Aufgabe zu erfüllen, nämlich nach dem legendären Harry Runsten die Zügel zu übernehmen und für die optimale Nachfolgeordnung zu sorgen – falls es ihm nicht möglich sein sollte, wieder zurückzukehren. Wenn ein altgedienter Chef ausschied, war es, als würde man seine alte Wohnung räumen. In den Ecken und hinter den Bücherregalen hatte sich massenweise Staub angesammelt, den niemand bemerkt hatte. Also musste sauber gemacht werden, was nicht jedermanns Sache ist.

Christel machte das nichts aus, ihr Arbeitsplatz wechselte stets, und kollegiale Bindungen entstanden so gut wie nie. Außerdem waren die Fälle ihrer Vorgänger derart komplex und stressig, dass die persönliche Antipathie, die sie so oft zu spüren bekam, bereits Teil der Abmachung war.

Wenn sie sich unbeliebt machte, dann störte sie das nicht besonders. So war es bisher gewesen, aber in der letzten Zeit wurde ihr alles schneller zu viel, und sie war all die misstrauischen Blicke leid, die ihr begegneten, wohin sie auch kam.

Aber sie dachte nicht daran, sich durch diese gedrückte Stimmung beeinflussen zu lassen. Sie musste nur die Zähne zusammenbeißen und weiterkämpfen – wie immer.

Die Männer begriffen das bloß nie.

Sie ließen alles seinen gewohnten Gang gehen und machten sich keine Gedanken, solange es keinen Streit gab. Sie waren nicht so rasch aus der Ruhe zu bringen und hielten sich an das

Laissez-faire-Prinzip. Und redeten sich ein, dass alles Friede, Freude, Eierkuchen war.

Aber die Frauen dachten anders darüber. Sie wussten aus Erfahrung, dass sowohl Familie wie Job mit eiserner Hand gelenkt werden mussten, vorausgesetzt, es sollte nicht zur kompletten Katastrophe kommen. Wenn sich niemand ernsthaft verantwortlich fühlte und der harten Herausforderung stellte, das Kommando zu übernehmen, dann würde rein gar nichts passieren.

Ohne Vorwarnung schnarrte der Beeper, Christel zuckte zusammen.

Was gab es denn nun schon wieder?

Eigentlich wähnte sie den alten, klapprigen Apparat längst nicht mehr Teil der Ausrüstung der Polizeibehörden. Seine besten Tage hatte er schon vor langer Zeit gesehen, und in den meisten Bezirken war er bereits eine Rarität, doch diese Tatsache hatte sich offenbar noch nicht bis nach Helsingborg herumgesprochen.

Immerhin war er leicht zu bedienen.

Sie drückte den Knopf.

»Christel Bremer hier. Worum geht's?«

»Hier Joansson, Dienst habende Wache.«

Joansson kam es merkwürdig vor, sich innerhalb des Präsidiums so korrekt melden zu müssen. Genau genommen war es ein Unding, nicht davon ausgehen zu können, dass derjenige, den man anrief, nicht sofort wusste, wer am Apparat war!

»Ich wollte Sie nur davon in Kenntnis setzen«, fuhr er leicht gereizt fort, »dass soeben Alarm gegeben wurde. Dänische Kamikaze-Kletterer haben oben beim Kullaberg eine Leiche im Meer gefunden.«

»Um diese Jahreszeit?«

»Ja ... es waren halt Dänen.«

Für Joansson war diese Erklärung vollkommen ausreichend, während Christel Bremer, die aus Mittelschweden stammte, nicht begriff.

Sie konnte schließlich kaum wissen, dass die größte Herausforderung der dänischen Halbbrüder der Schonen, ihr eigener K2, hier oben am nordwestschonischen Kullaberg lag. Weshalb sollte man weiter als bis hierher fahren, um etwas Besonderes zu erleben, wenn der höchste Berg Dänemarks Yding Skorhøj hieß, 173 Meter über dem Meeresspiegel maß und draußen auf Jylland lag?

Und weshalb sollte man eine Fahrkarte nach Kathmandu lösen und sein Leben in unzivilisierter Wildnis riskieren, wo es nicht einmal ein akzeptables WC gab, wenn man genauso gut am Wochenende über den Sund zum Kullaberg fahren konnte? Der Berg bot mehr als genügend Steilwände.

Laut Joansson wurde der Alarm zunächst in Höganäs registriert. Die örtliche Polizei war zuerst zur Stelle gewesen, hatte aber umgehend Verstärkung aus Helsingborg angefordert.

Ylva Åberg betrat mit einer Unterschriftenmappe unter dem Arm das Büro.

»Eine Leiche ...«, hörte sie Christel Bremer sagen, »... hat man denn die Identität noch nicht feststellen können?«

»Nein, noch nicht. Angesichts der Umstände ist nicht einmal klar«, fuhr Joansson fort, »ob es sich um einen Mann oder eine Frau handelt!«

Ylva lauschte ein wenig, während sie die Mappe auf den Schreibtisch legte. Das klang nach einem dicken Fisch. Wenn das hieß, dass diese Menschenschinderin jetzt ausrücken musste, konnte Ylva sich endlich eine Ruhepause gönnen.

Und das Arbeitstier mit dem figurbetont geschnittenen Leinenkleid und den hochfliegenden Ambitionen witterte sofort die ausgezeichnete Gelegenheit zu sehen, wie die Organisation in der Praxis funktionierte.

Die Dokumente auf ihrem Schreibtisch konnten getrost warten.

Es war Zeit auszurücken.

Die Assistentin Birgitta Svenningsson hatte keine Ahnung, was sie erwartete, als sie am Vormittag in den wintermüden Wald des Kullaberg-Reservates gerufen worden war. Für ihre sechsundzwanzig Jahre war sie sehr hartnäckig und zielstrebig. Außerdem war sie sportlich, trainiert und flink wie ein Wiesel.

Sie trug eine hübsche Kurzhaarfrisur, die wie ein dunkelbrauner Helm ihren Kopf einrahmte und ihr einen paramilitärischen Look verlieh.

Das einzige Zugeständnis an die Konvention der Geschlechter bestand aus ihrem Lippenstift, der manchmal dunkelrot schimmerte, manchmal orange-rosa und an anderen Tagen in einem schulmädchenhaft-naiven Rosaton. Je nachdem, in welcher Stimmung sie sich morgens befand.

Davon abgesehen war sie für den Nahkampf wie geschaffen.

Seit ihrem Abschluss an der Polizeischule war es mit spannenden Ereignissen nicht sehr weit her, wie sie fand … aber das hier ging dann doch etwas zu weit!

Dennoch zählte sie zu den wenigen Helsingborger Beamten, denen bei diesem Anblick nicht sofort übel wurde.

Auch Kriminalkommissar Knut Sahlman zählte zu jenen, die gezwungen waren, sich kurz abzuwenden. Dankbar fand er am dicken, krumm gewachsenen Ast einer Eiche Halt.

Der Anblick verursachte ein Schwindelgefühl; um nicht das Gleichgewicht zu verlieren und weiterarbeiten zu können, krallten sich seine Fingernägel in die rissige Borke und machten eine mehrere Kronen teure Maniküre zunichte. An Tagen wie diesen galt seine Aufmerksamkeit normalerweise der attraktiven Birgitta Svenningsson und den Tücken, die seine vorbildliche Garderobe beschmutzen könnten. Der Mohairmantel durfte nicht mit der schmutzigen Natur in Berührung kommen, seine polierten Stiefel aus echtem brasilianischem Rindsleder sollten keinen Matsch abbekommen.

Doch der Anblick des übel zugerichteten und im Zuge der

Verwesung aufgeschwemmten Frauenkörpers, den die Kollegen von der Feuerwehr aus der Brandung geborgen hatten, machte alle anderen Sinneseindrücke zunichte.

Gerade als Sahlman sich unter Aufbringung größter Selbstüberwindung erneut dem Fundort zuwandte, kam Joakim Hill den lehmigen Winterweg herauf.

Hill hatte die Umgebung durchkämmt und weiter oben Reifenspuren entdeckt, die auf ein kürzlich dort geparktes Fahrzeug deuteten.

War das der Tatort? Noch wusste man nicht, wo und wie sie umgebracht worden war.

Die Techniker sicherten das Reifenmuster, doch wohin das führen würde, war fraglich. Die Wahrscheinlichkeit, dass die Reifenspur gar nichts mit dem Fall zu tun hatte, war groß. Der Fundort war für jeden naturliebenden Autofahrer ein beliebter Halteplatz, wegen seiner einzigartigen Aussicht über die Klippen. Aber Voreingenommenheit war hier fehl am Platz.

Alles, was möglicherweise von Bedeutung sein konnte, wurde sicherheitshalber untersucht. Und sei es nur, um sich hinterher nicht ärgern zu müssen.

Larsson, einer von Anderbergs Leuten, eilte Hill entgegen.

»Hallo«, rief er, »ich habe schnell die Tiefe der Reifenspur überprüft, nach Reifenabstand und -breite zu urteilen, dürfte es sich um einen PKW-Kombi oder möglicherweise um einen Landrover handeln.«

Hurra, ein Kombi!

Aber welche Marke – und wie viele tausend Kombis gab es überhaupt?

Hill bedankte sich und fischte ein Papiertaschentuch aus seiner Jackentasche. Er wischte sich umständlich die erdigen Hände ab und wollte das Taschentuch schon in den dunkelgrünen Plastikabfalleimer werfen, als er sich eines Besseren besann. Der Mülleimer befand sich nämlich innerhalb des mit blau-weißem Sperrband umzäunten Geländes.

In diesem Abfalleimer, der an einem verrosteten Eisenpfosten angeschraubt war, könnte sich schließlich ein Hinweis verstecken. Und man wollte hinterher nur ungern hören, dass irgendein Dummkopf die Untersuchung sabotiert hatte!

Umständlich faltete er das Taschentuch zusammen und stopfte es wieder in seine Jacke. Er musste es wohl oder übel später wegwerfen.

Es war ein nasskalter und diesiger Tag, die angenehme Frühlingsluft der vergangenen Tage schien keine Spuren hinterlassen zu haben. Der Frost hatte heute früh die Zweige mit festlich glitzerndem Raureif bedeckt, doch nun war die ganze Pracht hier oben auf dem Kullaberg einer merkwürdigen Stimmung gewichen. Vom Meer stieg kalter Nebel empor und hüllte den Platz in einen grauen Trauerschleier, während ein Arzt den makabren Fund untersuchte.

Doktor Bo Olin hatte sich in dem Notarztwagen befunden, der umgehend an den Fundort gerufen worden war, und Hill hatte aufgeatmet. Es lag zwar nicht an den Kriminaltechnikern, die arbeiteten heutzutage professionell und flink, aber gerade in diesem Fall war es gut, dass ein älterer Mediziner mit einem großen Erfahrungsschatz sein Urteil abgeben konnte.

»Guten Morgen«, hatte er unzeitgemäß höflich gegrüßt, als er mit seiner Arzttasche in der Hand dem Wagen entstiegen war.

»Ja, am besten fange ich gleich an, oder?«

Seine etwas altmodisch wirkende Erscheinung hatte die Anwesenden zunächst in der falschen, aber beruhigenden Annahme gewiegt, dass nichts von alledem wirklich war, sondern dass alles einem klassischen Puzzle-Krimi glich, in dem die Beteiligten ihre Rollen gemäß einem vorgegebenen Drehbuch spielten. Ein Drehbuch, bei dem einer bestimmten Anzahl unverzichtbarer Personen die Aufgabe zuteil wurde, Opfer zu mimen. Während der Held oder die Heldin am Schluss stets den Schurken unter den längst vorhersehbaren Verdächtigen findet.

Die Wirklichkeit sah jedoch ganz anders aus, überlegte Hill. Es gab immer jemanden, der irgendwo wartete. Ein Freund, ein Angehöriger oder gar ein Haustier. Jemand, dem das jeweilige Opfer nicht einfach gleichgültig war, sondern jemand, der mit dem Verlust leben musste.

Olin inspizierte vorsichtig die Leiche. Sie lag auf der Seite in der Persenning, in der sie heraufgeholt worden war. Die Kunststoffhülle war ebenso wie der schwarze Stoff darunter durch den Aufprall auf die zerklüfteten Felsen kaputt gescheuert. Außerdem hatten Wind und Wellen die Leiche gegen die Ufersteine geschleudert, die Hülle war noch weiter eingerissen und bot an mehreren Stellen freie Sicht auf den Körper, der auch einiges abbekommen hatte. Die Konturen einer runden Brust zeichneten sich an dem lädierten Laken ab und beantworteten eine wichtige Frage.

»Eine junge Frau«, sprach er in sein Diktaphon, »vermutlich blond, rötlich.«

Sein geübtes Auge konnte das erkennen, obwohl das Gesicht teilweise nur noch aus einer blutig-geschwollenen Masse bestand, die eine blassgrüne Farbe angenommen hatte. Ein paar große Löcher an der Schläfe sowie ein Austrittsloch auf der anderen Seite trugen das ihrige zur Entstellung bei.

Krähen und Möwen hatten nach Kräften mitgeholfen.

Ein Auge fehlte.

Dort, wo es sich befunden hatte, gähnte ein tiefes Loch mit einzelnen Hautfetzen und Sehnen, die die Vogelschnäbel zerpickt hatten. Das übrige war sauber weggepickt worden. Durch die einzelnen, braunroten Fetzen, die aus dem Loch ragten, ähnelte der Kopf einem schreckerstarrten Pierrotgesicht oder einem professionell geschminkten Monster aus einer Hardrock-Gala.

Der Rest war aus unerfindlichen Gründen nahezu unversehrt.

Stimmen und Hundegebell hallten durch den winterkahlen Wald.

Spaziergänger strömten bereits herbei. Woher kamen die so plötzlich?

Vielleicht handelte es sich um die Einwohner von Mölle – dem idyllischen Sommerparadies, das sich unten von der Bucht zum Kullaberg hinauf erstreckte. Vielleicht kamen sie auch aus Höganäs oder aus noch größerer Entfernung.

Hill wunderte sich jedes Mal wieder, wie schnell sich die Nachricht eines Unglücksfalls verbreitete.

Anderberg und seine Jungs waren zum Glück vor der Presse eingetroffen, was Hill als gutes Zeichen deutete. Jetzt konnten die Abendzeitungen jedenfalls nicht behaupten, dass die Medien wie üblich zuerst an Ort und Stelle waren, wenn etwas passierte.

NSZ, die Nordwestschonische Zeitung, war zuerst da, doch die Polizei würde erst Informationen bekannt geben, wenn das Helsingborger Tageblatt eingetroffen war. Die anderen Zeitungen und Fernsehsender würden sicher auch nicht lange auf sich warten lassen, und wartete man noch etwas länger, würde sich niemand übergangen fühlen.

Obwohl man gegenwärtig noch nicht viel sagen konnte.

Die Journalisten konnten die wenigen Fakten, die es gab, natürlich ausschmücken. Die Kamera würde dramatische Aufnahmen von den kahlen Klippen und dem darunter liegenden Meer machen, und wenn man Glück hatte und die Optik stimmte, konnte man ganz verschwommen den spektakulären Fund erkennen.

Aber die Untersuchung war noch nicht abgeschlossen.

Hill drängte sich zwischen zwei von Anderbergs Technikern hindurch und trat zu Olin, der neben der Leiche kniete.

Der Arzt hatte die Plastikfolie vorsichtig weiter geöffnet, um sich ein genaueres Bild vom Zeitpunkt des Todes machen zu können.

Das wurde nicht gerade dadurch erleichtert, dass der Körper so lange Zeit in kaltem Wasser gelegen hatte, aber es gab dennoch eindeutige Anhaltspunkte.

Unterhalb der entblößten Brust hatte zum Beispiel eine hellgrüne Verfärbung der Haut eingesetzt, die sich bis zur Magengegend fortsetzte. Ein Farbton, der weder von blauen Flecken noch Blutergüssen herrührte, sondern den sowohl die Pathologie als auch der Kriminaltechniker genau richtig diagnostizierten – das erste Stadium des Verwesungsprozesses.

Um die Identifizierung erfolgreich abzuschließen, war einiges an polizeitechnischem Aufwand nötig, stellte Hill fest und verzog unweigerlich das Gesicht.

»Hast du schon eine Ahnung, ob sie hier umgebracht worden ist, oder …?«, erkundigte er sich.

Dr. Olin murmelte etwas und hob fröstelnd die Schultern, ohne den Blick von der Toten zu wenden.

»Ja, es sieht nicht danach aus, als sei sie hier gestorben, meine ich. Die Hypostase hier bedeutet, dass sie erst längere Zeit nach Eintreten des Todes bewegt wurde.«

Hills Blick folgte widerwillig Olins deutender Hand.

»Hier«, fuhr der verfrorene Doktor fort, »ist eine schwache, aber deutlich erkennbare Hämolyse zu sehen – und zwar dieselbe, die die Blutgerinnung in dem Hypostase-Bereich kennzeichnet.«

Seine latexbehandschuhten Finger glitten am Körper entlang, um zu verdeutlichen, was er meinte.

»Außerdem sind hier Spuren von Gewalteinwirkung am rechten Schulterblatt sowie an der rechten Wade und der rechten Gesäßhälfte zu sehen – obwohl sie auf der linken Seite liegend gefunden wurde!«

»Mhm«, meinte Anderberg, der sich zu ihnen gesellte. »Ihr Körper ist zwar durch den Wellengang hin und her gespült worden, aber mit großer Wahrscheinlichkeit ist sie auf der linken Seite aufgeschlagen.«

»Und die Todesursache?«, fragte Hill. »Waren es Schüsse … oder …?«

»Höchstwahrscheinlich waren es Schüsse, aber Sie wissen ja selbst – man kann nichts Genaues sagen, bis die Obduktion abgeschlossen ist. Sie hat ja noch jede Menge andere Verletzungen – Kontusionen, Knochenbrüche und Ähnliches. Der Schuss könnte theoretisch auch ganz am Schluss abgefeuert worden sein, auch wenn ich das nicht glaube.«

Er machte eine kurze Pause und dachte nach.

»Es sieht so aus, als hätte … ich weiß nicht, wie ich es beschreiben soll, aber es scheint, als hätte eine immense Krafteinwirkung auf ihren Körper stattgefunden. Offensichtlich sind mehrere Rippen gebrochen – schauen Sie hier …«

Unter der grünlichen, leichenblassen Haut des Brustkorbs zeichnete sich eine ungewöhnliche Form ab. Zwei oder mehrere Rippen waren gebrochen und standen grotesk ab. Außerdem war die Schulter merkwürdig verdreht. Ein spitzer Winkel, der starke Schmerzen verursacht hätte – wenn sie zu dem Zeitpunkt, als die Verletzungen eintraten, noch gelebt hätte.

»Fast, als hätte jemand die blinde Wut auf sie gehabt!«, stellte Dr. Olin fest. »Denn ich könnte schwören, dass ihr das erst nach ihrem Tod zugefügt worden ist.«

Anderberg hoffte, dass er Recht hatte.

Schließlich lag hier eine junge Frau vor ihnen, die sich an warmen Abenden im Sommergras ausgeruht und im Sternenhimmel gespiegelt hätte.

Aber jetzt konnte sie die Schönheit der Natur nur noch von der anderen Seite betrachten.

Sie war tot – ermordet – und ihre Sternenaugen würden nie mehr glitzern.

Der Lärm eines Hubschraubers unterbrach die Stille.

Ein Longranger aus Sturup, ausgerüstet mit Wärmekamera, Suchscheinwerfern und Megaphon, kam mit wirbelnden Rotorblättern näher.

Er unterstützte die Taucher bei der Suche nach persönlichen Gegenständen und anderen Indizien, die sich möglicherweise in der Umgebung befinden konnten. Die Chance, fündig zu werden, war nicht groß, aber die Gegend sollte dennoch durchkämmt werden – und das vor Einbruch der Dunkelheit.

Für die Hubschrauberbesatzung war das kein Zuckerschlecken. Die Männer mussten mehrere Stunden lang auf engstem Raum sitzen und über der Wasseroberfläche kreisen. Und dabei würden sie höchstwahrscheinlich nicht einmal ein Möwenei finden.

Sahlman steuerte auf Hill zu.

»Was für ein verdammtes Aufgebot«, empörte er sich. »Werden wir hier wirklich alle gebraucht? Svenningsson und ich würden sonst wieder ins Präsidium fahren und …«

»Okay«, sagte Hill, »nur einen Augenblick noch …«

Er deutete mit dem Kopf in Richtung Meer.

Die Kriminaldirektorin und stellvertretende Polizeidirektorin Christel Bremer stand schweigend auf der Klippe, die mit einem Geländer versehen war. Abwechselnd blickte sie in die dunkle Meerestiefe hinab und beäugte den schmalen Weg, den die Techniker abgesperrt hatten. Sie wickelte ihren dicken Wollmantel enger um ihren Körper und trat nervös von einem Fuß auf den anderen. Vermutlich fror sie in ihren dünnen Pumps.

Hill fragte sich, was sie wohl sagen würde, wenn sie zu Ende gedacht hatte. Wäre Harry hier gewesen, hätte er es voraussagen können – er hätte delegiert.

»Bringt das hier in Ordnung, so wie ihr es für richtig haltet. Tut das, was eurer Meinung nach das Beste ist – ich stehe hinter euch.«

Das hatte ja auch jedes Mal funktioniert.

Ein Mal war es allerdings schief gegangen, als …

Seine Gedanken wurden jäh unterbrochen, als Christel Bremer auf Sahlman und ihn zusteuerte. Sie winkte Anderberg zu sich, warf dem Hubschrauber, der mit donnerndem Getöse in einer Schleife über die Felskante schwenkte, irritierte Blicke zu und tat ihre Überlegungen kund, sobald er in Richtung Meer abdrehte.

»Ich brauche eine schnelle Identifizierung, ein Persönlichkeitsprofil des Opfers und eine vollständige pathologische Untersuchung. Weitere Maßnahmen werden dann später besprochen.«

Kein patriarchalisches »Macht, was ihr für das Beste haltet«. Hier herrschte keine Anarchie. Die Leine war vielmehr lästig kurz und zog sich bei dem geringsten Fehltritt an.

Anderberg wollte noch auf etwas hinweisen.

»Also, die Jungs haben bereits festgestellt, dass an dem Klebeband, das um die Leiche gewickelt war, zahlreiche vertikale Reißspuren zu sehen sind. Mit Recht können wir davon ausgehen, dass das Bündel irgendwo oder irgendwie auf einen Widerstand gestoßen ist, bevor es in die Tiefe gesaust ist. Wir werden das in die Spezialanalyse schicken.«

Aber Christel Bremer blieb unbeeindruckt.

»Vermutlich viel zu früh, um zu diesem Zeitpunkt derartige Maßnahmen zu veranlassen«, stellte sie fest. »Das ist zu mager und würde lediglich unnötige Verschwendung von Zeit und Kapazität bedeuten. Angesichts der ganzen Umstände, des teuren Bettbezuges und so weiter wäre eine gynäkologische Untersuchung samt Spermatest sicher angebrachter. Sowie die Marke der Bettwäsche zu eruieren. Ergibt sich daraus etwas, haben wir ein paar handfeste Hinweise, wie etwa DNA, um damit weiterzuarbeiten.«

»Eine DNA-Analyse ist sicher eine gute Idee«, begann Hill, »aber es macht doch trotzdem Sinn, jeder potenziellen Spur nachzugehen?«

»Darüber werden wir dann auf einer Sitzung beraten«, bestimmte Bremer, »später.«

Plötzlich spannte sich die Leine ungewohnt unangenehm.

Weder Hill, Sahlman noch Anderberg kommentierten dies.

Anderberg nahm sich jedoch vor, Runsten schnellstmöglich einen Besuch in der Klinik abzustatten.

»Ach ja, übrigens«, fügte sie ahnungslos hinzu, »sorgen Sie auch dafür, dass die Presse keinen großen Zirkus veranstaltet!«

Christel Bremer verließ den Fundort, als sich ein Leichenwagen näherte. Mit einem Reifen fuhr er neben dem schmalen Weg, und der Wagen rumpelte über Baumwurzeln und Steine am Wegesrand. Auch der zweifach geknickte Körper, der wie ein Bündel auf die Trage gelegt und verstaut wurde, gab einen seltsam tragikomischen Anblick mitten in dem ganzen Elend ab. Obwohl die Leiche in einen silbergrauen Leichenwagen und nicht in einen Rettungswagen geschoben wurde, fuhr er langsam und vorsichtig davon, als transportiere er eine Verletzte.

Harry Runsten, der unfreiwillig außer Gefecht gesetzte Polizeidirektor, hatte Glück gehabt, denn der Notarzt hatte ihn noch rechtzeitig abgeholt.

Zwar erholte er sich rasch, er hatte jedoch eine lange Rekonvaleszenz vor sich. Das musste er sich selbst eingestehen, doch es beunruhigte ihn nicht wesentlich. Er wusste schließlich genau, woran er bei seinen Jungs war – und bei seinen Mädels natürlich.

Aber als er Johan Anderbergs Ausführungen lauschte, traute er kaum seinen Ohren.

In der letzten Zeit waren Runsten nicht allzu viele Informationen über den Job zugetragen worden, wenn überhaupt. Schließlich hatten die Ärzte ihm jeglichen Stress und jegliche unnötige Aufregung verboten. Folglich war er davon ausgegangen, dass alles ungefähr so wie immer funktionierte.

Doch Anderbergs Bericht zufolge schien die Situation viel überraschender, um nicht zu sagen empörender, als angenommen.

»Wollen Sie damit etwa sagen, dass nicht Alvar Algotsson, der ja Polizeidirektor ist, sondern irgendein externes Frauenzimmer hergeholt wurde?«

Trotz der Arbeitsbelastung hatte Anderberg seinen eigentlichen Chef darüber informieren wollen, was sich ereignet hatte. Sowohl in der einen wie in der anderen Hinsicht. Er hatte sich auch einen gut überlegten und erfahrenen Rat dazu erhofft, wie sie am besten mit der Situation umgehen sollten.

Aber Runsten wirkte so merkwürdig aufgeregt über die Neuigkeiten, dass Anderberg sich eher so fühlte, als säße er auf einem Pulverfass, das jeden Augenblick in die Luft gehen konnte.

»Aber sie ist doch keine Fremde«, versuchte er zu beschwichtigen. »So wie ich das mitbekommen habe, haben einige aus unserer Einheit bereits beruflich mit ihr zu tun gehabt.«

Runsten hatte auf einmal einen Frosch im Hals und tat, als hätte er die Bemerkung überhört. Er sah sich hastig im Aufenthaltsraum der Herzstation um, in dem sie je einen Sessel in Beschlag genommen hatten. Es war richtig nett, dass Anderberg endlich vorbeischaute, aber diese irritierenden Neuigkeiten hätte er getrost zu Hause lassen können!

Er versuchte, die unangenehmen Erinnerungen an die letzte Begegnung mit Christel Bremer zu verdrängen. Bei einem Meeting vor fast fünf Jahren in Stockholm hatte er versucht, sie mit frisch poliertem Bauernfängercharme und ohne den geringsten Gedanken an das seit kurzem für Mette Mogensen lodernde Feuer auf sein Hotelzimmer zu locken. Aber sie hatte mit dem bizarren Hinweis abgelehnt, dass gerade bei Zufallsbekanntschaften das Gesetz besonders explizit war. Vor allem unter Umständen wie diesen konnte man schnell den Verdacht des strafbaren »Geschlechterhandels« auf sich lenken, hatte sie wenig humorvoll angemerkt.

Seitdem war er ihr nicht wieder begegnet.

Und das war sicher auch gut so. Welches Pech hatte nun dazu geführt, dass sie seine Vertretung war?

»Nordwestschonen ist doch recht groß«, stellte er bekümmert fest, »und wenn man die Lage nicht hundertprozentig unter Kontrolle hat, kann das katastrophale Folgen haben.«

»Aber wenn ich das richtig verstehe, kommt sie ja aus einem

ebenso großen und sicher noch schlimmeren Distrikt, da oben in Stockholm«, konterte Anderberg. »Ich glaube nicht, dass das ein ernsthaftes Problem darstellt.«

»Nein, aber es wird andere Probleme geben«, knurrte Runsten und wickelte den krankenhauseigenen Morgenmantel enger um seine Hüften, als würde er plötzlich frieren.

Anderberg musste einsehen, dass es ein großer Fehler gewesen war, Runsten von den gegenwärtigen Problemen in der Einheit in Kenntnis zu setzen. Hoffentlich habe ich ihn damit nicht so aufgeregt, dass er einen zweiten Herzanfall bekommt, überlegte er schuldbewusst.

»Aber das meiste regelt sich ja durch unsere altbewährte Mannschaft«, versuchte er stattdessen zu beschwichtigen.

Doch Harry war offenbar noch nicht fertig. Je mehr er darüber nachdachte, desto aufgewühlter schien er sich zu fühlen.

Anderberg machte sich ernsthaft Sorgen.

»Ich hätte es trotzdem lieber gesehen, wenn Algotsson für mich eingesprungen wäre«, stellte Runsten missgestimmt fest.

»Natürlich, aber mit dieser Bremer funktioniert es auch relativ gut«, fand Anderberg.

»Gut und gut«, murmelte Runsten, »es reicht eben nicht, dass es gut funktioniert. Die Leitung der Einheit muss vollkommen unantastbar sein, und es ist verdammt schwer für eine Frau, diesen Balanceakt durchzuhalten!«

Anderberg hob etwas verwundert die Brauen. Er war es nicht gewohnt, derart sexistische Äußerungen vom Polizeidirektor zu hören. Vielmehr hatte Harry Runsten vielen Frauen den Weg in wichtige Positionen geebnet.

Er verstand nicht ganz. Außerdem lief Runsten beunruhigend rot im Gesicht an.

»Ja, aber …«, versuchte Anderberg.

»Nein, hören Sie zu«, unterbrach Runsten ihn erregt, »Frauen sind hervorragende Ordnungsmenschen. Ausgezeichnet in Planung und Strategie. Aber wenn es um Führungsqualitäten geht, gibt's das reinste Tohuwabohu, oder etwa nicht?«

Anderberg zuckte die Schultern, aber Runsten hatte das Wort schon wieder an sich gerissen, bevor er eine passende Antwort parat hatte.

»Klar, ich sehe es Ihnen doch an, dass ich Recht habe! Wir Kerle«, sagte er weich, »wir können uns zusammensetzen und die Dinge von verschiedenen Seiten betrachten. Hypothesen diskutieren und die Sichtweise variieren und sehen, wie sich dadurch das Fazit eines Verbrechens verändert. Anschließend formulieren wir darauf aufbauend die Theorie.«

Anderberg sah sich gezwungen, zustimmend zu nicken.

»Ja«, fuhr Runsten fort, »für uns ist das kein Problem, aber die Mädels tun sich da wirklich schwer. Die wollen eine wohl durchdachte, fertige Theorie, ganz gleichgültig, wie sich der Fall entwickelt. Sie sind nicht bereit, auch mal nachzugeben, weil das ihren gesamten Arbeitsaufwand zunichte machen könnte.«

Anderberg rutschte missgelaunt hin und her. Er hatte vor allem seinem eigenen Unmut über die strengen Regeln bei Bremer Luft machen wollen. Danach hätte er gern noch von dem Leichenfund oben am Kullaberg berichten wollen.

Aber das Gespräch schlug nun genau die Richtung ein, die er hatte vermeiden wollen, doch gleichzeitig konnte er nichts daran ändern, dass seine jüngsten Erfahrungen mit Christel Bremers Sturheit weitestgehend mit Runstens Erzählungen übereinstimmten.

Aber dennoch – das war eine kurzsichtige Verallgemeinerung, und er musste einfach widersprechen.

»Nehmen Sie doch zum Beispiel Mette Mogensen«, entfuhr es ihm, bevor er sich beherrschen konnte, »sie ist nicht so. Mit ihr kann man so wie mit jedem anderen Kollegen diskutieren!«

Runsten fehlten zum ersten Mal die Worte. An Mette hatte er überhaupt nicht gedacht. Mette, die er so gut er konnte dabei unterstützt hatte, die Karriereleiter nach oben zu klettern. Unter anderem gerade deshalb, weil sie nicht nur ihn besaß, sondern auch die Eigenschaften, die er gerade dem gesamten weiblichen Geschlecht aberkannte.

Er sehnte sich verzweifelt nach ihr.

Nach ihrem schönen, geschmeidigen Körper – ihrer beruhigenden Stimme und klugen Vernunft.

Sie hatte sich aus verständlichen Gründen nicht gemeldet. Er wünschte ihr, dass sie eine interessante und schöne Zeit mit viel Sonne in Taiwan verbrachte. Da brauchte sie sich nicht um einen armen, infarktgebeutelten Liebhaber hier oben im Norden zu kümmern.

Vielleicht war er auch deshalb so mürrisch, weil er wusste, dass er sich in eine berufliche Sackgasse manövriert hatte.

Wie oder warum konnte er sich nicht genau erklären, vielleicht verwirrten ihn auch die starken Medikamente. Er fühlte sich etwas unwirklich, als besäße er nicht mehr die Kontrolle, die zu haben er gewohnt war.

Anderberg nutzte Runstens Schweigen, um das Gesprächsthema zu wechseln.

»Und wie geht es Ihnen hier sonst so?«, fragte er neutral. »Ist das Essen gut? Haben Sie jetzt ein Einzelzimmer?«

»Was? Doch, das ist ganz in Ordnung«, antwortete Runsten überrascht. »Ich habe nur einen Bettnachbarn. Er wirkt ganz nett, aber wir reden nicht viel. Er ist ziemlich schwach, und außerdem Däne. Hat seinen Infarkt sicher während einer Geschäftsreise hier in der Gegend bekommen.«

Doch Runsten konnte das unbequeme Thema Frauen in Führungspositionen nicht ruhen lassen und spielte seinen letzten Trumpf bezüglich Christel Bremer aus.

»Haben Sie gar nicht daran gedacht, dass sich vielleicht so manches ändern wird?«

Aha – das war also des Pudels Kern!

Veränderung führte zu Fremdheit, Verwirrung und Unentschlossenheit. Und wie sollte ein verunsicherter und wenig entschlussfreudiger Polizeidirektor eines Tages wieder das Steuer des treibenden Polizeipräsidiums ergreifen und es wieder auf den Kurs bringen, der bisher stabil gefahren wurde?

Es war weder ihr Busen noch weibliche Gefühle oder Starrsinn, auch nicht Stilettos oder knappe Röcke. Sondern die furchtbare Einsicht, dass sie nun die Macht besaß, um nach eigenem Gutdünken in Runstens Reich, das er bisher selbstverständlich als sein eigenes betrachtet hatte, zu schalten und zu walten.

»Aber«, versuchte Anderberg vorsichtig, »Veränderungen können doch auch Gutes bewirken. Ein bisschen neuer Input, Dinge wie diese …«

»Baah – Sie begreifen ja überhaupt nichts! Es sind überhaupt keine Veränderungen notwendig. Die Organisation ist wie eine Pyramide aufgebaut. Ändert man etwas an der Infrastruktur, wird die Stabilität der gesamten Konstruktion sabotiert!«

Runsten hatte sich in Rage geredet.

»Aber das eine oder andere Detail hier und da …«, versuchte Anderberg einzuwerfen.

»Die Frauen«, begann Runsten und wurde noch tiefer rot vor Wut im Gesicht, »geben sich doch nie mit ein paar kleinen Details zufrieden. Glauben Sie mir – die gehen sofort aufs Ganze!«

Die Stimme war zu einem unangenehmen Vibrato angeschwollen, und Patienten und Personal warfen ihnen ungehaltene Blicke zu. Anderberg wusste nicht, ob er lachen oder ernst bleiben sollte.

»Äh, nein …«

»Ich weiß es. Frauenzimmer sind die übelsten Egoisten, die es gibt! Haben Sie in all den Jahren überhaupt nichts gelernt, Johan? Gewissenlose Raubtiere sind das, alle miteinander!«

Sicher dachte Anderberg einen kurzen Moment an seine scharfzüngige Harriet zu Hause und hoffte, Runsten würde sich etwas mäßigen.

»Sch!« Er hob beschwichtigend die Hand.

»Bringen Sie mich nicht zum Schweigen, Johan! Ich habe doch verdammt noch mal Recht! Wenn Frauen sich in irgendetwas verbeißen, was sie haben wollen, werden sie zu Pitbullterriern!«

Hinter den Schläfen des Polizeidirektors begann es beunruhigend zu pochen, und klappernde Schritte näherten sich. Frisch gestärkter Kittelstoff raschelte und schon stand die Krankenschwester neben ihnen – streng und dominant.

»Ja, ja, versuchen Sie, sich nicht aufzuregen, Herr Runsten«, mahnte sie, »das tut Ihrem Herzen nicht gut. Sie müssen an Ihre Gesundheit denken.«

Ohne um Erlaubnis zu fragen, nahm sie sein Handgelenk und fühlte den Puls.

»Es ist vielleicht das Beste, wenn Sie sich eine Weile hinlegen«, entschied sie, griff unter seinen Arm und half ihm aus dem Sessel. »Ich komme dann mit Saft und Kuchen vorbei.«

»Ich will keinen Kuchen!«, fauchte Runsten und versuchte sich erfolglos zu befreien.

»Jetzt beruhigen Sie sich erst mal und essen etwas Kuchen!« Das war kein Vorschlag, sondern ein Befehl.

»Begreifen Sie jetzt«, triumphierte Runsten über die Schulter an Anderberg gewandt, während die Krankenschwester ihn entschlossen in sein Zimmer führte. »Die kennen kein Erbarmen – keine Einzige!«

Christel Bremer hatte in den letzten Nächten nicht so gut geschlafen wie sonst. Sie fühlte, wie tief in ihrem Innern etwas nagte, ohne dieses Gefühl näher begründen zu können. Außer es lag an der Entscheidung, die sie am Kullaberg getroffen hatte. Aber sie war auch jetzt noch davon überzeugt, dass es richtig war, im Hinblick auf das Budget zunächst auf die Spezialanalyse zu verzichten. Wenn der Spermatest ein interessantes Ergebnis lieferte, konnte man davon ausgehend weiterarbeiten.

Ihre Kollegen hatten zwar keine Einwände gehabt, aber sie hatte ihre ungehaltenen Mienen registriert, als hätte sie ihnen Süßigkeiten verboten. Das war ihr allerdings doch zu kindisch, und sie beschloss, die ganze Sache nicht wichtiger zu nehmen als notwendig.

Abends konnte sie dennoch den Gedanken an eine bestimmte Stimmung, die unausgesprochen in der Luft lag, nicht loswerden.

Wenn sie verstohlene Seitenblicke erntete, weil die Medizin, die sie ihren Kollegen verschrieb, ihnen nicht schmeckte, hatte sie das nicht sonderlich gestört. Doch jetzt war das zum ersten Mal anders – als musste sie die Schuld bei sich selbst suchen.

Seltsamerweise ließ sie sich tatsächlich davon beeinflussen und hatte ernsthaft überlegt, wie sie ihr Image verbessern konnte.

Sie stand am Fenster und blickte nachdenklich über den Sund Richtung Helsingør, wo die Morgendämmerung über die Kupferdächer kroch. Es war wunderschön, wie das zierliche Renaissance-Schloss vor den Augen der Welt auf der Landzunge draußen im Sund erstrahlte. Wer schwärmte so von diesem eindrucksvollen Kupferdach?

Ach ja! Das war dieser Göran Hassel! Netter Kerl, der das Präsidium in- und auswendig zu kennen schien. Vielleicht war er die Lösung ihrer Probleme? Wenn überhaupt jemand, dann war er es, der für eine positive Einstellung im Hause sorgen konnte.

Plötzlich auf eine Lösung der diffusen Probleme erpicht, schaute sie in die Telefonliste und wählte Hassels Nummer.

»Charley Nilsson«, meldete sich eine geheimnisvoll flüsternde Stimme.

»Hassel, bitte!«, entgegnete sie mit klarer, bestimmter Stimme.

»Ja, aber …«

»Ist er da oder nicht?«

»Doch, schon, aber …«

»Kein ›aber‹, hier ist Christel Bremer – bitte geben Sie mir Hassel!«

»Aber es ist doch 8.37 Uhr …«

»Es ist mir gleichgültig, wie spät es ist – sorgen Sie einfach dafür, dass ich mit Hassel sprechen kann!«

Sie hörte seine Stimme im Hintergrund.

»Kann er Sie nicht zurückrufen?«, flüsterte Nilsson.

Christel Bremer wurde langsam ärgerlich.

»Reden Sie doch deutlich, Nilsson«, herrschte sie. »Wieso kann er das Gespräch nicht annehmen? Ich höre doch, dass er da ist!«

»Ja, aber er ist gerade auf Sendung!«, zischte Nilsson zurück.

»Auf Sendung? Was soll das denn heißen?«

»Göran ist immer morgens bei Radio Stella auf Sendung. Um Punkt 8.37 Uhr wird er von dem Sender angerufen, der sich nach den letzten Neuigkeiten im Distrikt erkundigt. Das weiß doch jeder. Wussten Sie das nicht?«

Christel Bremer hatte nicht die geringste Ahnung. Sie spürte, wie sie bis zu den Haarwurzeln errötete, während Hassels beruhigende Stimme in den Äther strömte.

Egal, wie sie sich verhielt – es war immer falsch! Dabei wollte sie doch nur, dass alles möglichst gut funktionierte. Wollte als unfehlbares Vorbild innerhalb der polizeilichen Führungsschicht gelten, nicht zuletzt im Hinblick auf zukünftige Stellenbesetzungen. Schließlich konnte sie nicht bis in alle Ewigkeit als Vertretung arbeiten.

Sie musste sich wirklich beruhigen. Sie brauchte einen starken Kaffee. Wenn sie schnell in die Küche huschte, konnte sie den anderen vielleicht zuvorkommen. Auf den Fluren wurde sie wegen ihrer Unwissenheit sicher schon belächelt. Die Küche schien leer. Christel Bremer atmete erleichtert auf und bog um die Kochecke – doch sie hatte sich geirrt!

Sie traf auf Susanna Avehed, eine leicht rundliche Frau, die sie manchmal gegrüßt hatte.

Christel Bremer blieb so abrupt stehen, dass Susanna bei dem Geräusch ihrer Absätze vor Schreck zusammenzuckte.

»Oh, hallo, Christel!«, sagte sie und lachte fröhlich. »Sind Sie allein?«

Hallo, Christel!

Christel brachte kein Wort heraus. Sie war vor Überraschung und Freude zugleich sprachlos. Diese familiäre Anrede wärmte. »Christel« bedeutete doch, dass sie trotz allem irgendwie dazugehörte.

Endlich entspannte sie sich ein bisschen und lächelte Susanna an, die Kaffeepulver in die Melitta-Maschine füllte.

»Hallo«, grüßte sie zurück.

Susanna war ungefähr in Christels Alter. Genau das richtige, was eine Frau, die mit Männern aneinander geraten war, brauchte. Keinen Mann, der nur einen weiteren gefährlichen Gegner darstellte, sondern jemand, der die Dinge aus der gleichen Perspektive sah wie sie. Und Susannas Einblicke in die Zusammenarbeit innerhalb des Teams gingen sicherlich ebenso weit wie Hassels.

Christel Bremer spürte, dass sie endlich auf jemanden getroffen war, der sympathisch und verständnisvoll war.

»Kann ich eine Tasse mittrinken?«, fragte sie, »und haben Sie vielleicht Zeit für ein kleines Schwätzchen?«

13

Merkwürdigerweise war es gleichgültig, wie oft man den Sund zwischen Helsingborg und Helsingør überquerte. Jedes Mal fühlte man sich aufs Neue wie im entferntesten Ausland, sobald man die dänische Seite erreichte.

Südwärts führte der kurvenreiche Strandvejen nach Kopenhagen, durch altdänische Städtchen mit exotisch klingenden Namen wie Espergærde, Humlebæk und Vedbæk. Vedbæk war besonders pittoresk mit seinen alten Hausfassaden und seinen Dorfkneipen.

Die Hafenseite verströmte jedoch eine ganz andere Atmosphäre mit ihren herrschaftlichen Kaufmannshäusern aus Stein aus dem ausgehenden 18. Jahrhundert. Die mittelalterliche Kathedrale mit dem angrenzenden Karmeliterkloster überragte den gesamten Ort, und im Norden thronte auf der Landzunge das mächtige Renaissance-Schloss Kronborg.

Helsingørs Wohlstand beruhte im Mittelalter auf dem alleinigen Recht, an der engen Durchfahrt durch den Öresund Zoll zu erheben. Diese Macht aus der Glanzzeit des Sundzolls von einst stand nun in scharfem Kontrast zu der kleinkarierten Krämeridylle der Gegenwart, die sich proportional zu dem sturen Widerstand der schwedischen EU-Politiker gegenüber den gewöhnlichen Importregelungen Europas entfaltete. Hier trafen täglich ganze Busfuhren mit Einwohnern aus Småland ein, die Alkohol kauften. Hier schoben die Männer ihre viel zu schweren Bierlasten und hier tat eine ganze

Stadt so, als hinge ihr Wohlstand nicht von den kauffreudigen Schweden ab.

Aber die Schweden kamen nicht nur wegen der Einkäufe, sondern auch, um das Leben auf dem Kontinent zu genießen.

Zusammen mit einigen Kollegen war Stefan Ryd routinehalber rübergefahren, um in einen der Züge zu steigen, die von Kopenhagen über Helsingør/Helsingborg nach Schweden fuhren. Diese Strecke würde sicher eingestellt werden, sobald die Brücke unten in Malmö fertig sein würde, doch bis dahin mussten die Zugreisenden mit der Route über Helsingborg vorlieb nehmen.

Auch stichprobenartige Kontrollen kamen, der allgemeinen Missbilligung zum Trotz, noch immer vor. Die Wagen wurden vom Zollpersonal bereits bestiegen, wenn der Zug auf der dänischen Seite darauf wartete, an Bord der Fähre fahren zu können.

Heute ging es um drei Wagen, mit deren Durchsuchung sofort begonnen werden musste, damit sie den Zug in Helsingborg wieder verlassen konnten. Trödelten sie herum oder wurden sie fündig, konnten sie bestenfalls beim nächsten planmäßigen Halt aussteigen, und bis sie wieder zurückgekehrt sein würden, hatten sie wertvolle Zeit verloren. Außerdem war es bereits halb sechs Uhr nachmittags, und draußen senkte sich die Dunkelheit wie eine schwarz glänzende Decke herab.

Am besten nahm man die Sache sofort in Angriff! Stefan, Lasse und die Zollhündin Adina fingen vorne an, Eva und Tommy kamen aus der entgegengesetzten Richtung. Theoretisch würden sie sich in der Mitte treffen, doch man konnte sich da nie sicher sein.

Eva kontrollierte geübt den letzten Wagen. Alles schien normal. Die Reisenden, ein properes Paar mittleren Alters, nickten freundlich. Der Mann las interessiert den Politik-Teil, während sich seine Frau in ihren neuen Krimi vertiefte.

Ihnen gegenüber saß ein junger Mann, der einen Ordner

über Verkehrstechnik studierte und energisch den Takt eines imaginären Musikstücks auf den Oberschenkel klopfte – dabei hatte er nicht einmal Kopfhörer auf.

Es gab einen gehörigen Ruck, als die Wagen an die Zuglok gekoppelt wurden, die sie an Bord der Scandline *Tycho Brahe* zog. Nach einem weiteren Ruck glitt der Zug langsam auf das Fährschiff.

Eva bemerkte, dass das Gepäck ordentlich in den Netzen verstaut war. Zwei recht neue Reisetaschen, ein Seesack und eine kleine damenhafte Strohtasche mit Metallverschlüssen. Nichts, was ungewöhnlich wirkte oder gründlicher kontrolliert werden musste.

Eva lächelte und grüßte höflich.

Da miaute es.

Zuerst glaubte sie, sich verhört zu haben, zuckte kaum merklich mit den Schultern und schob die Abteiltür wieder zu.

Da fiepte es wieder.

Die Dame mit dem Krimi reckte und streckte sich etwas verlegen, strich sich entschuldigend über ihren Bauch und wollte zu verstehen geben, dass nur ihr Magen geknurrt hatte.

Eva konnte das gut nachvollziehen.

Es war sicher anstrengend, stundenlang still zu sitzen. Das tat keinem Verdauungsprozess gut. Sie hoffte, dass die Dame sich bald die Beine vertreten oder etwas gegen ihren nervösen Magen einnehmen konnte. Eva grüßte erneut zum Abschied und betrat das nächste Abteil.

Da fiel ihr wieder ein, was in ihrer Brusttasche steckte.

Eine Rennie-Tablette!

Oder besser gesagt – drei! Seit sie eine Woche lang Nachtschicht gehabt hatte und ihr Magen Probleme machte, hatte sie die Tabletten bei sich.

Sie kehrte zum ersten Abteil zurück, hielt vor der Tür inne und starrte die Dame mit dem Krimi an.

Jetzt streichelte und tröstete sie ein ungeduldiges, aufgebrachtes Katzenjunges, das sie offenbar in ihrer Strohtasche versteckt hatte, die nun neben ihr auf dem Sitz stand.

Die Katze war unbeschreiblich süß. Schwarz mit weißen Pfoten und einem weißen Fleck auf der Nase. Sie war wirklich niedlich.

Das Verhalten der Dame war zwar verständlich – aber aus Sicht des Zolls ein klarer Verstoß gegen das Gesetz. Das Tier konnte so süß sein, wie es wollte – es war und blieb eine Katze!

Und Katzen mussten – ebenso wie alle anderen grenzüberquerenden Tiere, ausgenommen schwimmende Elche –, wenn nicht verzollt, dann immerhin angemeldet werden und einen Haufen Papiere und Impfscheine vorlegen.

Eva klopfte so energisch an die Scheibe, dass die Dame fast aus ihrem Sitz hochschreckte. Ihr Mann schlug sofort die Zeitung zusammen und legte sie seiner Frau auf den Schoß, um das Gesehene ungesehen zu machen.

»So«, sagte Eva, die ihre Wut darüber, dass sie fast einem versuchten Betrug auf den Leim gegangen war, nur schwer verbergen konnte, »was haben wir denn da?«

Die Dame betrachtete zuerst Eva und dann die Katze, als hätte sie nicht die leiseste Ahnung, woher dieses Tier plötzlich aufgetaucht war. Als sie wieder zu Eva aufsah, musste sie einsehen, dass sie die Schlacht verloren hatte.

»Ein kleines Kätzchen«, flüsterte sie auf Dänisch.

»Haben Sie den Impfausweis und die Einführungserlaubnis?«

Die Dame seufzte.

»N ... nein.«

Eva wünschte, dass sie wegen dieser Tablette nicht wieder zurückgegangen wäre. Dann hätte sie die Katze nicht gesehen, und um das, was sie nicht sah, musste sie sich auch nicht kümmern. Doch nun hatte sie sowohl gesehen, gehört und die Existenz war ihr bestätigt worden. Die Zollbeamtin Eva Bredberg musste dem Gesetz Folge leisten. Und das würde das Ehepaar teuer zu stehen kommen, ohne Zweifel.

»Aber wir haben Geld«, fuhr die Krimi-Dame flehentlich auf Dänisch-Schwedisch fort, »daran soll es nicht liegen! Wir bezahlen, so viel Sie wollen!«

»Ja, aber hier geht es nicht um Geld«, konstatierte Eva, »sondern um die Einführungsbestimmungen bei Haustieren.«

»Aber wir hatten keine Zeit«, warf der Mann in perfektem Schwedisch ein, »wir haben die Katze erst letzte Woche bekommen und sind dann von guten Freunden in Perstorp eingeladen worden. Da konnten wir die kleine Mirre nicht einfach allein zu Hause lassen.«

Eva blickte überrascht den Mann an, der kaum wagte, ihr in die Augen zu sehen, und sie fragte sich, wer hier eigentlich der Zartbesaitete in der Familie war. Eva wurde allmählich klar, dass das hier richtig lange dauern würde.

Der junge Mann gegenüber räusperte sich affektiert, aber las weiter in seinem Ordner. Er hatte aufgehört, den Takt zu trommeln, sammelte seine Hefte ein und setzte sich kerzengerade hin, als wäre durch die Anwesenheit der Zollbeamtin plötzlich Obacht geboten.

Tommy war sicher schon gut vorangekommen und vielleicht schon in den nächsten Wagen unterwegs, während Eva hier durch ein Katzenjunges aufgehalten wurde! Sie sah zur Tür hinaus, um festzustellen, wo er sich gerade befand, und sah, dass Stefan und Lasse bald den Treffpunkt in der Mitte erreicht hatten. Die Burschen schlurften gemächlich von Abteil zu Abteil, der Hund wirkte entspannt und ruhig, folglich hatten sie nichts Aufregendes beschlagnahmt. Nichts, was für eine Torte zum Kaffee gereicht hätte.

Eva wandte sich wieder dem Paar mit der Schmuggelware zu. »Entweder besorgen Sie die erforderlichen Papiere, indem Sie den Verkäufer kontaktieren, oder Sie lassen die Katze in Quarantäne. Dort muss sie allerdings bleiben, bis die Papiere vollständig sind – und das kann schlimmstenfalls Monate dauern.«

»Monate!«, entfuhr es dem Mann verzweifelt. »Dann versäumen wir ja komplett, wie Mirre aufwächst. Wenn wir ihn wieder sehen, ist er ja schon erwachsen!«

Eva zuckte entschuldigend die Schultern.

»Sie können auch mit der Fähre nach Hause zurückfahren, wenn Ihnen das lieber ist«, schlug sie vor.

»Zurückfahren!«, rief die Ehefrau empört. »Das geht nicht! Wir haben viel Geld für die Fahrkarten bezahlt, und unsere Freunde erwarten uns und ...«

»Leider«, meinte Eva, »schreibt das Gesetz es so vor.«

»Das ist doch verrückt! Wir weigern uns – wir wollen unseren Anwalt anrufen!«, fauchte der Mann plötzlich aufgebracht, als hätte er zu viele amerikanische Anwaltsserien gesehen.

»Ja, das ist wirklich empörend«, pflichtete die Frau wütend bei und fiel in ihre Muttersprache zurück.

Eva hörte Adina im Gang bellen. Ob sie wohl etwas gefunden hatten?, dachte sie und schaute wieder in den Gang.

Adina zog energisch an der Leine und rannte in Richtung des letzten Wagens auf Eva zu, und Lasse hatte Mühe, hinterherzukommen.

Seltsam, dachte Eva, dass wir in ein und demselben Wagen zuschlagen.

Bevor sie begriff, worauf der Hund zusteuerte, war es auch schon zu spät.

»Mist!«, entfuhr es Eva, »... die Katze!«

Adinas Gebell hallte in dem kleinen Abteil. Die Krimifrau schrie schrill auf, und ihrem Mann blieb vor Schreck die Luft weg.

Eva kniff die Augen zusammen und sah das arme Katzenbaby bereits zerfetzt oder völlig verängstigt im Schoß ihres zitternden Frauchens vor sich.

Nur nicht die Beherrschung verlieren, schließlich war sie im Dienst!

Eva hatte als Zollbeamtin Verantwortung zu tragen und

zwang sich, ihre Augen wieder zu öffnen, während sie mit dem Schlimmsten rechnete.

Doch die Dame und ihr Mann saßen mit der Katze zwischen sich gedrückt in ihren Sitzen. Das Tier war vollkommen unversehrt.

Stattdessen hatte Adina ihre Vorderpfoten auf den anderen Sitz direkt neben dem jungen Mann gestützt und stieß aufgeregt an einen der Ordner mit den Unterlagen über Verkehrstechnik. Sie nahm den gebundenen Rücken zwischen die Zähne, ihre Nase zitterte, und sie witterte schon ihre Belohnung. Lob, Herumtollen und vielleicht sogar einen Leckerbissen für ihren guten Spürsinn.

»Hier!«, befahl Lasse bestimmt. »Bei Fuß!«

Die Hündin kehrte gehorsam an seine Seite zurück, noch immer den begehrenswerten Ordner zwischen ihren spitzen Zähnen. Diese Beute gehörte ihr, und sie dachte nicht daran, sie ihrem Herrn zu überlassen!

Herr und Frau Katzenschmuggler starrten abwechselnd den jungen Mann und das Zollpersonal, das den Eingang des Abteils versperrte, an.

»Gib!«, mahnte Lasse.

Aber Adina wollte lieber spielen.

Sie drehte sich wie eine Katze, die mit einer Maus spielt, im Kreis. Sie knurrte zum Spaß, schüttelte den Ordner und bellte vor lauter Aufregung.

»Gib, Adina!«, ermahnte ihr Herr, dieses Mal mit resoluter, tiefer Stimme.

Aber Adina hatte doch ihren Spaß!

Sie kämpfte mit dem widerspenstigen Ordner und setzte ihm ordentlich zu. Und verpasste ihm einen deutlichen Gebissabdruck am Rücken.

Der rote Leineneinband platzte auf, und Adina ließ ab.

Blitzschnell riss Lasse den Ordner an sich und machte mit einer autoritären Geste der Hündin klar, dass sie jetzt wirklich genug gespielt hatte.

Dass Lasse genau in dem Augenblick den Ordner zu fassen bekam, war Adinas Glück, denn sonst hätte ihre Karriere tragisch geendet. Hätte sie ein weiteres Mal zugebissen, wäre vermutlich die Plastikhülle gerissen, die sorgfältig zwischen Deckel und Klemm-Mechanismus versteckt war. Adina hätte in Rekordzeit absolute Glücksmomente erlebt, bevor sie an dem hoch konzentrierten Heroin gestorben wäre.

Lasse reichte den Ordner Stefan, der sein Taschenmesser aufklappte und routiniert in ein paar Baxter-Triflex-Vinylhandschuhe schlüpfte, um keine unangenehme Überraschung zu riskieren.

Vorsichtig trennte er die obere Kante des Rückens auf und zog langsam ein tubenförmiges, durch Folie geschütztes Päckchen hervor, das in dem Hohlraum versteckt war.

Es enthielt ein feines, weißes Pulver.

Natürlich konnten sie sich auch irren.

Es könnte sich um Mehl handeln, oder wie kürzlich in einem etwas unangenehmen Fall um Paracetamol. Das hielt er allerdings für unwahrscheinlich. Adina hatte zu deutlich Laut gegeben, und schließlich war sie nicht auf harmlose Kleinigkeiten abgerichtet. Jetzt schnüffelte sie mindestens ebenso ungeduldig an den übrigen Unterlagen.

»Sie befassen sich ja mit interessanten Studien«, stellte Stefan trocken fest und griff nach den anderen drei Ordnern, die neben dem jungen Mann auf dem Sitz lagen.

Das Ergebnis war vorhersehbar. Jeder der Ordner enthielt eine Folienverpackung, genau wie der erste. Stefan musste nur noch vorsichtig das Oberteil abnehmen, um festzustellen, dass sich die Ware dort befand. Alles Übrige würden die Kriminaltechniker an Land erledigen.

Wie viel mochte der Stoff wiegen?

Kaum mehr als ein Kilo, keinesfalls mehr. Dieses Mal gab es also keine Torte. Dass die beschlagnahmte Menge so gering war, war fast eine Erleichterung.

Für den Studenten natürlich nicht, der erst mal für längere

Zeit hinter Gitter verschwinden und ins Strafregister aufgenommen werden würde. Der kleine Auftrag, der als hilfreicher und steuerfreier Zuschuss zum studentischen Budget gedacht war, war plötzlich äußerst teuer bezahlt. Er konnte noch gar nicht begreifen, was ihm gerade passiert war.

Schließlich waren ihm Zusagen gemacht worden!

Zum Beispiel, dass der Zoll inzwischen weder Reisende innerhalb der EU-Länder kontrollierte noch ihr Gepäck. Diese Information war offensichtlich nicht ganz korrekt gewesen, und die Garantie ebenso wenig, aber dass die Strafe Realität sein würde, begann ihm langsam zu dämmern.

Tommy forderte über sein Mobiltelefon polizeiliche Verstärkung an, doch er ging davon aus, dass die Verhaftung nicht besonders dramatisch ablaufen würde. Der junge Mann war zwar dumm genug, sich mit Drogenschmuggel zu befassen, aber auch nicht so einfältig, dass er sich wehrte, als die Entdeckung nicht mehr von der Hand zu weisen war. Er saß mit gesenktem Blick da und sagte kein Wort.

Herr und Frau Katzenschmuggler waren plötzlich äußerst reuevoll und kooperativ. Konnte das möglicherweise daran liegen, dass die Polizei auf der schwedischen Seite wartete?

»Äh …«, räusperte sich der Mann verlegen, »ich glaube, es ist doch das Beste, wenn wir einfach mit der Fähre wieder nach Hause fahren. Nicht wahr, Gretilein?«

Grete gab keine Antwort. Sie nickte nur und presste die arme Katze an ihre bebende Brust. Aber niemand nahm jetzt noch Notiz von ihr.

Stefan fixierte den jungen Mann.

Jedes Mal war es aufs Neue tragisch zu sehen, wie die Jugend für nichts und wieder nichts ihr Leben zerstörte. Nie für etwas Nützliches – außer vielleicht für den feigen Auftraggeber, der irgendwo tief im schwarzen Sumpf der Verbrechersyndikate hockte. Für diesen Jüngling war das Spiel nun zu Ende und verloren.

Stefan hatte Söhne im selben Alter. Schon der Gedanke,

dass auch sie in eine ähnliche Situation geraten konnten, war für ihn unvorstellbar. Plötzlich wurde ihm die Luft knapp, und er musste ins Freie.

»Mach du hier weiter«, sagte er und mied Tommys und Evas überraschte Blicke. »Ich sehe mir das Ganze nur kurz von draußen an.«

Die Luft im Autodeck bot nicht die sauerstoffreiche Meeresbrise, die Stefan sich gewünscht hatte. Trotz der geöffneten Klappen achtern und vorn waren die Hitze und die Abgase der Autos, Busse und Züge überwältigend. Aber es war dennoch um einiges besser als im Abteil.

Er holte ein paar Mal tief Luft, erklomm die Leiter mit großen Schritten und sprang auf das Deck. Die Bodenplanken vibrierten leicht durch das gleichmäßige Brummen der Motoren, aber es herrschte kaum Seegang. Der Sund war selten ruhig, und Stefan fühlte sich plötzlich viel wohler, richtete seinen Gürtel und prüfte rasch die Karosserie des Zuges.

Alles schien in Ordnung.

Stefan war froh, diesen Einsatz bald abschließen zu können, und stieg die Eisenstufen wieder nach oben, um zum Wagen zurückzukehren. Der Zug würde sich verspäten und musste auf einen Mitreisenden verzichten. Nein – es handelte sich um dreieinhalb, wenn er alles richtig verstanden hatte.

Er schaute ein wenig zerstreut auf die Autoreihen und ließ seinen Blick zum Mitteldeck schweifen, zur letzten Gelegenheit für die Touristen, die im Sommer so eng parkten, dass kaum eine Postkarte zwischen den Autos Platz hatte, um noch einen Platz zu ergattern.

Aber an Abenden wie diesen standen nur wenige Autos an den Seitenrampen aufgereiht. Trotzdem beschlich Stefan die leise Vorahnung, dass der Abend noch lange nicht zu Ende sein würde.

Der Mercedes mit dem Kennzeichen BYP 107 stand nämlich an vorletzter Stelle in der Reihe geparkt, etwas arrogant leicht schräg, so dass er weiter vorstand als die anderen Autos und die Modellbezeichnung gut lesbar war.

Stefan sprang wieder auf das Bootsdeck, lief im Zickzack durch die Autoreihen und holte den Lift, um auf das Zwischenparkdeck zu fahren.

Schon wenige Sekunden später wurde der Fahrstuhl langsamer, und die Hydraulik verursachte einen spürbaren Ruck in der Magengegend. Die Tür glitt automatisch auf und Stefan betrat vorsichtig das Deck.

Er hörte keine schlagenden Autotüren, keinen Rockmusiklärm aus Blaupunkt-Radios und kein Stimmengewirr. Alles wirkte vollkommen öde, nur der Takt der brummenden Fährmotoren störte den Frieden.

Stefan bog langsam um die Ecke. Wenn er sich nicht täuschte, standen die Autos auf der rechten Seite.

Da!

Unmittelbar vor einem blauschwarzen Ford Mondeo stand er, der Benz mit dem Kennzeichen BYP 107.

Schon verfiel Stefan in reines Wunschdenken, weil das letzte Mal, als er den Wagen gesehen hatte, *sie* hinter dem Steuer gesessen war. Er hoffte, das sei auch jetzt der Fall.

Der teure Kombi war stark verschmutzt durch Streusalz, Öl auf der Fahrbahn und andere, für die kontinentalen Autobahnen typische Verunreinigungen. Offenbar hatte das Auto einige Kilometer am Stück zurückgelegt. Stefan fragte sich, wo sie gewesen war und was sie dort gemacht hatte. Wen sie getroffen und was sie im Gepäck hatte. Er wusste zu gut, dass nur ein geringer Teil seiner Neugier rein professioneller Natur war. Wie er den Rest erklären sollte, wusste er selbst nicht so genau, aber er konnte auch nicht mehr einfach umkehren. Routiniert setzte er seinen Weg fort und wischte unbewusst seinen Overall an dem fast ebenso dreckigen Ford Mondeo ab, während er nach vorne blickte und hoffte, dass …

Aber es war nicht sie, die im Auto saß. Das konnte er genau erkennen, sogar schräg von hinten.

Stattdessen saß ein Mann auf dem Fahrersitz. Ein junger Mann mit gepflegtem, schwarz glänzendem Haar, hohen Wangenknochen und breiten Schultern unter einem offenbar hochwertigen Mantel. Ein Mann, den Stefan sofort als Toni Tong wieder erkannte, von dem Fax, das Hill ihm rübergeschickt hatte.

Er konnte sich nicht zurückhalten und warf im Vorbeigehen einen verstohlenen Blick in das Wageninnere. Um sich zumindest ein Bild von dem Kerl zu machen, der nach ihrem Geschmack war.

Für einen kurzen Moment sah Stefan eine kräftige Hand mit einer goldenen Rolex am Gelenk, die im Handschuhfach zwischen Sonnenbrille, Papiertaschentüchern und diversen Zetteln herumsuchte. Nach dem Ticket für die Überfahrt vielleicht? Sein Blick fiel auch auf die glänzende 9-mm-Makarov mit einem eindrucksvollen Schalldämpfer auf der Mündung.

Plötzlich nahm der Mann im Auto eine Bewegung neben seinem Wagen wahr. Er wandte sich um und erkannte sofort die graue Zolluniform durch die Windschutzscheibe.

Die Waffe wurde fast eingeklemmt, als er die Handschuhfachklappe mit einem Knall zuschlug.

Stefan spürte ein nervöses Ziehen in der Magengegend. Ihm wurde klar, dass er gerade einen fatalen Fehler begangen hatte. Nicht nur, dass er seine provokante Dienstuniform trug. Eine Privatperson wäre noch mit dem Schrecken davongekommen, aber ein Zollbeamter? Mit ausgezeichneten Möglichkeiten, für Probleme zu sorgen? Kaum!

Nun wurde das Handschuhfach genauso schwungvoll aufgerissen, wie es zugeschlagen worden war, und die Hand griff nach der Waffe.

Stefan schlug den Rückweg ein, noch bevor das gut geölte Scharnier der Fahrertür aufglitt.

Er schob sich an dem Ford Mondeo und am Fahrstuhl vorbei zum nächsten Treppenaufgang. Auf den Lift zu warten würde zu lange dauern – jede Sekunde zählte.

Er hörte Schritte hinter sich, harte Ledersohlen, die über die Eisenbrücke eilten. Er stolperte über einen festgenagelten Querbalken, fing sich wieder und erreichte die Tür, über der ein großes feuerrotes C prangte. Er suchte nach seinem Funkgerät, verhedderte sich …

Verdammt – die Tür war zu!

Es würde dauern, bis sie wieder aufging, wegen des Druckluftmechanismus, aber er drückte trotzdem verzweifelt den roten Knopf. Er hörte ein lethargisches Zischen, als der Mechanismus in Gang gesetzt wurde, biss sich auf die Lippe und spürte, wie ihm der Schweiß auf der Stirn gefror.

Jetzt!

Endlich ging die verfluchte Stahltür auf!

Er versuchte panisch, mit beiden Händen nachzuhelfen, als er Toni Tong unbehaglich nah keuchen hörte. Stefan scheuerte sich die Knöchel wund an der schweren Tür, zwang schließlich ein Bein und seine rechte Hüfte, dann den etwas Kummer machenden Tortenbauch hindurch. Endlich hatte er auch den halben Brustkorb hindurchgequetscht.

Stefan schwor sich im Stillen, nie wieder Torte zu essen, nie mehr … wenn …

Manchmal hatte er darüber nachgedacht, wie es wäre.

Schließlich bestand trotz allem das Risiko, plötzlich Aug in Auge mit dem Tod in Form einer Schusswaffe zu stehen.

Aber er hatte nie geglaubt, dass gerade ihm das passieren würde.

Bis jetzt, als er ganz offensichtlich in die Vorhölle geraten war. Stefan begriff, dass sein Leben auf einmal an einem seidenen Faden hing.

Der Mann, der die Pistole an seinen Kopf drückte, atmete schnell, aber hielt seine Hand völlig ruhig.

Ihm war eiskalt.

»Rühr dich bloß nicht vom Fleck!«, zischte Toni Tong.

Stefan dachte nicht daran, irgendetwas anderes zu tun als das, was der Typ wollte. Solange er nicht deutlichen Widerstand leistete, bestand wenigstens eine winzige Chance, dass er am Leben blieb. Wenn er …

»Keinen Mucks!«

Die längsten Sekunden, die Stefan jemals erlebte, vergingen mit einem seltsamen Brausen, und er dachte an … alles. Genau wie er es aus Erzählungen kannte, passierte sein gesamtes Leben Revue. Seit er in seiner Kindheit vom Fahrrad gefallen war und eine nette Nachbarin sein aufgeschürftes Knie verpflastert hatte. Seine Jugendjahre, Ehe und die Geburt der Kinder. Erinnerungsfetzen ihrer Entwicklung, seine Beförderung und die zermürbende Scheidung.

Sogar der dramatische Vorfall, als er von einem verzweifelten Ghanaer gebissen worden war, zog an ihm vorüber. Einer, der möglicherweise aidskrank war. Aber nein, so ungut war das glücklicherweise nicht ausgegangen. Es hatte sich nur um leichte Schmerzen und ein paar Arztbesuche gehandelt – doch jetzt war sein Leben tatsächlich in Gefahr.

Pling-plong schallte es überraschend aus den Lautsprechern, und eine metallisch klingende Stimme ertönte.

»Wir bitten alle Autofahrer, zum Autodeck zurückzukehren, die Fähre läuft in wenigen Minuten in den Hafen ein …«

Diese muntere Aufforderung regelte im Abstand von 20 Minuten den gesamten Reise-Rhythmus an Bord. Vom Kauf eines Krabbensandwichs mit Bier über den Toilettenbesuch bis zum Hamstern von Toblerone.

Und jetzt verkürzte sie seine Lebensdauer vielleicht um weitere wertvolle Sekunden.

Denn in wenigen Augenblicken würden alle anderen Reisenden zu ihren Autos stürzen, und dann hätten sich die Handlungsmöglichkeiten für den Wahnsinnigen erschöpft. Was geschehen musste, musste schnell gehen und Stefan spannte seine Muskeln, um bereit zu sein …

Toni Tong atmete mehrmals tief durch. Das hier gehörte zu den letzten Dingen, die er jetzt noch brauchen konnte. Andererseits stand zu viel auf dem Spiel.

Es gab nur eine Möglichkeit, hier zu einem Ende zu kommen. Behutsam, aber entschlossen legte er den Finger an den Abzug.

In dem Augenblick öffnete sich die Bugklappe mit einem spürbaren Sog und einem lang gezogenen Quietschen. Die riesige Fähre *Tycho Brahe* gähnte wie ein gigantischer weißer Wal, aus dessen Bart das Salzwasser triefte, als sie steuerbord voraus das Hafenbecken ansteuerte.

Der Griff um den Abzug war für Sekundenbruchteile unsicher, und Stefan hatte nichts zu verlieren. Er nutzte die Chance. Seine linke Hand schoss schnell nach vorn und schob die Hand des Angreifers, die die Pistole hielt, mit aller Kraft seines ausgestreckten Armes zur Seite. Dann wartete er, bis sich der andere Arm seines Gegners auf Augenhöhe befand und wehrte ab.

So weit lief alles perfekt. Eigentlich hätte er Tonis Arm festhalten, ihn aus dem Gleichgewicht bringen, ihn in einer Drehbewegung zu Boden zwingen und mit einem eisernen Griff blockieren müssen.

Stattdessen stellte er fest, dass der andere vermutlich weitaus mehr und höhere Gürtel im Kampfsport besaß als er selbst.

Toni Tong wehrte seinen geplanten Angriff geschickt ab. Er schlug Stefan mit der Linken schwungvoll über Ohr und Hinterkopf, blitzschnell gefolgt von einem harten Schlag mit dem Pistolenlauf quer über den Wangenknochen. Dem Zollbeamten wurde schwarz vor Augen, und an den Seiten seines Blickfeldes flimmerte es. Er glaubte nicht mehr daran, den nächsten Tag noch zu erleben.

Auf der Treppe waren Schritte hörbar. Rasche, eilige Schritte und fröhlich aufgeregte sowie von der Reise erschöpfte Stimmen.

Der junge Mann nahm Stefan in den Schwitzkasten und zerrte ihn einige Eisenträger weiter nach hinten. Dort zwängte er ihn in eine Nische neben dem hintersten Querbalken des

Oberdecks, allerdings ohne den qualvollen Griff um den Hals zu lockern.

Verdammt!

Er würde es doch nicht schaffen! Das Risiko, jetzt dem Zöllner die Lichter auszublasen, war ihm einfach zu groß. Jetzt, wo das ganze Autodeck von Idioten nur so wimmelte!

Er holte mit der Pistole zu einem weiteren Schlag aus und traf den Zollbeamten diesmal genau am Hinterkopf.

Der Schlag versetzte Stefan in ein dumpfes Schwindelgefühl, das sich in Sekundenschnelle in der Ferne auflöste. Ihm war übel, als er an der kalten Stahlwand zusammensackte, und er verspürte unerträgliche Kopfschmerzen, als der Geruch von Öl und Abgasen in seine Nase stieg, bis ihn schließlich eine totale, wohltuende Dunkelheit rettete.

Er hörte nicht mehr, wie der andere zu seinem Benz zurückeilte, wie sämtliche Autotüren vor der Fahrt an Land nervös hinter Familien mit Weintüten, Bierträgern und Packungen mit Süßigkeiten zugeschlagen wurden.

Er hörte überhaupt nichts mehr von alledem … bis die Autos sich von Deck schlängelten und eine gestresste Karawane vor dem Zoll bildeten und die Eisenbahnwagen sich mit gellem Knirschen in Bewegung setzten.

Das markerschütternde Geräusch drang in sein umnebeltes Unterbewusstsein und ließ nicht locker, bis er sich ihm nicht länger entziehen konnte.

Der Zug!

Das hieß, die Autos hatten sich schon in Bewegung gesetzt. Hatten vielleicht schon den Zoll passiert und waren Richtung Hafen und E4 unterwegs und fuhren auf der schnellen Autobahn stadtauswärts.

Stefan versuchte, die unangenehme Dumpfheit abzuschütteln. Sein Kopf schmerzte, er wollte lieber liegen bleiben und sich in aller Ruhe übergeben, aber er musste …

Musste!

Er zwang sich auf die Knie, stützte sich mit der Schulter an die Stahlwand und suchte verzweifelt in seiner Brusttasche. Mit zitternden Fingern fischte er das Mobiltelefon heraus, drückte eine Kurzwahl und lehnte seinen schmerzenden Kopf an einen Balken, der noch immer durch die gewaltigen Motoren der Fähre vibrierte.

Eine Ewigkeit, die eine Sekunde dauerte, verstrich, bis Tommys Stimme an sein Ohr drang.

»Stefan? Wo zum Teufel steckst du? Willst du nicht dabei sein ...?«

»Hör zu, Tommy! Der Benz! Kümmer dich drum, das Auto zu stoppen ... BYP 107. Ein schwarzer Kombi ...«

»Was zum Henker ...?«

»Halt ihn auf – vielleicht ist er schon an Land gefahren. Aber seid vorsichtig – der Kerl ist bewaffnet!«

Eva schaltete sich ins Gespräch ein.

»Wo *bist* du denn, Stefan? Ist alles in Ordnung?«

War alles in Ordnung? Er hatte keine Ahnung.

»Ja ... ich bin hier draußen auf dem oberen Autodeck. Ich bin so weit okay.«

Eine Zugtür wurde zugeschlagen, und das dumpfe Donnern der Lok, die die Wagen an Land zog, schallte durch das Deck. Stefan hörte das Geräusch von Schuhen. Schuhen mit dazugehörigen Beinen, die über das Eisendeck liefen, die Treppe hinauf zum Zwischendeck.

Irgendwie erkannte er Evas Schritte. Sie blieb stehen, suchte, schlug eine neue Richtung ein, bis sie vor ihm stand.

»Hilfe – Stefan!«

Sie beugte sich zu ihm hinunter, stützte ihn und lehnte seinen Kopf an ihre Brust.

»Oh Gott ...«

Sie gab die Notrufnummer in ihr Mobiltelefon ein, doch Stefan unterbrach sie.

»Du ... ist schon in Ordnung. Ich brauche nur ...«

Erneut stieg Übelkeit in ihm auf, aber er konnte das Gefühl verdrängen und fuhr fort.

»Ich komme schon klar. Seht lieber zu, dass ihr das verdammte Auto stoppt.«

»Tommy und Lasse haben schon Alarm gegeben.«

»Gut, aber seid vorsichtig«, stöhnte er, »er hat eine schussbereite Pistole bei sich und zögert nicht, davon Gebrauch zu machen.«

Rufe und quietschende Reifen hallten von der Plattform herüber, aber Stefan konnte sich nicht rühren. Ihm wurde klar, dass er, wie sehr sein Kopf auch schmerzte und wie viel Blut auch aus seiner Wunde an der Wange auf den Kragen seiner Uniform tropfte, trotz allem mit dem Kopf in Evas Schoß lag!

Auch wenn er das nur für einen kurzen Moment genießen konnte. Eva holte ein paar Mal tief Luft, verstaute ihr Mobiltelefon in der Halterung, stand auf und reichte ihm eine Hand.

Stefan lachte auf. Mitten in dem ganzen Elend amüsierte ihn die groteske Vorstellung, dass sie, dieses spröde Mädel, ihm – einen der größten und kräftigsten Kerle der Einheit – aus seiner heiklen Position am Boden aufhelfen würde!

Aber er griff dankbar nach ihrer ausgestreckten Hand und hoffte inständig, dass der Abend nicht noch schlimmer enden würde, als er ohnehin schon war.

14

Mandén hatte Jansson gerade abgelöst, die Pforte geschlossen und sich auf eine gewöhnliche Nacht eingestellt.

Hill stand hinter der Glastür und unterhielt sich mit Sahlman. Schließlich verabschiedeten sie sich, Hill öffnete erleichtert die Tür zum Foyer und schlüpfte in seine Handschuhe.

Endlich Zeit, nach Hause zu gehen!

Nach Hause, wo ein gemütlicher Abend mit Catharina und ihrem immer runderen Bauch wartete, dachte er. Und ein richtig entspannender Videofilm.

Sie hatte das Repertoire ergänzt, so dass er sich nicht sicher sein konnte, dass er einen der bewährten Clintan-Filme zu sehen bekam.

Ebenso schwierig ließ sich das Abendessen vorhersagen. Die gute alte Zeit der lauwarmen Pizza auf dem Sofa war endgültig vorbei. Stattdessen wurde stilvoll bei Kerzenschein am Tisch gesessen, mit einem guten Glas Wein und einem Gericht, das möglichst französisch ausgesprochen werden wollte. Coq au Vin, Bouillabaisse, Bœuf Bourguignon oder Ähnliches mehr. Außerdem fanden gepflegte Tischgespräche statt.

Die bislang stillsten, trägsten und sinnlosesten Stunden des Tages waren nun die besten. Die Stunden, in denen die Zusammengehörigkeit gestärkt und die Visionen, wie die Zukunft aussehen würde, wenn das Kind auf der Welt war, geboren wurden.

Sicher vermisste er manchmal die Sofa-Pizza und das Einnicken vor der Sportschau. Aber sei's drum. Es war doch schön, seinen Horizont zu erweitern, und …

»Hill!«, rief Mandén und machte Hills beschwingte Stimmung zunichte, »Hill … Sahlman!«

»Was – was?«, wunderte sich Hill.

»Das Zollamt – pronto! Ein bewaffneter Desperado hat gerade mit einem schwarzen Mercedes-Kombi die Fähre verlassen!«

Sahlman war schon in den Lift gestiegen und wollte nach oben fahren. Er blockierte mit seinem Fuß die Lichtschranke, als sich die Tür schloss. Sie öffnete sich sofort wieder, und Hill sprang neben seinen Kollegen in den Lift, der rasch den Knopf drückte, der sie ins Untergeschoss bringen sollte.

In der Garage des Präsidiums heulten schon die Sirenen. Das Tor stand offen, und die ersten Streifenwagen hatten sich bereits in Bewegung gesetzt, mit Blaulicht und Martinshorn in voller Lautstärke. Das Sondereinsatzkommando war ihnen dicht auf den Fersen, und der Hundeführer stürzte mit dem abgerichteten Schäferhund in den Kombi, während er versuchte, seine schusssichere Weste ordentlich zu schließen.

Als die Streifenwagen die Autobahnauffahrt nach links einbogen, quietschten die Reifen, die Privatautos mussten auf die Bremse steigen, um eine Kollision zu vermeiden.

Jemand drückte mehrmals auf die Hupe, aber der Polizei war das gleichgültig. Hier ging es um Sekunden, und mit aufheulenden Motoren sausten sie an dem großen Fabrikgebäude »Kadorra« vorbei und bogen bei der Ampel Richtung Überseehafen ab.

Hill und Sahlman warfen sich in einen der einsatzbereiten Volvos der Kriminalpolizei, stellten das Blaulicht aufs Dach und fuhren hinter den anderen aus der Garage.

»Rechts«, brüllte Hill, »fahr rechts und dann über das Parkdeck des Knotenpunkts!«

Sahlman zögerte nicht.

Er fuhr in entgegengesetzte Richtung und verfehlte um

Haaresbreite einen Pick-up, dessen Ladefläche mit einer Plane bedeckt war. Dieser bremste wegen des Blaulichts, geriet ins Schleudern und kam quer vor der Mittelplanke zum Stehen.

Ohne das Tempo zu drosseln, fuhr Sahlman mit Vollgas die Järnvägsgatan hinauf.

»Er kann auch aus dieser Richtung kommen!«, meinte Hill atemlos, angelte seine Sig-Sauer aus dem Holster und entsicherte die Waffe mit einem geübten Handgriff.

Gab es einen Schusswechsel, würde er bereit sein. Er hoffte, dass es nicht so weit kommen würde, aber wenn doch ...

Die Ampel zeigte Rot, so dass Sahlman sich auf das rotierende Blaulicht und die ohrenbetäubende Sirene verlassen musste. Sicherheitshalber blitzte er mehrmals mit der Lichthupe, fuhr über Rot und nahm die Kurve zur Parkdeckauffahrt mit quietschenden Reifen.

Die unmittelbar folgende Rechtskurve war mindestens ebenso scharf, und die Steigung zur Parkplattform steil. Sahlman passierte sie in knapp zwei Sekunden. Die Fußgänger auf dem Weg von der Fähre flohen erschrocken mit ihren Tüten und Bierträgern auf die Bürgersteige. Sie drückten sich an die Hauswände und fluchten laut über den Machtmissbrauch der Behörde.

Das würde auf Christel Bremers Tisch landen, keine Frage!

Als stellvertretende Polizeidirektorin würde sie der Presse gegenüber erklären müssen, weshalb sich ihre netten Blaumützen mitten im Einkaufsgetümmel wie rücksichtslose Trampel benommen hatten.

Aber darum scherten sich Sahlman und Hill nicht im Geringsten. Schließlich ging es darum, einen bewaffneten Irren zu schnappen und zu entwaffnen. Feinschliff und Politur kamen erst danach.

Die Reifen quietschten noch immer, als Sahlman die letzte enge Linkskurve nahm und bergab auf den Kreisel zurollte. Wenn Hill sich nicht verrechnet hatte, hatten sie durch ihre wilde Fahrt über das Parkdeck eine wertvolle Minute gewonnen.

Doch woran er definitiv nicht gedacht hatte, waren die verfluchten Fahrbahnschwellen, die schlaue Verkehrsplaner angelegt hatten, um Jagdfahrten bergab zu verhindern. Die erste, die Sahlman mit viel zu großer Geschwindigkeit passierte, ließ das Auto in die Luft fliegen. Hill schlug sich den Kopf am Dach an, biss sich auf die Zunge und machte seinem Unmut Luft. Sahlman spürte den harten Stoß im Gesäß, als der Volvo wieder auf die Straße aufprallte, umklammerte fest das Lenkrad und gab mehr Gas. Die Automechaniker mussten anschließend die Stoßdämpfer justieren – jetzt konnte er daran auch nicht mehr viel ändern. Es lagen nur noch drei oder vier Fahrbahnschwellen vor ihnen, bis sie den Zoll erreichten.

Nummer zwei überwanden sie etwas geschickter. Sahlman bremste scharf ab und glitt ungleich weicher hinüber als bei der ersten. Hill sagte keinen Ton, was Sahlman als unausgesprochenes Einverständnis deutete. Tatsächlich tat ihm nur die Zunge so furchtbar weh. Und er schmeckte Blut!

Ein deutscher Tourist hatte sich in dem Kreisel hoffnungslos verfahren. Statt geradeaus zur Fähranlage zu fahren, war er nach rechts abgebogen und auf die Auffahrt zum Verkehrsknotenpunkt gelangt. Und breit war er auch, sein *Nordic Caravan de Luxe,* der plötzlich direkt auf Hill und Sahlman zusteuerte.

»Um Gottes willen!«, schrie Sahlman und riss den Volvo gegen den Metallzaun auf der rechten Seite.

»Verdammt«, dachte Hill und klammerte sich so fest, wie es ging.

Funken sprühten, als die Seite bei voller Fahrt gegen die Leitplanke schrammte und kreischte. Nicht nur kaputte Stoßdämpfer würden sie Christel Bremer beibringen müssen.

Der Fahrer des *de Luxe* drückte auf die Hupe und versuchte, sein ungelenkes Fahrzeug auf den schmalen Bürgersteig an der anderen Seite zu lenken. Doch das misslang, und der Seitenspiegel des Volvos schrammte unschön die Seite des Wohnwagens auf. Das würde die Behörden noch teuer zu stehen kommen. Abgesehen von den öffentlichen Entschuldigungen für die Gefahr, der die Touristen ausgesetzt waren.

»Mist«, schimpfte Sahlman, verfluchte diese dumme Verzögerung und trat das Gaspedal durch, »... verdammter Mist!«

Toni Tong schimpfte wie ein Rohrspatz, als er sah, wie sich vorn beim Zoll die Schranken senkten, und verwünschte seine Feigheit dem Zollbeamten gegenüber.

Hätte er nur den Mumm gehabt, dem Teufel gleich einen Kopfschuss zu verpassen, dann hätte er sich noch geschickt aus der Affäre ziehen können. Hätte er schnell reagiert, hätte er sogar ungesehen zum Auto zurückkehren können.

Eine Sekunde konnte lang sein und eine Minute eine Ewigkeit dauern – wenn man nicht zögerte, sie zu nützen. Aber er hatte gezögert und damit eine entscheidende Tausendstelsekunde zu lang mit seinem Entschluss gewartet.

Ohne genau erklären zu können, wie, hatte sein Unterbewusstsein ungehindert eine ganze Reihe lächerlicher Ausflüchte parat gehabt. Dummes Zeug darüber, dass er nicht schnell genug sein würde. Dass es ein unvernünftiger Schachzug sei und Ähnliches mehr.

Nein, die Wahrheit war und blieb unangenehm eindeutig.

Seit dem Abend oben am Kullaberg war er feige. Fast so, als würde Jeanette ihn verfolgen oder als hätte sie einen Fluch auf ihn gelegt. Und das, obwohl kaum jemand weniger abergläubisch war als er. In kürzester Zeit war er wehleidig und labil geworden, misstrauisch und unsicher bei allem und jedem. Und nach der Abreibung, die er anschließend von Niki bekommen hatte, hatte er sich erst recht in Bedrängnis gefühlt. Zum ersten Mal in seinem Leben überlegte er sich, wie er mit dieser Situation fertig werden sollte.

Doch zunächst musste er diesem Wahnsinn ein Ende bereiten.

War er nun der gerissenste Auftragskiller der Unterwelt oder nicht?

Natürlich war er das!

Er sah deutlich, dass ihm bedeutet wurde, an der Schranke anzuhalten, und Polizeisirenen wurden lauter. Jetzt konnte es sich nur noch um Sekunden oder im besten Fall um Minuten handeln, bevor das Rennen endgültig gelaufen sein würde.

Die Pistole lag schussbereit auf dem Beifahrersitz, und das Kokain im Verkaufswert von 80 000 Piepen war, wie er mit den Fersen spürte, fest unter den Fahrersitz geklemmt.

Würde er auch dieses Mal kuschen?

Auf keinen Fall!

Stattdessen ließ er das Seitenfenster hinunter, feuerte einen Warnschuss in die Luft und trat das Gaspedal durch, dass der starke Motor aufheulte. Am Kontrollschalter hatte das Zollpersonal seine Absicht schon durchschaut, und die Beamten hechteten aus der Gefahrenzone, als sich der Drehzahlmesser fast überschlug. Die Nadel hinter dem polierten Schutzglas schlug aus und näherte sich gefährlich schnell dem roten Bereich.

Aber das interessierte Toni nicht. Er hinterließ stattdessen eine deutlich sichtbare Bremsspur auf dem Asphalt der Plattform, als er das Lenkrad nach rechts riss, sämtliche Stellplätze querte und auf das Zollamt zuraste.

Genau auf die whiskey- und wodkagefüllten Container zu, die nebeneinander aufgereiht auf der Plattform standen. Aber Toni wich im letzten Moment aus, bog nach links, fuhr an ein paar Blumenkübeln aus Beton vorbei, umfuhr die Schranken auf einem Seitenstreifen und nahm die Ausfahrtstraße.

Jetzt war nur noch die Polente übrig. Wo mochte die mittlerweile sein?

Er bremste eine halbe Sekunde vor dem Kreisel des Terminals bei First Stop Sweden ab und horchte auf das Geräusch der Sirenen.

Soweit er das beurteilen konnte, waren sie nur wenige hundert Meter entfernt. Die Beamten hatten vermutlich den Tunnel unter den Eisenbahnschienen passiert. Er bezweifelte, dass sie ihm zusätzlichen Vorsprung verschaffen und an der Kreuzung des Oceanhamnen bei Rot warten würden.

In wenigen Augenblicken würden sie ihm auf der Bredgatan entgegenstürmen.

Er entschied sich für ein weiteres Manöver.

Auf der Kreuzung zwischen den Depots der Kurierdienste ASG und DHL in der Sockerbruksgatan verließ er die Straße und bog zwischen die großen Lagerhallen. Er konnte gerade noch sehen, wie sich zwei helle Lichtkegel auf ihn zu bewegten, und trat das Gaspedal durch.

Er verschwand mit seinem Auto in der Dunkelheit, und das Blaulicht der Gesetzeshüter raste in falscher Richtung die Straße hinunter. Er stieg in letzter Sekunde auf die Bremse und stoppte das Auto direkt vor dem großen Eisentor der ASG.

Das Tor war verschlossen! Das Tagesgeschäft war beendet und das Gelände für heute geschlossen.

»Mist!«, brüllte er in die Finsternis.

Joakim Hill und Knut Sahlman erreichten den Terminalkreisel eine kurze, aber wertvolle Minute früher als die anderen Wagen, die aus der entgegengesetzten Richtung kamen. Sie bogen scharf aus dem Kreisel, brausten auf das Zollgebäude zu, wo ein Beamter auf der Plattform alles im Auge behielt.

»Er ist dort die Sockerbruksgatan runter!«, rief er Hill zu, der das Fenster heruntergelassen hatte.

Hill stellte fest, dass der zivile Einsatzwagen auf der Plattform fehlte.

»Wer ist ihm nach?«, rief er.

»Ante und Magnus sind eben gefahren. Aber der war ja völlig wahnsinnig. Hat mit der Pistole um sich geschossen!«

»Okay!«

Hill gab Sahlman ein rasches Zeichen, der wendete, zurück in den Kreisel jagte und die Bredgatan einschlug.

Hill gab einen Eilruf aus, über Kanal 62, der mit sämtlichen Wagen Funkkontakt hielt.

»Der Flüchtige ist bei ASG reingefahren! Nehmt den oberen Weg und geht von der Sjögatan rein. Ende!«

Im Lautsprecher rauschte und knisterte es.

»Okay – sollen ein paar von uns auch zum Oceanhamnen zurück?«

»Macht das, aber passt auf – er ist bewaffnet und zögert nicht zu schießen.«

Sie trafen auf die Kollegen, die aus der entgegengesetzten Richtung kamen. Zwei Wagen fuhren hinter dem Kreisel geradeaus, um zur Sjögatan vorzustoßen. Die anderen machten einen U-Turn, zwei weitere Autos kehrten zur Ampel zurück, um eine eventuelle Flucht in diese Richtung zu verhindern. Die restlichen Wagen schlossen sich Hill und Sahlman an, fuhren in die Sockerbruksgatan und stellten sich auf eine heikle Situation ein.

Der Schein der rotierenden Blaulichter wurde von den Wänden zurückgeworfen und glich einem bizarren Feuerwerk.

Am Ende der Straße war es hingegen dunkel. Dunkel und lebensgefährlich.

Nichts rührte sich. Der Mercedes-Kombi mit der Nummer BYP 107 stand im schwachen Schein der Lampen vor den Toren der ASG.

»Verdammt«, fluchte Hill.

Sahlman hielt mit großem Abstand. »Was denn?«, fragte er und entsicherte seine Dienstwaffe.

»Da hat der Zoll richtig zugeschlagen. Der Eigentümer ist nicht gerade ein Musterknabe. Er heißt Toni Tong, und auf sein Konto geht vermutlich nicht nur schwere Misshandlung, sondern auch Mord.«

»Okay«, entgegnete Sahlman trocken.

Während er das Auto vor dem Tor fixierte, stieg er langsam aus dem gebeutelten Volvo. Er vergewisserte sich, dass Hill und die übrige Einheit ihm folgte, und schritt langsam auf den Benz zu.

Die Fahrertür stand weit offen. Das garantierte leider kein leeres Wageninnere.

Er hielt die Sig-Sauer schussbereit in beiden Händen vor seinem Körper und hoffte … hoffte und betete, dass er Linda nicht zum letzten Mal gesehen haben würde.

Toni Tong hatte sich gründlich geirrt, als er sich einbildete, dass sich hier noch eine Straße befand: Er war in eine Sackgasse gefahren.

Direkt vor ihm lagen pechschwarzes Niemandsland, ein Parkplatz für Sattelschlepper und weiter drüben die Gleise für die Güterwaggons. Zur Linken die verschlossenen ASG-Tore, in der anderen Richtung die Sjögatan. Eine Straße, auf der er direkt wieder zum Zollamt gelangen würde – wo es vermutlich zum jetzigen Zeitpunkt von Polizisten nur so wimmelte.

Hinter ihm näherten sich immer mehr Blaulichter. In wenigen Sekunden würde ein weiterer Wagenpulk eintreffen und ihm auch das andere Ende versperren.

Dennoch grinste er verbissen in den Rückspiegel, als die Reflexe der Blaulichter auf der Bredgatan vorbeisausten. Der gespenstische Lichtschein flackerte wie ein Schwarm verwirrte Glühwürmer über sein Gesicht und verlieh ihm ein diabolisches Aussehen.

Der Vorsprung, den er durch seine Finte herausgeholt hatte, würde nicht lange vorhalten. Die Polente würde schon an der Zollkontrolle merken, in welche Richtung er gefahren war. Also blieben ihm nur wenige Sekunden zu handeln. Er hatte keine Chance, vor ihnen aus der kleinen Querstraße zu fahren. Die einzige Möglichkeit, die sich bot, war zu springen!

Toni riss die Pistole vom Beifahrersitz an sich, während er mit der anderen Hand nach dem Kokainpaket unter dem Sitz griff.

Es war eingeklemmt! Es steckte fest in dem Metallgestell des Sitzes und bewegte sich kein Jota. Er verlor eine weitere wertvolle Sekunde. Sogar zwei, bei seinen Bemühungen, die teure Ware zu bergen. Da sah er im Rückspiegel die ersten Scheinwerfer unerbittlich um die Ecke biegen.

Das Rennen war zu Ende! Er hatte seine Chance vertan.

Nun konnte er nur noch – abgesehen von der CD, die in der Innentasche seines Mantels steckte – mit der Freiheit davonkommen.

Mit der Makarov in der rechten Hand warf er sich aus dem Auto und rannte zu den großen Backsteingebäuden auf der anderen Straßenseite. Dort war er jedoch kein bisschen geschützt. Es gab keine engen Gassen, um sich zu verstecken – nur massive Backsteinwände, so weit sein Auge reichte.

Er suchte verzweifelt nach einer Lösung. Bald würden ihn die Polizeibeamten eingeholt haben, und er würde in unzählige Pistolenmündungen starren.

Was sollte er nur tun?

Die Schienen! Die Schienen für den Gütertransport, hinter den Waggons, die auf ihre Weiterfahrt warteten. Aus dem Augenwinkel sah Toni den ersten seiner Verfolger neben dem Benz bremsen und hörte, wie die Sirenen oben aus der Sjögatan auf ihn zukamen. Er hechtete über die Straße zu den gigantischen Sattelschleppern und lief, so schnell ihn seine Füße trugen, über den Stellplatz auf die Waggons zu.

»Stehen bleiben – Polizei!«, hörte er eine Stimme hinter sich brüllen, aber er behielt sein Tempo bei. Ein großer LKW stand direkt vor ihm, der würde jedenfalls …

Bevor der erste Schuss durch die Dunkelheit hallte, hatte er den Anhänger fast erreicht. Er hörte unbehaglich nah ein zischendes Geräusch und meinte zu spüren, dass ihn jemand an seinem Mantel packte, als er sich unter das Fahrgestell duckte, konnte jedoch nicht weiter darüber nachdenken, denn der nächste Schuss wurde kurz darauf abgefeuert.

Die Kugel durchschlug die robuste Schutzplane, die die Ladung des Lasters bedeckte. Aber anders als in allen Fernsehfilmen bestand die Ladung nicht aus Sprengsätzen, leicht entzündlichen Flüssigkeiten oder anderer gefährlicher Ware.

Der LKW war mit ganz gewöhnlichen Libero-Windeln bestückt. Eine ganze Ladung hoch saugfähige Zellstoffmasse auf dem Weg zu minderjährigen Konsumenten in Östersund nahm die 9-mm-Kugel, die eigentlich für ihn bestimmt war, auf und barg sie in weicher Watte.

Toni nutzte die kostbaren Sekunden, um Richtung Schienen und Waggons in die Finsternis einzutauchen. Sein Herz pochte wild gegen seine Brust, als wollte es Toni zum Aufgeben überreden. Aber er hatte andere Pläne und blieb stur bei seinem Plan – entweder würde er als freier Mann entkommen, oder er musste auf der Trage hier rausgetragen werden!

Er lief in dem unwegsamen Gelände zickzack, Warnrufe und Hundegebell drangen an sein Ohr. Mehrere Kugeln pfiffen gefährlich nah an ihm vorbei, aber irgendwie schaffte er es, die Gleise zu erreichen. Er stolperte fast über die glitschigen Schienen und verschwand hinter den schützenden Eisenbahnwagen. Er nahm sich sogar die Zeit für eine schnelle Orientierung und entdeckte in der Naftagatan Büroräume mit Nachtbeleuchtung. Wenn er nur irgendwie dorthin gelangen könnte!

Er war so außer Atem, dass er seine Verfolger kaum noch hörte. Aber selbst wenn sein kapitulationsbereites Herz zerspringen würde – er musste weiter!

Er rannte südwärts, hatte plötzlich wieder Teer unter seinen Füßen und sprintete an den Bürohäusern der mittelgroßen Firmen entlang.

Noch war er nicht am Ziel. Er musste die breite Atlantgatan erreichen, um entkommen zu können.

Schritte kamen näher, ein Polizeihund bellte immer aufgeregter in Gleisnähe. Inzwischen hatte er sicher eine deutliche Fährte gewittert. Während ihm selbst bald die Puste ausging, bellte der Hund unermüdlich.

Aber im Licht der hohen Straßenlaternen schien das Schicksal Toni auf einmal gewogener zu sein. Ein Tourist, der soeben mit der HH-Line angekommen war, hatte unter der hellen Straßenbeleuchtung angehalten, um einen Blick in die Straßenkarte zu werfen.

Der Mann war völlig beschäftigt mit seinen Orientierungsschwierigkeiten, hatte das Innenlicht angeknipst und glitt mit dem Finger über die Karte.

Das Ganze war für Toni ein Kinderspiel! Denn wer schließt sich schon ein, um die Straßenkarte zu konsultieren?

Toni Tong riss mit einem kräftigen Ruck die hintere Tür des stehenden Saab auf, ließ sich auf die Hinterbank fallen und äußerte mit fester Stimme seinen Wunsch.

»Lassen Sie einfach den Motor an, fahren Sie nicht zu schnell – 60 ungefähr – und versuchen Sie auf keinen Fall, Aufmerksamkeit zu erregen! Ich habe eine entsicherte Pistole auf Ihren Rücken gerichtet – und mir macht es Spaß zu schießen. Verstanden?«

Der Mann blieb stumm. Sein Mund war wie ausgetrocknet und er konnte keinen Laut herausbringen. Irgendetwas in Tonis Stimme ließ ihn blind gehorchen.

Er warf den Motor an, bog aus der Parkbucht und fuhr die Atlantgatan in normalem Tempo hinunter.

»Und machen Sie das Licht hier drinnen aus, verdammt noch mal!«, zischte Toni und rutschte noch tiefer in den engen, unbequemen Raum zwischen Rückbank und Vordersitz.

Der Mann tastete blind nach dem Schalter, sein Blick starr auf die Straße gerichtet. Schließlich gelang es ihm, das Licht im Wageninnern auszuschalten, und Toni konnte die Lichtreflexe draußen deutlich erkennen. Blaulicht bewegte sich vom Oceanhamnen direkt auf sie zu. Er merkte, dass das Auto plötzlich langsamer fuhr.

»Nicht anhalten!«, flüsterte er.

»Aber ... aber die winken mich doch an die Seite!«, antwortete der Fahrer mit zittriger Stimme.

»Egal! Fahren Sie, fahren Sie einfach!«

Der Mann tat, wie ihm geheißen, hielt den Blick starr nach vorn gerichtet und fuhr weiter.

Toni blickte sich vorsichtig um und sah, wie die Blaulichter nach links verschwanden, während der Saabmotor im gleichen Rhythmus weitersurrte.

»Wir haben einen grauen Saab hier, der nicht auf unser Einwinken reagiert hat. Was sollen wir machen? Ende.«

Joakim Hill sprang gerade über das letzte Stück Gras auf den glitschigen Asphalt der Naftagatan, als er sein Funkgerät bediente.

»Wir haben den Kontakt zu dem Flüchtigen verloren – kann es da einen Zusammenhang geben?«, beantwortete er keuchend die Frage der Polizeistreife.

»Keine Ahnung – könnte auch ein normaler, unaufmerksamer Autofahrer gewesen sein – wir können das unmöglich sagen.«

Hill lief weiter und warf einen Blick über die Schulter. Sahlman und einige uniformierte Beamte verteilten sich ein paar Schritte weiter hinten.

Wie sollte er reagieren?

Und wenn das Auto einen Blick wert war?

Was, wenn dieses Ablenkungsmanöver dem Flüchtigen die Möglichkeit gab, auf ganz andere Weise zu entwischen?

Pro und kontra blockierten für einen kurzen Moment seinen Kopf. Dann war der Entschluss gefasst.

»Checkt den Saab«, ordnete er an. »Aber passt auf.«

»Okay«, schnarrte die Antwort im Funkgerät, wurde aber durch einen aufgeregten Ausruf unterbrochen.

»Der haut ab!«

»Wenden!«, schrie Toni, als das Blaulicht verschwand. »Das Gaspedal treten – Gas, verdammt!«

Der Fahrer des Saab zögerte, aber Toni überzeugte ihn sofort.

»Ich jage Ihnen eine Kugel in den Rücken, wenn Sie nicht genau das machen, was ich sage!«

Toni spürte, wie der starke Saabmotor anzog und die Reifen immer schneller über den Asphalt rollten. Als die Polizeisirene hinter ihnen ertönte, hatten sie die scharfe Kurve Richtung Oljehamnsleden schon passiert.

»An der Abzweigung nach rechts!«, befahl er und spürte, wie das Auto unmittelbar zur Seite glitt. Er lächelte zufrieden in der Dunkelheit.

»Gut! Folgen Sie der großen Straße – aber Gas geben, verdammt noch mal!«

Toni riskierte es, sich aufzurichten, und warf einen schnellen Blick durch das Autofenster.

Die Blaulichter verschwanden in der Ferne. Die Polente war wahrscheinlich geradeaus gefahren in der Annahme, dass er sich in keine weiteren Sackgassen im Industriegebiet verirren wollte – was ein kompletter Irrglaube war!

Denn das hier war der Südhafen, und dieses Viertel kannte er wie seine eigene Westentasche.

Hier sollte Jeanette eigentlich ihre letzte Ruhe finden – zusammen mit einigen anderen Personen, die als vermisst gemeldet waren, aber nie gefunden werden konnten.

Jetzt war das Glück auf seiner Seite.

»Folgen Sie der Straße!«, befahl er trocken, »... und biegen Sie jetzt nach rechts ab und warten da hinten – aber mit laufendem Motor!«

»W ... was haben Sie vor?«, wollte der verängstigte Fahrer wissen und hoffte, dass das alles nur ein Albtraum war. »Wo soll's hingehn?«

»Sie fahren nirgendwohin«, erklärte Toni Tong.

Der Mann bekam einen noch trockeneren Mund, falls das überhaupt noch möglich war. Das Herz schlug ihm vor Schreck bis zum Hals, aber er brachte das Auto ein Stück von der Straßenlaterne entfernt zum Stehen.

Er war auf das Schlimmste gefasst und begriff, dass er wohl nie die Adresse in Hegarp, nach der er gesucht hatte, erreichen würde.

Er blieb unbeweglich vor Angst auf dem Fahrersitz sitzen, und eine längst vergessene Strophe begann in seinem Kopf herumzuspuken.

»Gott hat alle Kinder lieb ...«, hallte es in seinem Kopf, »denk an mich ...«

»Okay«, unterbrach Tonis Stimme barsch, »öffnen Sie die Tür, steigen Sie aus, ohne einen einzigen Blick in den Rückspiegel zu werfen, und gehen los – klar? Sie gehen, so schnell Sie können, und sowie Sie versuchen, sich umzusehen, schieße ich. Haben wir uns verstanden?«

Der Mann brachte keinen Ton heraus, aber er schloss die Augen und nickte.

»Gut – verschwinden Sie!«

Der Mann zweifelte noch immer, ob es sich nicht um einen schlechten Scherz handelte. Wenn dieser Verbrecher, einerlei wie er selbst sich verhielt, ihm in den Rücken schießen würde, sobald er sich ein Stück entfernt hatte?

Aber ihm blieb keine andere Wahl, er stieg aus, drehte sein Gesicht zur Seite und begann zu gehen. Er hielt vor Angst die Luft an und zwang seine zitternden Beine, schneller über den Kies zu eilen.

Sein Herz machte einen Satz, als er unvermittelt einen Knall hörte.

Aber es war nur die Autotür, die zugeschlagen wurde. Dann startete der Saab mit aufheulendem Motor. Die Reifen schleuderten den Kies auf, als Toni mit hohem Tempo anfuhr.

Der Besitzer des Saab blieb stehen, blickte sich jedoch nicht um. Er blickte in den Sternenhimmel.

Hatte er ihn trotz allem erhört – Er da oben?

Das Auto, das ihn das letzte Hemd gekostet hatte, war nach wenigen Augenblicken verschwunden.

Aber sein Leben – das hatte er behalten!

Knut Sahlman saß in Joakim Hills Besuchersessel im Präsidium mit einem dampfenden Becher Kaffee auf den Knien. Er fühlte sich ein bisschen so wie früher, als er klein war und den ganzen Tag draußen Schlitten gefahren war – müde, nass und verfroren.

Aber das war trotzdem nicht dasselbe.

Als Kind war man draußen auf Abenteuer aus und war normalerweise auch zufrieden, wenn der Tag sich seinem Ende neigte.

Das konnte man jedoch weder von Hill noch von Sahlman behaupten. Es war schon spät, und eigentlich hätten sie längst nach Hause gehen sollen. Aber der Misserfolg unten am Oceanhamnen musste noch einmal durchgesprochen werden. Der Vorfall war wirklich enervierend, und Hill trommelte zu allem Überfluss entmutigt mit den Fingern auf der Schreibtischplatte herum.

»Das ist wirklich unsäglich«, beklagte er sich und schlürfte etwas von dem kaum abgekühlten Kaffee im Becher, »... dass er tatsächlich den Nerv gehabt hat, zum Südhafen runterzufahren, statt die schnellere Autobahn zu nehmen!«

»Er muss gewusst haben, dass einige Sackgassen in flaches Terrain übergehen, über das man ohne Probleme fahren kann, um wieder auf die Autobahn zu kommen. Um dieses Risiko einzugehen, muss er sich wirklich gut auskennen. Besonders im Hinblick auf das, was ihm vor der ASG passiert ist.«

Sahlman selbst dachte nur ungern daran, was ihm auf dem Rückweg zur ASG passiert war.

Er war in der Dunkelheit gestolpert und hatte seine Hosen sowie seinen teuren Ulster beschmutzt. Wie entfernte man eigentlich Grasflecken aus beigefarbenem Mohair? Außerdem war er genauso verschwitzt wie sein Kollege nach dem Sprint, der sein Hemd aufgeknöpft und die Ärmel hochgekrempelt hatte, um sich zu kühlen.

»Hmmm, aber trotzdem ...«, meinte Hill, »er hätte genauso gut im Zaun hängen bleiben können, durch den er durchgerast ist, um bei der Bepflanzung herauszukommen.«

Sahlman nahm einen Schluck Kaffee und nickte.

»Wobei der Fahrzeughalter noch glimpflich davongekommen ist«, fuhr Hill fort. »Er hätte auch ins Gras beißen können.«

»Hmmm«, antwortete er schläfrig, »er musste zum Glück nur eine gute Stunde zu Fuß gehen, um wieder in die Zivilisation zu gelangen.«

»Tja, heute Abend können wir wohl nichts mehr tun«, entgegnete Hill müde. »Außer hoffen, dass er irgendwo ins Netz der Kripo geht.«

»Nein, aber wir müssen jetzt Ohren und Augen offen halten, Joakim«, konstatierte Sahlman, »denn wenn sich das nicht deutlich in der Unterwelt bemerkbar machen wird, wo sonst? Kokain im Wert von 750–800 000 Kronen – einfach liegen gelassen!«

Bei dem Gedanken trommelte Hill gleich etwas munterer mit den Fingern auf seinen Schreibtisch.

»Sicher – das ist ein deutlich spürbarer Verlust, so einen Leckerbissen den Behörden zu überlassen. Ich frage mich nur, wer dafür seinen Kopf hinhalten muss.«

»Nun, gewissen Gerüchten zufolge handelt es sich bei dem Burschen um den Handlanger von diesem Lasse Larsson. Der, der sich Niki nennt, ziemlich lächerlich, du weißt schon.«

»Ja, das habe ich erst vor kurzem gelesen.«

»Wir hatten leider nie handfeste Beweise gegen ihn.«

»Nein, das war ja auch zu erwarten. Haben wir im Moment jemanden, der sich in den Kreisen auskennt?«, wollte Hill wissen. »Ich glaube, eher nicht, oder?«

»Gårdeman hatte früher einen gewissen Einblick in die Rocker-Szene, aber seitdem er nur noch drinnen arbeitet, haben wir niemanden mehr da draußen, der gut ist.«

Beide schwiegen in Gedanken versunken einige Minuten.

Der Kaffee war längst abgekühlt, und obwohl sie sich eigentlich zu Hause ausruhen sollten, verlangte der überraschende Verlauf des Abends anderes.

Linda würde erst bei ihrer Verabredung am Sonnabend davon erfahren, aber Catharina würde sicher alles über das Abenteuer heute Abend hören, vermutete Sahlman. Und wie in Gedankenübertragung griff Hill im selben Moment nach dem Telefonhörer.

»Ich glaube, ich rufe Catharina schnell an«, sagte er.

Doch noch bevor er den Hörer abnehmen konnte, klingelte es, und das durchdringende Läuten ließ ihn zusammenzucken.

Er hob die Schultern und nahm ab.

»Ja, hallo, Liebling«, sagte er erleichtert, als er Catharinas Stimme hörte. »Ich wollte dich gerade anrufen, um dir zu sagen, dass ich jetzt nach Hause komme ...«

Dann verstummte er abrupt und eine sorgenvolle Falte grub sich in seine Stirn, während er zuhörte.

»Okay, bleib ganz ruhig, Schatz – ich komme sofort!«

»Das war Catharina«, erklärte er überflüssigerweise, während er seine Jacke vom Garderobenhaken riss. »Sie hat Blutungen bekommen und ist schon auf dem Weg ins Krankenhaus! Ich beeile mich ...«

»Und wo bist du jetzt?«, fragte Niki mit kaum überhörbarem Missfallen in der Stimme.

Toni Tong hockte in einer alten Villa in Stehag, was er seinem Chef jedoch nicht verraten wollte. Er telefonierte mit einem geliehenen Handy, sodass Niki ihn nicht über die Nummernauskunft aufspüren konnte.

War es einem geglückt, mit einem Fluchtauto einen Eisenzaun zu durchbrechen und Eisenbahnschienen zu überqueren – um sich anschließend durch finstere Wohnviertel zu schlängeln, ein stattliches Polizeiaufgebot auszutricksen und schließlich bei Kumpels in Stehag abzutauchen –, dann gab man nur ungern seinen Aufenthaltsort preis, es sei denn, die Konsequenzen standen eindeutig fest.

Toni hatte eine furchtbare Entdeckung gemacht.

Als er hinter den Lastern der ASG Deckung gesucht hatte, hatte er gedacht, ihn würde jemand am Mantel zupfen.

Natürlich hatte er nicht länger darüber nachgedacht, bis er sich im Flur seines Kumpels aus dem Mantel geschält hatte. Ein schwarzgeränderLoch schmückte den teuren Stoff. Die erste Kugel war direkt durch seinen wehenden Mantel geschossen, ohne ihn zu verletzen. Vorne bei der Knopfleiste eingedrungen und auf der anderen Seite durch die Innentasche wieder ausgetreten.

Die CD war fein säuberlich von der 9-mm-Kugel einer Polizeiwaffe durchbohrt worden!

Ihm war schon wieder eine Panne passiert!

Dabei war jetzt sicher nicht der richtige Zeitpunkt, um etwas unter den Teppich zu kehren. Also hatte er sich Nikis Gebrüll eine ganze Weile lang angehört, aber schließlich war ihm der Geduldsfaden gerissen.

»Was hätte ich denn machen sollen?«, entgegnete er stattdessen, »im ganzen verdammten Hafen wimmelte es mit einem Mal nur so vor lauter Bullen. Ich konnte gerade noch abhauen, und da ist es dann passiert!«

»Du hättest von vornherein die gesamte Situation vermeiden können«, gab Niki kalt zurück.

»Aber …«

»Nein, mein Freund«, erwiderte Niki resolut, und Toni wusste, dass mit dem »Freund« das lang gefürchtete Todesurteil gemeint war. »Jetzt reicht's! Ich kann ganz einfach keine Chaoten in meiner Organisation brauchen. Und außerdem handelte es sich bei der Information auf der CD um frische Ware, deren letzter Gültigkeitstag übermorgen ist. Wie um alles in der Welt soll ich bis dahin eine neue bekommen? Wenn du erlaubst, da fällt mir das Lachen doch etwas schwer. Ich habe nicht einmal angefangen auszurechnen, wie viel du mich in letzter Zeit gekostet hast, aber das ist sicher ein Vermögen.«

»Aber ich verspreche, dass ich …«

»So wie ich das sehe, hast du bereits einmal zu viel versprochen. Du kennst mich doch, ich habe viel Geduld. Ich *will* bis zum Schluss das Beste glauben. Aber irgendwo gibt es eine

Grenze, da hört mein Vertrauen auf. Dann bin ich sehr enttäuscht – *sehr* enttäuscht, Toni.«

Und Toni wusste, dass jemand sterben musste, wenn Niki enttäuscht war.

Bisher waren das unter anderen die armen Junkies gewesen, denen er zunächst Kredite für ihren stetig steigenden Drogenkonsum gewährt hatte. Und von denen er dann, als ihre Zahlungsunfähigkeit unumstößlicher Fakt war, äußerst *enttäuscht* gewesen war.

Bis zu fünfmal konnten sie »anschreiben lassen« und Nikis Vertrauen genießen. Aber dann war es mit seiner Geduld zu Ende. Alle hatten schließlich damit bezahlen müssen, als warnendes Beispiel dafür zu dienen, wie es einem erging, wenn man Niki enttäuschte.

Toni hatte die Morde mit der Garotte zu Nikis Zufriedenheit erledigt. Hatte den Auftrag ausgeführt und die Leichen mit kleinen Anhängern versehen, die denen, die den Kodex kannten, zeigten, dass hier jemand mit der Kohle geschlampt und fünf schwarze Punkte im Buch kassiert hatte.

Er hatte gute Arbeit geleistet.

Aber das half ihm jetzt auch nicht mehr weiter.

»Außerdem hast du mein Vertrauen bei einem geschätzten ... Kollegen untergraben«, predigte Niki. »Was glaubst du eigentlich, wie der Kollege reagiert, wenn er erfährt, dass die kleine Angelegenheit, für die er bereits bezahlt hat, nicht ausgeführt wurde. Meine Wut, Toni, ist ein mildes Lüftchen im Vergleich zu seiner! Und er hat viele Kontakte in der Gegend.«

Niki warf den Hörer auf die Gabel, und Toni spürte förmlich, wie der nächste Anhänger für ihn ausgefüllt und um seinen großen Zeh geknotet wurde.

Wenn es ihm jetzt nicht gelang, seine Loyalität zu beweisen.

Und es gab nur eine einzige Möglichkeit, das zu bewerkstelligen.

Indem er diesen Kriminaler Joakim Hill unschädlich machte.

15

Knut Sahlman fühlte sich einsamer und verlassener denn je, als er am folgenden Morgen um zwanzig Minuten nach acht an die Tür seiner Chefin klopfte. Christel Bremer hatte ihm und Hill die Nachricht zukommen lassen, dass sie schnellstmöglich ein Gespräch wünsche. Aber Joakim war offenbar noch bei Catharina, so dass Sahlman sich allein auf den Weg machen musste.

»Guten Morgen«, begrüßte sie ihn und deutete ihm, Platz zu nehmen.

Nicht in dem bequemen Ledersofa, sondern auf dem Besucherstuhl vor dem Schreibtisch. Sahlman vermutete, dass es sich nicht um einen Höflichkeitsbesuch handeln würde.

»Ist Joakim Hill heute nicht da?«, wollte sie wissen.

»Seine Frau hatte ein Fehlgeburt oder etwas in der Art«, erklärte Sahlman mit einem beklemmenden Gefühl in der Brust, »er ist noch im Krankenhaus.«

»Ach so, das ist ja tragisch – also, ich habe hier einen Bericht«, fuhr Christel Bremer fort und wühlte plötzlich leicht unkonzentriert in ihren Unterlagen auf dem Schreibtisch, »von einem Einsatz unten am Hafen gestern Abend.«

»Jaaa«, entgegnete Sahlman müde.

Er fürchtete schon, dass er sich nun den ganzen Sermon würde allein anhören müssen. Unbill wegen Überschreitung der Geschwindigkeit, Ärger wegen der zahlreichen Blechschäden, eine Ohrfeige wegen des Schusswechsels und einen ordentlichen Tritt in den Hintern, weil der Kerl trotz alledem entkommen konnte. Verglichen mit Hills Schwierigkeiten und seinen Flecken auf dem Ulster war das nur eine Lappalie.

Er wappnete sich also.

»Mir ist zu Ohren gekommen«, hob sie an, »dass das Tempo in dicht besiedelter Zone weit und unter gefährlichen Umständen überschritten wurde. Ist das korrekt?«

»Korrekt.«

Sie blickte ihn über den Rand ihrer Lesebrille an und fuhr fort.

»Außerdem wurde der Wohnwagen eines Touristen beschädigt und ein Dienstwagen ramponiert.«

»Ja.«

»In dem Zusammenhang ist es auch zu einem Schusswechsel gekommen, und ein Fuhrunternehmen hat Schäden am Verdeck sowie an der Last gemeldet. Ist das ebenfalls korrekt?«

»Das ist korrekt.«

»Aber es ist Ihnen nicht gelungen, den Täter zu fassen.«

»Leider nein.«

Jetzt wäre der erste Anpfiff fällig, mutmaßte er und konzentrierte sich darauf, nicht die Beherrschung zu verlieren.

Christel Bremer legte den Bericht und ihre Brille beiseite und schaute ihn mit durchdringendem Blick an.

»Aha«, sagte sie und räusperte sich.

Sahlman umklammerte die Armlehne und machte sich auf die verbale Attacke gefasst.

»Also, ich vertraue da vollkommen Ihrem Instinkt, Sahlman«, erklärte Christel Bremer in verbindlichem Tonfall. »Richten Sie Hill aus, dass Sie so weitermachen können, wie Sie es für richtig halten – ich werde Ihnen den Rücken stärken, so gut ich kann.«

Sahlman starrte sie an.

»Aber ich dachte …«

»Gute Arbeit, Sahlman – lassen Sie es mich wissen, sobald

Sie etwas von Hill hören. Und wenn Sie zusätzliche Einsatzkräfte benötigen, um diesen Verbrecher zu schnappen, dann können Sie gern einen Antrag bei mir abgeben.«

Sie erhob sich und reichte ihm die Hand über den Tisch hinweg. Er ergriff sie, ohne zu wissen, was hier eigentlich gerade vor sich gegangen war.

»Danke«, sagte er, um nicht unhöflich zu wirken, »das werde ich tun.«

Er stand auf und verließ den Raum.

Was um alles in der Welt war denn mit der Frau los?

Doch das würde Sahlman nie erfahren. Worum es in ihrem klärenden Gespräch in der Teeküche gegangen war, würde Christels und Susannas kleines Geheimnis bleiben.

Wie sie dank Susanna zu der Einsicht gelangte, dass sie sich, ebenso wie Hill in Landskrona, wie der Elefant im Porzellanladen benommen hatte.

»Aber irgendwie muss ich mir doch Gehör verschaffen«, hatte Christel entgegnet.

»Sicher – aber Sie müssen aufhören, das hier als Job zu betrachten«, hatte Susanna erwidert und Kaffee nachgeschenkt.

»Aber ... aber das ist doch ein Job!«

»Okay – aber man *muss* das nicht notwendigerweise so sehen. Stellen Sie sich einfach vor, dass es genauso gut ... eine Beziehung sein könnte.«

»Eine Beziehung?«

»Genau! Wann wird ein Mann am schnellsten kooperativ? Wohl kaum, wenn man hereinstürmt und all das ändert, an das er sich bereits gewöhnt hat. Aber ... wenn man sich ein bisschen Zeit nimmt, um herauszufinden, wie er eigentlich funktioniert, dann ist die Chance schon viel größer, hab ich Recht?«

Christel Bremer hatte bei dem Gedanken entspannt geschmunzelt.

Und Susanna hatte schließlich völlig Recht – weshalb also alles forcieren?

Die Helsingborger Kripo und sie hatten sich noch gar nicht richtig kennen gelernt, dann konnte sie dieser noch frischen Beziehung auch die Zeit geben, die sie wirklich brauchte.

Und sie hatte erleichtert festgestellt, dass sie weder etwas unter Beweis stellen noch unverzüglich alles Mögliche verändern musste.

Sie hatte weitaus angenehmere Alternativen als diese!

Polizeidirektor Harry Runsten musste sich eingestehen, dass er sich trotz allem vermutlich geirrt hatte. Sie war kompetent, hellhörig bezüglich der Stimmung am Arbeitsplatz und für konstruktive Vorschläge offen – diese Christel Bremer.

Als sie plötzlich in der Tür des Krankenzimmers gestanden war mit einem Blumenstrauß in der Hand, hatte er gedacht, er träume.

Blumen – für ihn!

»Hallo, Harry«, hatte sie gesagt und ihm ihre kühle Hand entgegengestreckt, »wie geht es Ihnen?«

Er hatte etwas männlicher wirken und sich im Bett aufsetzen wollen, doch sie hatte ihm freundschaftlich das Bein getätschelt und einen Stuhl an das Bett gezogen.

»Es ist alles in Ordnung, Harry«, hatte sie ihm versichert und die Blumen in eine Vase aus rostfreiem Stahl auf den Nachttisch gestellt. »Ich dachte nur, wir könnten besprechen, wie wir Ihrer Meinung nach am besten den Laden schmeißen, bis Sie wieder auf den Beinen sind.«

Das hatte ihm die Sprache verschlagen.

War das wirklich dieselbe Christel Bremer, die ihm seinerzeit in Stockholm so radikal über den Mund gefahren war?

Im Stillen fragte er sich beschämt, ob Anderberg etwas von dem weitererzählt hatte, was ihm kürzlich herausgerutscht war. Aber – nein, das war wohl doch ausgeschlossen. In dem Fall hätte sie kaum Blumen mitgebracht, sondern eher einen Baseballschläger!

Jetzt war er auch nicht mehr so aufbrausend ... Die Krankenschwester hatte seinen Ausbruch dem Arzt gemeldet, der daraufhin umgehend seine Medikamentierung überprüft hatte. Er fühlte sich schon viel besser.

Zunächst hatte er ihrem unerwarteten Angebot zur Zusammenarbeit ausweichen wollen.

»Aber nein, das haben Sie doch wunderbar im Griff!«

Falsche Bescheidenheit stand ihm jetzt jedoch ebenso schlecht zu Gesicht wie sonst. Prompt verschluckte er sich und kämpfte mit einem heftigen Hustenanfall. Christel Bremer half ihm, sich im Bett aufzurichten und klopfte ihm vorsichtig auf den Rücken, bis der Hustenreiz abgeklungen war.

Sie duftete gut.

Sie duftete nach Frau. Nicht nach frisch gestärkter, desinfizierter Krankenschwester – sondern einfach herrlich nach Frau!

»So«, sagte sie zufrieden und setzte sich wieder, als die Hustenattacke abgeklungen war, und erzählte – mit übereinander geschlagenen Beinen, die schimmernde Nylonstrümpfe zeigten – von den administrativen Problemen, die ihn plötzlich brennend interessierten.

Während der fünfzig Minuten, die sie an seinem Krankenbett saß, konnten sie eine Menge durchsprechen. Aber schließlich hatte jemand über ihren Pieper nach ihr verlangt, und sie musste wieder zum Präsidium aufbrechen.

Doch bevor sie das Zimmer verließ, wandte sie sich um, huschte zu seinem Bett zurück und flüsterte ihm mit einem spitzbübischen Lächeln ins Ohr: »Wissen Sie noch, Harry, als wir uns das letzte Mal über den Weg gelaufen sind, was ich Ihnen da über das Risiko von Zufallsbekanntschaften gepredigt habe?«

Er spürte, wie seine Ohrläppchen zu glühen begannen.

»Was meinen Sie, wozu ich verdonnert werden würde, wenn ich mich hier auf der Bettkante mit einem kaum bekleideten männlichen Kollegen verbrüdert hätte?«

Sie kicherte verschmitzt, trippelte zur Tür zurück und war

verschwunden, noch bevor Harry seinen vor Verwunderung offen stehenden Mund wieder zumachen konnte.

»Oje«, murmelte er und schielte zum Nachbarbett hinüber, um zu sehen, ob der Däne das Geschehen verfolgt hatte. Aber der Patient lag auf der Seite und lauschte dem Radio, das er an sein Ohr gepresst hielt. Jedenfalls schien es so. Vielleicht schlief er sogar? Harry hoffte, dass dem so war und beschloss, selbst ein wenig zu schlafen.

Er würde hier liegen und den Duft der Blumen einsaugen. Und an die neue Beziehung denken, die so unverhofft entstanden war – mit Christel Bremer.

Ja, ja, dachte er schläfrig, das wird schon klappen. Sie ist so kompetent, dass es einem die Sprache verschlägt. Vielleicht sollten wir sogar über eine Art feste Zusammenarbeit nachdenken, sie und ich?

Zusammenarbeit mit einer Frau? Das hatte er sich bisher nie ernsthaft vorstellen können. Also, rein ... beruflich, versteht sich. Und es würde ihm sogar nützen und ihn etwas entlasten. Möglicherweise hätte sie sogar eine bessere Hand mit dem empfindlichen Hill als er selbst.

Er lächelte zufrieden.

Zudem, kreisten seine Gedanken weiter, während er müde auf die noch immer kahlen, aber auf einmal viel lebensfroheren Baumkronen draußen vor dem Fenster blickte, war sie eigentlich sowohl nett als auch ...

Er muss vor sich hin gedöst haben, denn er erinnerte sich an nichts, bis er erneutes Papierrascheln vor der Tür hörte.

Kommen jetzt etwa noch mehr Blumen?, wunderte er sich und sah verschlafen zur Tür.

Mette Mogensen stand wie angewurzelt mit einem großen Strauß und einer Tasche in der Hand auf der Schwelle und blickte verständnislos von einem Krankenbett zum anderen.

Harrys Miene hellte sich auf, und er streckte ihr seine Hand entgegen.

»Mette – grüß dich, Liebste«, begrüßte sie der gerade Erwachte aus dem Nachbarbett auf Dänisch.

Harry Runsten gefroren Hände und Füße, und sein Magen schlug einen Purzelbaum.

Mette – seine erotische, blonde, langbeinige, verführerische Mette – stand in der Tür und starrte ihn an, als wäre er ein böser Traum zwischen weißen Laken.

»Harry ...?«

Sie schluchzte fast in dem verzweifelten Versuch, die Fassung zu bewahren, und sah ihn unverwandt an, während sie sich wie ferngesteuert auf das andere Bett zubewegte.

Schließlich wandte sie ihren Blick von Harry ab, legte mit zitternder Hand die Blumen auf den Nachttisch des Dänen, setzte sich auf die Bettkante und nahm ihn zärtlich in den Arm.

»Claus ... wie geht es dir, Liebster?«

Harry starrte fassungslos auf die ergreifende Szene. Sah, wie sein Bettnachbar seine Arme ganz selbstverständlich um Mette schlang und beschloss, dass das ein Albtraum sein musste.

»Mette! Wie schön, dass du hier bist!«

Nein, nein, dachte Harry und schloss die Augen, um sich den absurden Anblick zu ersparen. Das durfte einfach nicht wahr sein!

»Endlich, Claus«, hörte er sie antworten, »es tut mir Leid, dass ich es nicht eher geschafft habe, aber sie haben mir versichert, dass du außer Gefahr bist.«

Dann stand sie auf, trat an Harrys Bett und gab ihm höflich die Hand.

»Hallo, Harry«, sagte sie freundlich und neutral, nun auf Schwedisch mit dänischem Akzent. »Du bist auch hier?«

So höflich, als wären sie nie miteinander im Bett gewesen.

Er hielt eine Sekunde lang ihre Hand und ließ sie wie glühende Kohlen wieder los.

»Ihr kennt euch?«, fragte der Bettnachbar verwundert.

»Ja, stell dir vor, was für ein ... merkwürdiger Zufall«, entgegnete Mette, »dass ihr beide zur gleichen Zeit hier gelandet seid. Claus – darf ich dir Harry Runsten vorstellen, ein Kollege hier aus Helsingborg. Harry ... das ist mein Mann, Claus.«

Harry war beeindruckt. Wie konnte sie nur diese Rolle so perfekt spielen, ohne auch nur einmal mit der Wimper zu zucken? Das war eine einzigartige Vorstellung. Aber andererseits: Gerade weil sie so war – vollkommen einzigartig –, liebte er sie.

»Na, so was!«, wunderte sich Claus und versuchte ebenfalls, schwedisch zu sprechen. »Stellen Sie sich vor ... hier haben wir die ganze Zeit nebeneinander gelegen, und ich hatte nicht die leiseste Ahnung, dass Sie meine Frau kennen!«

Wenn du nur wüsstest, wie lange ich schon neben *ihr* liege, dachte Harry, verriet jedoch mit keiner Miene seine eifersüchtigen Gedanken.

»Ja, das ist wirklich seltsam«, pflichtete er höflich bei, bekam rasch eine seiner Zeitungen zu fassen und vertiefte sich in irgendeine widerwärtige politische Scheindebatte.

Claus und Mette hatten sich viel zu erzählen. Sie wechselten wieder in das schnelle Dänisch, dem selbst die Schonen nur mit Mühe folgen können, was Harry gar nicht erst probierte. Stattdessen versuchte er, so gut es ging, seinen Herzschlag zu beruhigen. Allerdings konnte er den Vorfall als fortgeschrittenen Härtetest werten – konnte sein Herz das aushalten, dann vertrug es auch so gut wie alles andere!

Mit einem tiefen Seufzer wurde ihm auf einmal der wahre Kern seiner wilden theoretischen Überlegungen über das Wahre und seine Bedeutung klar.

Etwas Wahres wurde möglicherweise gar nicht dadurch erreicht, die Welt im Sturm zu erobern, alte Bande zu lösen und prachtvolle Bauten zu errichten. Vermutlich war das nur eingebildete Ehrlichkeit, auf die Barrikaden zu steigen und seine Liebe zu Mette Mogensen herauszuposaunen.

Die Dinge so zu sehen, wie sie wirklich waren, hatte möglicherweise viel mehr mit Wahrheit zu tun. Und die Sache war die, dass Mette mindestens genauso dem Mann im Nachbarbett gehörte wie ihm selbst.

Harry hatte das noch nie von dieser Warte aus betrachtet. Er hatte ja überhaupt nichts über Claus gewusst. Außer, dass dieser existierte – irgendwo in einem fernen Niemandsland, das ihn bisher nie tangiert hatte.

Aber das war jetzt anders. Nun würde Harry das Bild des blassen, fiebrigen Leidensgenossen, den zu beschützen und dem zu helfen er am Abend seiner Einlieferung als seine polizeiliche Pflicht angesehen hatte, verfolgen. Ein eher stiller, aber angenehmer und netter Kerl, mit dem er gern das Krankenzimmer geteilt hatte.

Ehrlichkeit bestand kaum darin, dem Bettnachbarn das zu nehmen, wofür er um das Überleben gekämpft hat. Auch nicht darin, Mette ein Ultimatum zu stellen, das sie dazu zwingen würde, einen von ihnen zu vernichten.

Vielleicht war es das einzig Wahre, nicht auf Teufel komm raus das Kommando haben zu wollen.

Vielleicht war es gar nicht so angenehm, die ganze Zeit am Steuer zu stehen und zu schuften?

Genau!

Er würde seine Leute einfach von den Wellen auf dem tosenden Meer des Daseins treiben lassen, dem Wind den Befehl übergeben, sie unbekannten Zielen entgegenzuführen. Den Umständen keine Beachtung schenken, sondern nur die Fahrt genießen. Denn sie hatten nicht nur Mette gemeinsam, er und Claus – und jetzt hatte jeder von ihnen eine zweite Chance im Leben bekommen.

Und dann war da noch das mit ... Christel Bremer.

Ja, man konnte wirklich nie wissen, was einem passierte!

Harry ließ den Kopf in die Kissen zurücksinken und schloss die Augen.

Er hörte Mette und Claus über Kinder, Hund und Haus in Bispehøj sprechen und war auf einmal kein bisschen eifersüchtig mehr. Vielmehr wurde seinem Verhältnis mit Mette eine weitere Dimension hinzugefügt, und er fand es richtig gemütlich, der Unterhaltung zuzuhören.

Er war beinahe schon wieder eingeschlafen, als er ihre Hand auf seiner Schulter spürte.

»Ich bin in Eile, Harry. Mach's gut ... wir sehen uns!«

Es gibt Situationen, in denen sogar ein Profikiller sich die Zeit nehmen muss, um ernsthaft seine Alternativen abzuwägen. Aber es gibt auch Zeiten, in denen man schnell und effektiv eine Entscheidung fällen muss.

Toni Tong befand sich völlig unerwartet in einer solchen, als er in der Halle vor der Krankenhausapotheke plötzlich denjenigen entdeckte, den er für teures Geld ermorden sollte.

Diesen Polizisten Joakim Hill.

An der Identität des Mannes gab es keinen Zweifel.

Sicherlich, Toni war mehrmals von der Polizei verhört worden, aber nie von Hill persönlich.

Doch sowie die Person, die sich so entspannt mit jemandem diesseits der Trennglasscheibe der Apotheke unterhielt, in sein Blickfeld geriet, vergegenwärtigte er sich die Unterlagen, die er von Mr. S. erhalten hatte. Die Vergrößerungen, die der Mappe beigefügt waren, waren so eindeutig, dass er sich nicht irren konnte.

Toni konnte es nicht lassen, zunächst ganz unprofessionell sein zukünftiges Opfer anzustarren. Dann riss er sich zusammen, drehte Hill den Rücken zu und studierte eingehend das schwarze Brett neben ihm.

Seit halb vier Uhr früh hatte er die Wohnung der Hills observiert, hatte in dem geliehenen Auto wie ein Schneider gefroren, und trotzdem hatte sich die Zielperson nicht blicken lassen. Im Laufe des Vormittags waren seine Halsschmerzen in eine schmerzhafte Halsentzündung übergegangen, und Toni wollte in der Apotheke des Krankenhauses Lutschtabletten oder ein stärkeres Medikament kaufen.

Da stand der Typ mir nichts, dir nichts in der Halle und unterhielt sich mit einem Bekannten!

Toni hatte plötzlich gar keine Halsschmerzen mehr, fühlte, wie das Adrenalin in die Adern schoss und sah seinen Ruf schon wiederhergestellt. Die Garotte lag noch in seiner Wohnung, die sicherlich von Nikis Männern bewacht wurde, denen er auf keinen Fall begegnen wollte, bevor er nicht diesen Auftrag ausgeführt hatte, und eigentlich auch dann nicht. Es war besser, wenn Niki erst einmal Zeit hatte, sich wieder etwas zu beruhigen.

Aber er hatte ja die Makarov.

Jetzt galt es nur, genau den richtigen Moment abzupassen.

Seine Augen verengten sich zu Schlitzen, als er Hill durch die spiegelnde Glasfläche beobachtete. Wie ein Raubtier auf der Pirsch lauschte er konzentriert und versuchte aufzuschnappen, worüber die beiden Männer sprachen. Das gelang zum Teil, denn die Unterhaltung verlief in herzlichem und lautem Ton, und die kahle Halle war hellhörig.

»Ja, das ist ja großartig«, hörte er Hill sagen, »dass sie die Blutung stoppen konnten ... Catharina bleibt nur heute Nacht hier ... zur Beobachtung. Sie macht sich viel zu viele Sorgen, weißt du ...«

Ein paar Krankenschwestern gingen vorbei, und Toni konnte den Rest nicht verstehen. Als es wieder still wurde, redete der andere.

»Dann sag ihr liebe Grüße, Joakim. Sag ihr, dass sie sich schonen soll.«

»Danke, ich werde es ihr ausrichten«, gab Hill zurück, »aber jetzt geht's erst mal nach Hause, damit ich mich ausruhen kann. Mach's gut, Uffe, und grüß Lena, wenn sie sich meldet.«

Der andere schritt auf den Lift zu, während Toni sah, wie Hill den Jackenkragen hochschlug, seine Handschuhe anzog und auf den Ausgang zusteuerte. Toni folgte mit sicherem Abstand und nahm den Eingang für Rollstuhlfahrer anstelle der großen Schwingtür, für die Joakim Hill sich entschied. Toni verschmolz mit dem Besucherstrom, und Hill bemerkte nichts von seinem ungebetenen Schatten.

Mit schnellen Schritten ging er vom Krankenhaus aus nordwärts.

Es war nicht weit bis nach Hause.

Am späten Nachmittag waren viele Leute unterwegs. Autos und Busse drängten sich auf den Straßen, und Schüler füllten die Bürgersteige auf ihrem Nachhauseweg.

Hill wollte nach Hause und schlafen. Vergangene Nacht hatte er kaum ein Auge zugetan und voller Unruhe über Catharina gewacht.

Auch nachdem ihm das Personal versichert hatte, dass ihr Zustand sich rasch stabilisieren würde und es vermutlich keinen Grund zur Beunruhigung gäbe. Aber »vermutlich« war keine Bezeichnung, die für ihn relevant war, wenn es um seine Frau und das magische Phänomen ging, ihr wachsendes Kind.

Also war er hartnäckig nicht von ihrer Seite gewichen, bis er hundertprozentig sicher sein konnte, dass alles im grünen Bereich war.

Rein zufällig war er auf Gårdeman gestoßen, der mit einigen Sachen aus seinem Büro zu dem etwas fitteren Harry Runsten wollte. Gårdeman hatte auch etwas erholter gewirkt, aber sie hatten nicht über Polizeiarbeit gesprochen.

Der kurze Spaziergang war erfrischend.

Hill war froh, erleichtert und müde nach den aufreibenden Stunden in der Klinik, als er den Zahlencode an der Haustür eingab und die Tür zur Vorhalle öffnete. Im Treppenhaus roch es nach Schweinesteak, und er spürte plötzlich, wie hungrig er war. Er fragte sich, wer um diese Zeit noch Fleisch briet …

»Keinen Mucks!«, hauchte eine Stimme in sein Ohr, und etwas Hartes wurde gegen seinen Rücken gepresst.

Hill hatte nur zwei Möglichkeiten.

Er konnte das Ganze für einen Scherz halten – einen dummen, aber harmlosen Scherz. Oder er konnte davon ausgehen, dass es wirklich die Mündung einer Waffe war, die ihm jemand, der es bitterernst meinte, direkt unterhalb des Schulterblatts in den Rücken drückte.

Sein Instinkt sagte ihm, dass es sich um die zweite Möglichkeit handelte.

Er rührte sich nicht und wartete auf den nächsten Befehl.

Falls es doch ein übler Scherz war, würde sich das nun herausstellen.

Jemand würde lachen und mit amerikanischem Akzent »Gotcha!« rufen, aber nichts dergleichen geschah.

»Zum Fahrstuhl«, sagte die gesichtslose Stimme und schubste ihn mit der Waffe vorwärts. »Schwing die Hufe, Bulle – aber sei still!«

Hill hörte die Eingangstür hinter ihnen ins Schloss fallen. Das Schloss rastete mit einem metallischen Klick ein. Er steuerte auf den Lift zu, der im Eingangsbereich hinten lag.

»Drücken«, befahl die Stimme, und Hill forderte den Fahrstuhl an. Er musste im fünften Stock gestanden haben, denn es dauerte einige Zeit, bis er unten war. Aber schließlich rasselte es im Schacht.

Hill brauchte keine Aufforderung, um zu begreifen, dass er die Tür öffnen und in den Lift treten sollte. Und er war auch schlau genug, sich nicht umzudrehen.

Der Mann fragte nicht nach der Etage, sondern drückte ohne zu zögern einen der Knöpfe, was Hill die eigentliche Tragweite der Angelegenheit ahnen ließ. Hier ging es nicht um Zufall, das war kein Gelegenheitseinbrecher, der sein Sparschwein köpfen wollte. Nach alledem zu urteilen, war das genau geplant … der Mann wusste, in welchem Stockwerk er wohnte.

Und zum ersten Mal verspürte Hill richtige Angst.

Einen Einbrecher konnte er dank seiner Berufserfahrung bei der Polizei umstimmen und das Drama auf diese Weise noch recht harmlos beenden. Aber eine zielgerichtete, genau geplante Aktion mit bereits bekannter Beute deutete auf ein ganz anderes Szenario hin.

Eines, das normalerweise mit Gevatter Tod endete – der in diesem Fall ihn holen würde!

Der Fahrstuhl bremste im dritten Stock weich ab, der Mann mit der Waffe stieg aus und hielt Hill die Tür auf. Joakim bewegte sich langsam rückwärts aus dem Lift.

Er kannte die Spielregeln und starrte zu Boden, um seinen Wächter nicht zu provozieren.

»Beeilung! Mach die Tür auf!«

Hill wusste natürlich sofort, welche Tür er meinte, ging auf seine Wohnungstür zu, an der ein provisorisches Schild mit der Aufschrift »Hill J & C« prangte. Den Schlüssel hatte er in seiner Hosentasche. Er wollte seine Hand unter die Jacke schieben, zuckte aber zusammen, als der andere brüllte.

»Stopp!«

Hill tat, wie ihm geheißen.

»Keine Bewegung!«

Der andere stellte sich hinter ihn und tastete seine Kleidung ab, bis er zu den Taschen seiner Jeans kam. Er versicherte sich, dass nur das Schlüsselbund in der Hosentasche war und keine Waffe.

»Hol die Schlüssel raus – aber vorsichtig! Bei der ersten falschen Bewegung hinterlässt du üble Abdrücke am Türstock. Kapiert?«

Hill nickte, ließ langsam seine Hand in die Hosentasche gleiten und zog den Schlüsselbund heraus.

Wieso eigentlich?

Wieso um alles in der Welt tue ich alles, um es dem Schurken leicht zu machen?, dachte Hill verzweifelt.

Er erledigt mich sowieso bei der erstbesten Gelegenheit!

Wieso wehre ich mich nicht einfach?

Weshalb ihn nicht schlimmstenfalls dazu bringen, hier und jetzt die Farce zu beenden!

Die Antwort lag auf der Hand – weil sein Kind einen Vater brauchte.

Weil jede Sekunde, die er das Drama hinauszögern konnte, zählte – aus der Perspektive des Kindes. Jeder Augenblick, der verstrich, konnte eine Überraschung in sich bergen – eine Möglichkeit, das Unheil abzuwenden.

Auch wenn dieses Fazit ihn selbst nicht restlos überzeugte – der Mann, mit dem er es zu tun hatte, war weder dumm noch stand er unter Drogen –, dann war er es seinem ungeborenen Kind schuldig, bis zum Schluss alles zu geben.

»Aufmachen!«, forderte der andere ihn dumpf auf.

Hill steckte den Schlüssel vorsichtig ins Schloss und drehte ihn. Der Riegel schnappte mit einem Ruck zurück. Die Mündung der Pistole wurde stärker in seinen Rücken gepresst, als sich der andere vorbeugte und die Türklinke hinunterdrückte.

Hill wurde über die Schwelle in die Wohnung gestoßen und wohl bekannte Düfte schlugen ihm entgegen.

Catharinas mildes Deodorant, das Waschmittel, mit dem sie Feinwäsche wusch, der Duft der Rosen, die sie am Sonnabend in Helsingør gekauft hatte – jedenfalls würde er umgeben von den Gerüchen, die er liebte, sterben.

Die Tür fiel hinter ihnen ins Schloss, und Hill ging langsam ins Wohnzimmer, während der Mann hinter ihm den Lichtschalter fand und das Licht anmachte.

»Okay – stehen bleiben!«, lautete die Order des bewaffneten Mannes.

Hill hielt mitten auf dem knallroten IKEA-Teppich inne. Er hatte einen trockenen Mund und konnte kaum schlucken.

»Arme hoch!«

Hill gehorchte.

Für sein Kind.

Der andere kam von hinten näher.

Hill spürte, dass er nochmals abgetastet wurde, diesmal seitlich.

Der Mann suchte offenbar nach seiner Waffe, die er natürlich finden würde. Sie konnte schließlich nur an wenigen Stellen stecken. Kurz darauf hatte er sie im Lederholster über der Nierengegend entdeckt.

Hill musste tatenlos mit ansehen, wie der Mann unter seine Jacke griff und ihm seine einzige verbleibende Chance nahm.

»Na also – jetzt kannst du dich umdrehen, Bulle!«

Mit erhobenen Armen drehte er sich widerwillig um und sah dem Unbekannten in die Augen.

In die eiskalten Augen Toni Anders Abrahamssons.

Toni Abrahamsson – alias Toni Tong.

Das Anliegen, wegen dem Gårdeman Harry Runsten besuchte, hatte sich schneller erübrigt, als er gedacht hatte, denn Runsten war nicht auf seinem Zimmer.

Einer Krankenschwester zufolge war er auf der Toilette. Er litt unter einer zeitweisen Verstopfung und hatte im Anschluss an die Morgenvisite einen verdauungsanregenden Magensirup eingenommen. Vermutlich hatte die Medizin gerade ihre Wirkung gezeitigt, weshalb die Schwester Gårdeman davon abriet zu warten. Der Toilettenbesuch würde sicher seine Zeit brauchen.

Also übergab er die Tüte mit den Sachen, nach denen Runsten gefragt hatte, der Schwester, die hoch und heilig versprach, sie Runsten auszuhändigen, sobald er sein Geschäft beendet hatte.

Gårdeman war darüber nicht besonders betrübt gewesen. Vielmehr war er geradezu erleichtert, so ungeschoren davonzukommen.

Er hastete zu den Fahrstühlen zurück und hoffte, nicht die Toilettenspülung zu hören, während er wartete.

Denn worüber sollte er sich mit Runsten unterhalten? Probleme im Archiv? Waffenpflege und ermittlungstechnische Formalitäten? Daraus bestand inzwischen nämlich sein Alltag zum Großteil – aus trivialen Formalitäten.

Er brauchte also nicht erst in den Lift gescheucht werden.

Er drückte mit dem Gefühl großer Erleichterung den Knopf ins Erdgeschoss. Wenn Hill nun noch nicht gegangen war?

Dann könnten sie vielleicht noch ein Bier trinken gehen. Oder …

Aber Hill war nicht mehr im Erdgeschoss zu sehen. Er hatte es offenbar ebenso eilig gehabt, nach Hause zu kommen, wie Gårdeman selbst.

Aber halt!

Wenn Catharina über Nacht im Krankenhaus bleiben musste – dann könnten Hill und er doch einfach etwas essen gehen, das wär's doch! Lena hatte Urlaub und war mit ihrer Freundin auf Kreta. Wieso sollten sie nicht die Gelegenheit beim Schopfe packen? Hill hatte sicher keine Lust, sich nach allem, was passiert war, an den Herd zu stellen.

Gårdeman schlängelte sich durch die Drehtür, abendlich kalte Meeresluft aus westlicher Richtung schlug ihm entgegen, und er beeilte sich, seinen Freund und Kollegen einzuholen.

Der musste es allerdings wirklich eilig gehabt haben.

Obwohl Gårdeman noch immer ein unbehagliches Stechen in der Magengegend von seiner Schussverletzung verspürte, ging er, so schnell er konnte. Aber Hill war fast die gesamte Wegstrecke lang nicht zu sehen.

Doch plötzlich – da war er ja!

Gårdeman sah ihn in die Hebsackersgatan biegen, wo sie jetzt wohnten, er und Catharina. Natürlich hätte Gårdeman nach ihm rufen können, aber das war einfach nicht seine Art. Vielleicht hatte sein Beruf deutliche Spuren hinterlassen. Sich unauffällig verhalten und keine unnötige Aufmerksamkeit wecken. Vielleicht war es auch nur so ein unerklärliches Gefühl …

»Warum renne ich überhaupt so? Ich hole ihn früher oder später ohnehin ein«, dachte Gårdeman und verlangsamte seinen Schritt.

Als er in die Hebsackersgatan einbog, sah er, wie Hill die schwere Eingangstür aufschloss.

Was dann geschah, ließ ihn erstarren.

Er sah den Kerl, der Hill hinterherhastete und seinen Fuß zwischen Tür und Rahmen schob, bevor die Tür wieder ins Schloss fiel. Da wurde Gårdeman plötzlich klar, dass dieser Mann Hill, seit er um die Straßenecke gebogen war, auf den Fersen war. Jetzt schlüpfte er direkt hinter ihm durch die Tür.

Irgendetwas war da faul, irgendwas …

Gårdeman kümmerte sich nicht länger darum, dass seine frisch verheilte Narbe brannte, sondern rannte auf den Hauseingang zu.

Allerdings hatte er keine Chance, die Schwelle zu erreichen, bevor die Tür zuschlug. Gårdeman verfluchte, dass er Hill nie nach dem Türcode gefragt hatte.

Gerade als der Fahrstuhl herunterfuhr, war er an der Tür. Tatenlos musste er zusehen, wie Hill die Lifttür öffnete, als Erster mit dem Gesicht zur Rückwand den Lift betrat und der andere ihm den Rücken deckte.

Für Gårdeman war klar, was das bedeutete.

Er wusste, dass Hill sich normalerweise nie so benehmen würde. Er würde nämlich darauf bestehen, dem anderen die Tür aufzuhalten.

Da war eindeutig etwas faul!

Gårdeman sah den Fahrstuhl nach oben fahren, die Eingangshalle blieb leer und verlassen zurück. Er starrte in die Leere und spürte, wie sich sein Magen zusammenzog und in den ganzen Körper ausstrahlte.

Plötzlich brach ihm der kalte Schweiß aus und ihm wurde übel.

Seine Hände griffen aus Gewohnheit die Jacke nach seiner Dienstwaffe ab.

Die lag jedoch wohl verwahrt im Waffenschrank auf dem Präsidium, weil so eine Situation wie diese nicht wieder vorkommen durfte!

»Verdammt noch mal … verdammt!«, fluchte er in die zunehmende Dunkelheit, während er einsehen musste, dass ihm keine Wahl blieb.

Es gab einfach nichts, was eine Sicherheit in seinem oder Hills Leben garantieren konnte. War man Polizist, hatte man sich bereits entschieden. Man vertrat seine Position und wusste, was man in seinem Leben erreichen wollte.

Auch wenn daraus ein komplizierter Alltag resultierte.

Es gab nichts, das einem die Sicherheit zurückgab, und am allerwenigsten konnte er jetzt Joakim Hill für sein Bedürfnis nach Sicherheit bezahlen lassen.

»Jetzt reiß dich endlich zusammen, Ulf Gårdeman«, sagte er sich, »reiß dich zusammen und denk an Hill statt an dich selbst!«

Und zu seiner Verwunderung stellte er fest, dass es funktionierte und sich fast wie früher anfühlte. Er trat aus dem Treppenlicht und bog wieder um die Ecke. Hills Leben lag in seinen Händen. Alles hing davon ab, dass er den richtigen Entschluss fasste, und zwar schnell.

Da fiel ihm die knallrote Neonreklame auf der anderen Straßenseite ins Auge, *Pizzeria Palermo,* und sein Entschluss stand fest. Er warf noch einen Blick um die Hausecke. Alles war ruhig und er hoffte, dass es auch so bleiben würde. Und dass die Zeit ausreichen würde.

Wen sollte er zu erreichen versuchen?

Er fischte sein Mobiltelefon aus der Tasche, gab eine Nummer ein und wartete ungeduldig.

Es knackte in der Leitung. »Ja, hallo, Birgitta hier.«

»Birgitta – hier ist Ulf … also Gårdeman«, fügte er sicherheitshalber hinzu.

Schließlich konnte es in Birgitta Svenningssons sicher äußerst spannendem Leben unzählige Ulfs geben – er konnte das ja nicht beurteilen.

»Bist du schon in Zivil?«, fragte er gespannt.

»Ja, ich wollte mich gerade auf den Heimweg machen«, entgegnete sie etwas verwundert.

»Sehr gut!«

»Wieso?«

Birgittas Laune hob sich nicht gerade, denn sie wusste, dass Lena Gårdeman Urlaub machte, und sie konnte ja nicht wissen ...

»Hol meine Sig-Sauer aus dem Waffenschrank«, trug Gårdeman ihr kurz angebunden auf, »nimm deine eigene auch gleich mit, steig in den Zivilwagen und fahr so schnell du kannst zur St. Pedersgatan Ecke Hebsackersgatan, ich warte dort auf dich. Den Rest erkläre ich dir später!«

Als Birgitta Svenningsson wenige Minuten später an der Ecke Hebsackersgatan parkte, war Gårdeman tatsächlich da. Sie war davon ausgegangen, dass es sich um etwas Dienstliches handeln musste, aber jetzt wartete er hier mit einer dampfenden Pizza in braunem Karton. Die Sache hatte also doch einen Haken!

Birgitta vermutete, dass ihr Instinkt dennoch Recht hatte, und zügelte ihren schnell entflammbaren Humor.

»Also, Ulf, ich glaube nicht, dass das hier ...«

Gårdeman schenkte weder ihr noch ihren Einwänden Beachtung. Er spähte um die Hausecke, drehte sich aber rasch wieder um.

»Hier«, sagte er und drückte ihr die warme, duftende Pizza in die Hand.

»Nein, was soll das?«

»Sei still! Weißt du, wie man eine Pizza liefert?«

Der Kerl war wohl verrückt geworden.

»Bitte – komm schon ...«

»Es geht um Joakim«, erläuterte Gårdeman endlich mit gehetzter Stimme, »er ist ziemlich übel dran!«

Doch Birgitta glaubte ihm kein Wort!

Sie händigte Gårdeman wieder die Pizza aus und verschränkte trotzig die Arme vor ihrer Brust.

»Die Pistole – wo hast du die Pistole?«, drängte Gårdeman.

Die lag in ihrer Tasche, doch sie war sich gar nicht mehr so sicher, ob sie ihm die Waffe überhaupt anvertrauen sollte – bei dem seltsamen Zustand, in dem er sich befand.

»Jetzt reicht es mir aber«, konstatierte sie wütend. »Wenn das hier ein Scherz sein soll, finde ich das überhaupt nicht witzig!«

Gårdeman blickte verständnislos zu seiner verärgerten Kollegin, doch dann fiel ihm sein Versprechen wieder ein.

»Es tut mir Leid, Birgitta – aber pass auf, ich erkläre es dir …«

Hill starrte abwechselnd auf Toni Tong und die Makarov, die er auf seinen Brustkorb gerichtet hielt.

Der Schalldämpfer war bereits aufgeschraubt.

Und in Hills Kopf kreiste die verzweifelte Frage »warum«.

Warum passierte das hier überhaupt? Er war nie mit dem Burschen aneinander geraten, geschweige denn mit seinem Auftraggeber.

Weshalb stand er dann in seinem Wohnzimmer und wartete auf den tödlichen Schuss?

Auf dem dunkelroten neuen Teppich wäre nicht einmal das Blut zu sehen.

»Wieso?«, traute er sich schließlich zu fragen.

Toni gab keine Antwort. Er grinste nur schief, und in seinem Blick blitzte plötzlich das Krankhafte, Berechnende auf, wovon Hill ganz übel geworden war, als er das Foto aus der Verdächtigenkartei angesehen hatte.

Okay – dann sieh zu, dass du es hinter dich bringst!

Es war unerträglich, nur dazustehen und in den Pistolenlauf zu gucken in dem Wissen, dass er die verbleibenden Sekunden an einer Hand abzählen konnte!

»Schieß doch endlich …!«

Aber Toni Tong stand einfach nur da und konnte den Finger, der den Abzugshahn unzählige Male betätigt hatte, nicht krümmen.

Toni spürte, wie ihm der Schweiß auf der Stirn ausbrach,

aber er hatte noch eine ruhige Hand. Unter Aufbietung übermenschlicher Kräfte riss er sich zusammen, korrigierte den Winkel der Makarov und spannte …

Er blickte direkt in Hills dunkle Augen.

Zwei tiefe Seen aus Todesangst und grenzenlosem Lebenswillen zugleich.

Spiegel seiner eigenen Augen, die oben am Kullaberg ähnlich geschimmert hatten.

Hill hatte keine Ahnung, was eigentlich los war.

Doch auf einmal wurden die berechnenden Augen zu schmalen, schmerzvollen Fenstern in eine andere Welt – in ein ungeahntes inneres Chaos.

Hill beobachtete – und überlegte.

Gab es vielleicht doch noch einen kleinen Hoffnungsschimmer?

»Du hast noch eine Chance …«, versuchte er.

»Sei still!«, brüllte der andere. »Ruhe habe ich gesagt!«

Der Zeigefinger legte sich wieder um den Abzug.

Was war eigentlich los mit dem Kerl?

Für einen Typen wie ihn war es ungewöhnlich, so zu zögern. Besonders, nachdem er schon so weit gegangen war wie jetzt.

Hill dachte scharf nach. Wie konnte er mehr Zeit gewinnen?

Was stand für den Burschen auf dem Spiel und was hatte er zu verlieren?

Das Kokain!

Er hatte Kokain im Wert von 800 000 Kronen verloren! Ein Verlust in dieser Höhe konnte einfach nicht spurlos an ihm vorübergehen.

»Ich verstehe – du willst den Stoff zurückhaben?«, stammelte er.

Toni schwieg. Aber Hill sah seinen Augen an, dass er seine Frage registriert hatte.

Hill wusste, was es bedeutete, eine Lieferung von diesem Wert zu verlieren, und plötzlich war alles sonnenklar.

»Du bist jetzt vogelfrei, stimmt's?«, stieß er hervor, »ganz auf dich allein gestellt.«

»Pah!«, schnaubte Toni Tong, »du spinnst! Ich soll vogelfrei sein?«

»Warum willst du mich sonst umbringen?«, fuhr Hill fort, »wenn nicht, um dich für die Beschlagnahmung zu rächen?«

»Welche blöde Beschlagnahmung?«, fragte Toni in einem Tonfall, als hätte er nicht die mindeste Ahnung von einer Beschlagnahmung von Drogen im Wert von 800 000 Kronen.

»BYP 107.«

»Was?«

»Wir wissen, dass das dein Auto ist. Wir haben das überprüft. Der Mann, den du dann gezwungen hast, dich zu fahren, würde dich wiedererkennen.«

Hill war nicht halb so überzeugt, wie er sich anhörte, doch plötzlich hatte sich sein Leben um mehrere Sekunden verlängert. Und er griff danach wie der Ertrinkende nach dem viel zitierten Strohhalm.

»Sei endlich still!«, schrie Toni unkontrolliert.

Hill überhörte ihn absichtlich.

»Wieso solltest du mich sonst erledigen wollen?«

Plötzlich lächelte Toni Tong wieder.

Und der kleine Hoffnungsschimmer gefror sofort zu einem mittelgroßen Eisklumpen in Hills Magengegend.

»Weil auf dich eine Menge Kopfgeld ausgesetzt ist!«

Hill glaubte nicht, was er da hörte.

Aber er realisierte auch, dass der andere nicht log.

»Kopfgeld ...? Wer sollte mich ...?«

»Du – das ist mir völlig egal. Und dich geht das auch nichts an. Aber wenn ich das nicht erledige, bin ich der Nächste. Und so, wie es zwischen uns steht – was glaubst du, wen ich wähle?«

Die Antwort lag auf der Hand, doch Hill schwieg lieber. Er hatte auf einmal wieder so einen trockenen Mund.

Auf ihn ausgesetztes Kopfgeld – wen hatte er ...?

Toni Tong hatte neuen Mut geschöpft, denn er hatte gemerkt, dass seine Antwort nicht spurlos an Hill vorübergegangen war.

Und so war es tatsächlich. Entweder der Bulle – oder er.

Weil ihm Letzteres weitaus weniger behagte, hob er die Pistole und zielte zum letzten Mal millimetergenau …

Die Türglocke schrillte dröhnend in Hills Schädel.

Eine Zehntelsekunde lang glaubte er, den Hall des Pistolenschusses zu hören und den Schmerz jeden Moment zu spüren.

Dann begriff er.

Er war nicht verletzt.

Da draußen stand jemand.

Toni Tong verlor einen Augenblick die Konzentration, Hill bemerkte seinen zuckenden Blick, als er die Sachlage abschätzte.

Was war am vorteilhaftesten? So zu tun, als sei niemand zu Hause?

Aber die Wohnzimmerlampe brannte, und der Lichtschein war sicher von der Straße aus zu sehen.

»Erwartest du jemanden?«, fuhr er Hill an.

Hill hatte sein Pokerface aufgesetzt – eine Maske, die keine Miene verzog.

Verflixt noch mal!

Toni wollte es nicht riskieren, dass jemand draußen auf der Straße wartete, wenn er sich davonmachte … hinterher. Es wäre nicht so einfach, sich da rauszureden, wenn er gesehen würde. »Antworte!«, brüllte er, »aber überleg dir gut, was du sagst – sonst bist du nicht der Einzige der Familie, der dran glauben muss! Kapiert?«

Hill nickte – die Drohung war eindeutig.

»Okay«, sagte Toni und winkte mit der Makarov in Richtung Freisprechanlage an der Flurwand. »Beweg dich und antworte!«

Hill musste sich zwingen, nicht zur Sprechanlage zu rennen.

Wer auch immer geklingelt hatte, es war ein Fingerzeig zurück in die normale Welt, die er unten in der Eingangshalle abgelegt hatte.

»Ja?«, sagte er und hielt den Antwortknopf so fest gedrückt, wie er konnte.

»Pizza!«, ertönte eine raue, aber deutliche Frauenstimme.

»Einen Augenblick!«

Hill ließ sich nicht aus der Ruhe bringen und wandte sich ausdruckslos zu Toni Tong, der ihm gefolgt war.

»Auch das noch. Du hast Pizza bestellt?«

»Ja.«

Toni Tong sah Hill mit durchdringendem Blick an und versuchte den Bluff zu durchschauen, wenn es denn einer war.

»Ja, was sollte ich denn machen?«, entrüstete sich Hill, »meine Frau ist im Krankenhaus, und man muss doch schließlich was essen. Also habe ich von der Klinik aus eine Pizza bestellt. Das stimmt, sie müsste jetzt hier sein.«

Toni starrte ihn unverwandt an und probierte Nikis Blinzeltest aus. Aber zu seinem Unbehagen starrte der Beamte einfach zurück – ohne zu blinzeln.

»Welche Sorte?«, fragte Toni schließlich eiskalt.

»Capricciosa.«

Toni hielt seinen Blick ein paar Sekunden auf Joakim Hill geheftet.

»Frag nach«, forderte er ihn auf.

Hill verzog keine Miene, drückte auf den Gegensprechknopf und fragte mit so trockenem Mund, dass die Lippen an den Zähnen klebten: »Was für eine Pizza«?

Es raschelte in der Sprechanlage.

»Eine Bestellung von Alfredos«, seufzte der Bote gequält, »... eine Capricciosa.«

Danke – Gott sei Dank!, dachte Hill, ohne sich das Geringste anmerken zu lassen.

»Aber du hast doch direkt gegenüber eine Pizzeria«, wandte

Toni ein. »Warum bist du nicht dahin gegangen und hast dir eine Pizza gekauft?«

»Da bin ich eigen, und Alfredos ist meine Stammpizzeria.«

Toni Tongs Augen verengten sich zu schmalen Schlitzen voller Misstrauen. Aber er musste sich jetzt entscheiden.

Do or die.

Er beschloss, möglichst keinen Verdacht auf sich zu lenken.

»Mach auf!«, befahl er.

Hill drückte mit gleichgültiger Miene den Summer, aber der Gedanke, dass ihm irgendwas an dem Tonfall bekannt vorkam, ließ ihm keine Ruhe. Diesen mittelschwedischen Dialekt … der schwache Akzent, beheimatet in der Provinz Östgötaland, war irgendwie typisch …

»Okay – dritter Stock!«

Er erhielt keine Antwort, doch Hill hörte ein wohl bekanntes Knacken im Lautsprecher, was hieß, dass jemand die Haustür geöffnet hatte.

Der Pizzabote war auf dem Weg nach oben.

»Mach jetzt bloß keinen Fehler! Wenn ich merke, dass du mich zum Narren halten willst, dann schicke ich nicht nur dich, sondern den Pizzaboten gleich mit in den Himmel.«

Toni wühlte in seiner Hosentasche und förderte drei zerknitterte Zwanziger zu Tage.

»Hier«, sagte er und drückte Hill das Geld in die Hand, »und keinen Ton – nimm den Karton, gib ihr das Geld und mach die Tür wieder zu!«

Der Fahrstuhl hielt im dritten Stockwerk. Jemand tappte im Flur umher und suchte nach der richtigen Wohnungstür. Kurz darauf wurde das richtige Türschild mit der Aufschrift »Hill J & C« entdeckt und es schellte.

In Joakim Hills engem Flur hallte die Klingel wie die Glocken von Notre-Dame. Toni Tong blickte rasch durch den Spion, presste sich an die Wand und hielt die Makarov auf Hills Kopf gerichtet.

»Okay – jetzt!«, forderte er Hill auf.

Hill drehte das Türschloss, drückte die Klinke herunter und öffnete.

Birgitta Svenningsson guckte gelangweilt, hatte knalllila geschminkte Lippen, strähnig-fettiges Haar und kaute laut schmatzend Kaugummi.

»'n Abend«, grüßte sie ausgesprochen monoton und reichte Hill träge den Pizzakarton. »Das macht fünfzig.«

Sie hielt den Karton schräg nach unten, und Hill hoffte, ihre lässige Haltung richtig zu deuten.

Wortlos reichte er ihr das Geld und nahm den Karton entgegen. Doch sie ließ die Scheine lautlos zu Boden segeln und griff stattdessen mit beiden Händen die Sig-Sauer, die sie unter dem Pizzakarton verborgen hatte.

Zwei Personen, ein Gedanke.

Hill trat einen Schritt zurück, wie um die Tür zu schließen, doch stattdessen holte er Schwung und warf den Karton mit der Pizza in Tonis Richtung.

Der zwinkerte – und zögerte zu lang.

Trotzdem löste sich ein Schuss aus der Makarov, und Joakim spürte, wie die Kugel dicht an seinem Ohr vorbeisauste. Aber er hatte sich schon vornübergebeugt, machte eine Rolle vorwärts und kam auf dem roten Wohnzimmerteppich unbeschadet wieder auf die Füße.

»Halt, Polizei! Wir schießen!«, brüllte Svenningsson durchdringend, doch Toni Tong zielte bereits mit seiner Waffe in Richtung Wohnungstür und feuerte auf gut Glück einen Schuss ab.

Svenningsson und Gårdeman waren jenseits der Türschwelle stehen geblieben und pressten sich links und rechts neben dem Türstock an die Wand. Sie tauschten Blicke und warteten auf den nächsten Schuss, der prompt folgte. Die Kugel prallte an der metallenen Kante der Lifttür ab und bohrte sich in die Betonwand direkt neben Gårdeman. Doch noch bevor das Hallen des dumpfen Knalls im Treppenhaus verklungen war, gingen die beiden Kollegen zum Gegenangriff über.

Aus Gårdemans Sig-Sauer war nicht geschossen worden, seitdem er selbst angeschossen worden war. Jetzt nahm er Toni präzise ins Visier und drückte den Abzugshahn nach unten, während Toni eine weitere Kugel spendierte. Die Flamme aus der Mündung erhellte kurz den dunklen Flur. Aber Gårdeman hatte eine Zehntelsekunde früher abgedrückt.

Toni Tong stöhnte unfreiwillig auf.

Die Makarov fiel mit lautem Krachen zu Boden, prallte mit dem Schalldämpfer auf und blieb liegen.

Toni Tong hielt seine Hand auf die Schusswunde am Arm und versuchte, den stechenden Schmerz zu mildern.

Gårdeman begann zu zittern, ihm brach der kalte Schweiß aus. Aber er behielt das Gleichgewicht und hielt die Waffe fest umschlossen. Birgitta Svenningsson war direkt hinter ihm, drängte sich in den Flur und übernahm das Kommando.

Toni Tong brauchte keine extra Aufforderung, um zu begreifen.

Er war erledigt.

Sie hatte ihn genauso effektiv außer Gefecht gesetzt wie er sie, dieses Hexenweib.

Damit meinte er jedoch nicht Birgitta Svenningsson, die nahm er gar nicht wahr.

Stattdessen sah er das Bild von Jeanette Leclerque vor sich, überlegen und höhnisch grinsend.

Und irgendetwas sagte ihm, dass er noch lange ihrem gespenstischen Terror ausgesetzt sein würde.

»An die Wand und keine Bewegung!«, befahl Birgitta Svenningsson und Toni Tong gehorchte.

Sie ließ ihn nicht aus den Augen, sondern fixierte ihn misstrauisch, als sei er eine lebensgefährliche Mamba.

Joakim Hill ging auf Gårdeman zu, nahm das Handy aus seiner Brusttasche und rief im Präsidium an.

Joansson war noch da. Er schickte sofort zwei Wagen los, und kurz darauf war das Martinshorn über Bergaliden zu hören.

Das Geräusch drang auch bis in Gårdemans Bewusstsein vor, und er zuckte überrascht zusammen, als würde er aus einem Traum erwachen. Aus einem langen, bösen Traum, der ihn, seit der folgenschwere Schuss im November gefallen war, gelähmt hatte.

»Potzblitz!«, entfuhr es ihm, begleitet von einem leichten Kichern, »da soll mal jemand was von Schocktherapie erzählen!«

Hill wusste ohne weiteren Kommentar, dass Gårdeman geistig wieder voll da war.

Gårdeman war wieder mit dabei – die Mannschaft war wieder vollzählig.

»Und mir soll noch mal jemand sagen, dass die Polizei nie da ist, wenn man sie braucht!«, lachte Hill erleichtert.

Er blickte sich in der Wohnung um, um sicherzustellen, dass er nicht tot auf dem IKEA-Teppich lag. Aber alles war so, wie es sein sollte – abgesehen davon, dass Toni Tong im Flur stand und aus seiner Streifschusswunde am Arm blutete.

Bei näherer Betrachtung war lediglich Toni Tongs Schuss, der beinahe Hills Ohr gestreift hatte und stattdessen den Pizzakarton getroffen hatte, das einzig Unheimliche an der ganzen Sache.

Der Pappkarton war in die Luft geschleudert worden und die Pizza bei der Garderobe gelandet.

Da lag sie nun, die leckere Capricciosa – ganz blass und löchrig. Der Belag war über den Läufer auf dem Klinkerboden verstreut, und die Tomatensoße tropfte aus einem großen, unappetitlichen Loch mitten im Pizzateig.

16

Joakim Hill war für seine einfallslosen Essgewohnheiten noch nie so dankbar gewesen wie jetzt – denn er aß tatsächlich nie eine andere Pizza als Capricciosa.

Er hatte zwar auch andere Sorten ausprobiert, aber das hatte nie besonders gut funktioniert. Er hatte sich mehrmals die dicken Speisekarten durchgelesen in dem festen Vorsatz, endlich etwas anderes auszuwählen. Aber obwohl er auch Quattro Stagione, La Mafia und sogar die gehaltvolle, gefüllte Calzone ausprobiert hatte, kam er immer wieder auf seine Lieblingssorte zurück. Pizza war für ihn Capricciosa.

Und alle, die Joakim Hill ein bisschen näher kannten, zogen ihn stets damit auf. Aber nun würde er sich nie wieder über den schlechten Geschmack desjenigen, der ihn ärgerte, aufregen, denn er hatte dieser Vorliebe sein Leben zu verdanken – und den Kollegen Svenningsson und Gårdeman, natürlich.

Später aßen die drei ein paar Pizzen zusammen, während Toni Tong unter polizeilicher Aufsicht im Krankenhaus wieder geflickt wurde.

Birgitta hatte ihren scheußlichen lilafarbenen Lippenstift abgewischt und eine nettere Farbe aufgetragen. Und es war hoffentlich auch die letzte Gelegenheit, bei der sie sich Niveacreme in die Haare schmieren musste. Das war widerlich und ließ sich sicher nur schwer wieder herauswaschen. Fürs Erste hatte sie ihr Haar zurückgekämmt und würde es zu Hause sicher mehrmals schamponieren müssen.

Aber viel mehr als für die Haare und den Lippenstift schämte sie sich, weil sie ihren Verdacht gegenüber Gårdeman zugeben und ihn um Verzeihung bitten musste.

Hill und Gårdeman sahen sie zwar zunächst etwas verwundert an, mussten dann aber doch schmunzeln.

»Nein, das ist schon in Ordnung«, meinte Gårdeman und winkte ab. »Ich verstehe schon, wie das gewirkt haben muss, Birgitta. Aber außer dir ist mir niemand eingefallen, den ich hätte anrufen können, denn Sahlman hätte wohl kaum überzeugend einen Pizzaboten mimen können. Und eigentlich war das wirklich stark, dass du gekommen bist. Denn stell dir vor, wenn ich dich wirklich überfallen hätte? Dann hättest du Sahlman alarmieren müssen – und du weißt, wie er mit Frauen ist.«

Birgitta lachte erleichtert. In gewisser Weise hatte Gårdeman Recht. Sahlman war jemand, der bei der kleinsten Gelegenheit zu flirten begann. Mit ihm hatte sie ein leichtes Spiel, schließlich war er vollkommen eingeschüchtert, sobald man auf den Tisch haute und sagte, wo es langging.

Aber Gårdeman – was hätte sie eigentlich im Ernstfall gemacht?

Er war jedenfalls eher ein Kerl nach ihrem Geschmack.

Doch sie verstaute diese seltsamen, gefährlichen Gedanken tief in ihrem Unterbewussten und schraubte sicherheitshalber den Deckel ganz fest zu.

Die Stimmung zwischen den dreien war plötzlich ganz entspannt. Zum ersten Mal hatte sie auch privat Kontakt mit den Burschen und nicht nur dienstlich.

Bisher herrschte eine eher komische Stimmung zwischen »denen« und »uns«, zwischen den älteren, gerissenen Kollegen und den Grünschnäbeln des Präsidiums. Doch weshalb war das überhaupt so, fragte sie sich jetzt bei Pizza und Bier. Man konnte doch wunderbar über die Altersgrenzen hinweg kommunizieren, obwohl Hill, der »jüngste Ältere«, fast fünfzehn Jahre älter war als sie.

Aber jetzt war es überhaupt nicht komisch, dass sie hier saßen und über den Job redeten. Sie sprachen dieselbe Sprache und tauschten Erfahrungen aus. Warum hatten sie das nicht auch schon früher getan?

Birgitta wurde klar, dass sie sich nicht nur in einer Sache geirrt hatte. Das hier waren Kollegen, Kerle, die sie mochte und schätzte. Keine vergessenen Originale, die baldmöglichst ihre Stelle jüngeren Talenten überlassen sollten. Es war spannend und lehrreich, ihnen zuzuhören, und sie schienen auch selbst gute Zuhörer zu sein.

Sie war plötzlich Teil eines viel größeren Teams als noch kurz zuvor, als sie mit dem Zivilstreifenwagen hergefahren war. Und ihr wurde bewusst, dass die Ereignisse des Abends sie zu etwas bisher nicht Dagewesenem zusammengeschweißt hatten. Ein Team mit absolutem gegenseitigem Vertrauen.

Sie musste sich eingestehen, dass sie dieses Gefühl mochte.

Als Joakim Hill wieder im Präsidium war, bestand seine erste Amtshandlung darin, Johan Anderberg zu Hause anzurufen, denn auf seinem Schreibtisch lag ein Zettel mit der Nachricht, dass der Kriminaltechniker ihn zu erreichen versucht hatte, und aus reiner Neugierde beschloss Hill, zu Hause zu stören.

»Entschuldige, dass ich so spät noch störe, Johan, aber du hast mir eine Nachricht wegen unserer DNA-Diskussion hingelegt«, begann er, »diesen Roger Kander betreffend.«

Anderberg seufzte.

»Ach ja, du meinst 5360. Wir haben ja eine ganze Menge damit zu tun gehabt«, sagte er, »unter anderem den obdachlosen Alkoholikern Bier zu spendieren und Speichelproben einzusammeln. Dann haben wir verglichen, und gestern habe ich dann aus dem Labor die Ergebnisse erfahren. Ich wollte heute mit dir darüber sprechen, aber Sahlman sagte mir, dass du im Krankenhaus warst. Wie geht es deiner Frau denn?«

»Danke, es geht ihr wieder gut«, erwiderte Hill, »aber was hat das Labor gesagt?«

»Sie konnten zwei fremde DNA-Fragmente isolieren, die nicht mit den Daten seiner Kumpels übereinstimmen. Ein Fragment stammt von den Lippen, das andere von der rechten Hand.«

»Und was nützt uns das?«, fragte Hill. »Ich meine, könnte das als Beweis bei einer Verhandlung reichen?«

»Das nicht«, gab Anderberg zurück, »aber mit diesem Ergebnis ließen sich andere Beweise untermauern.«

»Danke fürs Erste. Ich melde mich morgen bei dir, dann können wir gemeinsam die Analysedaten durchgehen.«

Hill legte auf, blieb noch eine Weile sitzen und blickte auf den Parkplatz auf der anderen Straßenseite. Ein Subaru stand als einziger Wagen verlassen auf dem Parkplatz, alle anderen Autos waren bereits nach Hause gefahren.

Hill hatte große Lust, Catharina anzurufen, doch sie würde vermutlich die Nacht durchschlafen. Außerdem musste er noch einige Dinge erledigen, bevor auch er ans Schlafen denken konnte.

Toni Tongs Arm ruhte in einem Dreiecktuch, aber auf den Kopf gefallen war er nicht – wie er selbst fand.

Er hatte genügend Zeit gehabt, um über seine Situation nachzudenken, während der Arzt ihm eine lokale Betäubung gespritzt und seinen verletzten Arm genäht hatte. Alles wurde professionell und antiseptisch versorgt, und eine Dosis Antibiotika verhinderte, dass eine Entzündung den Heilungsprozess störte.

Toni würde seine Schusswunde überleben. Es fragte sich nur, wie er es vermeiden konnte, Niki the Nose über den Weg zu laufen.

Niki hatte nicht nur seine teuer bezahlte Insiderinformation und die Kokainlieferung verloren, sondern auch jede Möglichkeit, den Auftrag, den er angenommen hatte, auf vernünftige Weise ausführen zu lassen. Die Voraussetzung dafür, dass Letzteres überhaupt gelingen konnte, war ein völlig ahnungsloses Opfer. Ein Opfer, das nicht nur bereits gewarnt worden war, sondern als Polizeibeamter über alle denkbaren Ressourcen verfügte, sich der Bedrohung entgegenzustellen, war jedoch vollkommen undenkbar!

Niki dürfte, so wie die Dinge lagen, im Büro auf und ab gehen und mit den Zähnen knirschen, nahm Toni an – und das zu Recht. Er war schon zu lange in der Branche tätig, als dass er glauben konnte, eine Gefängnisstrafe zu überleben. Lange vor Ablauf der Strafe würde er bedingungslos befreit werden. Befreit von seinem Leben, durch einen von Nikis unzähligen Kontakten in der Welt des Strafvollzugs.

Er hatte viel darüber nachgedacht, während der Arzt seine Wunde versorgte, und war zu dem Schluss gekommen, eine für beide Seiten einvernehmliche Lösung gefunden zu haben. Vorausgesetzt, bei seinem Gegenpart handelte es sich um die Polizei.

Also zeigte er sich kooperativ und geduldig, als das erste Verhör in Joakim Hills Büro stattfand. Toni Tong hatte in dem kanarienvogelgelben Besuchersessel Platz genommen, der seine dunklere Hautfarbe auf frappierende Weise hervorhob. Seine gesamte Erscheinung strahlte wieder einmal die alte, vertraute Selbstsicherheit aus.

Im Präsidium hatte man diskutiert, ob Hill das Verhör leiten sollte, und war zu dem Schluss gekommen, dass die Verteidigung auf Grund von Befangenheit Hills Einspruch erheben konnte. Also sollte Knut Sahlman das Verhör leiten, obwohl er fast genauso tief in den Fall verwickelt war wie Hill. Schließlich wurden kürzlich sowohl sein Ulster wie auch seine Hosen ruiniert!

Gårdeman war mit anderen Dingen beschäftigt. Er musste seine Sig-Sauer einer gründlichen Reinigung unterziehen. Denn wenn sie beim nächsten Mal in Gebrauch genommen werden würde, war es vielleicht nicht ausreichend, dass sie nur auf gut Glück funktionierte. Etwas fachmännische Waffenpflege war sicher nicht verkehrt. Und Svenningsson war nach Hause gefahren, um sich die Niveacreme aus den Haaren zu waschen.

Nun war es also an Sahlman und Hill, ein interessantes Gespräch mit dem Mann anzuknüpfen, der noch vor wenigen Stunden nur zu bereit gewesen war, Hill umzubringen.

Verhör mit Toni Abrahamsson/Toni Tong,
Mittwoch, den 3. März 1999, Beginn: 20:35 Uhr
Aktenzeichen: K 775420/99
Ort: Polizeipräsidium Helsingborg
Verhörsleitung: Kriminalkommissar Knut Sahlman
Zeuge des Verhörs: Kriminalkommissar Joakim Hill

Nachdem Toni Tong das Krankenhaus verlassen hat, wo er wegen der Schusswunde behandelt wurde, die ihm im Zusammenhang mit dem Mordversuch an Kriminalkommissar Joakim Hill einige Stunden zuvor zugefügt worden war, gibt er bekannt, dass er mit dem Verhör einverstanden ist. Er gibt an, einen eventuellen Austausch von Informationen gegen Strafmilderung und Personenschutz diskutieren zu wollen.

Toni weist darauf hin, dass er zu diesem Zeitpunkt nicht über die Ereignisse des Abends bezüglich des Mordversuchs an Kriminalkommissar Joakim Hill sprechen will, sondern gewisse Informationen über einen Lars Larsson, alias Niki the Nose, preisgeben will.

Auf die Frage, weshalb das für die Polizei von Interesse sein könnte, antwortet Toni, dass es um Drogenhandel im großen Stil und illegale Insidergeschäfte geht.

Dialogverhör
K: Knut Sahlman
J: Joakim Hill
T: Toni Tong/Abrahamsson

K: Sie haben angegeben, uns Informationen über illegale Geschäfte, die ein gewisser Lars Larsson betreibt, zu nennen. Ist das korrekt?

T: Unter bestimmten Voraussetzungen, ja.

K: Welche Voraussetzungen?

T: Strafminderung und eine neue Identität.

K: Sagen Sie das betreffend des versuchten Mordes an Kriminalkommissar Joakim Hill?

T: Ich habe doch gesagt, dass ich darüber jetzt nicht reden will.

K: Nein, aber wir müssen klarstellen, in welchem Zusammenhang Sie eine eventuelle Sonderbehandlung verlangen.

T: Also gut – ja, auch wegen des Mordversuchs. Und …

K: Ja?

T: Auch wegen des Kokains! Vergessen Sie das nicht.

K: In Ordnung. Aber es ist Ihnen sicher bekannt, dass wir erst dem Staatsanwalt berichten müssen, bevor wir diese Maßnahmen einleiten können. Und er braucht einen wirklich triftigen Grund.

T: Wie wär's mit der Möglichkeit, bis zu 40 Prozent der Einfuhr von Drogen in die Stadt stoppen zu können? Oder dem Staat Beträge in Millionenhöhe durch die Versteuerung von undeklarierten Auslandsgeschäften zuzuführen?

K: Wir können das zwar darlegen, aber ich weiß nicht, ob wir um diese Uhrzeit jemanden in der Staatsanwaltschaft erreichen. Wir können das stattdessen auf morgen verschieben.

T: Auf morgen? Halten Sie mich etwa für blöd? Ich sage kein Wort mehr, solange ich keine vernünftigen Garantien habe.

K (zu J): Weißt du, ob dort noch jemand da ist?

J : Keine Ahnung, aber ich kann versuchen, jemanden zu erreichen.

(J verlässt vorübergehend das Vernehmungszimmer)

K: Wir warten solange. Sollen wir kurz unterbrechen? Möchten Sie eine Tasse Kaffee?

T: Ja.

(Pause)

(J kehrt zehn Minuten später zurück)

J : Wenn der Staatsanwalt die Fakten für so überzeugend hält, dass man auf ihrer Grundlage mit einer Vorverhandlung beginnen kann, wären wir bereit, gewisse Zugeständnisse zu machen.

T: Zugeständnisse? Ich will Garantien.

K: Es ist unmöglich, von sicheren Garantien zu reden, aber wenn Ihre Aussage für so interessant gehalten wird, wie Sie jetzt behaupten, dann werden bezüglich des versuchten Mordes und des Kokainschmuggels mildernde Umstände ausgehandelt. Zudem wird die Sicherheit Ihrer Person diskutiert werden.

T: Gut, dann warte ich, bis eine Entscheidung gefallen ist.

Die Uhr zeigte kurz vor zehn, als Toni Tong endlich in seine Zelle geführt wurde. Die Betäubung hatte nachgelassen, und er klagte über Schmerzen im Arm. Sahlman und Hill hatten scheinbar plötzlich ihr Gehör verloren und überließen Toni Tong dankbar dem Personal der »Pension«.

»Tja, was glaubst du?«, fragte Sahlman und setzte sich in den noch angewärmten kanarienvogelgelben Sessel.

»Irgendwie wirkt das so …«, sagte Hill gedehnt, »so, als ob er … zwar eine Menge erzählt, wir aber nur einen Bruchteil von allem erfahren.«

»Wie das?«

»Ja, wenn ich das nur wüsste!«

Hill wandte Sahlman den Rücken zu und starrte erneut über das öde Parkdeck der Södercity. Offenbar hatte sich jemand des Subarus erbarmt, er stand jedenfalls nicht mehr dort. Sein unverwandtes Starren konnte auch für Konzentration gehalten werden, aber vielmehr war ihm ernsthaft übel.

Er verabscheute den Gedanken, von der Staatsanwaltschaft auch nur mit dem geringsten Zugeständnis für diesen gestörten Idioten zurückzukehren, aber die Berufsmoral verlangte ihm Objektivität ab.

Nach der Vorstellung in der Hebsackersgatan hegte Hill keinen Zweifel am Charakter dieser Person. Er war sicher zu allem fähig, und es war sicher auch kein Zufall, dass er auch früher schon Gegenstand zahlreicher Verhöre und Untersuchungen gewesen war. Einem wie dem eine Strafmilderung zu gewähren, wäre ein Schlag ins Gesicht für Hill und seine Kollegen, ihre Arbeit und was sie zu erreichen versuchten.

Verflixt und zugenäht! Hill wandte sich ab, um Sahlman seine persönliche, tiefe Abneigung gegen diesen Kuhhandel nicht zeigen zu müssen.

»Jetzt hat der hier stundenlang geredet«, beschwerte Hill sich unvermittelt, während er das Martinshorn eines Streifenwagens hörte, der in einem nächtlichen Einsatz die Carl Krooksgatan südwärts fuhr, »und trotzdem habe ich ganz stark das Gefühl, dass er das Heft in der Hand hält und nicht wir!«

»Wenn wir wenigstens einen Anhaltspunkt hätten bei all diesen vagen Aussagen«, seufzte Sahlman, »irgendwas, das uns …«

Hill hob die Schultern und drehte sich um.

»Ach was – Schwamm drüber!«, sagte er. »Jetzt gehen wir erst mal nach Hause und hauen uns aufs Ohr.«

Er griff nach seiner Jacke, während Sahlman sich aus dem kanarienvogelgelben Sessel stemmte und die Kaffeebecher nahm. Hill schlüpfte in die Jacke, warf noch einen letzten

Blick auf den Schreibtisch und entdeckte, dass einer der Becher eine unschöne Kaffeespur hinterlassen hatte, die die Tischkante heruntergetropft war.

Das war das Schlüsselwort!

Es war so unglaublich kurz, dass es ihm beinahe nicht auffiel.

Spur.

Eine Spur, die zu einem Beweis führte, der wiederum …

»Sahlman!«, rief er, so dass seine Stimme zwischen den Wänden im Korridor hallte.

Sahlman war bereits mit den Kaffeebechern auf dem Weg nach draußen und hörte nicht. Hill hastete aus dem Zimmer und rannte seinem Kollegen hinterher.

»Sahlman …!«

Er schoss mit solchem Tempo auf die Tür der Teeküche zu, dass er sich die Schulter am Türrahmen prellte.

Sahlman hatte den Wasserhahn aufgedreht und hielt eine nagelneue Abwaschbürste mit Pril in der Hand. Schließlich wollte man vermeiden, dass Susanna sich morgen beklagen würde, man hätte schmutziges Geschirr hinterlassen.

»Mensch, Sahlman«, brüllte Hill, »*nicht* abwaschen!«

Kriminaltechniker Johan Anderberg war nur mäßig erbaut, als Joakim Hill am selben Abend noch mal bei ihm zu Hause anrief. Besonders so spät – und besonders, weil Harriet gerade eingeschlafen war.

»Mein Gott, hat das nicht Zeit bis morgen?«, erkundigte er sich und knöpfte den letzten Knopf seines Pyjamas zu. Er hatte sich seit langem wieder darauf gefreut, früh ins Bett zu gehen, und war nicht bereit, seine Pläne zu ändern, nur weil Hill anrief und in den Hörer schnaubte.

»Weißt du noch, Johan, vorhin haben wir doch über K 775360–99 gesprochen.«

»5360 … ja. Vor ein paar Stunden haben wir davon geredet, wieso? Glaubst du, ich bin schon senil?«

»Nein, nein – entschuldige, aber pass mal auf! Was sagst du, wenn ich sage, dass ich glaube, dass ein anderer Fall, nämlich K 775420–99, an deine Theorie zu 5360 anknüpft?«

»5420 – welcher soll das denn sein?«

»Da geht's um die Fahrerflucht unten am Hafen gestern Abend. Der Kerl hat heute Abend versucht, mich umzulegen, und deshalb plaudern wir hier ein bisschen gemeinsam, Sahlman und ich.«

»Und?«

»Er hat einen Kaffee getrunken.«

»Aha!«

»Genau«, triumphierte Hill, »er hat aus einem Becher getrunken, den ich in letzter Sekunde vor der Abwaschbürste retten konnte.«

»Glaubst du wirklich ...«

»Johan, ich glaube überhaupt nichts. Aber ich muss noch die Identität der jungen Frau am Kullaberg überprüfen. Und wenn meine Theorie da hält, wäre mir sehr daran gelegen zu erfahren, ob diese DNA mit einer der beiden, die du im Fall 5360 isoliert hast, übereinstimmt. Und das am besten, bevor wir wieder mit dem Burschen reden – so schnell wie möglich, also.«

Anderberg schwieg.

Schließlich seufzte er und begann, sein Pyjamaoberteil resigniert wieder aufzuknöpfen.

»Na gut«, sagte er müde, »ich komme. Gib mir eine halbe Stunde.«

Es regnete, aber der Regen war mild, fast frühlingshaft.

Stefan Ryd sah die Rücklichter des letzten Großlasters von der Fähre über den regennassen Asphalt verschwinden. Ihm gefiel dieser Anblick. Er fand stets, dass das Scheinwerferlicht, das sich in dem schwarzen Straßenbelag spiegelte und in glänzende Kaskaden pulsierenden Lichts verwandelt wurde, etwas Erhabenes an sich hatte.

Er war heute Abend schon wieder im Dienst. Es machte ohnehin keinen Sinn, zu Hause herumzusitzen und sich selbst Leid zu tun. Also war er schon früh zu der 7–19-Uhr-Schicht wieder aufgetaucht – mit Blutergüssen, Prellungen und dem ganzen Programm.

Er hatte versichert, dass ihm nichts fehlte, und hatte einen Arzt konsultiert. Binnen einer Woche würden die Schmerzen abgeklungen sein und es war nichts gebrochen oder entzündet.

Die Kollegen waren gerade mit einer Torte vom Bäcker zurückgekehrt, um seine Rückkehr zu feiern. Es war keine Sonderbestellung mit konditorgefertigter Marzipangirlande, die von erfolgreichen Beschlagnahmungen kündete, sondern eine ganz gewöhnliche Mandeltorte mit Schlagsahne.

Aber es war die Geste, die zählte. Die fröhliche und dankbare Stimmung, dass Stefan hier bei ihnen saß und Kaffee trank, als handelte es sich um einen ganz gewöhnlichen Abend. Es hätte nämlich auch ganz anders ausgehen können. Jedenfalls mochte Stefan diese cremige Mandeltorte besonders gern.

Doch plötzlich kam ihm sein Versprechen, das er sich auf dem Autodeck gegeben hatte, wieder in den Sinn. Nie wieder Torte – wenn er mit dem Leben davonkam. War es nicht so gewesen? Seine Hand hielt inne, als sie sich ein großzügiges Stück aus dem verführerischen Backwerk schneiden wollte.

Eva warf ihm einen fragenden Blick zu, den er geflissentlich ignorierte.

Ach, was soll's!

Er hatte schließlich nicht festgelegt, ab wann das Versprechen genau gelten würde. Oder etwa doch?

Also durfte die Hand ihre Bewegung vollenden, und Stefan nahm guten Gewissens einen Löffel Sahne und ließ sich den leckeren Mandel-Buttercreme-Geschmack auf der Zunge zergehen.

Aber er hatte seit einigen Stunden nichts mehr gegessen und bekam Hunger auf ein Käsesandwich. Konnte er das organisieren, bevor das nächste Schiff anlegte?

Sein Mobiltelefon klingelte und setzte seinen kulinarischen Fantasien ein jähes Ende.

»Ja, Stefan Ryd hier«, meldete er sich und wischte sich einen Regentropfen von der Nase.

»Grüß dich, Joakim Hill. Könntest du mir wohl mit einer Identifizierung behilflich sein?«

»Identifizierung? Was denn? Habt ihr eine Ladung Schwarzgebranntes sichergestellt, oder was meinst du?«

»Nein, es geht um eine Person.«

»Okay, wer ist es?«

»Dieses Mädel aus dem Benz, das ich überprüfen sollte.«

»Aus dem BYP 107, meinst du?«

»Genau den. Hast du herausgefunden, wie sie heißt?«

»Nein, eben nicht. Es ist nicht so einfach, so offensichtlich Einheimische nach ihrem Ausweis zu fragen.«

»Ich habe eine Aufnahme, die du dir ansehen solltest. Ginge das sofort?«

»Natürlich.«

Das Käsesandwich musste noch etwas auf sich warten lassen.

»Gut, ich faxe sie dir gleich rüber, dann kannst du mich anrufen, sobald du es dir angeguckt hast.«

»In Ordnung.«

Stefan Ryd ging direkt ins Büro und ließ die Teeküche links liegen, obwohl der Kaffeeduft ihn geradezu unwiderstehlich in seiner Nase kitzelte. Doch es würde wohl kaum lange dauern, ein Bild anzusehen. Er konnte auch danach noch Kaffee trinken.

Er hörte das Faxgerät schon im Flur arbeiten, zog seine Jacke aus und ging zu dem ratternden Gerät.

Das Bild wurde Zeile für Zeile ausgespuckt, aber er brauchte nur ihren herausfordernden Blick und die niedliche Stupsnase zu sehen, um sicher zu sein, dass sie es war. Doch was war ihr jetzt zugestoßen, dachte er. Bestimmt war sie in eine missliche Lage geraten, schließlich kam Hill mit dieser Anfrage. Schließlich verkehrte sie auch mit diesem verfluchten Tong!

Seine Verletzungen brannten vor Schmerz, wenn er an diesen Idioten dachte, und er zwang sich, an etwas anderes zu denken. Es war ja nichts Persönliches gewesen – er hatte sich nur zur falschen Zeit am falschen Ort aufgehalten. Und hatte ein bisschen mehr gesehen, als er hätte sehen sollen. Dann kam es, wie es kommen musste.

Aber irgendwie nahm er das doch verdammt persönlich!

Jetzt war das Fax durch. Und es bestand nicht der mindeste Zweifel – sie war es.

Er rief Hill an wie versprochen.

»Hallo – Stefan hier. Nein, hier besteht nicht der geringste Zweifel – das erste Mal, als ich den Benz gesehen habe, saß sie hinter dem Steuer.«

»Danke, das erleichtert uns eine ganze Menge.«

»Weißt du, wie sie heißt?«

»Jeanette … Jeanette Leclerque hieß sie. Mit deiner Hilfe können wir die beiden in Verbindung bringen. Das wäre sehr nützlich.«

Stefan Ryd war so beschäftigt damit, sich den Namen zu merken, dass er die Vergangenheitsform überhörte. Dann schüttelte er den Kopf und entschied sich, etwas persönlicher zu werden.

»Hast du eigentlich was Neues von dem Typen gehört?«, fragte er. »Magnus hat erzählt, dass er neulich Abend entwischen konnte.«

»Er sitzt jetzt in Haft«, bemerkte Hill zufrieden.

»Was du nicht sagst, das klingt gut! Diesmal kann er sich nicht so leicht aus der Affäre ziehen, oder?«

Stefan Ryd klang richtig hoffnungsvoll.

»Nein, auf keinen Fall«, versicherte Hill.

»Weswegen habt ihr ihn eingebuchtet? Drogen und Misshandlung?«

»Sogar noch besser, Stefan: versuchter Mord. Und wenn ich

mich jetzt nicht komplett irre, können wir ihn in Kürze mit fünf Morden in Verbindung bringen.«

Stefan schwindelte bei dem Gedanken. Um ein Haar wäre er Opfer Nummer sechs gewesen.

»Oh Gott, fünf! Was ist das eigentlich für ein Kerl? Ein Monster?«

»Ja, so was in der Art. Aber vor allem ist er gut bezahlt – für Geld bringt er jeden um.«

»Jemand, den man kennt?«

Hill verzichtete darauf, von seinen eigenen Erfahrungen mit Tonis Können zu erzählen, aber zu dieser vorgerückten Stunden war das Gespräch wie gemacht für ein bisschen Klatsch und Tratsch.

»Tja, ein paar von den Fixern der Stadt, bekannte Alkoholiker, die in den letzten Jahren ins Gras gebissen haben. Und eventuell auch ...«

Hill sah Anderberg in den Korridor seiner Abteilung biegen und war abgelenkt.

»Ja?«, fragte Stefan neugierig.

»... diese Jeanette.«

»Jeanette!«, entfuhr es Stefan ungewollt. »Jeanette Leclerque ... meinst du?«

»Ja, genau die. Sie wurde vor einer Weile oben am Kullaberg gefunden. Bis jetzt konnten wir die Presse noch im Zaum halten, aber bald wird ihr Bild wahrscheinlich jedes zweite Titelblatt schmücken. Obwohl sie kaum noch ein hübscher Anblick gewesen ist, das kann ich dir versichern. Aber ich würde mich wundern, wenn er nicht auch mit dem Fall in Verbindung gebracht werden kann, auf Grund von gewissen ... Funden. Nein, jetzt muss ich aber wirklich aufhören. Danke für deine Hilfe, wir sprechen uns!«

»Ciao«, erwiderte Stefan mechanisch, behielt sein Mobiltelefon jedoch in der Hand, ohne auf die Taste mit dem roten Hörer zu drücken.

Sie war also tot – ermordet.

Obwohl er sie gar nicht gekannt hatte, konnte er das nicht fassen.

Er betrachtete das Bild, das vor ihm auf dem Schreibtisch lag. Sie war vielleicht nicht besonders nett gewesen, aber unglaublich attraktiv, und sie hatte eine innere Kraft, die aus den Augen strahlte – sogar auf einem ganz normalen, unscharfen Fax.

Er drückte die Taste und beendete die Telefonverbindung. Plötzlich spürte er einen unangenehmen Druck in der Magengegend.

Entweder war das die Einsicht, dass er sie nie wieder durch die Zollkontrolle würde stürmen sehen.

Oder, dachte er und verstaute das Fax in der untersten Schreibtischschublade, es war nur der Magen, der nach dem Käsesandwich verlangte. Man konnte schließlich nicht nur von Torte leben – selbst wenn man Zollbeamter war.

Als Ulf Gårdeman das Präsidium betrat, war er wie ausgewechselt. Oder vielmehr wie der gute alte Gårdeman, der nichts lieber wollte, als sich der Wirklichkeit zu stellen.

Auch Joakim Hill war sehr zufrieden damit, wie die Dinge sich entwickelten. Völlig unproblematisch hatte er am Morgen den Fall, in den er selbst verwickelt war, als abgeschlossen bezeichnen und im Gegenzug das Verhör leiten können.

Allerdings mussten sie sich gedulden, bis das Laborergebnis aus Linköping eintraf. Die Probe war dorthin geflogen worden, und das Analyseergebnis konnte erst nach Ablauf eines Tages mitgeteilt werden. Aber vielleicht hatte es auch sein Gutes, dass Toni im Gefängnis saß und warten musste. Immerhin konnte das seine Selbstsicherheit untergraben.

Als er endlich am Donnerstagabend zu Hill geführt wurde, war er tadellos rasiert und hatte ein hämisches Grinsen aufgesetzt.

»Guten Abend«, begrüßte ihn Hill und wies auf den kanarienvogelgelben Besuchersessel.

»Sicher«, antwortete Toni und blieb aus Protest stehen, »aber ich bin nicht damit einverstanden, dass *Sie* das hier machen. Schließlich sind wir Gegner.«

»Das ist schon in Ordnung«, entgegnete Hill, »der Fall wurde offiziell ad acta gelegt.«

»Ach ja? Wieso das denn?«

»Sowohl der Staatsanwalt als auch ich sind zu dem Schluss gekommen, dass es weitaus wichtiger ist, dass wir uns auf das Wesentliche konzentrieren. Können wir das so stehen lassen?«

Toni breitete abwehrend die Hände aus und sank in den kanarienvogelgelben Sessel.

»Klar, ist okay für mich. Aber dann soll das auch im Protokoll stehen.«

»Selbstverständlich. Können wir dann anfangen?«

»Ja.«

Erneutes Verhör mit Toni Abrahamsson/Tong,
Donnerstag, den 4. März 1999, Beginn: 17:49 Uhr
Fall: K 775420–9
Ort des Verhörs: Polizeipräsidium Helsingborg
Leiter des Verhörs: Kriminalkommissar Joakim Hill
Zeuge des Verhörs: Kriminalinspektor Ulf Gårdeman

Auf Grund Toni Tongs Gesuch um Strafmilderung und Maßnahmen zum Schutz seiner Person im Austausch gegen Informationen über das organisierte Verbrechen in Helsingborg wird das Verhör unter modifizierten Bedingungen fortgesetzt. In das Protokoll aufgenommen wird ebenfalls, dass Kriminalkommissar Joakim Hill seine Anzeige wegen versuchten Mordes gegen den Verdächtigen zurückgezogen hat und somit das Verhör mit Einverständnis des Verdächtigen führen kann.

Dialogverhör:

U: Ulf Gårdeman
J : Joakim Hill
T: Toni Tong/Abrahamsson

J : Im gestrigen Gespräch haben Sie angegeben, uns im Austausch gegen gewisse Zugeständnisse und Strafmilderung mit Informationen über das organisierte Verbrechen hier in Helsingborg zu versorgen. Ist das korrekt?

T: Das ist korrekt.

J : Dies tun Sie im Zusammenhang mit der Beschlagnahmung der Drogen vergangenen Dienstagabend, in die außerdem Ihr Wagen involviert ist.

T: Ja, ja!

J : Und als Kompensation für Ihre Aussage verlangen Sie Strafmilderung und Personenschutz in dem eben genannten Fall, ist das richtig?

T: Exakt.

J : Die Staatsanwaltschaft ist einverstanden mit den oben genannten Zugeständnissen, vorausgesetzt, Ihre Aussagen sind relevant und korrekt.

T: Darauf können Sie Gift nehmen.

Toni schweigt zunächst, zeigt dann auf das Aufnahmegerät.

T: Ich hoffe, Sie haben ein verdammt langes Band eingelegt, denn ich habe eine ganze Menge zu erzählen …

J : Beginnen Sie.

T: Ich kann ja mit dem Lasse anfangen … Lasse Larsson heißt er eigentlich, obwohl er sich lieber Niki the Nose nennt …

Die Stunden verrannen und Toni Tong redete sich bei drei Ramlösa-Mineralwasser mit Zitronengeschmack in Erregung, bis er alles, was er über Nikis Geschäfte wusste, auf Band festgehalten hatte. Joakim Hill und Ulf Gårdeman saßen meist still da und kümmerten sich um die Technik, warfen jedoch von Zeit zu Zeit eine Frage ein, die Toni bereitwillig beantwortete.

Als Hill endlich den Rekorder ausschaltete, stellte er zufrieden fest, dass sie genügend Material beisammenhatten, um sowohl Niki als auch den Großteil seiner Männer für lange Zeit hinter Schloss und Riegel zu bringen.

Das würde zwar nicht von alleine gehen, aber er besaß zumindest ausreichend Hinweise, um ein dichtmaschiges Fangnetz zu knüpfen. Mit diesem Trumpf in der Hand dürfte es kein großes Problem sein, das Okay für die Abhörung der Telefone und andere Dinge zugesichert zu bekommen.

Hill fühlte sich wie von einer Allergie geheilt. Das penetrante Hautjucken hatte sich endlich verabschiedet. Diese Ungewissheit, die so lange unter der Haut geschwelt hatte, hatte nun ein konkretes Gesicht erhalten. Und Toni Tong war für Hill durchaus noch von Interesse, auch wenn der zufrieden in seinem Besuchersessel lächelte und dachte, der Rest würde ein reiner Spaziergang für ihn werden.

»Ach ja«, begann er und reckte genüsslich seine Arme über den Kopf, »kann ich jetzt gehen?«

»Gehen?«, fragte Hill mit perfekt gespielter Überraschung.

»Ja – nach Hause. Sie haben doch jetzt bekommen, was Sie wollten, oder etwa nicht?«

»Das haben wir zwar schon, aber trotzdem können Sie fürs Nächste nicht ans Nach-Hause-Gehen denken.«

»Was soll das denn heißen?«

»Nun, in Ihrer Wohnung findet gegenwärtig eine Hausdurchsuchung statt. Die Techniker werden noch eine Weile brauchen, Sie verstehen.«

Toni Tong stand abrupt auf, ahnte jedoch schon, dass er verloren hatte.

»Was? Wir hatten doch eine Abmachung«, beschwerte er sich. »Ist doch alles auf dem Band drauf!«

»Ja, sicher. Aber das betrifft leider nicht die restlichen Punkte der Anklage, die gegen Sie vorliegen.«

»Was können Sie mir denn anlasten, außer den Drogen? Ich habe einen Zeugen hier«, brüllte er und wies auf Gårdeman, »der bezeugen kann, dass Sie Ihre Anklage zurückgezogen haben!«

»Ja, natürlich«, entgegnete Hill ruhig und ordnete seine Papiere fein säuberlich zu einem Stapel auf seinem Schreibtisch, »das habe ich auch getan.«

Toni Tong breitete provokativ die Hände aus.

»So what?«

»Aber die anderen haben das nicht getan.«

»Was? Welche anderen denn?«

Hill schaute in seinem Papierstapel nach.

»Leute, deren Leben ziemlich unerwartet geendet hat. Leute wie Kander, ›Kakan‹, Mia Fransén, Gima und … Jeanette Leclerque«, erklärte er. »Wir können Sie durch die DNA-Analyse mit dem Fall Kander in Verbindung bringen, und damit auch mit den anderen. Die Sache mit den Anhängern am Zeh war eine gute Idee. Das erleichtert uns alles. Und außerdem haben wir ja noch Jeanette Leclerque, die in Ihrem Mercedes durch die Gegend gefahren ist.«

Toni Tong verstummte abrupt, und Hill wurde ganz gerührt. Wie ergreifend, dass dieser Schuft sich wenigstens an die Namen derer, die er kaltblütig hingerichtet hatte, erinnern konnte.

»Sie haben nicht die geringste Chance«, erwiderte Toni plötzlich mit eisiger Stimme, »mir das anzuhängen. Wir haben bereits eine Abmachung, und die ist verdammt noch mal verpflichtend.«

»Selbstverständlich ist sie das«, stimmte Hill zu und ging zu dem Aufnahmegerät hinüber. »Und wir halten unsere Versprechen auch.«

Er spulte das Band zurück, stoppte an fast genau der richtigen Stelle und spielte ein Stück aus dem Verhör ab.

»… Informationen über das organisierte Verbrechen hier in Helsingborg zu versorgen. Ist das korrekt?«

»Das ist korrekt.«

»Dies tun Sie im Zusammenhang mit der Beschlagnahmung der Drogen vergangenen Dienstagabend, in die außerdem Ihr Wagen involviert ist?«

»Ja, ja!«

»Und als Kompensation für Ihre Aussage verlangen Sie Strafmilderung und Personenschutz in dem eben genannten Fall, ist das richtig?«

»Exakt.«

»Die Staatsanwaltschaft ist einverstanden mit den oben genannten Zugeständnissen …«

»Die entscheidenden Worte sind hier der *eben genannte Fall*. Da sich das auf die Beschlagnahmung der Drogen vom Dienstagabend bezieht und auf nichts sonst, kommen die Zugeständnisse auch nur in Bezug darauf in Frage.«

»Aber …«

»Leider hat sich herausgestellt, dass dadurch, dass wir gestern Abend nicht … sagen wir … nach Ihnen aufgeräumt haben, weitere schwer wiegende Dinge aufgetaucht sind, denen wir nachgehen müssen. Dinge, die nicht Teil der Abmachung sind. Und es würde mich sehr wundern, wenn die Techniker nicht auf belastendes Material in Ihrer Wohnung stoßen – egal, wie gut das Versteck gewählt ist.«

Toni Tong starrte Joakim Hill ein paar Sekunden lang ungläubig an, nahm Anlauf und sprang mit geballter Faust direkt auf ihn zu.

»Verdammter Verräter …!«

Hill parierte den Schlag mit derselben, perfekt trainierten Jiu-Jitsu-Bewegung, die Ryd vor wenigen Tagen missglückt war. Aber wo Ryd in verzweifelter Notwehr handelte, war Hill gut vorbereitet. Schwungvoll hebelte er Tonis Arm Richtung Boden nach hinten, während er mit einem wirkungsvollen, lähmenden Knietritt in den Schritt nachsetzte.

Toni Tong gab einen gurgelnden Laut von sich und sackte auf dem Teppich zusammen, Gårdeman lehnte gelassen an der Wand und sah zu.

Hill legte Toni die Handschellen an, noch während er vornübergebeugt auf den Knien lag. Er leistete nicht den geringsten Widerstand, aber Hill hörte, dass der Festgenommene allmählich wieder Luft bekam. Er rief nach der Wache, die den gekrümmten Toni wortlos in seine Zelle zurückführte.

Ulf Gårdeman stand noch immer schweigend mit über der Brust verschränkten Armen an der Wand.

Aber seine Arme hoben und senkten sich. Hüpften auf Gårdemans muskulösem Brustkorb auf und ab. Er lachte, frei und ungehemmt.

»Das hast du richtig genossen, oder?«, sagte er schließlich und trocknete sich eine Lachträne aus dem Augenwinkel.

»Darauf kannst du wetten!«, stieß Hill hervor. »Ich bin richtig froh, dass er mir diese Chance geboten hat.«

Hill sank in seinem Bürostuhl zusammen, stierte leicht überrascht vor sich hin, bis sich ein zufriedenes Lächeln auf seinen Lippen ausbreitete.

»Der hat genau gesessen! Wenn die schon Kopfgeld auf Joakim Hill ausgesetzt haben, dann sorge ich wenigstens dafür, dass es dafür einen guten Grund gibt!«

Der Gedanke, dass es da draußen noch jemanden gab, der für seinen Kopf bezahlte, war unbehaglich. Aber jetzt war er wenigstens vorgewarnt. Er würde in der nächsten Zeit besonders gut Acht geben müssen. Ein unwissendes Opfer zu überrumpeln war einfach, allerdings kaum eines, das bereits den Blutgeschmack auf der Zunge gespürt hatte.

Gårdeman sah auf die Uhr. Noch war es nicht an der Zeit, nach Hause zu gehen, fand er, und das war auch gut so. Denn so konnte er noch einige Schreibtischarbeiten erledigen. Und morgen würde er sich eine neue Uniform geben lassen. Anstelle der alten mit dem Schussloch, die ganz hinten im Schrank hing. Es war vielmehr wieder an der Zeit, sich da draußen in der Wirklichkeit nützlich zu machen – und sich ein richtig gutes Mittagsmenü auszuwählen. Gårdeman hatte nämlich die kulinarischen Genüsse wieder für sich entdeckt!

Auch Hill hatte noch einige Dinge zu erledigen, bevor sich der Tag seinem Ende neigte. Er würde die Akten über die Garotte-Morde erneut studieren, damit ihm nichts durch die Lappen ging, jetzt, wo er so einen dicken Fisch wie Toni Tong an der Angel hatte.

Er würde ein weiteres Mal mit Bo »Baggen« Bengtsson sprechen. Vorausgesetzt, er war so nüchtern, dass man ein vernünftiges Wort aus ihm herausbringen konnte. Möglicherweise konnte man mit Worten leugnen, aber die spontane Reaktion beim Anblick eines erschütternden Bildes sagte in der Regel mehr als eine einstündige Bandaufnahme.

Hill würde sich ganz genau auf Baggens Mienenspiel konzentrieren müssen, wenn er ihm das Foto von Toni Tong zeigte.

Doch zuerst würde er ins Krankenhaus zurückfahren, um Catharina nach Hause zu holen. Catharina mit ihren Stimmungsschwankungen und immer runderen Bauch.

Der Arzt hatte ihr erlaubt, schon um fünf Uhr nachmittags nach Hause zu fahren, doch sie entschied sich zu warten, bis Joakim seinen Arbeitstag beendet hatte.

Sollte er ihr überhaupt erzählen, was passiert war?

Das würde sie vielleicht nur unnötig aufregen.

Andererseits war es wohl doch besser, gleich mit der Wahrheit herauszurücken, denn andernfalls wäre es gar nicht so einfach, sich wegen der Flecken herauszureden.

Der blutroten Flecken auf dem Flurteppich, wo die Capricciosa zerschossen worden war.

17

Stefan Ryd war gerade im Begriff, seine lange und ungewöhnlicherweise nicht sehr aufregende Schicht zu beenden, als er eine altbekannte Karawane vom Fährdeck rollen sah.

Raymond war der Erste, der seine Reifen auf die Erde seines Heimatlandes setzte. Er fuhr der Reihe von Harley Davidsons voraus. Der Terminator ließ auch nicht lange auf sich warten, gefolgt von Kåge und den anderen.

Ein dänischer und ein englischer Kollege begleiteten sie, ein gewisser Peder »Butcher« Svendsen und ein Steve Bellamy, auch bekannt als »Boss«. Diese beiden hatten sich auf Schutzgelderpressung auf dem internationalen Markt spezialisiert, insbesondere das Recht fremder Operateure betreffend, in bereits erpressten Territorien zu agieren, wie etwa dem schwedischen Markt – also ausländische Organisationen mit Asiaten, Südamerikanern und Osteuropäern an der Spitze.

Der Terminator war mit dem kühnen Vorsatz gestartet, sich darüber zu informieren, was die neue Europäische Union für ihn ausrichten konnte. Aber er hatte als Antwort den viel zitierten Ausspruch Kennedys zu hören bekommen.

»Frag nicht, was der Europa-Club für dich tun kann«, hatte der belgische Chef Ab Brecht seinem schwedischen Kollegen bei einem enttäuschenden Treffen in Brüssel erklärt, »sondern frag stattdessen, was du für den Europa-Club tun kannst!«

Der Terminator verschluckte sich vor Schreck an seinem bitteren Gin-Tonic. So hatte er sich den Verlauf des Treffens eigentlich nicht vorgestellt. Alles war also eine einzige Fehlkalkulation gewesen. Statt Gewinne einzufahren, hatte er einwilligen müssen, finanzielle Mittel aus seiner Kasse beizusteuern, die bisher dem südschwedischen Club vorbehalten war.

Das hatte richtig wehgetan, doch er konnte nichts dagegen tun. Schließlich war man jetzt Teil einer größeren Gemeinschaft. Und in einer Gemeinschaft werden die Ressourcen solidarisch umverteilt – von denjenigen, die dem größten Club angehören. Allerdings schien es dem Terminator, dass irgendetwas bei dieser Solidarität nicht seine Richtigkeit hatte. So, als würde das Geld meist in die eine Richtung und nur selten in die andere fließen. Vielleicht war die EU-Mitgliedschaft doch nur in Teilen vorteilhaft?

Wenn er sich nicht auf diese verfluchte Goodwill-Tournee eingelassen hätte, hätte Brüssel vielleicht gar nicht erst seine Blicke auf den lukrativen Markt in Schweden gerichtet! Dass er so dumm sein konnte, ärgerte ihn maßlos.

Außerdem hatte es seit diesem verdammten Besuch im Disneyland genieselt!

Kurz gesagt war er nicht besonders zufrieden mit dem Resultat seiner Reise, doch als er nun die ersehnten Schilder seines Heimathafens erblickte, fiel ihm wieder ein, weshalb er ursprünglich aufgebrochen war. Wenigstens gab es etwas, worauf er sich jetzt, wo er wieder zu Hause war, freuen konnte.

Endlich war er diesen lästigen Bullen los!

Er hatte zwar noch nichts von der Sache gehört, doch andererseits war es nicht so einfach, sich im Ausland schwedische Zeitungen zu besorgen – also hatte er es gar nicht erst versucht. Aber er machte sich weiter keine Gedanken darüber.

Niki the Nose war stets ein vertrauenswürdiger Geschäftspartner gewesen.

Schließlich verstand sich von selbst, was andernfalls passieren würde. Ein schonungsloser Krieg wäre da unvermeidbar.

Niemand konnte dem Terminator sein rechtmäßiges Kapital abluchsen und die Hände faul in den Schoß legen.

Niemand – außer Ab Brecht vielleicht!

Wie auch immer, der Terminator würde sich so bald wie möglich von einem Handlanger in der Stadt alle Details über den tragischen Vorfall besorgen. Vielleicht würde er sogar zum Friedhof fahren und Blumen am Grab niederlegen.

Darauf könnte er sich jedenfalls schon mal freuen, dachte er, tuckerte durch den Zoll und würdigte die Kontrollhanseln keines Blickes.

Stefan Ryd verzog keine Miene, als der Terminator und seine Gefolgsmänner an ihm vorüberdefilierten, sich in den Kreisel des Terminals einfädelten und auf die Ampel zusteuerten. Es bestand nämlich nicht der geringste Anlass, sie anzuhalten, denn es war allgemein bekannt, dass sie nie gefährliche Ware bei sich hatten. Auch wenn sie sowohl mit Waffen als auch mit Drogen Geschäfte machten, achteten sie sehr darauf, sich nie in diesem Zusammenhang ertappen zu lassen. Ein Heiligenschein schwebte stets über ihren Helmen, auch wenn er sich bedenklich zur Seite neigte.

Stefan warf Eva auf der anderen Seite der Schranke einen Blick zu, stellte fest, dass die letzten Reisenden bereits die Kontrolle passiert hatten und bedeutete ihr, dass es Zeit war, die 7–19-Uhr-Schicht für heute zu beenden.

Eva folgte ihm in Richtung Zollamt, Stefan hielt ihr die Tür auf und spürte, wie aus der Teeküche der bekannte Duft nach frisch gebrühtem Kaffee in seine Nase stieg.

Die Nachtschicht hatte ihren Dienstbeginn mit dem einzig Vernünftigen begonnen und eine große Kanne Kaffee gekocht.

»Ach, sei's drum, Eva«, sagte Stefan und hängte seine Leuchtweste an den Haken, »wir trinken noch eine Tasse Kaffee, bevor wir nach Hause fahren, was meinst du? Wie war das eigentlich – ein Stück Torte ist hier ja wohl noch übrig geblieben?«

Danksagung

Die Tote im Sund« ist eine fiktionale Geschichte, und mögliche Ähnlichkeiten mit realen Personen oder Ereignissen sind rein zufällig.

Allerdings haben mir viele dabei geholfen, dem Buch realistische Züge zu verleihen, und viel Zeit und Erfahrung dazu beigesteuert.

Großer Dank gebührt dem Chef der Grenzkontrolle Bengt Svensson sowie den Zollbeamten der Grenzkontrolleinheit 1:2, Helsingborg, die mir einen Einblick in ihren Arbeitsalltag, die Routinen der Grenzkontrolle und das Arbeitsklima gewährt und außerdem sachdienliche Hinweise über die schwedischen und internationalen Beziehungen gegeben haben.

Großer Dank gebührt auch Kriminaltechniker Lars Henriksson, Polizeidirektor Göran Hassel, Kriminalinspektor Jan Hult, Polizeiinspektor Björn Hensegård und allen anderen Beamten der Helsingborger Polizei, die mir in vielen spannenden Gesprächen von ihrem Wissen und ihren Erfahrungen bezüglich Routinen über Ermittlungen bis hin zu technischen Erläuterungen über Waffen und DNA-Analyse mitteilten.

Den Mitarbeitern der Intensivstation für Herzpatienten des Helsingborger Krankenhauses AG danke ich besonders für ihre Hilfe medizinische Details betreffend.

Gun Christensen von den Sundbussen gebührt Dank für die Hilfe mit der dänischen Sprache.

Und schließlich herzlichen Dank an meine Familie, die mich stets unterstützt, anspornt und vor allem meine kriminelle Tätigkeit aushält.